Jacques ROLLAND

L'ARCHE D'ALLIANCE
&
LA REINE DE SABA

Roman

Jacques Rolland

Les aventures de Mélisende
Tome I/II

L'Arche d'Alliance et la Reine de Saba

Publié par
Omnia Veritas Ltd

OMNIA VERITAS

www.omnia-veritas.com

© Omnia Veritas Ltd – Jacques Rolland – 2018

PROLOGUE 9

CHAPITRE I 12

   LE PROCÈS 12

CHAPITRE II 18

   SAINT-JEAN D'ÂCRE 18

CHAPITRE III 23

   JEU DE GLACES 23

CHAPITRE IV 27

   TENTATIVES D'EXPLICATIONS 27

CHAPITRE V 35

   LE CARDINA D'ALBANO 35

CHAPITRE VI 44

   LE GRAND INQUISITEUR 44

CHAPITRE VII 48

   ABOU ZAYA 48

CHAPITRE VIII 54

   LE LABYRINTHE D'AL HOKKEIDER 54

CHAPITRE IX 62

   LA MÉTAMORPHOSE D'AL HOKKEIDER 62

CHAPITRE X 75

   HATHRA - ALIX 75

CHAPITRE XI 85

   LA FORTERESSE DE KERAK 85

CHAPITRE XII 92

   LE DESSERVANT DE LA MOSQUÉE 92

CHAPITRE XIII 96

   LE FESTIN DE MARIB 96

CHAPITRE XIV 103

LA MER ROUGE 103

CHAPITRE XV 107

   LE PALAIS D'ARWA 107

CHAPITRE XVI 115

   LA REINE DE SABA 115

CHAPITRE XVII 122

   LE BARRAGE 122

CHAPITRE XVIII 127

   DU CHAMEAU ET DU POULET 127

CHAPITRE XIX 136

   BALKIS ET SALOMON 136

CHAPITRE XX 147

   UN CONTEUR DES MILLE ET UNE NUITS 147

CHAPITRE XXI 155

   LE RÉPARTITEUR DE L'EAU 155

CHAPITRE XXII 169

   MÉLISENDE ET ÉBOLI 169

CHAPITRE XXIII 180

   LES TEUTONIQUES 180

CHAPITRE XXIV 184

   L'ARCHE D'ALLIANCE 184

CHAPITRE XXV 189

   UN IMMENSE DÉSERT 189

CHAPITRE XXVI 195

   LE SECRET DU SECRET 195

CHAPITRE XXVII 202

   LA MOSQUÉE DU VENDREDI 202

CHAPITRE XXVIII 206

AL HAJAD AL ASWAD OU LA ROCHE NOIRE.......................................206

CHAPITRE XXIX..214

SUR LA BRÛLURE ET LE MAL..214

CHAPITRE XXX..218

CAPTURE DE GEOFFROY 218

CHAPITRE XXXI...223

ARWA 223

CHAPITRE XXXII..228

ALIX ET LES TEUTONIQUES..228

CHAPITRE XXXIII...234

LE TRIBUNAL..234

CHAPITRE XXXIV..237

MÉLISENDE ET L'INQUISITEUR 237

CHAPITRE XXXV 244

LA COMMANDERIE TEUTONIQUE.......................................244

CHAPITRE XXXVI 250

LE RETOUR DES FARAGLIONI..250

CHAPITRE XXXVII 265

LE MAITRE DE L'EAU 265

CHAPITRE XXXVIII 277

LE PERCUTEUR D'UNE ARBALETTE 277

CHAPITRE XXXIX 281

LE RAYON VERT..281

CHAPITRE XL...290

LE PALAIS D'ARWA 290

CHAPITRE XLI 296

LE MEURTRE D'ÉBOLI 296

CHAPITRE XLII 304

LE DÉSERT EN FEU 304

CHAPITRE XLIII 315

    LA PIERRE NOIRE 315

CHAPITRE XLIV 321

    ABDUL.. 321

CHAPITRE XLV..329

    L'OUVERTURE DE LA CICATRICE............................329

CHAPITRE XLVI 336

    L'ASSAUT SUR KERAK.. 336

CHAPITRE XLVII 339

    LA VÉRITÉ 339

ÉPILOGUE...348

POSTACE 352

REMERCIEMENTS 353

PROLOGUE

La très jeune reine, venue du Sud, belle mais noire, avait disparu du palais.

Nul ne l'avait vue quitter ses appartements.

Il envoya des émissaires se renseigner aux quatre portes de la cité. Un à un, ils revinrent apportant la même réponse : quelques cavaliers yéménites étaient partis tôt le matin en compagnie de la reine pour une chasse au renard du désert.

Quatre versions de la même histoire. Quatre versions parfaitement identiques : avec quatre reines au milieu d'un groupe de cavaliers.

« Elle aurait dû le prévenir de ce projet qu'il persista un instant à « prendre pour un nouveau jeu qu'elle avait inventé. Il l'avait bien « soumise à une série de devinettes le premier soir lorsqu'elle était « arrivée à la tête d'une suite innombrable de quatre cents chameaux « porteurs de milliers de coffres pour le très grand roi qu'il était ».

Depuis quelques jours, elle se refusait à lui sous des prétextes divers : la fatigue du très long voyage depuis le sud, l'insupportable chaleur, les pièces trop chaudes du palais, la promiscuité d'une cour attentive à ses moindres faits et gestes… La liste en était interminable.

Il ne fallait pas être un très grand devin pour percevoir dans son dos les sourires en demi-teinte de ses conseillers, les bavardages des courtisans. Oui ! Il l'avait mise dès le premier soir dans sa couche. Oui, elle devait être très experte en dépit de son jeune âge.

Oui, mais voilà… Lorsque femme varie…

L'inquiétude le prit par surprise après les premiers soupçons.

« Et si elle ne rentrait pas de cette chasse au renard ? »

Il fit alors fouiller ses appartements en dépit des protestations des suivantes de la reine. Tout était à sa place. Les grandes armoires regorgeaient de ses nombreux vêtements ou autres atours. Le petit coffret où elle rangeait soigneusement les pierres précieuses, saphirs, turquoises, rubis, qu'il lui offrait constamment, était encore ouvert sur une table basse.

Les suivantes n'avaient qu'un mot à la bouche.
- Nous ne l'avons pas vue ; elle a dû partir très tôt, dès les premières lueurs rosâtres du levant.

Il se traita d'imbécile, ce qu'il était finalement. La journée fut fébrile : alternant ordres et contre-ordres, lui le grand roi, si serein, si calme d'habitude dans les tempêtes qu'il avait dû affronter, perdait son sang-froid en face de l'absence de sa dernière maîtresse à qui il n'avait rien pu refuser. Par rapport à ses femmes, ses concubines, les filles de son harem, cette jeune reine venue du sud les dépassait de très loin par son expérience amoureuse. Elle avait réussi à le rendre fou d'elle.

- Mais qu'a-t-elle donc de plus que nous ? se demandaient ses rivales. Elle a, comme nous, deux seins, deux fesses…

Il fallait croire que non…
La nuit tomba.
Aucune des quatre reines n'était rentrée.
Disparues, elles aussi, avec leur escorte.
Il fit annuler le festin préparé pour fêter son retour.
Une nuit de cauchemar.
À qui s'étonnait que le roi n'ait pas encore lancé ses milliers de cavaliers dont les chevaux piaffaient d'impatience dans les grandes écuries, son principal conseiller répondait : que là n'était peut-être pas la solution

Les jours passèrent.

Le grand roi fit froidement exécuter tous les serviteurs, suivantes et gardes de la reine. Il n'en resta pas un de vivant.

Ils avaient apparemment accepté leur sort. Il n'y eut ni pleurs, ni gémissements, ni hurlements, ni clémence demandée.

De parfaits serviteurs.

De trop parfaits serviteurs aux dires du principal conseiller.

La femme ne fut jamais retrouvée.

La reine de Saba regagna paisiblement son pays situé à huit semaines de chameau de Jérusalem et de la couche du grand roi Salomon.

Seule.

Ou pratiquement.

Avec une suivante pour toute aide.

Et une jument de remonte au cas où…

Elle prit tout son temps pour revenir ans sa capitale Marib, au nord de Sana 'a. Mais déjà à Akaba une première tribu vint lui faire escorte.

Lorsque le premier émir rencontré lui demanda si elle avait fait finalement un beau voyage elle répondit par un sourire dont l'ironie n'échappa pas à l'homme du désert.

Elle n'avait emporté ni vêtement, ni bijoux, ni aucun autre cadeau. Elle avait délibérément sacrifié des centaines de serviteurs.

Mais le jeu en valait la chandelle.

On était alors en l'an 743 avant l'ère chrétienne, c'est-à-dire à peu près 2.000 ans avant cette histoire.

CHAPITRE I

LE PROCÈS

- Il existe des lieux saints, hurlait l'inquisiteur, et vous les avez profanés, ici même, à Jérusalem.

- Savez-vous, mes frères, que dans le Temple de Salomon, le second parvis appelé le « Saint », était autrefois interdit aux « gentils » sous peine de mort ?

- L'avez-vous franchi et y avez-vous porté vos pas ?

- Ne répondez pas, c'est inutile. Je le sais.

L'accusé se demandait, non pas où il voulait en venir, car la chose était comme d'avance, mais ce qu'il avait encore derrière la tête. L'inquisiteur, une bave écumante aux lèvres, poursuivait sa diatribe véhémente.

- A-t-il seulement lu le Deutéronome et l'Exode ?

Bien sûr qu'il les a lus, mais pour mieux les profaner. Mais, pour vous, mes frères dont la mémoire est peut-être défaillante, sachez bien que dans ces lieux saints les sorciers étaient condamnés à ne plus vivre.

Et savez-vous pourquoi ?

Je m'y perds, car il fait à a fois les questions et les réponses à un débit inimaginable. Certains des assistants ont du mal à le suivre, tentant désespérément de rattacher des lambeaux de questions à des lambeau de réponses.

- Voilà pourquoi, poursuivait-il en tendant le bras vengeur devant lui, voilà pourquoi, actuellement en fonction de la dégradation du sacré dont il s'est rendu coupable, le sorcier, présent devant vous, doit être brûlé vif.

Quelque chose m'a échappé, il a bien posé la question « pourquoi » et il a tout de suite sauté à a conclusion. Sans passer par la réponse.

- Il n'y va pas de main morte quand même, fis-je à mon voisin.
- Tais-toi, je n'entends plus rien.

- Car la sorcellerie, et il était reparti, plus remonté que jamais, vient d'une perversité du cœur que Dieu lui-même a placé en nous, et d'une perversion de l'intelligence car l'accusé, mes frères, est intelligent, mais il est habité par le Malin.

- Comment peut-on être habité par Dieu et le Malin en même temps ?
- Mais tais-toi à la fin !
- À ce régime, continuai-je sans prendre garde à l'irritation de mon voisin, à ce régime, l'accusé est foutu… D'ailleurs, il ne suit plus depuis longtemps le discours, si tu veux mon avis.
- Je ne veux pas de ton avis.
- Comme du voudras !

- D'ailleurs, regarde le procureur, il hausse les épaules de lassitude parce que les jeux sont faits, et il dodeline de la tête. Il va bientôt s'écrouler sur une pile de rouleaux de parchemins qui vont foutre le camp par terre et réveiller l'assemblée… Les clercs n'écrivent plus rien.

- Mais arrête à la fin…
- Tiens, au fait, il me vient une idée.
- Je m'en fous complètement.
- Cette idée est que l'on aurait dû, à mon humble avis, rassembler ici en bloc tous les sorciers de la ville, qui n'en manque pas. On gagnerait du temps. Ce n'est pas ton avis non plus ?
- Ce n'est pas mon avis.
- Comme du veux !
- Car le Malin est habile.

Il vociférait à présent. Je parle à nouveau de l'inquisiteur.
- À force de s'époumoner il va se crever les bronches ce type. Il faudrait le remplacer…

Je m'arrête, je sursaute… Car il vient de lâcher, je parle toujours de l'inquisiteur, une phrase pas banale.

- La sorcellerie, vient-il de nous asséner, le visage cireux, brusquement marqué de tâches couleur rouille, c'est le fait de regarder ce que l'on ne devrait pas voir…

Personne n'a eu l'air de faire attention à ces paroles. Normal, les assistants enregistrent, un mot sur deux. C'est une moyenne, bien sûr, quelques fois, un sur quatre. C'est dire qu'il devient réellement difficile de suivre le fil du discours. Mais la phrase est bien sortie, comme je viens de la rendre.

Ah si, il y en a un, le président, qui a relevé péniblement sa pauvre tête chauve et à apprécier la diatribe. Pardi, c'est un abbé cistercien. Car ils sont très forts ces inquisiteurs dominicains. Ils sont parvenus à mouiller les cisterciens dans leurs combines. Bref, il a relevé la tête et l'écoute attentivement.

Comme moi d'ailleurs.

- Fais attention, glissai-je à mon voisin, cela risque de devenir intéressant.

- Car la sorcellerie, reprend le moine, et c'est là que réside le danger le plus grand pour vous mes frères -ça y est-il est temps de les mouiller à leur tour dans sa harangue-, c'est la curiosité de ce que l'on ne doit pas connaître, ce sont les yeux levés, gardés grands ouverts, alors qu'il faudrait les tenir baissés.

- Ce n'est pas bête du tout.

- Tu vas nous faire remarquer avec tes conneries…

- Si j'avais le temps, je discuterais bien avec mon cardinal préféré sur la question de garder ou non les yeux ouverts.

Pour lui, l'inquisiteur, là-bas, la sorcellerie c'est d'abord une indiscrétion à l'égard du divin.

- Pas faux du tout.

Et je claque ma langue dans ma bouche pour marquer mon approbation.

- Je te préviens. Si tu n'arrêtes pas, je fous le camp.

Je fais des yeux le tour de la salle d'audience. Pleine à craquer. Tout le gratin de Jérusalem est là. Pas question de rater pareille occasion de se distraire pour un empire.

D'autant que le moine arrive à la charnière de son discours.

- Écoutez-moi bien, frères, à présent ! Si l'accusé s'était contenté d'acte de sorcellerie, nous l'aurions seulement brûlé vif…

- Eh bien qu'est-ce qu'il lui faut ?

- C'est bon, je m'en vais. Je t'aurai prévenu.

- Reste, tu vas rater le meilleur.

- Mais, il s'est livré, et j'ai honte, mes frères, de le dire à une débauche sensuelle sans retenue.

- Normal. Pour un sorcier, les nuits sont prétextes à des débauches sans nom.

Mon voisin m'empoigne méchamment le coude pour m'empêcher de parler.

- Aïe, tu me fais mal.

- Sans nom, sans précédent, donc inqualifiable, bravant tous les interdits, tous les tabous…

Ici, la salle s'est faite terriblement attentive.

- Bravo, bien dit. On est au cœur du débat.

- Ta gueule.

- Bigre. Deviendrais-tu grossier à ton tour ?

Il prend tout son temps, ce fou de Dieu.

- Je ne vous donnerai pas de détail dans cette enceinte sacrée, mais sachez qu'il a commis…

Et là, il marque un superbe temps d'arrêt, les bras levés, l'index tendu.

Un « oh » de frémissement d'horreur circule dans la foule et de joie non dissimulée, car si les détails viennent, ils risquent d'être croustillants. On avait bien fait de venir.

- Mes frères, sachez que dans le droit canon, l'inceste correspond à une punition hors du commun, à la mesure de la faute commise…

- Avec qui, hurle quelqu'un dans la foule ?

- Avec qui, hurle soudain le dernier rang ?

- Avec qui, hurlent les neuvième, cinquième et premier rangs ?
- Avec qui, hurle à présent toute la salle ?
- Alors, je recommande, j'exige plutôt, au nom de notre Sainte Mère l'Église que l'accusé soir amené nu, depuis sa cellule jusqu'au lieu supplice, pour être lapidé en chemin, tandis que des grenailles de plomb s'abattront sur son dos et ses jambes en cours de route. Mais, je vous rassure, il arrivera encore vivant au pied du bûcher pour que vous l'entendiez hurler sa misère, ses pêchés.
- Félicitations. Du jamais vu.

Oh, il est parti. Dommage, il a manqué le meilleur.

Dans la salle, des murmures, de plus en plus menaçants. Pour deux raisons diamétralement opposées. La première, la foule attend des détails sur l'inceste. Avec qui ? Comment ? Où ça ? ; L'autre considère que le châtiment, en fait, il y en a deux, est réellement disproportionné, et le pauvre type n'arrivera jamais entier au bûcher.

Le fou de Dieu s'en rend compte. Il essaie de contrer.

Instinctivement, le moine s'est reculé pour se heurter à un clerc qu'il a bousculé, puis violemment projeté contre le mur, et finit par s'effondrer, de surprise, par terre.

Le président fait un geste en se levant derechef pour calmer l'assistance qui se tait immédiatement car elle sent qu'elle tient sa réponse.

- Oui, se tourne-t-il vers l'inquisiteur, avec qui donc ?
- Je vais vous le dire, murmure celui-ci.
- Plus fort, crie la foule.
- Parlez plus fort, mon frère, fait le cistercien.
- Je vais vous le dire, hurle le dominicain.
- Mais, qu'est-ce qu'il attend ce con-là…
- Ça fait quand même beaucoup pour un seul type murmure un Templier.
- Ah, tu es revenu. Tu as entendu. Prépare-toi au pire.
- J'ai entendu. Ce n'est pas fameux du tout.
- Avec ses sœurs, gesticule et vocifère le moine famélique.
- Ses sœurs… Au pluriel… fait la foule… Mais c'est terrible.
- Je veux bien le croire. Une sœur, ce n'est déjà pas banal, mais des sœurs…

- Combien y en a-t-il, questionna la salle qui désormais était partie prenante ?

Le moine leva la main... et deux doigts.
- Ah ! Et il y a dans ce « Ah » comme un léger désappointement.

Le président assène alors un vigoureux coup de maillet sur la table. Maintenant, passons aux choses sérieuses a-t-il l'air de dire.
- Nous allons maintenant interroger l'accusé.
- Geoffroy Faraglioni, levez-vous, ordonna le président.
Et je me lève.

Je me réveillais brusquement en sueur, tremblant de tous mes membres. C'était chaque fois la même chose. Je refaisais ce terrible cauchemar, plus ou moins épicé, d'une sinistre ironie. Il arrivait toujours sans crier gare, alors que j'étais heureuse car j'avais retrouvé mes doubles.

J'ai lacé un pagne de lin autour de ma taille et j'avance sur le petit balcon surplombant le jardin. Le jour tarde à se lever. Ce cauchemar récurrent, persistant est, pour moi, terriblement prémonitoire. Il annonce des périls à venir. L'Inquisition, jusqu'à présent, était réservée aux habitants de l'Espagne, mais si elle débarquait ici en Orient... que se passerait-il ?
Machinalement, je souris et je repense au rêve. Aux questions, réponses, aux remarques... il m'en vient une...

- La sorcellerie, vociférait l'inquisiteur, à un moment de son discours, est la maîtresse des apparences.
- Moi, je la verrais bien cousine germaine du sacré. Ça ferait un miracle de plus. J'ai murmuré ces mots à voix basse, comme pour prendre à témoin la nuit environnante.
- Tais-toi Mélisende.
Je me retourne. Mes doubles sont derrière moi. Alix et Geoffroy.
- Allez, viens te coucher, dit Alix...

CHAPITRE II

SAINT-JEAN D'ÂCRE

Un vent très léger, presque doux, venu du désert, faisait frémir imperceptiblement les faibles tamaris roses dont l'un, en se courbant, effleura les épaules dénudées d'Alix. La jeune femme était penchée sur une table faite de bois différents où l'artisan avait, fort intelligemment, mêlé santal, platane, cyprès et curieusement de l'ivoire. Cela donnait une damasserie où s'alternaient des couleurs sombres, vives, rouges ou très blanches.

Alix considérait le petit morceau de pierre couvert de signes, dont elle ne comprenait pas la signification. Leila, leur suivante, leur avait, en fin d'après-midi, apporté un petit paquet fait d'une sorte d'étoffe de coton gris fermé par un nœud grossier.

- Une femme l'a amené ce matin pour Geoffroy. Aucun d'entre vous n'était là. Elle a disparu aussi vite qu'elle est apparue. Elle n'a donné aucune explication, si ce n'est : « Pour Geoffroy Faraglioni ».

Il arrivait fréquemment qu'en raison de leurs nombreux voyages en Orient, les Faraglioni reçoivent des produits, des marchandises diverses sous forme de petits paquets plus ou moins bien enveloppés, à la suite de conversations tenues un peu partout. Il pouvait s'agir aussi bien d'un onguent spécial à base de camphre, d'une épice importée de Malaisie, d'ivoire amené de la corne de l'Afrique ou d'un parfum musqué.

Des échantillons en quelque sorte.

Là, il s'agissait de tout autre chose. Une pierre plus ou moins rectangulaire fortement érodée par le vent et la poussière du désert avec des gravures profondément entaillées ; le morceau de pierre paraissait avoir été arraché volontairement à un ensemble. Du moins, c'est l'impression qu'il donnait à Alix. Assez lourd, cependant, de la longueur d'une coudée et de la largeur d'une main.

- Leila, ordonna Alix, répète-moi exactement ce qu'elle t'a dit et décris-moi le plus exactement possible cette femme.
- Je te l'ai déjà dit.
- Recommence !
- Une femme vêtue de noir, la tête recouverte d'un voile, s'est présentée au grand portail du jardin. Un commis est venu me prévenir. Elle n'était ni grande, ni grosse, ni petite, ni menue.
- Leila, ne te fous pas de moi !
- Alix, tu le sais aussi bien que moi. Ces femmes arabes se ressemblent toutes ; habillées de noir, des vêtements les uns par-dessus les autres, si bien que tu ne sais jamais lorsque tu les vois marcher devant toi si elles sont nubiles ou enceintes. S'il s'agit d'une grand-mère ou d'une petite fille.
- Merci du cours ! Je ne le savais pas effectivement. Tu continues comme ça et tu reçois une gifle !

Leila lui jeta un regard insolent.
- Bien maîtresse, je continue ?...

Elle continua.
- Une femme…
- Tu as pourtant vu son visage.
- Eh bien non ! Elle le tenait obstinément dirigé vers le sol. Seules ses mains bougeaient. Très habile, lorsque j'y pense. J'ai suivi le mouvement de ses mains autour de l'étoffe de coton et ses paroles et du coup je n'ai pas vu son visage. Mais je te rappelle que la rencontre n'a duré que quelques instants.
- Que t-a-t-elle dit exactement ?
- Il faut tout te rappeler. Ça devient pénible. « À remettre à Geoffroy Faraglioni ». Elle l'a répété plusieurs fois.
- Et ta réponse ?
- Très bien. Merci. D'ailleurs, je te ferai remarquer que je fais cela quatre fois par semaine au moins.
- Rien d'autre. Pas de « Je reviendrai chercher la réponse demain ».
- Non, rien du tout.

Maintenant Alix considérait, avec seulement un brin de curiosité, le morceau de pierre. Cela ne lui rappelait rien. Aucun souvenir ne surgissait de sa mémoire. La pierre semblait très ancienne à en juger par la calligraphie utilisée. Des signes bizarroïdes les uns à côté des autres. Peut-être que le garçon, le vrai, Geoffroy, savait quelque chose. On verrait bien au moment du dîner où ils se retrouveraient tous les trois.

Et Alix laissa la pierre sur la table pour retourner à la villa.

- Quelqu'un ta posé une devinette, mon chéri, murmura Mélisende, et Alix, si douée en alchimie n'a rien trouvé. C'est dire comme ça va être difficile.

Les jumelles regardaient Geoffroy manipuler la pierre, la tournant et retournant pour y découvrir quelques secrets.

Mélisende était strictement habillée de la même façon que sa jumelle.

Une longue robe verte, décolletée, à la mode vénitienne, laissant le cou et les épaules nus. Des cheveux très noirs et des yeux bleus exceptionnels. Un simple foulard avec d'étranges dessins géométriques noué autour de la gorge. Le même qu'Alix, d'ailleurs. Chaussées de mules brodées d'or, à hauts talons. Elles étaient aussi grandes que leur frère.

- En tous cas, ce n'est pas de l'arabe, dit Alix.

- Ni du vénitien, j'en suis sûre, ni du flamand. Je plaisante bien sûr…

- Une conquête féminine venue du fond des âges, dans une de tes vies antérieures ?

- Je vous signale, qu'ayant parlé de Geoffroy Faraglioni, cette femme mystérieuse pouvait tout aussi bien vous désigner.

- Nous ? Mais nous ne sommes que de faibles femmes, tes servantes soumises… Ton harem également. Tes concubines préférées… Tes maîtresses insatiables… Nous n'avons rien oublié ?

- Non. Presque rien…

- Alors, tu vois quelque chose ?

- Nenni, ma belle, mangeons et buvons pour oublier l'incident.

L'aiguière soulevée montrait, à travers le verre très transparent, bordé par endroit de plomb comme un vitrail, la couleur abricot d'un vin rosé du Liban.

Ils choquèrent leurs gobelets d'argent.

Leila avait brûlé, dans des cassolettes de cuivre, au-dessus de petits braseros, de la myrrhe et de l'encens. De la myrrhe pour éveiller l'esprit, disait Mélisende, et de l'encens pour ouvrir l'âme, ajoutait Alix.

- Ou l'inverse, précisait le garçon, car on finit par tout mélanger.

- Maintenant il faut ouvrir nos sens à ce breuvage couleur abricot. Ils portèrent alors à leurs narines les fines coupelles de terre cuite dans lesquelles des pétales de fleurs baignaient dans de l'eau et en respirèrent l'odeur.

- Pas d'idées nouvelles concernant cette pierre ?

- Ce n'est pas une commande pour des galères ou une demande d'expédition à Karakorum, ça c'est certain. Ni de recette pour un onguent destiné à soulager des douleurs pulmonaires, ni un baume cicatrisant car cela aurait pu intéresser nos amis Templiers, ni un brûlant message d'amour.

- À propos, fit le garçon, j'ai croisé d'Albano à la commanderie d'Âcre où je venais faire contrôler les manifestes du dernier convoi. Il m'a jeté : Geoffroy, il faut que je voie ta sœur.

- Laquelle ?

- Il n'a pas précisé, preuve qu'il savait parfaitement de qui il parlait.

- Ce n'est pas moi, fit Alix, j'ai déjà deux amoureux. Je n'arrive même plus à organiser mon temps.

- Pas moi non plus, reprit Mélisende. Je n'ai pas d'amoureux d'une part, et je ne vais pas tomber amoureuse d'un cardinal qui a plus du double de mon âge.

- Il a plus du double de ton âge ? Tu es sûre ? Mais c'est affreux ça...

- Portant, reprit Geoffroy, il m'a semblé qu'il pensait à toi...

- C'est une vieille histoire...

- Ah ! Tu vois bien. Une vieille histoire. C'est comme l'agneau que vient de nous servir Leila, il est bien meilleur lorsqu'il est réchauffé.

- Parfait. Merci. Vos intentions me vont droit au cœur. Je vais me coucher.

- Moi aussi, je te rejoins.

- Moi aussi, fit une autre voix, je vous rejoindrai, mais un peu plus tard.

Comme dans d'après-midi, la pierre resta sur la table lorsque les trois Faraglioni eurent disparu.

- Qu'ont-ils fait, demanda impérieusement l'ombre ?

- Rien. Rien du tout. Ils l'ont examinée attentivement puis ils l'ont reposée sur la table. Les filles s'en sont donné à cœur joie pour se moquer de leur frère. Tout y est passé : correspondance amoureuse, recette de bonne femme, description d'un parfum, composition d'un onguent. Ça les a fait rire.

- Ils n'ont pas cherché à en savoir davantage.

- Non.

- Curieux ça !

- Mais ils reviennent des quatre coins de l'Orient au terme de longs voyages en Transoxiane, à Trébizonde, à Nichapour. Ils ont, semble-t-il, d'autres chats à fouetter. Et comme leur servante a été totalement incapable de vous décrire : le mystère s'est ajouté au mystère, et je crois que cette nuit ils sont beaucoup plus préoccupés à faire l'amour ensemble qu'à déchiffrer un rébus.

- C'est bon, va !

Alix laissa donc Mélisende et Geoffroy regagner leur chambre, le torse revêtu simplement d'une légère étoffe de lin enroulée autour de ses reins, elle se rendit sur la terrasse. Elle avait pris dans la cuisine de Leila une écuelle de terre cuite où baignait une mèche dans une huile odoriférante et elle l'alluma. Elle posa la coupelle à côté de la tablette de pierre et la considéra visualisant les caractères comme pour s'en imprégner. Elle se maudit de ne pas avoir emporté un calame acéré, de l'encre violette, et une feuille de papier importé de Chine.

(*)

(*) Pièce de droite : écriture cunéiforme
Pièce de gauche : écriture sud-arabique
Personnage de gauche : maître de l'eau

CHAPITRE III

JEU DE GLACES

Tout d'abord, il n'aperçut de l'homme qu'une silhouette indistincte dans la nuit qui tombait. Il surveillait déjà depuis des heures, la villa sans détecter âme qui vive. Il avait soigneusement repéré les lieux et avisé un grand figuier poussant non loin du mur d'une des grandes chambres du premier étage.

Les rares serviteurs s'étaient fondus dans l'obscurité pour aller se coucher. Le vieux Bartolomeo dormait depuis longtemps. Il était donc apparemment seul, sur une branche haute du figuier centenaire, à observer ce qui se passait dans la villa.

Puis, il y eut un léger remue-ménage, des pas alertes et vifs, un échange rapide de propos à voix basse auquel il ne comprit rien. Un homme entra dans la lumière diffuse du grand chandelier où brûlaient sept bougies. Il se tenait à présent le dos à la fenêtre, et se déshabillait lentement.

Sandani tenta machinalement de se reculer davantage sur sa branche pour que l'on ne le surprit point. Mais c'était inutile, l'homme ne s'occupait pas de lui. Il faisait passer sa chemise par-dessus son épaule après avoir délacé le jaseran, sorte de corset mailleté, protégeant le haut du corps des coups de poignard.

Les épaules étaient larges, les avant-bras noueux, le dos musclé. L'homme à présent posait un pied sur le petit tabouret de bois pour délacer le bas de ses braies, puis l'autre pied. Alors il se redressa, faisant glisser ses braies, ne conservant qu'un pagne de lin autour du ventre, se massa le bas du dos, lança d'une voix rauque quelques mots à un interlocuteur invisible, et éclata de rire en écoutant la réponse.

Le guetteur vit donc surgir, dans l'embrasure d'une porte, une autre silhouette incontestablement masculine, elle aussi à moitié nue, c'est-à-dire le torse dénudé et en train d'envoyer balader ses braies d'un vigoureux coup de talon. Rapidement, il fut nu et se rapprocha de l'autre qui n'avait plus bougé, le regardant faire.

Sandani remarqua tout de son figuier. Les deux hommes étaient à présent poitrine contre poitrine. Les bras du premier autour du torse du second, tandis que la main droite de ce dernier allait chercher la nuque de l'autre pour le renverser et lui prendre les lèvres.

Puis, le second se baissa légèrement, soulevant l'autre par les jambes en lui tenant fermement la hanche contre lui, et le porta sur le grand lit occupant au moins la moitié de la pièce.
Sandani se frotta les yeux.

Les deux êtres étaient absolument identiques. La faible lueur de la lampe l'empêchait de voir qui était qui, sauf qu'ils étaient identiques. Il se mordit la langue pour ne pas crier. Il ne pourrait jamais raconter ça, on lui rirait au nez.
Un garçon aimant un autre garçon, c'était après tout monnaie courante. Non ?

Il ne se prenait absolument pas pour un voyeur, même si son intérêt lui commandait de rester pour connaître la suite des évènements. Les deux autres parlaient entre eux, exactement de la même voix sourde, une langue franque.

Les instructions données à Sandani étaient claires. Observer le comportement des trois Faraglioni lorsqu'ils seraient de retour à Âcre. Les trois Faraglioni, c'était dans l'ordre : le garçon Geoffroy, dix-huit ans, et les jumelles Mélisende et Alix, presque dix-sept ans.

- Donc… Par Allah le miséricordieux ! L'un des deux là-bas sur le lit était forcément une des filles faisant l'amour avec son frère.

Ça par exemple. Comment pourrait-il l'annoncer clairement à son chef ?

Mais ils sont absolument identiques, lui expliquerait-il, pas moyen de les distinguer. La même silhouette exactement. Geoffroy Faraglioni n'est pas en train de faire l'amour à un éphèbe par hasard. Il fait seulement l'amour à sa sœur.

La sœur, précisément, s'était levée du lit. Les cheveux noirs dénoués. Incontestablement, une femme. Pas moyen de s'y tromper, même lorsque l'on est juché sur la branche haute d'un figuier qui pourrait bien casser soudainement.
Elle était en train de verser du vin d'une amphore en terre cuite dans deux gobelets d'argent.

- Et qui était vraiment au courant, là-bas dans la commanderie teutonique, se demandait le voyeur.
- Personne, se répondit-il. Ils vont être drôlement stupéfaits de l'apprendre, à moins qu'ils ne veuillent une confirmation et surtout un témoin.
- Et l'autre ? Où était-il, le troisième membre de la famille Faraglioni. Pas le temps d'y réfléchir davantage.

Il en savait assez, ou trop, à présent. Il lui fallait repartir. Il redescendit rapidement de son arbre, faillit perdre l'équilibre et se ramassa sur le sol.
La silhouette se fondit dans la nuit. Ses chefs allaient-ils être contents. S'il avait prêté une attention particulière au dialogue entre les deux Faraglioni en question, il eût été dans la plus complète confusion mentale.

- Eh bien ma chérie, nous lui en avons donné pour son argent, ne crois-tu pas ?
- Mais avec le jeu des glaces, il n'a pas pu savoir qui était qui. Tu n'es quand même pas Mélisende. Dis-moi, mon chéri ?
- Tu ne réponds pas ? sapristi, et je ne me suis aperçu de rien.

Et là, les deux filles partirent dans un grand éclat de rire.

- J'espère que Geoffroy le suivra jusqu'à son repaire, car il va l'y conduire immanquablement et nous apprendrons enfin qui est cette femme en noir si mystérieuse.

Les Faraglioni commirent cette nuit deux fautes.

Pas un instant ils ne pensèrent que le guetteur pouvait leur avoir été envoyé par un tout autre personnage.

Et d'autre part, Geoffroy, à peine s'était-il faufilé à l'extérieur de la villa, qu'il fut assommé d'un solide coup de gourdin sur le crâne.

Inquiètes, ne le voyant pas revenir, Mélisende et Alix se rhabillèrent en marchands vénitiens, se munirent de leurs dagues et d'un poignard, et partirent à la recherche de leur frère qui tentait de se relever dans la ruelle menant au port, en proie à un solide mal de tête.

- Elle prend des risques terribles cette mystérieuse inconnue…
- Raison de plus pour la retrouver, compléta Geoffroy en reprenant son souffle.

CHAPITRE IV

TENTATIVES D'EXPLICATIONS

En désespoir de cause, mais surtout en raison de l'agression sur Geoffroy, les Faraglioni décidèrent d'utiliser les grands moyens. Mélisande, qui fréquentait assidûment les madrasas situées à proximité des mosquées, décida de se rendre à celle proche de la grande mosquée d'Omar, sous les traits et les vêtements d'un jeune marchand vénitien nommé Geoffroy Faraglioni.

Un muallim, très âgé, grand, sec, portant une courte barbe blanche, vint à sa rencontre. Mélisende se présenta d'abord comme un ami de l'émir Othman qui régnait sur une petite contrée au Nord d'Alep, en son château fort d'Al Hokkeider.

- Tu parles bien l'arabe, mon garçon, en quoi puis-je t'aider ?
Mélisende déposa, sur le sol recouvert de tapis de prière, le paquet enveloppé d'une couverture qu'elle déplia lentement.
- On nous a fait parvenir cette pierre, mais nous en ignorons la langue. Cela ne correspond à aucune écriture connue. Du moins de nous.

Ils s'assirent en croisant les jambes. Le vieillard avait pris la tablette sur ses genoux.
- Ancien, très ancien, murmura-t-il.
De la pierre, ajouta-t-il, et pourquoi pas de l'argile cuite avec des inscriptions.

- Que dis-tu ?
- Oui, comme en Irak, au sud de Bagdad. Je te dis çà à cause des coins sur la lettre. On dirait une écriture cunéiforme, enfin presque.

- Et qu'est-ce que cela pourrait bien signifier ?

- Si c'est une écriture babylonienne, justifiée par l'ancienneté des jambages, alors il s'agit sûrement d'une description. Ces gens-là ont passé leur vie à mettre par écrit tout ce qu'ils faisaient. Je veux dire au niveau des transactions commerciales. Toi qui est un marchand, tu peux comprendre cela.

Mélisende hocha la tête.

- Une description… mais de quoi ?

- De tout… le décompte d'un troupeau, de prisonniers, de sacs de blé ou d'orge, du nombre d'ouvriers nécessaires pour édifier un temple. Mais…

- Oui…

- Ce que je ne comprends pas c'est pourquoi ils n'ont pas écrit ce décompte sur une tablette d'argile cuite et pourquoi ils ont préféré la pierre.

- Est-il possible que ce soit un texte officiel, questionna le jeune homme ?

- C'est possible, reprit le vieillard au bout d'un moment. Je peux dire aussi qu'il s'agit de la transcription d'une situation.

- Je ne comprends pas.

- Tu sais qu'à l'époque dont nous parlons, on mettait pratiquement tout par écrit. Tiens, je suis allé, dans ma jeunesse, très au Sud de Bagdad, presque à l'embouchure du Tigre, là où se dressent encore des pyramides plus anciennes que celles de l'Égypte. Eh bien ! Rien qu'en te baissant sur le sol, tu peux trouver d'innombrables tablettes portant seulement des indications numériques… Oui, comme s'il s'agissait d'une transaction entre deux marchands. Tu dois connaître cela, toi, le vénitien.

Mélisende approuva de la tête.

- Là, c'est peut-être la même chose. Mais laisse-moi finir pour ces pyramides du Sud de l'Irak. La plupart des tablettes ne présentent, de nos jours, aucun intérêt. Des listes interminables de troupeaux de moutons, de jarres de grains de blé ou de bière, des prisonniers, etc… Mais aussi des calculs arithmétiques, et parfois même des problèmes à résoudre. Tu veux un exemple.

Je laissai faire, passionnée par ce qu'il disait.

- Eh bien, ils posaient des problèmes de ce genre : combien faut-il de jours pour édifier un petit temple sur la terrasse supérieure du Temple si la longueur est de tant de coudées, la largeur de tant d'autres, la hauteur de tant d'autres. C'est d'ailleurs fort curieux, ils se posaient des problèmes pour le simple plaisir de les résoudre, sans y trouver nécessairement d'applications pratiques...

Mais, ce qui me déroute dans la pierre que tu m'as apportée est que, contrairement au système très petit, minuscule des hiéroglyphes dont je viens de te parler, ici, on se trouve en présence d'une écriture à jambage très grand. Ce que je ne comprends pas. Pourquoi écrire une lettre -si c'est une lettre- ou un récit, avec des caractères dix fois plus grands que la normale ?

- Des comptes, reprit Mélisende, c'est possible. Vous voulez dire que là où vous étiez il s'agissait seulement de comptabilité plus ou moins sommairement élaborée et non pas de document décrivant une bataille par exemple... ou l'exploit d'un héros sur un champ de bataille ? Mais cela pourrait être une lettre d'un ami à un autre ami, non ?

- Tu poses trop de questions mon garçon !

- Dites-moi, et ce sera une question de plus, fit Mélisende en ne s'arrêtant pas au ton sarcastique du vieillard, ces caractères ne présentent aucune fioriture, aucune décoration comme on en voit dans d'autres inscriptions toutes aussi lointaines, comme j'en ai vu parfois à Palmyre.

- Mais je te rappelle que s'il s'agit d'une énumération, c'est complètement inutile de rajouter quoi que ce soit. On la comprend immédiatement, surtout lorsqu'il s'agit d'arithmétique. Il poussa un soupir de découragement.

- Mais du vois, je ne te suis guère utile, en définitive.

- Si. Si ! Au contraire. Cela va se mettre en place dans ma tête.

- Moi, à ta place, je m'occuperais plutôt du commerce avec les croisés ou avec les turcs, et je me méfierais des inquisiteurs. Je laisserais à d'aimables vieillards la somnolence due à un passé qui ne demande peut-être pas à être revécu...

- Qu'est-ce que vous venez de dire ?

- Lâche-moi l'épaule, veux-tu. Tu as une force incroyable dans le poignet. Ma parole !

- Oh ! Pardonnez-moi.

- Décidément, tu es un garçon dangereux. Je disais simplement que si, moi, j'avais un message à envoyer à un comptoir vénitien, je le lui enverrais en langue franque ou arabe. Tu y as réfléchi ?

- Pas jusqu'à cette minute en effet, je n'ai jamais pensé à un massacre car, si cela avait été le cas, il aurait dû nous parvenir écrit sur parchemin ou papyrus, ou mieux sur ces feuilles papier qui nous viennent de Chine.

Le vieillard réfléchissait, fermait les yeux, plissait le front pour mieux se concentrer.

- Donc, si quelqu'un t'a envoyé un message écrit, il y a au bas mot quelques centaines d'années. Ça peut attendre.

- Attendre ?

- Il faut tout te dire… Oui, il ne me semble pas qu'il y ait urgence. Il ne s'agit pas d'un appel au secours par exemple, ni d'une proposition d'échange : dix de tes fameuses galères contre la reddition d'une forteresse musulmane, ou une centaine de chameaux chargés d'or, de myrrhe et d'encens contre des éléphants ou des esclaves, beaucoup d'esclaves, même chrétiens à ce que j'ai entendu dire. C'est très à la mode et ça rapporte.

- Merci, j'avais compris. Mais pourquoi n'y aurait-il pas, non pas nécessairement urgence mais un fait important qui pourrait… Mélisende hésita… se reproduire… ?

- Ah, voilà qui est mieux… se reproduire… Et qu'est-ce que ça veut dire… ?

- On aurait pu nous envoyer une énumération de quelque chose : un convoi d'esclaves, de prisonniers de guerre, une armée en ordre de marche pour dire la vérité, ce qui signifierait qu'un phénomène de même nature pourrait survenir, ou les sarrasins brûlent de nous affronter en une formidable bataille rangée.

- Tu gagnes vraiment à être connu, mon garçon. Comment t'appelles-tu déjà ?

- Mais Geoffroy Faraglioni.

- Je sais. Je sais, tu me l'as déjà dit. Et tu t'en es servi pour te faire recevoir. Je l'ai fait en souvenir de mon vieil ami le Karmate Othman.

- Je t'en suis reconnaissant.

- Cesse de m'interrompre sans arrêt, veux-tu ! Je voulais dire ton véritable nom.

À la mémoire d'Othman, son vieil ami, possesseur du château d'Al Hokkeider où elle était quelquefois reçue, Mélisende eut un tressaillement. Elle ne put prolonger son mensonge sur sa véritable identité.

- Je m'appelle Mélisende. Je suis une fille.

- Merci. J'aurais fini quand même par le deviner.

- Il t'a dit quelque chose l'émir Othman ?

- Deux fois, il m'a parlé de tes visites. Au début, il te prenait pour un charmant jeune homme avec de jolies cuisses, une moue féminine, un rire juvénile et des fous rires terribles, selon ses propos. Il m'a dit la dernière fois : « Je suis à peu près sûr que c'est une fille, mais j'ignore pourquoi elle se déguise en homme et se fait passer pour Geoffroy Faraglioni ». Tu vois, ce n'était guère difficile.

- Je suis une véritable idiote.

- Mais non. J'ai mis du temps, moi aussi.

- À cause de mes cuisses, peut-être.

- Si tu veux me choquer, tu n'y arriveras pas, mais à cause de ton cou, assurément, il est trop gracile, peut-être moins masculin et ce n'est pas le curieux foulard que tu portes qui y changera quelque chose. Une drôle cicatrice que tu as là…, superbement dessinée, une fine ligne blanche.

Machinalement Mélisende fit tourner le foulard vert autour de son cou pour qu'il dissimulât la cicatrice.

Puis, le vieillard se pencha.

- Je suis désolé de ne t'avoir été d'aucune utilité.

Le muallim de la mosquée d'Omar fit rattraper Mélisende par un gamin au moment où elle franchissait la grille de la villa pour lui enjoindre de retourner le voir.

Le cœur battant, elle s'assit.

- Mon garçon... et il parut hésiter sur le terme, tout en haussant les épaules... mon garçon, je me suis trompé. Il pourrait s'agir d'une écriture avec des triangles peut-être, une écriture mésopotamienne, mais il manque quelque chose.
- Il manque quelque chose... Ça veut dire quoi ?
- L'erreur vient du commencement de la phrase. Là, vraisemblablement, et parce que j'en ai parlé à des confrères, cela ressemble à des caractères mésopotamiens ou même plus anciens.
- Avant la Mésopotamie. Mais alors ?
- Écoute, il faudrait me laisser cette pierre, je vais y réfléchir, reviens demain à la même heure.

Mélisende rentra, troublée, à la villa. Elle y chercha Geoffroy et Alix pour leur parler du résultat auquel le lettré arabe était parvenu, avec l'aide de ses collègues. Elle leur rapporta fidèlement ses propos.

- Une écriture plus ancienne que les mésopotamiennes, fit Alix.
- Mais alors ça ne signifie rien pour nous et pourquoi cette femme nous a-t-elle apporté cette tablette ?
- Ils nagent complètement acheva Mélisende pour ses doubles. Et su ces érudits n'en comprennent pas le sens, la vieille femme de l'autre jour s'est plantée et s'est trompée de cible.

Si un terme avait un sens, c'était bien celui de doubles, prononcé par Mélisende. Des jumelles et leur frère. Rien de plus banal dans une famille. Et qui se ressemblaient. Là encore rien que de très courant. Seulement, ils se ressemblaient vraiment à la perfection...

Grands tous les trois. Les épaules larges, musclées, lorsque les filles s'amusaient à se coiffer comme le garçon, les cheveux noués en catogan sur la nuque, et lorsqu'enfin elles s'habillaient en vénitien, l'illusion était totale. Elle l'était d'autant plus qu'ils avaient exactement la même voix...

Et cette particularité leur venait de la même et étrange cicatrice qu'ils portaient, là encore, tous les trois, en travers de la gorge. Comme si l'arme ayant procédé à cette étrange blessure avait fini par dénaturer leurs cordes vocales pour leur donner une voix détimbrée et rauque.

Le lendemain après-midi, Mélisende était de nouveau assise sur ses talons en face du vieux docteur de la loi.

- Ils ont changé d'écriture au beau milieu de la phrase, si phrase il y a.

Les yeux de Mélisende avaient au départ seulement aperçu ce qui pouvait passer pour des lettres à grands jambages, mais pas plus qu'Alix ou Geoffroy, elle n'avait détecté deux sortes d'écriture.

- Et alors ?
- Et alors, gentil jeune homme, en souvenir de mon vieil ami Othman, qui est également le tien, peut-être pas pour les mêmes motifs, je vais te révéler un secret.

Mélisende était toute ouïe, ses yeux pétillants de fièvre.

- Ce n'est pas la même langue. Il y a dans ta tablette deux langues utilisées et c'est totalement inhabituel.
- Inhabituel, dis-tu ?
- Et incompréhensible.
- Tu ne sais pas quelle est cette seconde langue ? Elle parut insister sur le « tu ne sais pas », ce qui indisposa le vieillard.
- Ma fille, et il retomba, lui aussi, sur terre, tu es trop curieuse. Surtout pour une femme. Va-t'en à présent. J'ai essayé de t'aider, mais tu as vu le résultat ? Je ne suis qu'un prêtre.
- Tu sais autre chose, n'est-ce pas ? Et tu ne veux pas me le dire…

Et il lui tendit la pierre pour lui signifier son refus d'en dire davantage.

- Ah ! Au fait, reviens une seconde, ne sois pas déçue, ni fâchée, mais j'ai quand même une question.

- Pourquoi la personne qui vous l'a apportée ne se manifeste-t-elle pas ?

- Nous nous posons la même question.

- La paix sur toi.

- Jazaka-lâh, qu'Allah te récompense.

CHAPITRE V

LE CARDINA D'ALBANO

- C'est vrai, ma foi, qu'il peut exister une vague ressemblance avec des écritures très anciennes, mais il faut l'œil d'un expert pour la détecter d'une part, et cela ne nous est d'aucune utilité. Et pourquoi ce mélange avec une autre écriture qui serait antérieure aux mésopotamiens ?

Les trois Faraglioni se renvoyaient les questions sans parvenir à un semblant de solution. Quant à la tablette de pierre, il pouvait bien s'agir d'une énumération, mais allez savoir laquelle ?

- Et cette femme vêtue de noir ? Elle aurait fait tout un long voyage -y compris dans le passé- pour apporter seulement un morceau de pierre, sans signification, puisque personne ne connaît la langue utilisée ?
- Elle pouvait penser qu'un lettré d'une madrasa nous mettrait sur la voie. Mais tu as vu le résultat. Ton ami a bien deviné qu'il s'agissait de deux écritures, l'une inconnue, et l'autre peut être mésopotamienne, mais l'explication a tourné court.
- Elle a besoin de quelque chose s'il s'agit d'une énumération. Tu as toi-même parlé d'esclaves, d'hommes en armes, de caravanes. Elle a peut-être des ennemis ? Est-ce une proposition d'alliance, un appel au secours ?
- Si c'était le cas, le plus simple et le plus rapide aurait été de nous délivrer le message en clair.

- Mais au risque d'attirer l'attention : les ennemis de cette femme ont peut-être des espions ici même. Donc elle a pris quelques précautions.
- Je n'arrive pas à imaginer qu'elle coure un danger quelconque, et surtout que l'on nous ait envoyé un message

incompréhensible. C'est au point que nous n'avons même pas demandé aux commis du comptoir de la rechercher. Mais la rechercher où ?

- Ce qui me gêne, c'est l'idée émise par ton lettré, d'une énumération. Et surtout une énumération établie il y a des centaines d'années. Il y a forcément un message derrière ce message.

- Et la femme… ? Que fait-elle ! Attend-t-elle que l'on mette la main dessus, que l'on prenne contact avec elle, le cas échéant ? Mais comment, puisqu'elle n'a laissé aucune indication ?

- Si ça se trouve, elle est repartie sa mission accomplie. Elle devrait nous apporter la pierre. Elle l'a fait. Point à la ligne…

- Et que dira-t-elle à la personne qui l'a envoyée ?

- Ils n'ont rien compris.

Et l'autre reprendra.

- Bravo. Pour un succès, c'est un succès. Ces vénitiens ne méritent vraiment pas leur réputation.

Mais les trois Faraglioni devaient bientôt repartir, envoyés par le vieux Bartolomeo aux quatre vents de l'Orient comme se plaisait à dire Mélisende : Geoffroy à Ispahan, Alix à Karakorum et elle-même à Alep puis Trébizonde.

La résolution de l'énigme, ce serait pour une autre fois.

La journée tirait à sa fin. Le soleil allait d''un instant à l'autre basculer de l'autre côté de la Méditerranée. L'air était calme, l'atmosphère paisible. Encore deux semaines ensemble et leurs chemins se sépareraient.

Mais n'étaient-ils pas toujours ensemble ?

C'est alors que d'Albano fit annoncer sa visite.

D'Albano se faisait rare ces temps-ci. L'Espagne chrétienne avait entrepris la reconquête du pays et on mobilisait, pour contenir les arabes, beaucoup de troupes dont les Templiers. Les mongols déferlaient aux marches de la Pologne et les chevaliers teutoniques, là non plus, n'étaient pas assez nombreux pour les repousser.

Il fallait sauver la chrétienté, donc envoyer aussi des Templiers. En Orient, les tribus arabes malgré la trêve rongeaient leur frein et parlaient à nouveau de djihâd, de guerre Sainte.

D'Albano avait donc beaucoup d'affaires à traiter, mais celle qui l'amenait ce soir n'avait rien à voir avec les guerres.

Les Faraglioni buvaient de la bière dans des gobelets d'argent. La terrasse, légèrement ombragée, dominait une courte falaise rocheuse au-dessus du faubourg de Montmuzard. À droite, les criques de la Méditerranée, et à gauche la rade et le port d'Âcre. Une intense activité y régnait, d'autant que deux galères venaient de s'éperonner en voulant s'éviter.

Des barcasses ramenaient des pêcheurs, d'autres emmenaient des voyageurs vers les galères ancrées dans le port. Les cloches de Saint-André retentirent, suivies dans l'ordre, par celles de Saint-Michel de Gênes et de Saint-Luc des Teutoniques.

Le troisième son retentit dans le cœur, comme dans l'esprit, des Faraglioni. Les chevaliers teutoniques, leurs plus mortels ennemis, toujours vaincus, battus mais toujours de plus en plus nombreux, avec à présent un Grand Maître d'une bien sinistre envergure.

Instinctivement les trois Faraglioni se rapprochèrent. Les jumelles et leur frère au centre. Il posa ses mains que les épaules dénudées et ocrées de ses sœurs et les força à tourner leur visage crispé vers le sien. Il y lut de l'angoisse, en sachant que ses propres yeux devaient refléter aussi une certaine peur.

Des yeux très bleus. D'un bleu incroyable, céruléen, de turquoise ou parfois, par un étrange mimétisme et par une fascinante transmutation, le bleu ensevelissait complètement les prunelles, leur conférant une exceptionnelle luminosité

Mélisende se pencha vers lui et, sa robe fort décolletée, montra la naissance d'une jeune poitrine.

- Verra-t-il aussi mes seins, questionna-t-elle ou dois-je les remonter un peu ?

- Tu devrais avoir honte, marmonna Alix, de vouloir séduire un homme d'Église.

- Mais il veut m'emmener à Rome…, il faut qu'il sache quand même à qui il a affaire…

- On ne doit jamais présenter toute la marchandise, affirma Geoffroy. On donne un simple échantillon.
- Voilà. Un échantillon. Je ne lui montrerai qu'un bout de mes seins par l'embrasure de la fenêtre de ma robe.

D'Albano occupait, dans la hiérarchie de l'Ordre du Temple, une place fort singulière, cardinal de la curie romaine à trente-quatre ans, cistercien, il était surtout le Visiteur Général de l'Ordre, passait son existence à visiter les différentes provinces, ce qui faisait qu'il résidait le plus souvent en Terre Sainte, à l'exception de quelques voyages à Rome où il soignait, disait-il sans rire, sa future élection.

Grand, mince, le front dégarni, légèrement voûté, ses yeux gris ardoise transperçaient les reins et les cœurs et avaient conquis Mélisende depuis qu'elle l'avait rencontré. Et lui s'était pris d'une amitié irraisonnée pour cette jeune femme totalement imprévisible, plus ou moins le véritable chef de cette curieuse fratrie Faraglioni.

Il lui avait confié par ailleurs certaines missions puis avait finalement réussi à convaincre le clan entier des Faraglioni puisque les jumelles pouvaient, à leur discrétion, se faire passer pour leur frère.

Les gens étaient incapables de reconnaître Alix ou Mélisende lorsque ces deux filles s'amusaient à être Geoffroy. En fait leur ressemblance se trouvait accentuée par leur même voix détimbrée, leurs épaules larges, leurs cheveux tirés en arrière, et la légère masculinité des visages parachevait l'illusion.

Depuis, les trois caravanes du Comptoir Faraglioni étaient toujours dirigées par Geoffroy Faraglioni. Et plus personne ne savait qui était et où était le garçon.

Sauf d'Albano.

Même quand il avait devant lui les trois Faraglioni, absolument identiques, il détectait immédiatement Mélisende.
- Comment fait-il, avait un jour demandé Alix ?
- Parce que j'ai un tic à l'œil, répondait Mélisende, dès que je suis amoureuse d'un homme, et a fortiori d'un cardinal, l'œil droit clignote. C'est comme ça qu'il me repère immanquablement.

Le dîner avait été léger, ce qui permettait de servir tout en même temps. D'Albano achevait de tremper une galette dans une purée de pois chiches qu'il avait précédemment assaisonnée d'huile d'olive. Il trempa ses lèvres dans un gobelet rempli d'eau fraîche, et toussota.

- Je n'aime pas, fit Alix, lorsqu'un homme d'Église toussote à la fin d'un repas. C'est, ou le signe d'un profond embarras, ou l'annonce d'une catastrophe.

- Si j'étais vous, finit-il par dire, je prendrais mes cliques et mes claques et je partirais au plus vite où le vieux Bartolomeo veut bien vous envoyer.

- Que se passe-t-il donc ? l'interrogea Geoffroy.

- Tout simplement la menace de l'Inquisition n'en est plus une, ils viennent de débarquer. Quatre sinistres personnages munis de pleins pouvoirs pour redresser la débauche, le laisser-aller, les irrégularités religieuses, les hérésies en tout genre... Vous savez qu'ils accusent les Templiers de tous les maux, je vais avoir affaire à forte partie.

- Mais que reproche-t-on aux Templiers ? questionna Alix.

- Un peu de tout : reniement du Christ lorsqu'ils sont faits prisonniers pour être libérés plus vite, inobservation du rituel monastique, non-respect de leurs trois vœux, mais...

- Oui ?

- Mais, il y a plus. Et c'est la raison de ma présence parmi vous ce soir.

- J'ai compris, le coupa Mélisende. Il s'agit de nous. J'ai fait l'autre nuit un horrible cauchemar. Et elle le lui raconta en partie.

- Tu n'es pas loin de la vérité car le bruit a couru, à Rome, que la famille Faraglioni menait une existence... disons le terme... dissolue. En tant que Visiteur Général de l'Ordre, j'ai dû donner beaucoup d'explications sur les raisons et les intérêts liant l'Ordre aux vénitiens lors des différentes opérations...

Je ne suis pas allé jusqu'à dire que j'utilisais parfois trois Faraglioni en même temps sous le même déguisement, mais incontestablement vous avez attiré l'attention. Ragots de domestiques renvoyés, allusions de certains Templiers ayant accompli leur temps et qui auraient pu avoir vent de votre travestissement... on peut tout imaginer.

- Il n'y a pas que cela, n'est-ce pas, s'enquit Geoffroy ?

- Non ! Voilà, ça c'était la partie la plus visible. J'aurais pu m'en tirer, mais j'ai été incapable de présenter une défense cohérente puisqu'il s'agissait de vous trois. De vous trois, ensemble surtout.

D'Albano toussota pour dissimuler son embarras.

Les vieux démons réapparaissaient ! Après les teutoniques rencontrés dans de sombres circonstances, à présent les hommes de la Sainte Inquisition. Et pourquoi donc ? Parce qu'ils bravaient tous les jours tous les interdits, eux qui ne se disaient même pas chrétiens de Rome.

Aucun des trois Faraglioni n'avança cet argument. Ils n'avaient strictement rien à voir avec Rome. S'ils étaient vénitiens, sur le papier, ils étaient incontestablement orientaux par leur teint. Personne n'aurait compris. En Espagne, les rois dits catholiques collaient froidement sur le bûcher, sur dénonciation et arrestation des grands inquisiteurs, des hommes et des femmes dont la religion avait seulement le tort de ne pas être la leur.

Et là, c'était leur cas, aussi.

Par ailleurs, le comptoir Faraglioni était de loin le plus important de tout l'Orient, dépassant Gênes, Pise, Amalfi. Trois importantes caravanes de plus de deux cents chameaux partaient, au bas mot, deux à trois fois par an, livrant des armes, des esclaves aux infidèles et ramenaient des pierres précieuses, des onguents, des épices, des parfums, de l'ivoire, de la soie, du papier.

Malgré les pertes dues aux vols, aux intempéries, aux attaques des pillards, ils faisaient plusieurs fois la culbute sur le prix d'achat. De plus, ils avaient en propre une flotte de dix galères marchandes et, enfin, ils avaient en la personne du doge Dandolo de Venise, le plus précieux protecteur qui soit.

Et c'était eux que l'on attaquait.

- Pardi ! s'exclama Alix, c'est logique.

Geoffroy tenta bien d'avancer de solides arguments comme « nous sommes utiles à leur chrétienté… ».

Mélisende se taisait et regardait le cardinal.

- Je sais tout cela, finit-il par dire. Inutile de me le rappeler. Je suis venu vous donner non pas un conseil, mais pratiquement un ordre, car je doute de pouvoir vous défendre contre l'accusation clef qu'ils vont fournir. J'ai, moi aussi, des amis fidèles à Rome et dans le secret du cabinet noir de l'Inquisition.

- Et c'est…, questionna enfin Mélisende ?

- Mais, tu le sais parfaitement, une relation pour laquelle le droit canon prévoit un terrible châtiment contre cette accusation, et là je ne peux pas m'y opposer. Et je doute également que le doge Dandolo puisse y faire quelque chose, malgré sa puissance dont Rome profite. Il vous faut partir immédiatement, le temps pour nous d'arranger la chose…

- Vous n'avez qu'à faire disparaître les inquisiteurs, s'emporta Alix.

- Ils en enverront d'autres. Tu le sais bien.

Bien sûr qu'elle le savait. Ils le savaient tous les trois.

- Alors, nous allons seulement hâter notre départ vers ces terres lointaines que l'on appelle Chine, ou Mongolie, ou Transoxiane. Et cette fois, nous y resterons longtemps. Alix a un amoureux en la personne d'un Khan mongol, et Geoffroy est fou de la demi-sœur de ce dernier.

- Et toi, ma chère, l'interrompit Alix, tu as le Karmate Othman ?

- Exactement. S'il me prend pour une fille, il me voudra peut-être comme épouse pour être à la tête de sa tribu kurde.

- Mais, pour en revenir à Rome, la Sainte Inquisition est en fait manœuvrée, non par le pape, mais par les teutoniques. Ce sont des fanatiques ne reculant devant rien. Je dois m'en aller à présent, fit d'Albano en se levant. Puis il ajouta.

- Pour dire les choses plus simplement, ils veulent tout simplement mettre la main sur le comptoir Faraglioni, base de la puissance réelle de Venise. Donc votre tour est venu.

Les Faraglioni considérèrent le cardinal. Debout, il avait belle prestance, toujours habillé en chevalier. Mais il avait fort mauvaise mine, remarqua surtout Mélisende. Ses yeux gris se portèrent successivement sur les jumelles et leur frère. Visiblement, il hésitait, ne sachant où se trouvait l'exacte ligne de démarcation entre la vérité et l'erreur.

- C'est lui, le chef de famille, si vous voulez ajouter quelque chose, émit lâchement Alix en désignant Geoffroy.
- C'est vrai ça ! De plus, il est l'aîné, renchérit Mélisende.
Geoffroy haussa les épaules.
- Non rien, si ce n'est : prenez garde à vous…

Les jeunes gens se levèrent.

- Je vous raccompagne, fit la jeune femme.
Ils descendirent silencieusement l'allée gravillonnée bordée d'eucalyptus et de grands cyprès. Mélisende était presque aussi grande que d'Albano. Ils marchèrent posément jusqu'au grand portail.
- Mélisende, je voulais te dire, je ferai tout ce qui est en mon pouvoir pour contrecarrer la Sainte Inquisition, et vous blanchir. Plus ou moins définitivement. Tu le sais !
- Je le sais.

- Je t'ai dit un jour : « Mélisende, si jamais je suis élu pape, viendras-tu avec moi à Rome ? ». Tu t'en souviens ?
- Je m'en souviens très bien. Pour faire des recherches dans la bibliothèque vaticane, évidemment…
- Ne te moque pas.
- Éminence… avec tout ce qui vient de nous tomber sur la tête, je réfléchirai. J'aurai tout le temps durant mon voyage. Si je reviens…
- Mais tu reviendras.
- Alors si j'en reviens…
- Oui ?
- Tout sera possible, y compris les recherches dans des documents poussiéreux qui n'intéressent personne.

Ils étaient arrivés au bas de l'allée. Trois chevaliers Templiers attendaient le cardinal près du portail. D'Albano et Mélisende se firent face. Les yeux gris du cardinal allèrent chercher les yeux très bleus de la jeune femme, qui ne se déroba pas.

- Mélisende, tu es une femme dangereuse… En fait, tu es en danger. Ta jumelle et ton frère aussi. Prends soin de toi… Je ne voudrais pas… Mais il n'acheva pas sa phrase.

Mélisende, déjà, remontait l'allée, le cœur empreint d'une subite émotion.

CHAPITRE VI

LE GRAND INQUISITEUR

Il m'a regardée d'un drôle d'air le cardinal, puis il est parti.

Je ne sais pas ce qu'il voulait vraiment me dire.

Elle remonta l'allée à pas lents. Ses doubles l'attendaient tranquillement, sans parler.

- Il veut toujours t'emmener à Rome, questionna le garçon ?

- S'il est élu pape bien sûr. C'est sa marotte. Il ferait n'importe quoi pour cela.

- Pour t'emmener à Rome ?

- Mais enfin, s'insurgeait Alix, que peux-tu lui trouver de bien, à part le fait qu'il soit cardinal de la curie romaine. Comment peux-tu tomber amoureuse d'un homme qui a plus du double de ton âge ? Tu pourrais être sa fille. Tout le monde va jaser si jamais il t'emmène à Rome.

- À Rome plus qu'ailleurs, ma petite, pour qui te fera-t-il passer si jamais il est élu pape ? Pour sa nièce ? Les romains vont rire à gorge déployée. Toi, sa nièce… ou alors comme une obscure servante qui, la nuit tombée, se glisse par des corridors secrets jusqu'aux appartements pontificaux.

- Elle a raison, surenchérit Geoffroy. Moi, je te verrais plutôt en tueur à gages, en mercenaire, en garde du corps ! C'est drôle, non ? Ou en espion, ça c'est mieux. L'espion du cardinal, tout de noir vêtu.

- Vous êtes sûrs de n'avoir rien oublié ?

- Si, ajouta Alix. Il ne peut pas t'épouser ; ça ne se fait pas.

- Alors, c'est très simple. J'ai une solution. J'ai réfléchi, moi aussi, depuis le temps qu'il m'en parle. Je vous emmène avec moi. Il est obligé moralement de prendre tout le lot des Faraglioni ou rien du tout. C'est à prendre ou à laisser. Alix trouvera toujours de beaux chevaliers italiens aux cheveux noirs bouclés, à la jambe nerveuse, la taille bien prise, tandis que Geoffroy ira faire le joli cœur à Venise séduisant soit les femmes du doge, soit la patronne du bordel.

- Je me demande parfois -et Mélisende saute carrément du coq à l'âne- si nous n'avons pas à notre insu vécu des existences antérieures ?

- Et pourquoi ce genre de réflexion de soir ?

- À cause de tout ça. Et elle désigna la pierre.

- J'ai l'impression que nous y avons participé et pourquoi ne pas le dire à cause de cette tablette que nous allons laisser sur le rebord de la table.

- Mélisende, intervint Geoffroy, toujours plus pragmatique que sa sœur, ce n'est pas parce que nous sommes arrivés à Âcre sans savoir ni pourquoi ni comment il y a sept ans, qu'il faut croire que nous avons vécu au temps de l'écriture de cette pierre.

- Elle a quand même raison, reprit Alix. Mais moi je n'aime pas du tout le tour pris par les évènements. Indépendamment d'une aimable plaisanterie, d'une énigme à résoudre, nous voilà obligés, et je n'aime pas du tout être obligé de faire quoi que ce soit, de partir tous les trois plus vite que prévu.

- Où sont-ils ces inquisiteurs et qui sont-ils, poursuivit-elle ?

- Je ne peux répondre qu'en partie, fit Geoffroy, pour ce que j'en sais…

Ils sont munis de tous les pouvoirs spirituels et temporels. Même le roi Foulques et le cardinal légat sont à leur disposition. Ainsi les rois catholiques de la nouvelle Espagne ont parfaitement compris la sournoise politique à appliquer derrière la reconquête militaire. Exorciser le paganisme à commencer par ce qui était le comble d'ignominie, par les deux autres religions monothéistes : le judaïsme et l'islam.

Ici, en Orient, cela promet d'être aussi sérieux.

Des hors-d'œuvre jusqu'à présent. Des juifs arrêtés ; comme par hasard des prêteurs, déportés à Corfou, leurs biens saisis. Puis des musulmans, bien qu'alliés des francs, froidement exécutés, leurs biens également saisis. Cela saute aux yeux des moins informés. Passe encore de vouloir combattre les infidèles, de vouloir éradiquer la foi des autres religions, mais accepter cette soi-disant œuvre de bienfaisance de la réquisition de biens relève d'un plan diablement plus élaboré.

Et au gré des circonstances, pour faire bonne mesure, ils ont également arrêté des nécromanciens, des voyants, des rebouteux, tous bien chrétiens, mais chrétiens d'Orient. Certains ont été roués en place publique, d'autres brûlés vifs. Le peuple a bien marmonné mais s'est déplacé pour vois le supplice. Il faut être très attentif. D'Albano a raison.

Ils restèrent silencieux, digérant l'information.

Pendant ce temps, dans la citadelle teutonique jouxtant Sainte Marie des Teutons, deux hommes s'attardaient au réfectoire, lugubres et sombres.

- D'Albano est resté fort longtemps avec Geoffroy Faraglioni et ses jumelles, fit le premier. Il a dû leur parler de la Sainte Inquisition.

- Sans doute, soupçonne-t-il quelque chose à notre égard ?

- Il faut alors éliminer Geoffroy Faraglioni et ses sœurs rapidement conclut-il. Ce sont des alliés importants des Templiers et plus encore du cardinal.

- Et nous avons accumulé suffisamment de preuves contre eux.

Et le sénéchal teutonique rapporta à son Hochmeister la soirée particulièrement torride entre Geoffroy et sa sœur… et le mémoire hâtivement rédigé par leur informateur. Il sursauta lorsqu'il lut « à mon avis l'une des filles doit être un garçon ». J'ai dû assommer un garde ou l'un des trois, sans savoir lequel d'ailleurs, pour ne pas me faire repérer.

- Impensable, inadmissible… Surveillez-moi bien ce trio. Quand ils apprendront l'arrivée des moines de l'Inquisition, ils vont déguerpir. Il faut faire le coup de filet très vite. Allez me réveiller ce moine de malheur qui est bien le chef de la Grande Inquisition qui nous arrive de Salamandre.

- Fra Domenico, voici ce dont il s'agit, déclarait le Grand Maître des Teutoniques, Rupert von Marienburg, avec infiniment de respect. Vous avez le choix de l'accusation. L'amour incestueux qui les lie devrait déjà suffire. Mais des filles qui s'habillent, d'une façon permanente, en garçons sont des sorcières, d'autant plus que l'une d'elles est alchimiste, ce qui est contraire à la vraie foi, car seules les transformations dans la Nature sont du ressort de Notre Seigneur.

Si Mélisende avait été présente, elle aurait, avec un grand sourire fort niais, et en s'inclinant, murmuré « Amen ».

Fra Domenico était très âgé, s'appuyait sur des béquilles de fortune, courbé en deux par des rhumatismes et soutenu par deux autres dominicains, plus jeunes. La posture qu'il avait adoptée, ou dû adopter, était si bien réussie, pensait Rupert, que sa capuche recouvrait jusqu'à son visage. Fra Domenico paraissait hocher la tête comme pour dire que cela était fort simple au demeurant et s'emblait indiquer par des haussements d'épaules qu'il fallait du temps. Le Hochmeister germanique trépignait de rage rentrée devant cette apparente impassibilité. Les regards des deux autres moines, quand il les rencontrait, étaient totalement inexpressifs.

Ces types-là s'en foutent complètement, pensait von Marienburg. Ils ont même déjà leur plan pour faire griller les Faraglioni, mais ils veulent par la même occasion me montrer qu'ils sont indépendants. Ils ont seulement l'air de me servir. Je saurai m'en souvenir.

- Nous agirons au mieux de vos intérêts croassa le vieil Inquisiteur.

Celui-là, il faudra s'en méfier, se jura *in petto* Rupert. Il est fort capable de sortir tout seul les marrons du feu.

- Ne le perdez jamais de vue, fit-il à ses assesseurs lorsque l'Inquisiteur eut quitté la salle.

- Les Faraglioni, poursuivait von Marienburg, représentent, surtout pour nous, une petite flotte de dix grosses galères marchandes, six caravanes de plus de trois cents chameaux par an, huit comptoirs commerciaux, ici même en Orient depuis Alexandrie jusqu'à Alep. Leur fortune est immense et ils ont, en la personne du doge Dandolo, un bien singulier protecteur. Détruire leur puissance, s'emparer de leurs biens, c'est assurer du même coup la suprématie de Gênes qui nous est déjà acquise. De plus, ce sont des alliés des Templiers.

CHAPITRE VII

ABOU ZAYA

Descendant rapidement la rue Saint-André jusqu'au port, Mélisende faillit heurter un marchand d'eau qui ne l'avait pas vue arriver. Il disparaissait sous un chapeau tarabiscoté s'étageant sous plusieurs couronnes avec des glands pendant jusqu'aux épaules, tandis qu'il agitait des clochettes pour prévenir de son arrivée. Une gourde pendait à sa ceinture et il tenait une cruche de terre de l'autre main.

- Ça par exemple, fit-il, en se redressant, ma petite Mélisende.

Elle s'immobilisa, se pencha, repoussa le rebord du chapeau de paille.

- Sapristi…Abou Zaya, que fais-tu là sous ce déguisement ?

- Je vends de l'eau, comme tu peux le voir. Les temps sont devenus difficiles, sais-tu ? De l'eau fraîche. Deux fulûs et tu emportes la gourde. En fait, je te cherchais.

- Moi ?

- Toi et tes doubles.

- Mais pourquoi ne pas venir tout simplement au comptoir ou à la villa ? Je te croyais encore à Bagdad.

- Assieds-toi près de moi.

Et il s'accroupit sur ses talons. Le dos contre une borne de pierre. Mélisende en fit autant.

- Et comment m'as-tu reconnue ?

- Ma petite, il n'y a qu'une Mélisende en ce bas monde, et avec une démarche aussi rapide, au risque de percuter un vieil homme, cela ne peut être qu'une des jumelles Faraglioni.

- Allons, je ne te crois pas.

- Et tu auras raison. Au fait, je vous cherchais. Les choses vont mal.

Pour des raisons obscures sur lesquelles il lui était incapable de s'expliquer, Abou Zaya avait une préférence pour Mélisende, celle qui était légèrement la plus grande du trio Faraglioni.

- À propos, lui fit-il, sans d'ailleurs aucun lien avec leur présente discussion, j'ai aussi besoin de toi.

- De moi, ou de nous ?

- Non, de toi !

- Que t'arrive-t-il ?

- Tu sais, ou tu ne sais pas, que je vis actuellement avec une veuve charmante qui m'héberge.

- Tant mieux !

- Laisse-moi poursuivre… Elle est, disons, un peu grasse, lourde si tu préfères, les yeux charbonneux, réhaussés par du khôl. Elle cuisine admirablement bien l'agneau confit et les aubergines frites.

- De quoi te plains-tu ?

- J'y arrive. Elle est follement amoureuse de moi.

- Bravissimo !

- Amoureuse de moi, répéta Abou Zaya négligeant l'insolence de l'interruption, mais…

Mélisende n'ajouta rien.

- Ah, ça t'intéresse ?

- C'est toi le conteur Abou.

- Mais elle est ardente, enflammée, mais inexperte et maladroite.

- De quoi te plains-tu ? Bien des hommes à ta place…

- Ils ne sont pas à ma place… Moi, il me faut des variantes, des innovations.

- Et tu t'adresses à moi !

- Ne le prends pas mal Mélisende, mais tu as bien passé, à ton corps défendant, quelques mois dans un borde minable d'Alexandrie.

C'est un des plus mauvais souvenirs de Mélisende. Alors qu'elle avait onze ans, la galère marchande qui la ramenait de Venise à Âcre avait été éperonnée par une galère de combat égyptienne. Les marins égyptiens avaient récupéré toutes les femmes trouvées à bord, laissant couler les galères et se noyer les vénitiens.

Malheureusement, Mélisende avait perdu la cousine l'accompagnant. Mélisende avait été vendue aux enchères publiques au port d'Alexandrie. Là, une mère maquerelle l'avait achetée pour quelques dirhams tant elle était maigre, grande, et pas formée du tout. Puis, elle lui avait appris les rudiments du métier de catin et l'avait tout simplement fait travailler jusqu'à ce qu'un chevalier franc, de passage, la lui rachète.

Elle chassa le souvenir, et son visage se durcit.
- tu n'avais nul besoin de me rappeler cette période Abou.
- Si parce que je voulais te proposer quelque chose.
- Je te vois arriver… C'est non !
- Attends… Je ne pense pas te payer pour ce service. Je n'ai pas le moindre Fulû, mais tu auras mon amitié réelle.
- À qui le dis-tu ?
- Te plairait-il d'enseigner à une veuve quelques… tours de ta façon ?
Avant d'avoir terminé sa phrase, Abou Zaya avait reçu une maîtresse gifle qui, de surprise, le jeta sur le sol.
Mélisende était hors d'elle.

- Tu es folle, arriva-t-il à dire. Ce n'était qu'un échange de service, compte-tenu de ta grande expérience.
- Abou, c'est bien parce que tu es un vieux vieillard -si ça se dit- un infâme suborneur incompétent -ça se dit aussi- que je ne te roue pas de coups
Et elle lui donna la main pour le relever.
- Peste de femelle, tu es plus forte qu'un turc…
- Ah au fait, fit-il s'époussetant, les choses vont mal.
- À qui le dis-tu ? Tu avais commencé par là…
- Je suis venu te donner un conseil. Celui de foutre le camp, très vite, de ce trou à rats.
- Comment le sais-tu ?
- Mon réseau d'informateurs… Je plaisante… sous ce vaste chapeau, mes yeux et mes oreilles traînent un peu partout. Les teutoniques veulent votre peau. La tienne de préférence. Va savoir pourquoi. De plus, ils sont accompagnés d'inquisiteurs. Ce sont les

plus dangereux. Moi, à ta place, je n'hésiterais pas et je foutrais le camp rapidement.

- C'est bien notre intention. Écoute, je suis pressée à cause de ces rumeurs… Je dois voir…

- Ton cardinal…

- Abou, je te casse cette cruche sur ta pauvre tête si tu continues… Eh oui… mon cardinal.

- Et où vas-tu après ?

- À Alep. Alix va rejoindre Ogodeï, et Geoffroy se rend à Ispahan chez son ami l'astronome Al Moustansir. Alors passe ce soir.

- Je passerai. Le salut sur toi.

- Sur toi aussi le salut.

Ayant hâté leur départ, les trois Faraglioni recevaient les dernières instructions du vieux Bartolomeo, jamais avare de conseils. Le départ était prévu très tôt le lendemain matin.

Abou Zaya, comme prévu, se présenta. La nuit était fort avancée. Ils burent une dernière bière ensemble sur la grande terrasse. Il remarqua immédiatement la pierre abandonnée et questionna :

- Et ce morceau-là ?

- Une devinette, une énigme plutôt qui nous a été proposée par une vieille femme.

- À propos de quoi ?

- Je n'en sais rien. Il pourrait s'agir d'une très ancienne écriture, deux en fait, datant au bas mot de quelques centaines d'années.

Abou Zaya en siffla de contentement.

- Par Allah, voilà qui est intéressant.

- Pour nous cela ne l'est plus. Mais prends-là, si tu trouves une réponse, nous en discuterons lors de notre prochain retour…

- Prévu pour quand ?

- Aucune idée Abou. Vraiment aucune idée.

Abou Zaya était un personnage inclassable, apparaissant toujours dans des moments critiques, sur la route des Faraglioni.

Voleur à la petite semaine, truand parfois sur une grande échelle, conteur des mille et une nuits, mendiant à l'occasion ou vénéré comme saint homme dans certaines bourgades.

Il n'était ni jeune ni vieux, ni gros ni maigre, ni grand ni petit. Il pouvait à volonté modifier sa silhouette mais son amitié pour les Faraglioni ne se démentait pas. Ne venait-il pas d'en démontrer la preuve en heurtant, le matin même, Mélisende ?

Leur amitié datait du jour où le garçon lui avait sauvé non pas la vie, mais la main droite lors de son arrestation comme voleur pris la main dans le sac, en plein midi sur la place de la médina d'Alep. Il avait parlementé avec la milice des souks et obtenu l'élargissement du voleur. Régulièrement leurs routes se croisaient. Il reconnaissait immédiatement Mélisende pour d'obscures raisons, car ses déguisements, ses travestissements ne la trahissaient pas obligatoirement.

C'est de qui venait de se passer ce matin même. Mais là où il excellait, c'était quand il inventait des contes à dormir debout. Il tenait alors son auditoire en haleine, multipliant les histoires à tiroirs, ce qui fait qu'au bout d'un certain temps, ses auditeurs s'y perdaient immanquablement.

Abou Zaya regarda la tablette de pierre, la prit, la soupesa, la mit dans sa sacoche de cuir. Puis il la ressortit faisant la moue. Son front se plissa comme pour marquer un léger étonnement.

- Ça te dit quelque chose, demanda Mélisende ?
- Absolument rien.
- Vraiment ?
- Vraiment pour le moment. On verra. Prenez soin de vous. On se retrouvera bien un jour.

Les Faraglioni partirent donc.

- Alors, questionna-t-elle ?
- Alors rien. Leur curiosité a, bien entendu, été piquée mais ils ont vite abandonné. Pour une toute autre raison d'ailleurs. Aux dires de nos informateurs les Faraglioni ont dû fuir presque aussitôt à cause des teutoniques. Il faudrait se méfier de ce nouvel ordre

militaire, ou l'utiliser. De plus, un nouveau personnage est intervenu. Un cardinal qui ressemble à un Templier. Il faudra aussi s'en méfier.

- Et pourquoi ?

- Il semble attacher un intérêt pout particulier à l'une des jumelles, celle qui s'appelle Mélisende.

- En quoi cela nous concerne-t-il ?

- Simplement parce qu'il les a aidés à s'enfuir. Personne n'a pu intervenir car le trio Faraglioni a voyagé en compagnie d'un très solide contingent de chevaliers Templiers escortant leurs caravanes. Ensuite les teutoniques les ont tout simplement perdus dans le désert ou n'ont pas voulu poursuivre plus en avant, du moins pour le moment.

Les jours, les semaines et les mois passèrent.

CHAPITRE VIII

LE LABYRINTHE D'AL HOKKEIDER

La mémoire de Mélisende lui restituait parfois des bribes d'un passé inconnu où elle avait vécu. Jamais elle n'avait pu en discuter avec une personne sensée sans provoquer des sourires et des interrogations. Ce qui pouvait passer pour une imagination débridée débordait ses pensées, comme les crues du Tigre après une longue saisie des pluies, et n'était que la restitution d'évènements, proposée par une bien étrange mémoire. Il en était ainsi de ce curieux château d'Al Hokkeider.

Le ciel était encore chargé de lourds nuages annonciateurs de violentes averses, mais les premières pousses indiquaient bien l'arrivée prochaine du printemps. Ce matin-là, en se réveillant comme à l'accoutumée bien avant ses compagnons de route, elle avait soulevé l'auvent de sa tente pour faire quelques pas dans le campement. Il faisait encore sombre mais elle sentait, simplement en regardant le ciel, qu'une lueur rosâtre allait soudainement surgir, là-bas, vers l'Est.

Ella s'asseoir à l'écart, en passant devant le rustique enclos à chevaux, hâtivement aménagé la veille, et caressa le museau de sa jument qui lui mordilla l'épaule gauche.

À qui pouvait s'étonner qu'une caravane de plus de cent chameaux, escortée de Turcomanes et parfois de Templiers, soit dirigée par un tout jeune homme ne desserrant pas les dents de toute une journée, les vénitiens répondaient invariablement qu'il était le neveu du vieux Bartolomeo et qu'en conséquence…

Mélisende n'arrivait même plus à se souvenir quand avait débuté sa première expédition sous les traits et le travestissement de son frère. Deux ou trois caravanes par an, au Sud du Yémen ou à Trébizonde, lui avaient fait perdre la notion du temps. Le temps, précisément, se mettait à sa disposition cette semaine. Elle était arrivée avec deux jours d'avance sur son programme, non loin d'Al Hokkeider. Une excellente occasion pour revoir son vieil ami Othman Kharmat.

Il se faisait effectivement vieux et son château fort, peuplé, il y a une dizaine d'années, de centaines de Karmates, tout à la fois pillards du désert et protecteurs des pèlerins, n'abritait plus qu'une vingtaine de vieux guerriers. Al Hokkeider n'était plus désormais sur la route des caravanes qui évitaient Pétra et préféraient Hathra, ou Alix, justement, devait aller

Othman l'intéressait, la fascinait, car il prétendait un très lointain descendant d'un très lointain descendant de Ispanishad, la reine de Saba, un mythe tenace du légendaire arabe. Il était intarissable sur les circonstances du règne de cette reine extraordinaire. Cela ravissait Mélisende tout en la faisant éclater de fous rires nerveux, tant Othman paraissait croire à ce qu'il racontait.

Le château s'étendait sur une très grande superficie. Des murailles épaisses l'entouraient sur près de vingt-cinq lieues. Il était un véritable labyrinthe de pierres. D'innombrables cours, corridors, escaliers, vastes salles ou minuscules pièces s'y côtoyaient. Une petite mosquée, orientée vers la Mecque, occupait l'angle Sud.

Le caravansérail était situé à 'extérieur de la citadelle sur une vaste esplanade. Une double rangée de créneaux percés de meurtrières rendait le siège du château improbable. En fait, il n'avait jamais été pris d'assaut. Il couvrait un immense territoire s'étendant à perte de vue sur le wadi-rum, et ses guetteurs pouvaient déceler dans le désert n'importe quel mouvement de caravanes, de cohortes de pèlerins ou de tribus nomades.

À qui demandait sa protection, il la lui accordait, moyennant finance. Les karmates, tribu primitivement pillarde, trouvaient plus de satisfaction à se battre contre n'importe qui, que de rester tranquillement dans la citadelle.

Othman avait lui aussi, en fin politique, fait allégeance à la reine Arwa, ou plutôt à son vizir Abdul, qui devait lui succéder. Chacun y trouvait son compte, jusqu'à présent du moins, car le Yémen était quand même très loin du Sud.

Mélisende avait passé le petit fleuve sur un très vieux pont romain. Un passage interminable où pèlerins, cavaliers, chameaux se croisaient en un désordre indescriptible. Il y avait parfois des rixes en plein milieu du pont pour savoir à qui revenait la priorité.

- Il t'attend, avança un serviteur. Il compte les jours depuis des semaines. Il nous a encore fait remarquer, hier, que tu ne saurais tarder. À cause des étoiles, celles qui guident les caravanes et rythment leur marche.

Inconsciemment, Mélisende s'avança sous le large porche, très haut, surmonté d'une coupole, prit l'escalier de droite en grimpant les marches deux à deux. Puis, elle dut s'arrêter, à la fois parce qu'elle était légèrement essoufflée et parce que, curieusement, l'escalier ne semblait mener nulle part. Elle s'en fit la réflexion.

Elle n'avait jamais emprunté ce corridor lors de ses passages précédents, ou ce long couloir avec seulement des meurtrières par lesquelles une lumière indécise se profilait. Et voilà qu'elle venait de déboucher dans une pièce obscure que n'éclairait aucune fenêtre et que ne fermait d'ailleurs aucune porte de bois. Elle se retourna. Personne ne la suivait. Mais, enfin, où était-elle donc ?

Dans une impasse. Ce fut sa première réaction. L'escalier s'arrêtait au fond d'un labyrinthe d'où il fallait à présent ressortir. Des yeux, elle fit le tour de la pièce. Très propre. Aucune toile d'araignée. Une fine poussière seulement sur le sol, preuve que personne ne s'y était aventurée. De rares empruntes. Les siennes.

Et pourtant, elle était sûre de son fait. Elle connaissait le château pour y être venue plusieurs fois. Normalement, elle aurait dû se retrouver dans les appartements du cheikh. Là, elle s'était fourvoyée complètement. Il lui fallait marcher en sens inverse.

Mais, elle n'arrêtait pas de se perdre, de se retrouver. Chaque fois qu'elle arpentait un couloir, elle était convaincue d'être sur la bonne voie et elle aboutissait à un mur qui fermait ledit couloir. Une fois arrivée par l'escalier menant à une grande pièce, celle-ci était fermée des quatre côtés, hermétiquement close. Sans porte ni fenêtre. Elle commença à paniquer. Elle dut s'avouer qu'elle était complètement perdue.

Et Othman ? Que faisait-il pendant ce temps-là ? Ses serviteurs avaient dû l'avertir que le jeune vénitien était arrivé, qu'il s'était engouffré dans l'escalier. Donc, en principe, ne le voyant pas venir, il allait partir à sa recherche. Mais était-ce si sûr ?

Découragée, elle s'assit sur les marches. Il lui fallait réfléchir. Puis redescendre. Redescendre ? Tu es complètement folle, tu n'arrêtes pas de remonter depuis un certain temps. Devant elle, s'ouvraient trois chemins qui montaient. Un escalier, un corridor et une espèce d'escalier à marches très hautes. Elle était totalement incapable de prendre une décision et de choisir.

Et si tu restes là, pauvre gourde, tu vas finir par mourir. Il n'est même pas sûr qu'Othman le recherche. Il n'est même pas sûr qu'il puisse te retrouver.

Que se passait-il donc soudainement ? Sa clairvoyance habituelle, sa lucidité, l'avaient abandonnée. Était-ce un signe prémonitoire, quelque chose d'aussi sombre que ce labyrinthe se préparait ? Elle ferma les yeux, décida de se lever, de tourner sur elle-même un nombre incalculable de pas, et se diriger vers des ouvertures proposées par le destin.

- Ah, te voilà enfin ! fit la voix cassée du vieil homme. J'ai bien cru que tu ne t'en sortirais jamais !

Mélisende ouvrit enfin les yeux, puis les referma, éblouie par la brutale clarté du jour et surtout par l'éclat du soleil. Elle se repéra, tenta de trouver des points d'appui. Elle n'était jamais venue là. Elle en était sûre. Une terrasse : plutôt un jardin suspendu comme dans les légendes relatives à Babylone. Des palmiers de belle hauteur, des orangers et beaucoup de fleurs. Des jacinthes, des œillets, et des roses étincelantes de couleurs. L'eau coulait sans bruit, invisible dans un dédale de petites canalisations. Une oasis de fraîcheur. Des jardins ou des terrasses en plein désert, c'était irréel.

Elle était à nouveau dans la lumière sans trop savoir comment.
- Mais je te l'ai déjà expliqué mille fois, lui dit patiemment le vieillard, tandis qu'elle reprenait ses esprits. Tu es un être double…

Instinctivement, elle sursauta.
- Mais comment peux-tu dire cela, Seigneur ?
- Ne te fais pas plus bête que tu ne l'es, joli jeune homme. Je t'ai deviné depuis longtemps. Tu es un protégé des dieux, un être androgyne. Tu ne sais pas toi-même qui tu es exactement. Un homme ou une femme ?
- Mais…

Elle en bégaya d'émotion.
- Comment tu as deviné ?
- Oh ! pas du premier coup, mais lors de ton dernier passage. Tu avais été attaqué par une tribu pillarde, à quelques lieues d'ici, et ce sont mes hommes qui t'avaient tiré de ce mauvais pas. Ils m'ont décrit les combats vous opposant aux bédouins. Il paraît que tu hurlais en arabe des imprécations de ta fameuse voix rauque et sourde, tout en combattant comme un forcené.
Et quand mes hommes ont finalement fait déguerpir les pillards, tu as eu un étrange sourire sur les lèvres. Ils l'ont remarqué, mais c'est seulement le soir qu'ils m'en ont parlé. Un sourire féminin. Alors je t'ai observé au cours d'un repas pris en commun dans la cour d'Al Hokkeider. Tu as penché un moment la tête pour observer quelque chose ou quelqu'un. J'ai noté parce que j'y faisait attention, la gracilité du cou. Et je me suis posé la question : et si c'était une femme ?
- Et depuis ?
- Eh bien, disons que ce qui vient de se passer aujourd'hui confirme mon impression. Le labyrinthe. Personne n'a jamais pu en sortir. Ceux qui s'y trouvent enfermés y restent. Par de minces meurtrières, je peux détecter leur présence, et faire jouer des mécanismes secrets, pivoter les murs pour es ramener à la réalité.

Toi, tu as fait tout le contraire. Tu n'as pas hurlé, tu as fermé les yeux. Je t'observais.

- Tu m'observais ?

Et elle le considéra, incrédule.

- Oui, je me disais, ou cette fille, si c'est une fille, arrive à tourner dans le sens de la rotation du soleil et elle s'en tire, ou c'est un garçon et il est perdu. Tu as trouvé. En fait, il y a deux escaliers. L'un à côté de l'autre. Normalement, c'est vrai, on prend le premier et il ne conduit nulle part. Preuve d'une initiation incomplète. Ou on prend le second, par où débute le chemin et on accède à la lumière sur cette terrasse fleurie dominant la totalité du château.

Tu sais que le roi Salomon n'a jamais su qui était vraiment la reine de Saba et, pourtant, on lui avait dit qu'il était très facile de reconnaître un garçon d'une fille de ce lointain pays du Sud.

- Ah bon ! Et quelle est la différence ?

- Avant de manger, les garçons se lavent le visage. Les filles se contentent de se passer de l'eau d'une main sur l'autre.

- Et dans le cas de Bakis, la reine de Saba ?

- Tu ne le devineras jamais. Les jours pairs, on raconte que la reine de Saba procédait comme les garçons, tandis que les jours impairs…

- Mais le château ?

Et elle fit un large tour d'horizon avec son bras gauche.

- Ce n'est qu'u immense labyrinthe. Si nous étions attaqués, jamais les assaillants ne nous trouveraient.

- Et pourquoi me suis-je perdue brusquement ?

- Quelque chose a dû se passer… ou va se passer dans ta vie. Quelque chose qui cassera le fil… méfies-toi…

- Et après ?

- Tu seras dans la main de dieu, maktub.

- Je sais, tout est écrit.

Et ils parlèrent longuement. L'après-midi passa. Puis, le soir vint. Ils continuèrent de discuter du labyrinthe

- Le même, fait Mélisende, que celui figurant sur les de la madrasa d'Alep.

- Oui, sans doute, répliqua Othman. Mais en grandeur nature. Ceux qui l'ont construit l'ont élaboré comme la course du soleil. Il faut rechercher la lumière au fond de soi si on veut sortir des impasses ou des chambres qui se referment derrière soi.

- Beaucoup de ceux qui prétendent à une succession y ont la vie.

- Mais que cherchaient-ils ?

- Celui qui peut parvenir sur cette terrasse devient le maître du château.

- Et personne n'y est jamais arrivé ?

- Non. Personne jusqu'à ce jour. Cela fait des dizaines d'années que j'attends mon successeur. C'est toi, joli jeune homme.

- Moi ? Maus tu n'y penses pas ! Cela a été le fruit du hasard. Tu ne m'as jamais parlé de ce labyrinthe, ni de cette histoire de propriété du château. Chaque fois que je venais, un de tes serviteurs me conduisait directement à toi.

- Tu étais trop jeune… Quel âge as-tu à présent ?

- Pas encore dix-sept ans.

- Ah, tu vois. Tu sais qu'aujourd'hui tu parais plus âgé. Les arêtes de ton nez frémissent. Il y a des plis d'inquiétude sur ton front. À quoi penses-tu ?

- J'ai comme une boule au creux de l'estomac. Nous sommes tous les trois séparés, autant la force des choses que les contraintes extérieures.

Et elle lui parla des Inquisiteurs. Elle lui parla aussi longuement, comme si l'histoire lui revenait, brûlante, à la mémoire de l'étrange pierre amenée par une inconnue.

- Cette pierre va jouer un rôle dans ma lie. Dans notre vie à tous les trois.

- Tu es curieux comme compagnon, mon garçon. Tu évoques des circonstances étranges de ta jeune existence. Je ne sais pas si notre rencontre en fait partie. Mais, dis-moi une chose : plus ne tentera l'expérience ou l'épreuve. Je le ferai savoir à mes serviteurs et à mes gardes. Ce château appartient désormais à ce joli jeune homme. Tu viendras t'y installer quand tu voudras. Le temps ne fait rien à l'affaire.

Il n'y avait plus à discuter. Mélisende inclina la tête et baisa la main du vieillard en guise d'acquiescement.

CHAPITRE IX

LA MÉTAMORPHOSE D'AL HOKKEIDER

- Ma décision est en fait très intéressée car, joli jeune homme, une épreuve cruelle nous attend, t'attend. J'ai obéi à notre bien-aimée reine Arwa et surtout à son cruel fils Abdul. Ou, du moins, je lui ai profondément déplu lors de nos dernières campagnes contre les Éthiopiens venus en force par mer et ont pillé jusqu'à Sana'a. Il va venir mettre le siège devant Al Hokkeider, pour m'appendre à vitre, a-t-il confié à un de mes amis.

Mélisende regarda Othman. Le vieil homme parlait d'un siège comme s'il s'agissait d'une aimable rencontre. De plus, il n'avait à sa disposition qu'une trentaine d'hommes, certes dévoués, mais d'un âge certain et déjà éprouvés par les précédents combats. Ils ne feraient pas le poids devant les jeunes cavalier d'Allah, chargeant comme des fous. Et pourquoi l'impliquait-elle dans ce duel l'opposant au souverain de Sana'a ? Si elle s'en fit la réflexion, elle la garda pour elle.

Le soir toucha à sa fin. La nuit allait tomber d'un coup, comme toujours en Orient. Le soleil passerait par-dessus la ligne de la dernière colline, à l'Ouest, jetant ses ultimes lueurs orangées. Puis, soudainement, la nuit et des milliers d'étoiles. Déjà dans la cour qu'elle apercevait, soigneusement délimités par des bâtiments dont elle ignorait la fonction, des feux s'allumaient. Si elle portait son regard sur les épaisses murailles, elle pouvait encore apercevoir quelques silhouettes de sentinelles parcourant d'un pas lent le chemin de ronde. Tout paraissait tranquille.

- Il va venir lui-même, questionna-t-elle ?
- Bien sûr que non, je le gêne. Le château l'intéresse : il veut s'en rendre maître pour contrôler la région, car il veut à tout prix

l'unification de toutes les tribus arabes. Mais il va envoyer deux mille hommes au moins, selon mon ami.

- Deux mille hommes ! Mais… l'interrompit Mélisende.

- Ils ne devraient faire qu'une bouchée de nous. J'ai bien proposé à mes hommes de repartir dans leurs villages, de me laisser dans le djebel Awruf pour y finir mes jours, ou même me faire ermite dans une des grottes de Pétra. Puis, lorsque j'ai su que tu arrivais, j'ai décidé de rester.

- Moi ? Mais que viens-je faire là-dedans ? Je ne suis pas concernée. Je suis seulement un marchant et…

À ce moment, un serviteur fit irruption sur la terrasse.

- Seigneur, ils arrivent par milliers. Des milliers de cavaliers !

Mélisende se mit debout d'un bond, tandis que le serviteur aidait le vieil homme à se relever.

- De tous les côtés, ajouta l'homme.

Ils passèrent par les terrasses pour accéder au sommet des remparts. C'est impressionnant, ne put s'empêcher de penser Mélisende. En effet, des cavaliers, montés sur des pur-sang nerveux, restaient silencieux, puis brandissaient tous, dans leur poing droit, une torche résineuse éclairant comme *a giorno* le désert. Ils continuaient d'approcher à quelques pas des murailles. Othman avait donné des ordres très stricts. Ne pas tirer de flèches pour le moment. Les réserver pour plus tard.

- Vont-ils attaquer maintenant, questionna Mélisende, anxieuse de l'issue du combat qui ne faisait, pour elle aucun doute ?

Elle allait finir là sa jeune existence, tuée par des cavaliers arabes qui ne lui étaient rien, tout simplement pour s'être trouvée là au mauvais moment. Elle considérait pensivement les musulmans arrêtés à une distance éloignée des flèches des archers d'Othman. Un contingent fort impressionnant de soldats émérites.

- Pas maintenant, finit par répondre Othman. Ils donnent simplement de la grandeur, de la noblesse à leur siège. Pour en parler le soir, à la veillée. Mais ils vont probablement envoyer un émissaire porteur d'une lance, arborant un foulard blanc, pour négocier.

- Négocier ? Mais quoi ?

- La reddition de la garnison, qui partira avec les honneurs de la guerre. Mais moi, ils me veulent vivant. Pour me ramener à Abdul.

- Vos hommes laisseront-ils faire ?

- Ils laisseront faire. C'est logique. Ils n'aspirent plus qu'à rentrer dans leur village. Avec ou sans moi. Sauf…

- Sauf ?

- Sauf si je leur offre une honorable porte de sortie dont ils parleront lors de la veillée.

- Et vous pensez le faire ?

- Pour deux raisons. Ma première est qu'ils vont essayer de nous humilier. Ils ne résisteront pas à l'idée de le faire.

- De quelle façon ?

- Tu vas voir. Cela ne va pas prendre beaucoup de temps.

En effet, les yéménites se concertaient. Les hommes d'Othman savaient mieux se rendre en ayant la vie sauve, sauf bien évidemment si…

Là-bas, un cavalier se détacha, puis un autre vers la droite, et un autre encore vers la gauche, et un dernier surgi de l'arrière-garde, porteurs de lances tous les quatre. Les trois derniers s'écartèrent pour faire le tour des remparts. Mais aucune des lances n'arborait le foulard blanc pour négocier une trêve. Les hommes interrogèrent Othman du regard. Celui-ci fit non de la tête. Il fallait les laisser s'approcher.

Alors, calmement, à quelques pas des remparts, les cavaliers descendirent, toujours munis de leurs lances, et allèrent l'appliquer contre les murailles. Puis ils les y laissèrent, regagnant leurs montures. Pour repartir tranquillement, tournant orgueilleusement le dos aux défenseurs, pour les narguer. Mélisende ignorait la signification de ce geste. Quatre lances appuyées contre les remparts d'un château fort.

- L'humiliation suprême, murmura Othman. Nous sommes des quantités négligeables. Ils veulent seulement signifier qu'ils nous prendront quand ils le voudront bien. Très facilement. Il n'y aura donc aucune reddition. Inutile, quant à nous, d'arborer le drapeau blanc. Ils vont pénétrer dans le château pour nous massacrer tous, les uns après les autres.

Mais les yéménites avaient obtenu des défenseurs l'effet inverse. Ces hommes fiers et ombrageux, qui avaient en leur temps volé de succès en succès, qui étaient, il y a quelques minutes, prêts à négocier pour avoir la vie sauve venaient de se faire humilier par leurs agresseurs. Quelque chose d'intolérable pour un arabe. Alors, ils combattraient. À vingt contres des milliers. De la pure folie, pensait Mélisende. Elle se tourna vers Othman, qui paraissait passablement satisfait de la tournure prise par la situation.

- Tu parlais de deux raisons, Seigneur ?
- Bien sûr. La seconde est ta présence ici même, joli jeune homme. Au fait, comment t'appelles-tu vraiment ?
- Je m'appelle Mélisende.
- Mélisende… répéta le vieil homme. Alors Mélisende, parce que tu es venue, ce château se défendre, même très bien se défendre. Et il aura ainsi, plus tard, un bon maître. Allons maintenant prendre quelques heures de repos. Ils n'attaqueront pas de nuit. Mais dès que les premières lueurs apparaîtront à l'Est.

Mélisende, étendue sur sa couche, ne put fermer l'œil de la nuit, au milieu des hommes d'Othman. Elle voyait bien qu'ils étaient intrigués par sa présence et par la faveur exceptionnelle dont Othman l'entourait. « Va-t-il lui aussi se battre ? » se demandaient-ils. Mélisende allait se battre, bien sûr. Elle allait sûrement succomber, mais pour l'instant, ce qui l'intéressait était ce qu'Othman avait véritablement en tête.

Une tasse d'un café très amer la remit d'aplomb. L'aube se levait. Tous étaient prêts, solidement armés. Trente hommes, plus quelques serviteurs, plus Othman et elle. De quoi rire en effet. Mais le jeu en valait la chandelle. Finir dans ce château était imprévu, mais dénué d'élégance. Elle ne donnait pas cher de sa peau. Elle se tut, curieuse de savoir ce qu'Othman préparait. Et surtout, elle avait complètement oublié les inquisiteurs, d'Albano, et la mystérieuse pierre.

- Viens voir, lui dit précisément le vieil homme. Suis-moi.

Par la terrasse, ils gagnèrent à nouveau les remparts.
- Regarde bien, d'abord la configuration de ce château. Il ressemble à tout, sauf à un château fort, n'est-ce pas ?

Placée comme elle était, au sommet, sur la plus haute terrasse, Mélisende pouvait effectivement s'apercevoir que la configuration physique du bâtiment d'Al Hokkeider n'observait absolument pas le plan architectural classique de forteresse.

D'abord, l'emplacement même des bâtiments. Bien sûr, si on exceptait la ligne très classique des remparts, il fallait se rendre compte que, contrairement à l'usage, il n'y en avait pas deux pour livrer des combats l'un après l'autre lorsque la première ligne avait succombé, mais un seul. Très large, vraiment très large, Mélisende se faisant la réflexion que quatre chevaux pourraient aisément y passer de front, ou bien une parade militaire, ou un défilé cérémonial.

Ensuite, la grande porte était d'habitude protégée par des tours, de part et d'autre, mais là aucune couverture, ni défense. De plus, à la place de la porte principale où généralement les cavaliers pouvaient passer seulement à deux de front, Othman en avait fait aménager une très large et très haute, comme pour mieux permettre leur entrée solennelle. Des éléphants auraient pu la franchir.

Elle reporta son regard sur les bâtiments. Neuf bâtiments construits comme ceux entourant un donjon, mais dans le prolongement de la porte du bâtiment curieusement située, en étoile. L'étoile, bien sûr… Elle s'était un jour promis de retrouver celle figurant dans une mosaïque célèbre de Jibla, au Sud Yémen, si un jour elle s'y rendait. Personne, aux dires des érudits, n'avait réussi à la pressentir dans le décor, ni surtout à la cerner. Par contre, la cour entre les étoiles paraissait carrée, alors que, normalement, elle aurait dû avoir une forme triangulaire en fonction des côtés de l'étoile. Et enfin, sur le mur du fond, un vaste espace aménagé pour une démonstration de cavalerie ou un terrain d'entraînement.

Comme ce château est étrangement construit, se disait-elle. Elle se remémora sa configuration : des jardins suspendus, comme à Babylone dans des temps très anciens, étaient aménagés sur les terrasses et, dans des bacs en bois, poussaient palmiers dattiers, orangers, grenadiers, eucalyptus et thuyas, suivant d'ailleurs un ordre bien établi. Les arbres n'étaient pas mélangés dans leur essence, mais chaque essence avait son jardin.

Mélisende se rendait compte, peu à peu, que si les terrasses paraissaient éloignées les unes des autres, et situées à des hauteurs différentes, on pouvait peut-être finalement y accéder par les angles formés. De l'eau y coulait en permanence, amenée par des godets de bois remontés d'un gigantesque puits situé dans la cour centrale, relayés par des norias plus petites.

Soudain, la haute silhouette d'Othman se dressa à côté d'elle.
- C'est bien Mélisende, tu as observé l'architecture ? Je pense que tu pourras en profiter.
- C'est moins sûr, Seigneur. Quand vont-ils attaquer ?
- J'ai ouvert tout grand les deux battants de la porte principale.
- Alors, ils vont s'y engouffrer.
- Exactement. Tiens, d'ailleurs les voilà !

Mélisende se tourna vers le Nord. Les cavaliers arabes se pressaient, en rangs serrés, au pied des murailles, et s'étaient arrêtés, interdits devant les deux battants repoussés contre les murs du corridor d'accès. Ils se demandaient visiblement ce que cela signifiait et quel piège leur était réservé.

Un, deux, puis une dizaine de cavaliers s'enhardirent. Ils étaient sur le point de franchir la porte. Mélisende était juste au-dessus d'eux. Elle aurait pu leur envoyer une lance et en blesser quelques-uns. Et les archers étaient prêts à tirer. Ils pouvaient faire certains dégâts. Les yéménites levèrent les yeux pour tenter d'apercevoir leurs ennemis à travers les minces fentes des meurtrières. Là-bas, les chefs se concertaient. Que faisaient donc leurs ennemis ?

Les plus hardis optaient pour foncer délibérément à travers les couloirs aménagés de l'intérieur du château. D'autres conseillaient la prudence. Mais, finalement, les chefs se rallièrent à la première solution car ils durent suivre leurs troupes qui s'étaient instinctivement avancées. Tout fut exécuté dans un brouhaha invraisemblable. Ils étaient à l'intérieur du château, du moins dans l'enceinte, et ils n'avaient pas encore affronté un seul ennemi. Mais, finalement ils ne se posèrent plus de question quand, avisant les quatre escaliers qui devaient monter aux étages, ils s'y engouffrèrent.

Les yéménites commirent une première faute en laissant leurs chevaux en liberté dans cette cour d'accès, empêchant par là-même les autres cavaliers d'entrer. Compte tenu de la façon dérisoire avec laquelle ils avaient pénétré dans le château, personne ne songea à appliquer des échelles contre les murailles. Au contraire, ils s'obstinèrent et finirent par évacuer les chevaux énervés qui ruaient dans tous les sens, les poussant vers la sortie. Des cavaliers mirent finalement pied à terre, à l'extérieur des fortifications, pas le moins du monde attaqués par les flèches des archers d'Othman.

Tout semblait se dérouler dans une situation irréelle. Déjà, les premiers guerriers avaient disparu, avalés par les escaliers, avant que d'autres, les suivant, puissent à leur tour y pénétrer. Quelle ne fut pas la surprise de ces derniers qui, en montant quatre à quatre lesdits escaliers, ne trouvèrent pas trace de leurs coreligionnaires. Aucun blessé, aucun tué. Et surtout, aucun ennemi.

Othman était précisément en train d'expliquer à son joli jeune homme ce qui était en train d'arriver.

- Ce château est un labyrinthe. Tu l'as constaté à tes dépens. Mais il recèle bien d'autres pièges. Tu as vu par les meurtrières ce qui vient de se passer. À peine le dernier yéménite, ayant emprunté l'escalier de droite, était-il passé, que ledit escalier se refermait pratiquement sur lui par un mur venant s'encastrer dans le corridor. Les marches reprenaient seulement un peu plus à droite. Les premiers arrivants ne se sont pas retournés, bien sûr, car le sol s'est brusquement dérobé sous leurs pas. Ils sont tombés dans un fossé hérissé de pieux bien aiguisés et y trouvent une mort affreuse. Nous allons tous les perdre ainsi.

- Tous, questionna la jeune femme ?

- Jusqu'au dernier, oui. Si Allah le veut !

Mélisende assista alors à un infernal ballet de soldats ennemis courant dans tous les sens, spectacle qu'elle suivait en se déplaçant par des couloirs invisibles aménagés à l'intérieur même des murs. Les escaliers se dérobaient, des pierres reculaient, obturant le passage, des murs s'élevaient soudain devant les yéménites, et lorsqu'ils voulaient revenir en arrière, ils étaient tirés comme des lapins par les archers d'Othman.

Les pertes s'accumulaient, même si les chefs arabes ne s'en rendaient pas encore compte. Ils cherchaient désespérément une porte pour accéder, enfin, à ce qu'ils supposaient être la cour principale. Des hommes s'y trouvaient, transpercés par les lances des Karmates du château.

Se ressaisissant cependant, ils ordonnèrent enfin d'appliquer des échelles contre les murailles. Ce fut pour s'apercevoir que les murailles semblaient s'être dressées vers le ciel, s'exhaussant littéralement. Alors leurs échelles ne leur servaient plus à rien. Le créneau des remparts paraissait plus haut que la pierre.

- Simple détail d'architecte, commenta Othman. Tu as vu ? Par un mécanisme, j'ai fait monter des remparts supplémentaires. En fait, un mince rideau de briques, imitant à merveille la pierre, dissimulé entre deux rangées de pierres. Les autres ne doivent plus rien y comprendre.

Mélisende était conquise, subjuguée. Le piège, lentement, inéluctablement, se refermait sur les cavaliers arabes. Les pertes déjà se comptaient par centaines. Et voilà que les deux grands battants de la porte principale, mus eux aussi par un engrenage incontrôlable, se refermaient sur eux, les emprisonnant comme une masse.

Puis, les accès des quatre escaliers furent soudainement murés en quelques seconde par un autre effet de levier. Les hommes d'Othman jetèrent alors de la poix et du bitume enflammés sur leurs adversaires qui périrent tous, atrocement brûlés, en poussant des hurlements d'épouvante, glaçant d'effroi leurs camarades restés au-dehors.

- Ici, Seigneur, une porte.
- Oui, ici, Seigneur.

Effectivement, une porte en bois venait de se matérialiser dans une muraille Nord. Alors, sans réfléchir à ce que cette brusque apparition avait de singulier, ils y coururent avec un bélier pour l'enfoncer. La porte fut aisément repoussée. Ils s'y engouffrèrent pour déboucher dans une cour à ciel ouvert.

Une large cour curieusement construite avec trois côtés seulement. Ils ne pouvaient savoir qu'il s'agissait d'une des branches de la fameuse étoile. Et toujours aucun ennemi. Ah, si ! Enfin trois, là-bas, dans l'angle formé par deux côtés. Des brutes avides de sang se précipitèrent, tandis que les derniers partisans d'Othman effectuaient une rapide retraite, poursuivis par leurs ennemis hurlant injures et imprécations.

S'ils avaient seulement levé les yeux, ils auraient pu apercevoir Othman et Mélisende les observant à partir d'un des jardins suspendus, tandis que, par un porte-voix, une espèce de conque marine, Othman débitait ses ordres. Les chefs avaient bien fini par comprendre qu'il se passait quelque chose qui leur échappait et qu'ils étaient tombés dans un sombre piège. Certains parlaient de faire demi-tour. Mais la retraite même leur était interdite. Il n'y avait plus aucune possibilité de revenir en arrière. Ils se heurtaient chaque fois à ce mur qui ne se trouvait pas là lorsqu'ils étaient entrés.

Ceux qui avaient cependant apporté des échelles les appliquèrent contre les parois et entreprirent de grimper sur les terrasses qu'ils avaient parfaitement aperçues. Peut-être par le haut serait-il possible de prendre à revers les défenseurs ? Ils débouchèrent sur un verger d'arbres fruitiers, de palmiers dattiers. Rien d'un champ de bataille, bien au contraire. Une incontestable douceur de vivre s'en dégageait, imprégnait également les esprits des combattants. Certains même s'assirent, burent de l'eau, cueillirent dattes et figues. Les chefs durent se fâcher sévèrement pour les faire repartir. Avaient-ils oublié qu'ils étaient là pour conquérir le château ? La farniente serait pour plus tard.

Çà et là, quelques combats opposaient arabes et karmates surpris dans leur retraite. Il en tombait malheureusement de plus en plus dans leurs rangs. Mélisende voyait le moment où ils allaient fatalement succomber sous le nombre car la mise en place du mécanisme demandait du temps, et pour les partisans d'Othman, nombreux étaient ceux qui n'étaient pas assez rapides pour s'échapper de leur propre piège. Othman s'en rendit parfaitement compte, il recula, c'était inévitable, toujours suivi par Mélisende et un dernier groupe de fidèles. Pas plus d'une dizaine. Mais de l'autre côté déjà, un peu plus d'un millier de morts. Mélisende se prit à murmurer.

- Il faudrait pratiquement tous les tuer. Ne garder que quelques survivants pour qu'ils aillent le raconter.

Oui, mais comment ? Ils étaient maintenant acculés sur les deux jardins suspendus. Des yéménites continuaient de mourir, voulant sauter d'une terrasse à l'autre où le sol se dérobait sous leurs pas, où leur prise n'accrochait que du sable alors qu'ils pensaient saisir des pierre, l'illusion persistait. Ce château n'était pas seulement un labyrinthe mais un continuel piège où tout n'était que trompe-l'œil et leurre.

Si Alix était là, elle serait aux anges, elle qui aimait tant l'illusion. D'ailleurs les arabes eux-mêmes avaient fini par s'y laisser prendre. À la limite, ils continuaient juste pour voir jusqu'où irait la magie du lieu qu'ils hantaient depuis le matin.

Les arabes sont ainsi faits qu'ils sont plus sensibles aux jeteurs de sort, aux djinns, aux esprits, qu'à la réalité. En fait, la magie les fascine. C'était exactement ce qui était en train de se passer. Se demandant quelle surprise allait leur être réservée, ils s'attendaient presque à apercevoir des dattes en bois ou des figues en laine, ou de faux cyprès.

Mais ils continuaient de mourir. Certains s'écrasaient entre les terrasses, d'autres étaient poussés dans le vide par un vieil olivier, doté d'une incompréhensible faculté de mouvement. Les flèches des partisans d'Othman continuaient également leur massacre. Les chefs ordonnèrent la retraite, ce qui était le plus sage. Oui, mais comment repartir ? À travers les terrasses pour rejoindre les lignes de remparts. Ah, enfin, ils respirèrent ! Il n'y avait qu'à sauter. Mais c'était encore trop haut. Se laisser tomber équivalait à se rompre les os. Certains préférèrent néanmoins cette solution et moururent en se fracassant sur le sol pierreux.

Othman et Mélisende combattaient à présent côte à côte. Le vieil homme grec avec son cimeterre, Mélisende avec sa courte épée dans la main gauche et un poignard dans l'autre. Ils avaient déjà reçu maints coups, de méchants coups, lorsqu'ils se virent entourés par un groupe résolu qui n'allait pas leur faire de quartier. Ils reculèrent, pas à pas, juchés qu'ils étaient sur la plus haute terrasse.

- Tu vois le bassin, jeta hâtivement Othman, et la fontaine à côté ? Il faut baisser le levier derrière. Vas-y ! Nous sauterons dans le bassin à ce moment.

Ce fut plus long que prévu. Les arabes les pressaient. Ils furent au bord du bassin, y plongèrent. Mélisende se dirigea, tout en ferraillant, vers le mécanisme et l'abaissa du coude. Elle reçut un magnifique coup de plat de la lame d'un cimeterre sur le crâne, une longue estafilade lui entailla le bras droit. Elle tomba en arrière au moment où elle voyait une lance plantée dans la poitrine d'Othman. Ils furent aspirés littéralement. Le sol se déroba sous leurs pieds, ils se retrouvèrent sur un épais matelas de tapis, tandis que le plafond se refermait rapidement. Othman perdait son sang par sa poitrine perforée. Mélisende était assommée. Elle reprit ses esprits, souffrant atrocement.

- Viens plus près Mélisende, joli garçon, n'est-ce pas ? Et valeureux combattant. Tu es vraiment une femme ? Ah, si j'avais été plus jeune, je ne dis pas…
- Je ne dis pas non plus, murmura-t-elle, agenouillée à côté du vieil homme mourant.

Il sourit faiblement devant son évidente sincérité.
- Mélisende, tu iras à Sana'a. Dans la bibliothèque de la mosquée, il y a un département administratif. J'y ai fait enregistrer

cette donation. Ce château appartient à Geoffroy Faraglioni, marchand vénitien d'Âcre.

Mélisende était interdite.
- Tu avais déjà fait toutes les démarches et…
- Ce château t'appartient Mélisende. Fais-en bon usage…
- Je ne peux pas accepter, finit-elle par dire. C'est au-dessus de mes forces.
- Mais si… tu comprends la valeur significative du labyrinthe. Tu as tout deviné. Il faut seulement suivre la marche du soleil. Et tu accèdes à la lumière.
- Oui, j'ai compris…
- Laisse-moi terminer… Ce château recèle d'inestimables trésors dont tu pourras faire le plus grand profit. Pas seulement pour ton compte, pour la résolution de l'énigme qui vous a été posée. La pierre, bien sûr. Tu vois, je t'ai bien deviné.
- Et comment sortir ?
- Mais par la porte !

Et Othman mourut. Mélisende se retourna. Il y avait effectivement une porte. Elle l'ouvrit. Elle se trouvait à l'extérieur des remparts. Tout était silence. Un silence mortel. Plus de deux mille morts chez les turcs. Aucun survivant non plus pour les partisans d'Othman.

Mélisende rentra dans le château et s'attarda inconsciemment à compter les cadavres. Elle leva les yeux pour contempler le soleil couchant. Il avait bien achevé sa course. Le combat avait duré exactement la valeur d'un jour. Tout était en ordre et tout avait été respecté.

Elle trouva un cheval, resserra la selle, chercha quelque chose à grignoter et surtout à boire, et sauta sur sa monture, prenant la direction de Kerak, laissant derrière elle le château tel qu'il était : ouvert à tous les vents, des milliers de cadavres jonchant le sol. Les charognards de tous bords allaient s'en donner à cœur joie pour les dépouiller et s'emparer des chevaux. Mais personne, elle en était sûre, n'oserait vraiment s'aventurer dans ce lieu.

Elle parlait de survivants pour raconter ce qui venait de se passer. Mais les pillards du désert s'en chargeraient bien. Et la forteresse continuerait d'être nimbé de son auréole magique. Elle pourrait en tirer parti, plus tard. Inutile d'y mettre une importante garnison en attendant. Ce fantastique revirement de situation et la victoire finale d'Othman sur les arabes d'Abdul, n'était-elle pas le plus sûr garant de son inviolabilité ?

Déserté de toute population, ce château magique n'apparaîtrait-il pas comme plus inaccessible encore ? Mélisende s'abîma dans une rêverie profonde, toute éveillée, fixant un point invisible, là-bas dans le désert. Elle soliloquait en réfrénant une discussion interrompue avec sa jumelle Alix, comme si cette dernière s'était tenue à ses côtés.

CHAPITRE X

HATHRA - ALIX

Les semaines avaient passé depuis leur séparation de Saint Jean d'Âcre. Alix revenait de Nishapur en plein pays mongol et comptait s'arrêter à Bagdad pour rencontrer son vieil ami l'alchimiste Jabir ibn Hayyan.

La caravane parcourait environ cinquante à soixante lieues par jour, principalement à l'aube, et à partir du milieu de l'après-midi. Aux heures chaudes de la journée, Alix faisait arrêter les chameaux lorsqu'ils trouvaient un point d'eau. Des toiles de tente étaient hâtivement dressées entre deux pieux de bois et les bédouins somnolaient, attendant que la température permette de poursuivre la route sans être incommodés.

Parfois même, ils voyageaient de nuit, notamment dans le désert jordanien parsemé de cailloux noirs, recouvert suivant les chameliers de bitume, des naphtes affleurants ou tout simplement de vestiges de petites éruptions volcaniques. Elle se demandait seulement s'il était sage et avisé de rentrer ultérieurement sur Âcre.

Parfois, la question se posait à elle insidieusement. Étaient-ils partis d'Âcre à cause de la très Sainte Inquisition ou parce qu'ils n'avaient pas réussi à résoudre l'énigme posée par une pierre venue du fond des âges ?

Curieusement, peu avant d'atteindre Hathra, le plateau désertique changeait d'allure. On se retrouvait sur un terrain moins caillouteux, parsemé de maigres touffes de végétation verte ou desséchée, mais plus ocrée, plus brunâtre.

Le point obligé de passage était la bourgade de Hathra, carrefour et des routes caravanières et des routes de pèlerinages, en plein désert, mais sur une importante nappe phréatique connue depuis la plus haute antiquité, avec de très nombreux points d'eau, ce qui fait que d'innombrables temples dédiés aux dieux et déesses des différentes civilisations s'y trouvaient édifiés.

D'épaisses murailles de plusieurs toises la ceinturaient, permettant, tant aux caravanes qu'aux pèlerins, de loger à l'intérieur pour se protéger à la fois du vent du désert, qui en cette saison se levait avec une soudaineté terrifiante, et des tribus pillardes attirées par la manne céleste offerte par le chargement des caravanes. Hathra offrait, à prix d'or, et à qui pouvait payer : bains publics, hammams, tavernes pour riches et moins riches, viandes parfaitement assaisonnées, du vin, de la bière, et beaucoup de drogues opiacées pour affronter les inévitables complications du désert.

Alix choisissait toujours la taverne proche du temple consacré à Mithra. C'était la moins fréquentée parce que la plus chère. Mais il fallait reconnaître que le vin était d'excellente qualité, et l'agneau confit à souhait. À peine arrivée, avec quelques commis du comptoir, ils se virent apporter sur la table un large plateau de cuivre où se côtoyaient d'innombrables coupelles de terre cuite, présentant des variétés de plats susceptibles d'ouvrir l'appétit.

Auparavant, il fallait sacrifier au rite des ablutions consistant non seulement à se laver soigneusement les mains, mais également le visage, avant de s'asseoir confortablement par terre sur d'épais tapis, le dos contre le mur en s'appuyant sur des coussins de velours passepoilés de fils d'or. Si elle avait pu entendre la conversation de sa jumelle Mélisende avec Othman le Karmate ai sujet de la reine de Saba, elle eût été aux anges. Des lanternes au-dessus de la table centrale, des tentures un peu partout, achevaient de donner l'illusion de se trouver dans un palais des mille et une nuits.

Alix s'y détendait, échangeait des plaisanteries avec le cabaretier ou d'autres chefs de caravanes occupant d'autres pièces. L'atmosphère y était détendue, conviviale, et le vin coulait facilement, suivi de l'inévitable alcool de dattes nommé arak, que l'on buvait sec ou additionné d'eau fraîche lui donnant une couleur laiteuse. Alix buvait sec, comme pour faire disparaitre la fatigue du voyage, tout en laissant ses yeux parcourir l'assemblée ou reconnaître ceux qui soulevaient les tentures pour les saluer au passage.

Il fallait en profiter. Hathra était une oasis de verdure, de fraîcheur et de bien-être. Il n'y en avait plus désormais jusqu'aux confins de l'Empire mongol, dont elle revenait. Du coup, tous s'y attardaient et ne revenaient au caravansérail que tôt le matin. Mais on y reprenait des forces et à la fin de la journée les charges soigneusement vérifiées et arrimées sur les chameaux, on repérait la route après les échanges de renseignements, résumés sur l'évolution des évènements, les ambitions d'Abdul, le vizir yéménite.

Mais, les informations circulaient également en provenance de pèlerins descendant sur la Mecque ou en revenant. L'Orient se tenait ainsi parfaitement au courant des incertaines politiques des pays concernés. Les francs, avides de conquête territoriales, les émirs arabes divisés, le calife insouciant, les syriens plus offensifs que jamais, et bien entendu les tribus du Sud, toujours en pleine effervescence.

L'Orient était ainsi un brassage d'ethnies, de langues, de civilisations et un patchwork d'hommes avides de se mesurer les uns aux autres, tant au niveau des prouesses amoureuses que des exploits militaires, seules perspectives alléchant ces guerriers qui avaient la bataille et la conquête dans le sang.

La nuit fut courte. Alix décida qu'ils partiraient vers la fin de l'après-midi pour Bagdad. Elle se promettait, sitôt les affaires courantes expédiées, de retrouver Jabir, toujours à la recherche de la pierre philosophale, ce qui la faisait par moment pleurer de rire, car il était maintenant très âgé.

Quelques jours plus tard, Alix se tenait à côté de Jabir, lui passant sans arrêt une petite balance, quelques grammes d'or pur, fragmentés d'une petite pépite, pincettes d'argent pour es saisir, suivant, avec un rare sérieux, les manipulations de l'alchimiste. Elle se contenta de secouer négativement la tête, tout en poursuivant les instructions de Jabir.

Il faisait fondre, très lentement, les quelques morceaux d'or placés au fond d'un petit alambic, situé au-dessus d'un léger feu, qu'il demandait à Alix d'entretenir régulièrement, sans aucune précipitation. La température s'élevait graduellement, observée par l'alchimiste.

Les petits morceaux d'or s'amalgamaient en une pâte, curieusement de la même couleur, alors que, normalement, pensait Alix, ils auraient dû changer de teinte. Mais, c'était toujours la même pâleur solaire dans un jaune éclatant, irritant et blessant les yeux si on avait l'imprudence de trop fixer. Tout à côté, posée sur le plateau de céramique, une petite fiole de verre attendait le résultat de la fusion.

- Fais attention à présent. N'appuie pas trop sur le soufflet alimentant l'air du feu. Tu sais bien sûr que le feu modifie et pénètre l'or grâce à l'air que ta main provoque.

Alix hocha la tête sans répondre, sachant trop bien que l'alchimiste ne faisait que se moquer d'elle pour lui apprendre davantage les arcanes de son art. L'or fondait à un rythme programmé, ni trop lent, ni trop rapide. Une masse encore formée, mais déjà l'état liquide, pensa Alix.

- Ah ! Tu y es venue, fit Jabir qui observait sa disciple. Arrête le feu, écarte-le. Il faut attendre.

La température très élevée ayant pénétré l'or achevait de le dissoudre et de la liquéfier. Jabir enleva l'alambic pour le poser sur un autre trépied.

- Il faut compter calmement.

Et il murmura à voix basse des chiffres arabes. Il ne les révèlerait pas pour le moment à son élève. Alix ne s'en formalisa pas. C'était la règle du jeu. Aucune importance. Le temps suffisait au temps.

- Voilà. Passe-moi la fiole…

Alors qu'il aurait pu la saisir, l'ayant juste à côté de ses doigts, mais comme pour mieux associer son élève à son travail. Et de l'alambic, de l'or fondu coulait lentement dans la fiole, un liquide d'une couleur d'une intensité remarquable blessant les pupilles, mais légèrement opaque et déjà translucide.

- La couleur va bientôt disparaître, commenta l'alchimiste. Observe-la bien.

Et Alix fut surprise par le phénomène : l'or coulant de l'alambic était toujours de couleur or et paille, et celui qui recouvrait le fond du verre était déjà plus clair, comme si la couleur de base s'était graduellement estompée.

- Voilà. Repose-le doucement. Il faut attendre.

Or, Alix, depuis le début de la nuit, n'avait pas encore osé demander à quelle expérience Jabir se livrait. Faire fondre de l'or pur était la réponse la plus évidente. Et pourtant elle pressentait qu'il n'en était rien. Elle redressa son dos, toujours douloureux, et se massa instinctivement les reins.

- Bravo petite, fit Jabir, très sarcastique. Tu brûles -c'est le cas de le dire, non ?- de me demander ce que je fais depuis des heures. Tu as deviné, cela se lit sur ton visage.

Alix le regarda. Jabir était toujours frappé par l'extraordinaire clarté de ses yeux bleus de détachant parfaitement sur la matité de son visage. Des yeux luisant l'intelligence, de prescience, des yeux annonciateurs des plus folles espérances. Il murmura inconsciemment.

- Les plus folles espérances…

Alix sursauta.

- De quoi parlez-vous donc ?

- De tes yeux… Il faut que je t'explique, sinon tu vas tout faire rater, comme d'habitude.

Et ils allèrent s'asseoir côte à côte sur le petit banc de pierre adossé au mur.

- Je vais mélanger l'or fondu avant qu'il ne soit complétement refroidi, avec de l'eau recueillie de la rosée du matin dans mon propre jardin. Oh, quelques gouttes ! Pas plus d'une dizaine. Puis j'y ajouterai de cette eau légèrement pétillante, contenant beaucoup de matériaux naturels, apportée du djebel Tarik, par un chamelier de mes amis…

Il s'arrêta.

- …Tu ne demandes pas ce que je vais en faire ?

- Si… justement.

- Ah, tu n'es pas si sotte que cela ! Car si le disciple ne pose pas, de temps en temps, quelques questions intelligentes, on peut vraiment se demander… Bon, je reprends…

Il prit une petite boîte en bois rectangulaire, percée de trous comme pour permettre à un objet ou à un être pouvant s'y trouver, de respirer, ce qui parut incompréhensible à Alix. Il l'ouvrit avec précaution.

- Penche-toi, ordonna-t-il !

La jeune femme s'inclina, regarda, puis se redressa avec un point d'interrogation dans ses yeux. Au fond de la boîte reposait de l'herbe. De l'herbe toute simple, arrachée, semble-t-il, par touffes, comportant encore des radicelles et un peu de terre. La seule différence avec l'herbe que l'on peut cueillir le long des chemins ou dans de grands jardins, était sa couleur. Alix n'en avait jamais vu auparavant. L'avait-on plongée délicatement dans quelque produit tinctorial pour en obtenir cette étrange nuance ?

- Mais non, fit Jabir répondant à la question muette d'Alix. Il s'agit tout simplement d'un végétal nommé par nous, arabes, baraos, et qui ne pousse que sur quelques pentes des monts Liban

- Oui… et…, poursuivit Alix.

- Personne ne la cueille, ou n'ose le faire, au mois de mai, date de la floraison. D'abord, elle est quasiment invisible pour les yeux non avertis. Il faut s'en approcher à la nuit tombante. Là, elle se révèle dans sa clarté comme un petit flambeau. Un petit lumignon. Car cette herbe brûle.

Si on ne prend pas de précautions, elle enflamme le mouchoir qui a servi à la capture et brûle les doigts de l'impatient. Il faut la recouvrir d'un mince drap de lin et l'y laisser un moment. Après seulement, elle se laisse prendre.

Elle a une spécificité. Celle de transmuter les métaux comme celui-ci. Nous, alchimistes arabes, l'appelons l'herbe de l'or. Alors, si en plus on la mélange avec de l'or fin, tu peux facilement imaginer le résultat. Deux vertus ensemble. L'une végétale, l'autre ignée. Et voilà...

Jabir poursuivit.

- ...Je vais la réduire en poudre dans ce mortier, en tournant lentement dessus un pilon de bois d'acacia. Puis, je vais l'incorporer à l'or. Je t'expliquerai la suite après. Je sens que c'est le moment pour l'or.

Ils se relevèrent pour s'approcher du plateau de céramique, et Jabir saisit un minuscule flacon de verre. Alix ne l'avait pas encore remarqué tant il était petit. À côté, une cuillère, ou enfin ce que l'on pouvait prendre pour une cuillère d'argent, tenue par un capuchon, comme pour emprisonner les gouttes de rosée.

- Tu tiens la fiole d'or. Je vais y verser ces gouttelettes. Tu ne bouges surtout pas. Tu ne trembles pas.

Les gouttes, une à une, tombèrent. Il y eut comme un pétillement à la surface de l'or liquide. Et Alix crut réellement voir les gouttes de rosée transpercer l'or pour éclater en lui.

- Mais oui, c'est exactement cela, commenta Jabir. À présent, l'eau minéralisée. Fais attention. Tien bien la fiole. Tu sais le pourquoi de tout élixir de jouvence et comment il peut jouer son rôle ? Tiens, pour une fois, la petite sotte est interdite. Je vais te l'expliquer. Prends par exemple cette eau venue du djebel Tarik. Très minéralisée. Elle est descendue de la montagne jusqu'à sa source, en traversant toutes sortes de minéraux dont la région est très riche.

Là où les modestes artisans ne voient que des métaux, nous, alchimistes, nous y voyons des minéraux qui, s'ils n'étaient pas arrachés à leur gangue calcaire, continueraient de vivre pour, peut-être dans un avenir très lointain, devenir de l'or. Ils vivent. Tu comprends ? Ils ne sont pas morts du tout. Et, lorsqu'ils sont traversés par l'eau, elle emporte avec elle d'infimes particules de leur vie. Elle est là, bien cachée au cœur de l'eau... Quant à l'or, il est le suprême état de la matière, l'ultime stade de la connaissance. Plus rien ne peut le transformer. Il a atteint son point de culmination. Tout peut arriver à partir de lui. Quant à la rosée du matin, si précieuse, elle est le résultat de la voie humide qui transporte également, sans le savoir, la vie qui naît à partir de rien. Enfin, si… Tu as compris ?

Alix comprenait enfin le sens de toute opération de l'or philosophal. Que faisait véritablement Jabir ? De l'or avec de l'or. Et il assénait cette sentence sans rire. Jamais elle n'avait pris une telle importance à ses yeux. Et l'élixir d'éternelle jouvence alors s'expliquait. Il fallait, selon le vieil adage alchimique que n'arrêtait pas de lui répéter Jabir, commencer l'ouvrage là où la matière arrête le sien.

- La vie désire la vie, poursuivait Jabir, bien qu'Alix fut perdu dans ses pensées fort lointaines. Avec cette fiole, tu pourras redonner la vie à des centenaires.

La phrase, prononcée cependant avec une certaine raillerie, décelait quelque chose de prophétique.

- Mais je ne te conseille pas de t'en servir, ajouta-t-il, voyant de plus en plus de contrariété sur le front d'Alix qui pensait manifestement à autre chose, à commencer par ses doubles, fort loin d'elle encore. Ou alors il faudrait que tu sois bien vieille…, finit-il par marmonner comme pour lui-même…

Et il commença à y verser lentement, une à une, les gouttes de cette eau du djebel Tarik. Légèrement pétillante. Elles restèrent à la surface de l'or liquide, s'y attardant presque, comme pour le recouvrir en un manteau de gaz liquéfié. Puis la pénétration se fit progressivement. Et, là encore, Alix crut voir l'eau passer lentement à travers l'or et s'y mélanger en se dispersant dans toutes les directions.

- Ferme les yeux !... À présent ouvre-les !

Alix ouvrit les yeux. Jabir tenait, élevée à leur hauteur, la fiole si transparente que l'on pouvait parfaitement deviner la couleur du liquide contenu. Tout était devenu clair. La couleur or, paille, avait définitivement disparu, comme si elle avait été absorbée par les deux eaux, de rosée et minéralisante.

- Non, c'est tout le contraire, objectait déjà Jabir en voyant le mouvement de recul d'Alix. Tout le contraire. L'or s'est dissimulé à l'intérieur des deux autres couleurs. Ou leur absence de couleur, si tu préfères. Je vois bien que tu n'y comprends rien. Cela ne m'étonne pas trop, je l'avoue.

Alix était fatiguée. La tension était très forte. Elle parvint à s'arracher un mince sourire qui ressemblait plus à un rictus qu'à tout autre chose.

- On va aller se coucher pour prendre des heures de repos mérité. Ce liquide, petite, est un élixir de jouvence. De jouvence éternelle. Ce n'est pas vrai, bien sûr, mais ça impressionne toujours un peu les sots. En fait, il régénère l'organisme.

- Comment ? ne peut s'empêcher de demander Alix.

Mais l'autre déjà lui tournait le dos. Alix se demandait bien pourquoi Jabir insistait à ce point avec elle sur cet élixir de jouvence. Les geôles de la Sainte Inquisition avaient-elles donc le pouvoir de réduire une toute jeune femme à l'état de vieillarde ? Puis Jabir revient sur ses pas.

- Comment ? Tu en demandes trop ! Ce sera pour une prochaine fois. Ah si, un mot encore. Tu te souviens… si tu veux apprendre la sagesse du cœur, réaliser l'alchimie spirituelle…

- Je sais l'interrompit Alix, sans même s'en rendre compte. Il faut d'abord se connaître.

- Eh bien, ma fille, réfléchis-y, à plus d'un titre. Tu as observé. Tu as commencé par faire fondre l'or. Normalement, un apprenti ignare aurait fini par lui. L'or n'a pas besoin de miroir pour se regarder. Tu comprends ? Non ? Ah si, peut-être… Il faut un miroir dans tous les cas de figure, en alchimie. Il faut seulement trouver la matière, que le feu viendra purifier et surtout transmuter. Donc n'importe quel miroir peut faire l'affaire. Tiens, même un plan d'eau parfaitement immobile.

- Même un plan d'eau ?

- C'est ce que je viens de dire… Après, c'est facile.

Et Alix, fataliste, haussa les épaules.

- Tu t'en souviendras ?

- Je m'en souviendrai…

Alix était tellement lasse, qu'elle se coucha sur le tapis même recouvrant la petite chambre mise à sa disposition par Jabir.

Celui-ci, en la raccompagnant à la porte de la petite cour, tendit la fiole.

- Mais…, voulut-elle refuser.

- Prends-la ! Je sais que tu en auras besoin. Pas demain, bien sûr. Un jour. Tu cours de grands risques avec ta jumelle et ton frère. Et n'oublie pas l'eau… Très importante cette question d'eau… Tu t'en souviendras ?

CHAPITRE XI

LA FORTERESSE DE KERAK

D'Albano fit passer, aux forteresses templières situées à l'Est du royaume franc, un message très net. S'il advenait que les caravanes du comptoir Faraglioni passent non loin, il fallait leur faire savoir que leur retour à Âcre était encore sujet à caution.

Sur leur chemin du retour, les Faraglioni furent ainsi avertis de se ménager une autre porte de sortie. Ils s'abstinrent de remonter vers Âcre et préférèrent, après avoir échanger des messages bagués par l'intermédiaire de pigeons voyageurs, se retrouver à Kerak dans la contrée d'Outre-Jourdain, laissant la charge d'acheminer leurs caravanes à des commis responsables, jusqu'à Âcre.

Du coup, l'idée de descendre sur Al-Mukallâ au Aden sur les bords de l'océan Indien, le pays de l'encens et de la myrrhe les séduisait, en passant d'abord par Sana'a et ensuite d'Hadramaout. Ils mirent au point un projet d'expédition. De bonnes affaires pouvaient se réaliser. En attendant mieux, cela mettait de toute façon des semaines de voyage entre eux et les États francs... et surtout les inquisiteurs.

Le vieux Bartolomeo, qui n'aimait pourtant plus voyager, se chargea de récupérer les trois caravanes et de les faire arriver non pas sur Âcre mais sur Tripoli, plus au Nord, Ascalon au Sud, et détourna la troisième sur Alexandrie. Il donna ses instructions à ses neveux : rester à Kerak. Il comptait les y rejoindre pour parler des prochaines caravanes. Au besoin il descendrait jusqu'à Akaba, le grand port sur la mer Rouge, afin de s'éloigner, e cas échéant, vers le Sud de l'Arabie. Une fois ses instructions données, Bartolomeo se mit en route pour Kerak, de l'autre côté de la mer Morte. Bien qu'il ne soit pas, pour le moment, directement concerné par l'Inquisition, il préféra lui aussi de se faire escorter par des Templiers. Il trouva son neveu et ses nièces fatigués, mais contents d'être revenus dans des terres plus civilisées.

- Le temps va peut-être arranger les choses, leur déclara-t-il. Faites-vous oublier.
- On pourrait nous tuer parrain, fit observer Alix. Et tu ramèneras nos cadavres en grande pompe à Âcre avec des funérailles fleuries.
- Nous pourrions rentrer à Venise, proposa Geoffroy. J'ai une touche avec la femme du doge et…
- Et moi, je rentre au couvent, l'interrompit Mélisende. Depuis le temps que j'en parle, je passerai à l'acte.
- Et d'Albano, s'enquit Alix ?
- Il viendra m'y enlever, ça se fait, paraît-il, ou il me fera nommer abbesse. J'aimerais bien. Pour un certain temps seulement.
- Voudra-t-il faire l'amour avec une nonne ?
- Et pourquoi pas ?
- Ton avis Alix ?
- Moi, je regarderai un moment pour voir comment Mélisende s'y prendra pour déshabiller un cardinal. Ou plutôt l'inverse, comment un cardinal, sans perdre ses moyens, peut enlever, à une allure folle, toutes les robes d'une nonne.
- Eh bien, on va te montrer.

- Je comprends finalement pourquoi les inquisiteurs veulent votre peau, compléta le Sire de Milly qui avait entendu leur dialogue ahurissant, sans trop y comprendre grand-chose.
- Vous êtes tout simplement fous. Et les fous, on les supprime. Moi, je vais vous enfermer dans le cachot au sixième niveau, le plus infesté de rats, nourris avec un croûton de pain rassis.
- À la condition que nous soyons ensemble.
- Ça, pas question !

- Ah, j'ai quelque chose pour vous, fit le vieux Bartolomeo, la veille de son départ. C'est Abou Zaya qui est passé l'autre jour. Et il se fit amener un petit sac grossièrement ficelé.

Ils défirent le paquet, une vieille étoffe de coton cordé d'un lacet de cuir, puis ils déplièrent l'étoffe.

- Bon dieu… La tablette… !

Ils l'avaient pratiquement oubliée. Elle venait de se rappeler fort opportunément à eux.

- Et qu'à dit Abou, questionna Alix.

- Que c'était intéressant. Très intéressant, mais qu'il ne comprenait pas comment vous n'avez rien deviné… Mais c'est vrai qu'ils sont un peu jeunes, a-t-il ajouté.

- Rien d'autre ?

- Rien. Ah si, car il a ajouté est pourtant simple.

- Donc il n'a rien voulu dire ?

- Heu ! non, peut-être attend-t-il quelque chose en retour ?

Mélisende pensa immédiatement à la veuve qui hébergeait Abou…

Puisqu'elles étaient aussi d'accord pour cette expédition au Sud de l'Arabie, les filles durent voyager habillées en femmes arabes. Pas question d'avoir trois Geoffroy Faraglioni dans un groupe. Pour le coup ils auraient attiré définitivement l'attention sur eux.

- Ça ne ferait pas sérieux, fit gravement Alix.

Mais, ils firent bien de rester à Kerak, en attendant la mise au point des préparatifs, car le hasard d'une courte promenade dans la petite bourgade, au pied du glacis de la forteresse, les amena tout naturellement à la mosquée. Alix et Geoffroy laissèrent Mélisende entrer car elle voulait simplement vérifier s'il ne s'y trouvait pas une reproduction du fameux labyrinthe d'Alep que l'émir Othman avait fait reproduire grandeur nature dans son château d'Al Hokkeider.

Elle ne trouva qu'un homme, jeune encore mais en partie aveugle.

- Puis-je t'aider femme, questionna-t-il ?

Elle lui expliqua qu'elle pensait trouver un labyrinthe géométrique.

- J'en ai entendu parler. Il n'y a que quelques exemplaires de cette curieuse géométrie des versets du Coran. J'ai bien essayé de le dessiner de mémoire car j'ai perdu en partie l'usage de la vue à cause d'une grave ophtalmie des sables survenue, il y a quelques semaines.

Mélisende s'accroupit auprès de l'homme tout en l'interrogeant sur les soins qu'il avait reçus et lui proposa de le faire soigner à la forteresse templière.

- Ma sœur connaît quels onguents ou collyres utiliser pour récupérer en partie la vue. Au gré des voyages qui l'amenaient souvent à Damas et au hasard de ses expériences alchimiques avec Jabir, Alix avait eu par ailleurs l'occasion de vérifier que la composition d'un remède était toujours établie en fonction du malade lui-même et non par la maladie en particulier. Il parut intéressé et la suivit.

Ils rejoignirent Alix à qui ils exposèrent ce qui lui était arrivé.
- Viens avec moi au château, proposa-t-elle.

Geoffroy et Mélisende poursuivirent leur chemin, tandis qu'Alix accompagnait l'homme. Elle le fit entrer dans un petit hospitalet jouxtant la bibliothèque et lui examina les yeux.

Ses yeux étaient secs et déjà vitreux, comme recouverts d'un voile qu'il aurait fallu enlever, mais elle n'était pas compétente à ce degré. Elle lui prépara cependant une décoction d'aloès, de feuilles de tilleul et de lin pour obtenir un léger emplâtre.

- Garde-le sur l'œil droit jusqu'à demain. N'y mets surtout pas les mains. Cela doit permettre au liquide contenu dans ton œil de circuler car la cornée est complètement asséchée. Reviens demain soir.

- Je ne sais comment te remercier.
- Moi, je le sais, répliqua-t-elle rapidement. Reviens demain et tu pourras me remercier.

Le jour suivant, Alix lui montrait, agrandi au moins trois fois pour qu'il puisse plus ou moins parfaitement les apercevoir, quelques signes de la fameuse tablette rapportée par le vieux Bartolomeo et dont elle avait pris une copie.

Il les approcha de l'œil. Il paraissait avoir recouvré une partie de sa vision.

- Saurais-tu me dire ce que ces lettres signifient ?

Il demeura silencieux, hocha la tête comme pour montrer sa satisfaction. Alix était vraiment surprise car trouver, dans le désert syrien au Sud de la mer Morte, un lettré capable de reconnaître deux écritures orientales datant de centaines d'années relevait de l'impossible.

- J'ai vu quelque part ce type de caractères, finit-il par dire. Ce ne sont pas des hiéroglyphes égyptiens, ni un alphabet éthiopien, quoique bizarrement cela me fait penser à l'Éthiopie. Désolé, je dois te dire que ce ne sont pas des lettres.

- Hein… La même observation que le muallim l'autre semaine à Âcre.

Alix venait de sursauter.

- Répète ce que tu viens de dire : « ce ne sont pas des lettres, mais alors… »

- Des nombres… très caractéristiques… aussi celui-ci signifie des dizaines, mais je ne sais pas de quoi en fait… ni combien de dizaines en vérité.

- Comment ? Les nombres ne s'expliquent pas en hommes, prisonniers, guerriers ?

- Si sûrement, il faudrait examiner l'ensemble de la pierre car il y a forcément une indication d'un trait ou d'un point diacritique qui donne l'explication du chiffre.

Mélisende, qui écoutait, alla chercher la tablette ramenée par le vieux Bartolomeo et dessina à son tour sur une feuille de papier de Chine la suite de ce qui pouvait passer pour un texte, mais également agrandi plusieurs fois.

- Alors, c'est tout simple fit l'homme. Tu aurais dû commencer par là, mais c'est tout de même curieux, poursuivit-il.

Mélisende et Alix trépignaient d'énervement devant le calme du desservant de la mosquée qui prenait tout son temps.

- Vous êtes drôlement impatientes, finit-il par reconnaître. Mais à quoi cela vous servira-t-il ? Il s'agit d'un texte datant probablement de quelques siècles. Il n'y a pas le feu.

- D'accord, maugréèrent les jumelles ! Peux-tu nous expliquer ?

- Tu vois la silhouette au début de la tablette ?

- Mais non ! À la fin de la tablette, s'emporta Alix !

- Écoute femme ce que je te dis !

- Mais, enfin, l'écriture en Orient se lit de la droite vers la gauche. La silhouette, très vague à l'extrémité, termine la phrase.

- Tu n'y comprends rien, et si tu ne m'avais pas soigné, je t'aurais renvoyée dans ta famille auprès de ton mari et de tes enfants.

Alix en gloussa de plaisir en entendant de pareils propos, mais se fit attentive et accepta son erreur, pas pour lui faire plaisir mais parce qu'elle pressentait quelque chose d'anormal.

- Ce n'est pas une écriture arabe, quoique sémitique. C'est une écriture, à mon avis, qui doit se lire comme la langue franque.

- Mais alors, ça change tout, s'exclama Alix.

- Je ne sais pas ce que cela peut changer pour toi, mais en tous les cas, un homme débute l'énumération.

- Ce qui fait quoi ?

- Ce qui fait que la tablette se suffit à elle-même. Elle doit donner à elle seule toutes les indications qu'on peut y chercher. Par contre, pourquoi deux langues aussi distinctes. La seconde m'est totalement inconnue. Maintenant, laissez-moi, j'ai les yeux fatigués. Tu devrais bien me donner un autre emplâtre.

- Pas aujourd'hui, avança Alix. Il faut attendre la disparition de la lune, demain soir. Il faut observer scrupuleusement le comportement des astres pour l'application de l'emplâtre et choisir l'heure. Pour toi, ce sera lorsque la première étoile apparaître du côté de l'Est.

- C'est bon, je t'attendrai.

- Et la tablette ?

La question était reposée avec obstination.

La femme haussa les épaules, fatiguée et énervée par la sempiternelle discussion.

- Ils l'ont laissée.

- Où ?

- Mais sur la table où ils achevaient de diner lorsque le Général de cet Ordre des Templiers est venu pratiquement leur donner l'ordre de déguerpir.

- Ils ne l'ont donc pas emportée ?

- Mais, je te répète que non.
- Alors, tu as échoué.

La femme frémit devant l'air hautain et superbement dédaigneux de l'autre.

- Et moi qui t'avais chargé d'une mission de la plus haute importance.

- Dont tu ne m'as pas donné le moindre commencement d'explication. Comment voulais-tu que je m'en sorte ?

- Alors, c'est fichu ?

- Ça m'en a tout l'air.

- Va-t'en à présent, car je pourrais bien te faire fouetter pour ton insolence.

La femme en noir haussa les épaules, comme pour signifier que cela n'avait pas d'importance, et sortit un étrange sourire sur les lèvres.

CHAPITRE XII

LE DESSERVANT DE LA MOSQUÉE

Les jours suivants, l'état du desservant de la mosquée s'améliora, ainsi que son humeur. Alix put donc reprendre la discussion un instant interrompue.

- Recommençons à partir du petit personnage tout au début.

- Regarde cette pierre sur son épaule qui pourrait nous donner la marche à suivre. Quoique… mais je n'arrive pas à identifier s'il s'agit d'un homme, et de sa fonction. Ce pourrait être un chef de guerre. Il semblerait que le calligraphe de cette tablette ait, sur instruction ou non, délibérément mélangé deux types d'énumération.

- Ne complique pas les choses à plaisir pour avoir un autre emplâtre.

- Mais non ! Vois par toi-même. Au milieu de la tablette on a l'impression qu'il a changé de registre. Il est passé d'une série numérique à une autre série numérique. Encore faut-il accepter l'idée que la seconde langue serve aussi à une énumération.

- Et qu'est-ce que ça donne ?

- Rien, pour l'instant. Je ne parviens pas à déchiffrer. De la gauche vers la droite, nous avons un décompte. Certains signes me sont plus ou moins familiers, on dirait un nombre de jours, de personnes ou de soldats, suivi d'un nombre qui pourrait évoquer des armées ou des États.

La vision du desservant s'améliorait. Son déchiffrage aussi, à la suite d'un incroyable tour de passe-passe d'Alix.

- Tu recouvreras la vue complètement, et dans l'esprit d'Alix cela signifiait qu'il pourrait déchiffrer enfin de descriptif fourni par la copie de la tablette, si tu prends cette décoction.

Le desservant de la mosquée était prêt à tout. Il suivit donc la femme dans l'hospitalet de la citadelle.

- Mais pas un mot à quiconque, car le charme n'opérera plus.

Il donna immédiatement son accord et commença déjà à le regretter lorsqu'il vit ce qu'Alix préparait.

Elle faisait bouillir de l'eau dans une petite casserole posée sur un trépied. À côté d'elle, un livre. Il reconnut le Coran. Il sursauta lorsque l'ayant parcouru en diagonale, Alix arracha une feuille qu'elle agita devant elle.

- Il est question de soins du corps, ceux du visage en particulier.

Et là, elle indiqua une ligne où il y est mentionné un passage sur la qualité de la vision intérieure du croyant.

Puis, à la grande surprise de l'homme, elle plongea délibérément la feuille dans l'eau. Presque instantanément, l'encre fixée dégorgea et se mêla à l'eau, donnant une couleur violette. Le desservant en avait les yeux exorbités.

- Tu vas voir, ça va être épatant.

Il aurait préféré s'enfuir, mais il avait donné sa parole.

Alix retira la cassolette, s'empara d'un tamis et versa l'eau teintée dans un gobelet ébréché et froidement le lui tendit.

- Bois ! Bois tout. D'un seul coup. Tu te sentiras instantanément mieux.

L'homme obéit. Il faillit recracher tant l'eau était bouillante, se racla la gorge et reposa le gobelet.

- Allah est avec toi, mon garçon, fit doctement Alix.

L'homme en était moins sûr, mais il porta doucement sa main à son visage comme pour vérifier. Et il ouvrit les yeux.

- Je vois, dit-il simplement, qu'Allah te bénisse pour tes bienfaits.

- Va, ta foi t'a sauvé.

Et elle sourit pour l'allusion, à peine voilée.

- Je te dois la vue, femme, et jamais je ne pourrai…

- Mais si… Déchiffre à présent… Vite et bien.

- Trois nombres, trois séries de nombres. Très peu d'hommes, si je ne me trompe pas, je n'y avais pas prêté attention l'autre jour, c'est d'ailleurs invraisemblable : douze. Pour le chiffre suivant, c'est pareil. Il s'agit de pierres. Exactement cent cinquante-trois pierres. Et pour faire quoi ? La tablette ne le dit pas. Quant au nombre de jours, il est encore plus ridicule : sept. Difficile d'être précis. Qu'est-ce qu'ils ont bien pu faire ceux qui t'ont envoyé ce message en si peu de temps avec si peu de personnes et si peu de pierres ? Bref, en définitif 12 – 153 et 7. Pour moi, cela ne veut strictement rien dire.

Alix aurait bien volontiers donné aussi sa langue au chat.

- Mais enfin, s'énerva-t-elle, il y a forcément une autre indication qui explique la raison de ces nombres, autrement ça ne veut rien dire. Une campagne militaire d'un chef militaire, des pierres précieuses, un butin extraordinaire ?

- Je ne sais pas. Voilà, je te rends ton bien. Tu en sais à présent autant que moi, c'est-à-dire fort peu de chose. De plus, il s'agit d'un document vieux de plusieurs centaines d'années. Je voudrais bien savoir ce que le messager qui t'a remis cette tablette avait ans la tête.

Qu'Allah te rende grâce pour tes soins. Sois à jamais bénie par lui.

Lorsque le desservant de la mosquée quitta l'hospitalet, il laissa Alix en proie à de multiples interrogations. Elle chercha ses doubles, mais ne les trouva point, ou plutôt imagina sans difficulté aucune, ce qu'ils pouvaient faire. Mélisende avait parfois de l'occupation de son temps des idées très précises qu'elle finissait par vendre à son benêt de frère. Elle les attendit donc au réfectoire où ils la rejoignirent en effet un peu plus tard, la mine légèrement chiffonnée.

- Eh bien, on se s'embête pas, alors que moi…

- Tu es la fille la plus intelligente de la famille, l'interrompit Geoffroy, et le médecin attitré donc.

- Et si tu nous tenais au courant.

- 12 – 153 – 7. Voilà ce que cela donne. Si c'est un appel urgent au secours… une liste de produits à acheter au prochain souk… tant de pièces d'or, d'argent, de cuivre. Je vais de l'ironie mais le sel de la situation m'échappe complètement.

C'était exactement le point de vue de Mélisende et de Geoffroy. Pourquoi envoyer à trois malheureux jeunes gens qui filaient un parfait amour incestueux, une tablette couverte de signes hiéroglyphiques datant de dizaines de siècles, et sans indication de ce qui avait bien pu être réalisé avec ces nombres.

Les filles n'étaient pas très satisfaites de la tournure que prenaient les évènements. S'enfoncer dans le Sud Arabique ne les tentait visiblement pas.

D'autant que Geoffroy rajoutait :

- Dès qu'Abdul apprendra ma présence, il la considérera comme une offense et viendra lui-même m'égorger.

- Tu vois bien. Annulons l'expédition.

- Et pour aller où ? questionna Bartolomeo, qui venait d'arriver dans le réfectoire, à leur recherche.

- Oui. Pour aller où ? Certainement pas pour rentrer à Âcre et tomber dans les bras de la très Sainte Inquisition.

- Un dernier mot, fit Mélisende. Et cette femme, à Âcre, si c'était elle, à la fois la messagère et l'initiatrice du message ? elle l'a fait sûrement pour un certain nombre de raisons, mais elle aurait pu tout aussi bien nous envoyer un message en clair. Elle a dû forcément apprendre ou se rendre compte que nous étions incapables de résoudre l'énigme posée. Elle a donc un projet secret dans la tête, mais alors pourquoi nous ? Nous ne sommes que des marchands, rien que des marchands. Ni prêtres, ni guerriers, nous ne sommes responsables de rien, c'est-à-dire sans autorité réelle sur quiconque. Nous sommes certainement le plus mauvais choix qu'elle ait fait.

- Ou alors, elle n'avait absolument personne d'autre. Il s'agit peut-être d'un sale boulot, compléta le garçon. Elle voulait peut-être engager Geoffroy Faraglioni pour faire une entourloupe à quelqu'un, se payer en quelque sorte un mercenaire qu'elle pouvait toujours liquider une fois l'affaire réussie.

Les Faraglioni sombraient peu à peu dans le désespoir. Ils tournaient en rond et cela les énervait au plus haut point. Il leur fallait partir à présent, sans aucune gaîté au cœur.

CHAPITRE XIII

LE FESTIN DE MARIB

- Écoute-moi pour une fois, coupa le vieux Bartolomeo. Même si cela ne te plaît pas. Il faut que tu retournes au Sud Yémen. Tu l'as dit toi-même. Il y a des affaires d'or à réaliser.

- Mais s'enhardit le jeune homme, Abdul n'aime pas trop les caravanes et les marchands venus d'occident. À l'heure actuelle, son seul souci est de fédérer les tribus arabes sous sa coupe, et il se débarrassera d'un vénitien sans même s'en rendre compte.

- De trois vénitiens, interrompit Alix.

- J'ai là un sauf-conduit signé par la reine mère Arwa. Il vaut, lui aussi, de l'or. Tu ne l'as pas provoquée, tu ne t'es pas immiscé dans ses affaires. Alors tu lui verseras un pourcentage supérieur et tout le monde sera content.

- Pas si sûr, parrain, pas si sûr. Il faut que je vous raconte ma dernière rencontre avec lui. Elle vaut, et tu l'approuveras, son pesant d'or.

Marib s'apprêtait à livrer, cette semaine de septembre, une importante bataille aux tribus du Nord. Abdul en personne était venu conduire les opérations. À Moulay Idriss, son confident, qui s'affolait à l'idée de soutenir un siège et d'affronter des milliers de cavaliers venus du désert, Abdul se contentait de ricaner sauvagement, sans en dire plus

Abd el Ouared avait, en la personne d'Abdul, un adversaire à sa taille, combattant expérimenté, excellent stratège, tout aussi cruel que lui. C'était bien pourquoi l'un des deux devait disparaitre, en fonction des rêves de conquérant du premier comme des appétits territoriaux du second.

Car Abdul, pour devenir le fédérateur des tribus du Sud comme du Nord, devait leur proposer des rêves insensés, aussi démesurés que les immenses terres s'étendant à l'Ouest. À l'inverse, Abd el-Ouared, nomade du Sud syrien, jetait son dévolu non seulement sur les régions yéménites, mais surtout sur les indispensables ports de l'Océan Indien.

Or, tout accord était désormais impossible entre les tribus du Nord et celles du Sud. Trop de sanglants combats, trop d'épouvantables massacres, trop d'horribles carnages avaient scellé dans le sang l'inévitable rupture. À l'exception de trêves forcées dues aux rigueurs de l'hiver, et où chacun reprenait son souffle, c'était à celui qui remporterait une décisive bataille que reviendrait la victoire finale, et surtout l'adhésion de tous les yéménites.

Le peuple, lui aussi, avait reçu sa ration de satisfaction. Le commerce avait été encouragé, les souks regorgeaient de marchandises et étaient fréquentés par de nombreux chalands, les caravanes étaient protégées, la poste fonctionnait bien, les hôpitaux étaient gratuits pour la plus grande partie de la population.

Mais là où ses prédécesseurs avaient échoué, Abdul, lui, avait réussi. Dans le domaine de la cruauté, il était imbattable. Et lorsque ses troupes arrivaient quelque part, une chape de plomb s'abattait sur les contrées concernées. D'où ses innombrables succès sur les francs, venus se frotter à lui à partir d'Akaba, ralliant aussi bien les émirs syriens que les fatimides du Caire, voire même des éthiopiens qui hésitaient à envahir son royaume.

Abdul avait remarqué qu'il ne servait à rien de s'enfoncer à la tête de milliers de cavaliers à la poursuite des tribus nomades, qui, rompant parfois les combats, préféraient quitter le champ de bataille, parce que, tout simplement, ils s'estimaient inférieurs numériquement. Là, il n'y avait aucune notion de lâcheté. Un simple réflexe d'autodéfense. Mais, en effet, les tribus du Nord cherchaient visiblement à attirer, dans l'immense désert du Rub Al-Khali, les cavaliers d'Abdul pour les surprendre au moment où ils ne s'y attendaient pas, démunis de ravitaillement et de chevaux de remonte.

Au contraire, Abdul préférait les attendre, là où il était théoriquement le plus fort, c'est-à-dire dans les cités puissamment fortifiées. Il était inévitable qu'il y ait des combats d'avant-garde entre forts contingents Nord et Sud, tout comme il était inévitable d'avoir des bourgades rasées, des populations passées au fil de l'épée, des camps de tentes surpris.

Mais cela était des hors-d'œuvre, les indispensables grignotages sans conséquences, le plat de résistance résidait dans le siège des villes, avec plus ou moins de succès de part et d'autre. Or, une forte avant-garde nordiste avait été signalée à des dizaines de lieues de Marib. Il se présentait donc une excellente occasion de vérifier sa théorie sur le terrain.

Il avait donné pour instructions à ses troupes patrouillant aux abords de Marib, de rompre le combat les opposant aux éléments d'avancées nordistes, au bout d'un certain temps, pour faire croire à une infériorité qualitative. Il avait parié également sur le fait que Abd el-Ouared, venu en personne assister au siège, considérait qu'il s'agissait d'un piège grossier destiné seulement à le leurrer.

- Il suffisait, avait recommandé Abdul à Moulay Idriss, que nous aménagions, à deux portes bien précises, des couloirs entre les maisons, et que nous les fermions par des murs de pierre. Puis nous finirons par ouvrir plus ou moins complètement les deux portes. Les nomades s'y précipiteront et seront massacrés de toutes parts, pris un peu entre deux feux et de tous côtés.

Mardi fut le jour choisi, par le destin et les astrologues d'Abdul, comme le jour le plus favorable.

- Faites sortir les cavaliers, avait-il ordonné. Qu'ils aillent le plus loin possible jusqu'à leur campement au-delà des collines, puis qu'ils rompent le combat et s'en reviennent, poursuivis par les cavaliers du Nord. Abd el-Ouared sera obligé de suivre ses lieutenants et viendra mettre le siège devant Marib.

Pour donner le change, il fit donc partir plus de trois cents cavaliers qui allaient mourir pour la plus grande gloire d'Allah. Des fanatiques de tout crin purent s'avancer jusqu'aux premières tentes, quand leur chef ordonna le retrait. Les nomades tentèrent de les gagner de vitesse. Des milliers d'entre eux s'élancèrent à cheval pour poursuivre les musulmans, qui les attirèrent vers les remparts de

Marib. Les chefs du Nord se placèrent eux-mêmes à la tête de leurs troupes.

Il ne resta évidemment plus aucun cavalier du contingent sudiste au moment où les yéménites du Nord arrivèrent au pied des fortifications. Mais ils y étaient. Et les portes se refermèrent, précisément les deux qui avaient été aménagées pour tendre une implacable souricière aux asiatiques.

Les nomades mirent pied à terre. Ils avaient fait venir des échelles et des tours d'assaut tirées par des bœufs lourds et lents. Et ils commencèrent le siège. Deux portes déjà cédaient sous les coups de boutoir des béliers percutant sans cesse, en un bruit effroyable, les montants de bois solidement arrimés par une armature d'acier.

Enfin, les portes craquèrent et les assaillants déferlèrent par les ruelles, évacuées de leurs habitants. Mais ils ne rencontrèrent aucun ennemi.

Voilà qu'ils étaient à présent sérieusement pris à partie par les redoutables archers du Sud, depuis les toits des maisons, envoyant des flèches enflammées, les tirant presque à bout portant, mettant le feu à leurs vêtements, car rares étaient ceux qui portaient une armure, même légère

Avant que les chefs comprennent le piège dont ils étaient victimes, des dizaines et des dizaines de cavaliers du Nord avaient succombé, pratiquement sans combattre. Et près des remparts, les véritables portes se refermaient, les autres n'étant que des reconstitutions en bois léger. Ils étaient désormais pris à revers, privés de tout secours, malgré les assauts répétés de leurs camarades à l'extérieur. Abd el-Ouared, la rage au ventre, dut les laisser se faire massacrer et ordonna la retraite.

Abdul avait donné les instructions précises.
- Faites-moi prisonniers les chefs. Ne les tuez pas.

Cela s'accomplit dans la plus extrême confusion, mais les ordres d'Abdul furent exécutés en partie. Les habitants revinrent et Abdul leur donna la joie d'achever les blessés du Nord. Là aussi, il faisait preuve d'une grande stratégie, impliquant forcément les populations dans sa guerre, plus ou moins personnelle, contre les contingents ennemis et en le faisant savoir. Effectivement, c'était habile. Les autres, l'apprenant plus tard, ne pouvaient que s'en prendre davantage auxdites populations et celles-ci, pour venger leurs proches massacrés par leurs frères ennemis, trouvaient, dans le fait d'achever leurs blessés, un incontestable réconfort.

Puis, il se fit amener les chefs de guerre. Ils étaient tous blessés. Certains même très gravement brûlés. D'autres, sur le point de mourir, râlaient, car les habitants n'avaient toujours pas fait la distinction. Enfin, au bout du compte, on lui amena une dizaine qui respiraient encore. Ses officiers se demandaient bien ce qu'il comptait en faire.

Abdul voulut impressionner un certain nombre d'invités à un dîner pour parler des évènements et de sa politique, sûr de son fait et de sa victoire finale. Des personnes arrivées des quatre coins de l'Orient, de Transoxiane, du Yémen, du Sud de la Caspienne, des grecs même, de l'Empire Byzantin, venus en délégation pour négocier, marchander, trouver des accords avec lui, se présentèrent donc nombreuses au palais où elles furent reçues en grand apparat, en dépit des combats de la journée. Il leur avait fait accomplir un très long trajet pour venir le rejoindre à Marib, prétextant la surveillance d'importants travaux, tout en négligeant de leur apprendre l'arrivée d'une avant-garde nomade. Mais certains de ses invités participèrent à la fin du combat.

- Et toi, tu y étais donc aussi ? Je peux te dire que ce fut quelque chose d'hallucinant. Nous fûmes conviés à passer dans un grand diwan, vaste cour dominée par une voûte d'une belle hauteur, donnant sur une autre cour ombragée. Au centre du diwan, quelle ne fut pas la surprise de Geoffroy de voir un immense tapis de laine et de soie recouvrir le sol, mais à un certain niveau au-dessus du sol.
Y avait-il d'autres tapis en dessous ? Les convives furent placés, et la surprise laissa rapidement place à la stupeur. Le tapis semblait avancer dans un certain mouvement reptilien. Les serviteurs y déposaient d'ailleurs des plats en argent ou en cuivre où étaient disposées de petites écuelles en terre cuite présentant les

différents mets préparés à leur intention. Des dizaines de petits plats furent ainsi posés sur le tapis animé de soubresauts.

Déjà Geoffroy regrettait d'avoir dû accepter cette invitation mais il était désormais trop tard. Puis, la stupeur se mua en horreur lorsque l'un des invités, un fatimide d'Égypte venu négocier un arrangement, vit un mince filet de sang sortir de dessous le tapis et imprégner sa blanche et immaculée djellaba. Puis, ce fut le tour d'un autre qui, en reposant une écuelle de terre sur le tapis, s'aperçut que quelque chose bougeait sous le tapis. Un autre finit par soulever le tapis. Ce fut pour avoir sous les yeux une scène hallucinante. Il poussa un cri d'horreur. Instinctivement, les invités se reculèrent pour tenter de voir ce qui se passait, soulevant à leur tour le tapis.

Geoffroy s'était redressé, le dos contre mur, muet de terreur. Grouillant dans leur sang, les derniers survivants arabes du Nord achevaient de mourir sous les yeux des invités d'Abdul, livides, lâchant leurs écuelles, reculant en se bousculant pour fuir ce spectacle. Les nomades râlaient dans un souffle horrible à entendre. Certains criaient des mots inaudibles, d'autres se tordaient sur le sol.

- Accentuez les blessures, avait ordonné Abdul aux bourreaux, mais qu'ils ne meurent pas tout de suite. Dans quelques heures, le temps du repas. Vous avez bien compris ?

Pour avoir compris, les bourreaux avaient compris et ils avaient achevé l'œuvre des militaires. Un à un, les arabes du Nord passaient maintenant de vie à trépas. Les invités se détournaient pour vomir. La joie d'Abdul éclatait dans une ivresse trop longtemps contenue.

Puis, le dernier arabe rendit l'âme. Le sang recouvrait le sol. Les invités avaient parfaitement compris le message.

La cruauté d'Abdul était sans limite. Pour l'instant, il valait mieux être de son côté et lui faire allégeance. Par ailleurs, il les impliquait dans sa démarche, les forçant à s'en rendre compte pour avoir participé à ce simulacre de festin.

- Tu en informeras Venise et Gênes, n'est-ce pas ? fit-il. Et les Templiers pour faire bonne mesure. Je t'ai observé. Tu étais impressionné bien sûr, mais tu n'en as rien laissé paraître. C'est de bon augure. Va à présent. Fais de bonnes affaires. Nous nous reverrons. Raconte bien la scène… un véritable festin…

C'était donc ce même Abdul que Geoffroy s'apprêtait à rencontrer à nouveau, accompagné de ses sœurs. Tout cela pour fuir la Sainte Inquisition ? C'était à pleurer de rire.

La population acclama Abdul lorsqu'il sortit le lendemain pour se faire admirer. Excellent stratège, tant politique que militaire. C'est à qui se pressait pour lui baiser les mains. Il pouvait à présent repartir sur Sana'a. Sa mère, la vieille reine Arwa, vint le féliciter depuis Jibla.

CHAPITRE XIV

LA MER ROUGE

Ils descendirent le long de la mer Rouge, en longeant un moment la plaine de Tiamat, pour éviter le massif montagneux coupant pratiquement la contrée en deux. La route était plus longue, mais plus facile que de passer au centre. Arrivés à Hudayyda, il leur faudrait cependant obliquer vers l'Est pour gagner Sana'a et retrouver la route caravanière menant à Hadramaout en passant par Harib et Hinû-az-Zuyat.

Le Yémen, à cette époque, était un pays fermé. Bien sûr, il n'y avait aucune frontière réellement délimitée avec les pays voisins, en outre force était de constater que, non seulement l'étranger y était mal accueilli, mais qu'il y était systématiquement refoulé. À l'exception des caravanes marchandes ou des pèlerins se rendant à la Mecque.

C'est bien pourquoi pénétrer dans le pays relevait de la gageure, et nul ne s'y aventurait que contraint et forcé. À la limite, une caravane pouvait se faire accompagner par des hommes en armes, venant eux-mêmes des tribus pillardes, au prétexte de la protection, bien éphémère, des marchands.

À l'exception des ports sur la mer Rouge, l'Océan Indien et la mer d'Oman, il était donc rare d'y rencontrer les occidentaux, et pourtant au carrefour des routes caravanières, les populations s'étaient peu à peu sédentarisées, mais pour vivre dans des nids d'aigle puissamment fortifiés au sommet des djebels s'alignant du Nord au Sud, à la limite des plus hautes crêtes montagneuses.

Bordé à l'Est par le désert très hostile du Rub Al Khali, et par une mer Rouge inhospitalière aux navigateurs, le Yémen avait su ainsi protéger son indépendance. Ainsi de la reine Arwa régnant sans partage depuis bientôt soixante-dix ans.

- Je suis sûr, faisant Geoffroy, qu'Abdul sait notre présence et nous fait suivre. Un beau matin, nous le verrons apparaître et sa tribu se précipitera sur nous.
- Charmantes perspectives, répondit Alix. Mais qu'est-ce qu'on fait ici. Je ne sens pas du tout ce pays. Il nous est hostile. Tout est négatif.
- Et moi, complétait Mélisende, je suis mal à l'aise dans ces vêtements de femme. Je me prends les pieds dans mon hijab, j'étouffe sous ce voile, je ne respire plus…
Cela les fit à peine sourire. Tout était criant de vérité.

Ils avaient déjà largement dépassé l'îlot de Kamaran et port du même nom, où ils s'étaient d'ailleurs réapprovisionnés en poisson séché et en eau fraîche. Une fin d'après-midi d'une journée torride, le campement monté, les jumelles décidèrent de s'éloigner pour observer le soleil se coucher sur la mer Rouge. Elles obliquèrent à la droite de la petite ligne barrant l'horizon pour descendre sur ce qui pourrait passer pour une plage de sable fin.

- Ils sont sûrement là-haut, fit Alix à sa sœur. Ne te retourne pas, on nous observe. Je le sens. Ils sont au moins deux.
- Abdul ?
- Probablement !
- Et s'ils nous tombent dessus ?
- Inch Allah.
- Eh bien, allons-y quand même.

Les deux cavaliers observèrent les femmes. Ils durent se frotter les yeux et se maintenir aux rênes de leurs montures pour ne pas tomber. Par Allah que faisaient-elle donc ?
Elles s'étaient déshabillées et entraient pratiquement nues, avec un simple pagne, dans la mer et nageaient vers le large. Puis, elles revinrent plus lentement et l'une d'entre elles saisit l'autre par les épaules pour l'embrasser puis la coucha sur sol et roula sur elle. Les pagnes s'étaient tout naturellement dénoués.

- Par Allah, regarde ! Jamais, il ne nous croira... c'est impossible...

Sur la plage, deux corps nus faisaient l'amour.

À peine franchie l'imprécise frontière séparant le Sud syrien du Nord yéménite, qu'Abdul -que Geoffroy redoutait pour de légitimes motifs- avait soudainement fait irruption dans leur campement, mais avec jolis sourires et cordiales paroles de bienvenue.

Prévenu à la dernière seconde, Geoffroy fit contre mauvaise fortune bon cœur et sacrifia aux rites de l'hospitalité du désert. Il fit préparer à la hâte du thé, une gourde en peau de chèvre contenant de l'eau fraîche, et disposa, comme il convenait, des tapis et des coussins de bienvenue, l'auvent de la tente largement relevé.

- Heureux de te revoir, mon frère, avait-il, sans la moindre once d'ironie, lancé à l'adresse de Geoffroy, et désignant ses sœurs « ton harem... sans doute ».

Geoffroy avait été à deux doigts de le gifler, mais sur une insistante pression du coude de Mélisende, il avait souri : « Mes sœur... Alix et Mélisende... »

Le thé avait été offert, ainsi que des dattes fourrées. Les deux filles n'avaient pas prononcé un mot. Abdul ne savait-il donc pas - ou feignait-il de l'ignorer- qu'elles parlaient aussi l'arabe ?

- Tu as une petite caravane, fit remarquer Abdul. Je m'attendais à plus. La dernière fois -et ceci fut dit avec un sourire légèrement ironique- tu avais beaucoup plus de chameaux.

- La prudence, Seigneur, seulement la prudence. Nous avons des commandes à satisfaire. Ton pays produit les meilleurs onguents, les plus parfumées des épices, et les parfums les plus entêtants.

- Donc une simple mission de reconnaissance, avait avancé Geoffroy. Doubler les chargements de parfum, d'encens et de myrrhe ce sera pour la prochaine expédition... l'Hadramaout est notre destination.

- Et ces cavaliers, fit Abdul, désignant les Templiers ?

- Une simple escorte, le wadi Rum n'étant pas sûr, pas plus que le Nord du pays. Le sire de Milly -que tu dois connaître- nous a fait adjoindre ce petit contingent... contre les pillards éventuellement.

- Bien sûr... contre les pillards... Il y en a tant..., compléta Abdul avec ce qui pouvait passer pour un franc sourire.

La conversation, à bâtons rompus, s'était ainsi poursuivie, entrecoupée de fausses et bonnes nouvelles. Le vizir ne fit aucune allusion au fait que ses observateurs avaient surpris les jumelles sur la plage.

- À propos, fit Abdul en se relevant, j'ai un message pour toi.

Geoffroy se demanda comment, ayant très secrètement pris sa décision d'aller vers le Sud arabique, il pouvait y avoir des personnes qui en avaient eu connaissance au point de lui faire délivrer un message. Naturellement, il n'y a rien de moins désert que le désert. Les filles s'étaient faites, elles aussi, très attentives. À coup sûr Abdul était au courant de leurs ébats amoureux.

Il raccompagna Abdul après maints salamalecs.

- Passe me voir à ton retour de Jibla. La paix sur toi.

- Certainement, sur toi aussi la paix.

En partant, Abdul avait en fait laissé un message fort sibyllin : « ma mère, la reine Arwa, souhaite te rencontrer si les pas de ta caravane t'amènent à Jibla ».

- Je n'aime pas, s'emporta Geoffroy, mas alors pas du tout, ce genre de phrases où il faut décrypter tous les mots. À commencer par « ma mère », comme si nous ne le savions pas, mais puisque nous sommes au Sud Yémen pour acheter une cargaison d'épices et de parfum, autant en profiter.

- Allons donc rendre visite à la reine.

- Pourquoi pas ?

On tira au sort pour savoir qui irait vraiment au palais d'Arwa.

Je trichai, comme d'habitude, et je fus désignée, moi la petite Mélisende.

CHAPITRE XV

LE PALAIS D'ARWA

Je suis donc arrivée au palais, habillée, comme à l'accoutumée, en habits masculins de vénitien.

- Tu es bien jeune pour être un marchand, avait-elle commencé. Les francs manquent-ils à ce point de commerçants avisés qu'ils se trouvent obligés de faire appel à des adolescents, de bien charmants adolescents, en vérité ? C'était ma foi un bon début : j'ai dû inventer, broder, enjoliver plutôt. Je n'étais pas sûre de m'en être sortie en lui racontant des salades sur le vieux Bartolomeo perclus de rhumatismes, sur mes sœurs jumelles, incapables de faire de la confiture…
- J'adore les histoires lorsqu'elles sont fausses, avait-elle conclu, car je m'efforce toujours d'y déceler les paroles de vérité qui me les feront comprendre.

J'ai simplement souri, et là elle a froncé les sourcils. M'avait-elle deviné ? Peut-être. Peut-être pas. Nous en étions restées jusque-là, au seul épisode passé de Geoffroy du fameux festin de Marib. Ainsi, en théorie, Abdul n'avait rencontré qu'une fois Geoffroy Faraglioni, le garçon, enfin le vrai. À l'exception de sa venue au campement.
- La récolte de septembre a-t-elle été bonne, finit-elle par demander ? Donc vous allez faire de bonnes affaires dans l'Hadramaout.

Sapristi ! Tout se savait jusque dans les plus petites bourgades. On se serait fait précéder par des tambours, que notre arrivée n'en aurait pas été mieux annoncée. Mais alors comment se méfier si, dès le départ, les dés étaient pipés ?

- Je l'espère, et nos acheteurs encore plus. Mais les bonnes affaires ne le seront qu'au moment de la revente. Vous savez qu'il y a inévitablement des pertes…

- En fait, je n'entends rien au commerce, mais j'adore les discussions. Ça n'est d'ailleurs pas le but de ta visite. Je voulais te proposer une autre forme d'affaire.

J'étais toute ouïe et me calai très confortablement sur mes coussins en ramenant mes jambes sous moi. Je ne pouvais pas m'asseoir à la manière d'un homme, sinon Arwa aurait immanquablement remarqué la chose, ou plutôt son absence. Si vous ne comprenez pas, ça n'a pas d'importance.

Mais ses yeux suivaient le mouvement de mes jambes. Aïe ! Cette femme était redoutable sous bien des aspects. Allait-elle faire une observation. Pas du tout. Elle poursuivit comme si de rien n'était.

- Pour aller droit au but comme vous dites, vous autres francs, même si tu as l'air d'un arabe, je voudrais construire un barrage.

De stupéfaction, je faillis en tomber à la renverse, et mes yeux s'écarquillèrent car c'était bien la dernière chose, et la plus inattendue, à laquelle je pouvais m'attendre.

- Un barrage… balbutiai-je. Pour quoi faire ?

- Comment pour quoi faire ? Mon petit vénitien, tu es tellement surpris que tu en perds la raison. À quoi sert en général un barrage ?

- Eh bien… Et je restai muette tant la question était bizarre, quoique simple.

- Voilà… Tu y viens… C'est une retenue d'eau que l'on peut par la suite parfaitement canaliser, pour la répartir au fur et à mesure des besoins.

- C'est ce que je voulais dire.

- Bien sûr.

- Mais si je sais à quoi sert un barrage, pourquoi voulez-vous, vous, construire un barrage ? Et où ?

- Pour rendre l'Arabie verdoyante, fertile, heureuse et riche.

J'émis ce qui pouvait passer pour un sifflement qui se termina par un oh : de surprise, à nouveau.

- Tout ça !

- Ou tu es devenu complètement idiot, ou il faut tout t'expliquer

- Expliquez-moi, je vous prie. À propos, pourquoi le verbe « rendre ».

- Ah quand même ! Rendre veut signifier revenir à la case départ, comme dans nos jeux où tombant dans un puits en jetant un dé -entre nous, tu sais que le dé se dit *al Azar* en arabe- on revient à la case du début

- Donc il y a eu un autre barrage ?

- Tu en as entendu parler ?

- Non jamais.

- Vraiment, tu ne sais rien de ce premier barrage ?

- Absolument rien. De quelle époque date-t-il donc et où se situait-il ? Et pourquoi nous, je veux dire moi ?

- Reprendrais-tu du thé ? Oui ? Ça me désaltérera car il fait trop chaud. Tu parlais de sa localisation, très incertaine apparemment.

- Mais si vous en ignorez tout -je n'en croyais évidemment pas un mot- pourquoi pensez-vous que…

Elle m'interrompit au moment où j'allais prononcer des paroles hasardeuses.

- Écoute, mon garçon. Voilà, je te donne une solide escorte plus deux guides, et tu vas me retrouver l'emplacement exact de l'ancien barrage. C'est d'ailleurs sur ton chemin en remontant vers le Nord. Bien sûr, tout a disparu, emporté depuis des millénaires, le vent du désert a charrié des tonnes de sable, enfouissant tout. Il y en a eu des tremblements de terre et même des coulées de lave volcanique. C'est à peu près tout, je crois n'avoir rien oublié de toutes les difficultés que tu vas rencontrer.

J'aime bien quand on me dit « mon garçon », c'est d'un drôle.

J'étais abasourdie. Ce que je pouvais dire ne reviendrait qu'à me faire couper la tête. Cette situation était complètement extravagante. Je secouai la tête bêtement. Elle perçut mon atermoiement devant des circonstances qui m'échappaient complètement. J'aurais dû m'enfuir en courant, hurlant que je n'en avais strictement rien à faire de son barrage. Et, de plus, s'il était, comme elle le disait, sur mon chemin, alors elle devait parfaitement savoir où il se trouvait.

- Un beau jeune homme comme toi, très érudit, si ! si ! on me l'a dit, doit goûter le seul, les piments, les épices, d'une aventure qui n'est pas prête de se renouveler.

Ça, je voulais bien le croire.
Tout ce que j'arrivais à dire était d'une désespérante banalité.
- Et qu'est-ce que ça va nous rapporter ?
- Ah enfin, une bonne question : Mais, mon garçon, et elle insistait dangereusement sur le qualificatif, des caravanes de trois cents chameaux chargés de milliers de sacs d'encens, de myrrhe, de quoi inonder les temples ou les églises de l'Occident, du café de Malaisie, de la corne de rhinocéros comme aphrodisiaque, etc…
- Cela ne paiera jamais votre barrage.
- Mon barrage, comme tu le dis, paiera le barrage. Tu as compris, en tant qu'excellent vendeur, n'est-ce pas, que les revenus occasionnés par le barrage à partir de l'irrigation, rendront verdoyants, prospères et fertiles des dizaines de milliers d'arpents de désert, qui paieront finalement le prix du barrage.

- De la monnaie de singe. Et il faudra attendre d'avoir les cheveux blancs…
- Va, ne te fais pas insolent, mon garçon, certains francs, eux, n'ont pas bronché.
- Raison de plus pour les envoyer sur le champ. À votre place, sauf votre respect, je ne perdrais pas une minute. De qui s'agit-il ?
- Ah ça t'intéresse quand même ! Eh bien tu ne le sauras pas, du moins pour le moment. Tu es drôlement impertinent pour un garçon.

- Majesté, il vous faut un véritable architecte, un connaisseur des plans de construction. Lui, il saura. À partir de la configuration du terrain, même si celui-ci a fatalement évolué au cours des siècles, il pourra retrouver les vestiges de votre premier barrage. Moi, je ne suis qu'un marchand et je ne suis pas sûr que les autres francs, dont vous ne voulez même pas parler, sachent se débrouiller.

Arwa fit comme si elle n'avait pas entendu.
- Tu iras sur le site, habillé comme un yéménite, tu emmèneras tes sœurs que tu feras passer pour tes femmes, ce qu'elles sont n'est-ce pas ? Vous avez le teint des arabes et vous passerez pour des arabes parce que vous parlez notre langue. Tu prendras tout ton temps pour faire des relevés de terrain. Tu veux savoir pourquoi je n'envoie pas tout de suite les teutoniques ? Tu vois, je viens de te lâcher de qui il s'agissait.

Je me pétrifiai sur mes coussins. Les teutoniques… Bordel de merde… Nous étions foutus. Eux ici, c'était impossible ! J'ai dû blêmir, verdir, pâlir à nouveau. Tout ce que je trouvai à ajouter était :
- Ils ont le teint blême des gens du Nord de l'occident avec des cheveux blonds. Ils se feront instantanément massacrer par des tribus hostiles. C'est facile à comprendre, comme je refuse, ils vont passer un sale quart d'heure. Vous les envoyez à la mort. Ça m'arrangerait plutôt d'ailleurs.
J'avais sorti toute la phrase d'une traite, d'une façon saccadée.

Arwa fit comme si elle ne remarquait rien.
- Tu refuses ? Ne te moque pas de moi.
- Majesté, donnez-moi une bonne raison, une vraie bonne raison, en dehors de celle de me faire couper la tête.
- Approche.
Je m'approchai.
- Vous autres, éloignez-vous, dit-elle aux courtisans.
Ils s'éloignèrent
- Viens plus près. Il n'y a que toi, joli jeune homme qui peut faire ce sale boulot. Cela vaut bien les trésors d'Arabie, ceux de la reine de Saba.
- Joli jeune homme… C'était une fois de trop. La même expression que mon vieil ami, l'émir Karmate Othman, qui m'avait à peu près devinée.

J'étais sans voix, à demi penchée à son côté. Malgré la chaleur intense, je sentais mon corps parcouru par des frissons glacés. Une charge de plomb froid, gelé, venait de me tomber sur les épaules. À grand peine, je me redressai. J'étais incapable de masquer ma stupeur.

Elle dévisageait à présent. J'avais un masque de granit sur le visage. Elle me détaillait en vérité : la poitrine plate, des épaules de débardeur, des cuisses musclées… La voix très rauque. Si c'est une fille, devait-elle se demander, alors comment fait-elle ?

Je lâchai des mots tout droit sortis de ma pensée, sans liaison apparente.

- Tous les trésors d'Arabie… ça vaut drôlement le coup.

Et le fou rire me prit. Incontrôlable, la situation de tragique avec des imbroglios sans pareils devenait une folle comédie. Je me tapai sur les cuisses de contentement et d'énervement. Les larmes me montaient aux yeux. La vieille reine était en train de se demander à qui elle avait vraiment affaire, malgré son expérience. Elle voulait à tout prix m'engager, moi, Geoffroy Faraglioni pour construire, à la place de l'ancien barrage dont j'ignorais tout, un second barrage que j'étais absolument incapable d'édifier. C'était du plus haut comique.

- Mon garçon, tu me fais pitié. Vraiment pitié, je ne m'attendais pas à une telle hilarité de ta part. j'ai fort envie de te faire bastonner.

Tout ce que j'ai réussi à sortir ce fut :

- Je vais réfléchir, pardonnez-moi. C'était plus fort que moi.

- Je l'ai bien vu. T'arrive-t-il souvent, au cours de discussion fort sérieuses, de pleurer de rire au risque d'indisposer tes interlocuteurs… ou tes amis.

- Très rarement, je vous rassure… très rarement.

- Quel âge as-tu donc ?

Et la deuxième bêtise, je le reconnais, j'ai lâché : pas encore dix-sept ans. Et je me mordis la lèvre jusqu'au sang pour ne pas crier. Je me rattrapai in extremis en voyant l'air totalement ahuri de la vieille reine.

- Dix-sept ans… L'âge de tes sœurs alors. D'après Abdul, tu aurais dix-huit ans.

- Je compte mal, c'est la faute de votre calendrier.

- Notre calendrier… ? Ah je vois… à cause des 632 années qui nous séparent de votre calendrier chrétien.

- C'est ça… c'est ça. C'est absolument çà. J'ai dix-huit ans. Je m'en souviens maintenant.

- Tu es décidément un drôle de garçon. Comment arrives-tu à faire des affaires avec un tel sens des nombres ? C'est peut-être le fait que tes adversaires ne comprennent rien à ton comportement.

- Majesté, je suis confus. Je vous promets de réfléchir.

- Très vite ?

- Très vite, oui.

Je pris littéralement mes jambes à mon cou pour rentrer à la villa.

- Tu es complètement folle. Tu te rends compte du merdier dans lequel tu viens de nous plonger, me jetèrent mes doubles.

- Eh oui ! J'aurais voulu vous y voir. C'est une redoutable manœuvrière.

- Et qu'est-ce qu'elle t'a promis en définitive ?

- Rien, enfin tout. Tout… Je veux dire tous les trésors d'Arabie. Ça vaut drôlement le coup.

- Ma pauvre Mélisende, fit Geoffroy, ce métier ne te vaut rien. Tu devrais te trouver un mari… pour faire des enfants et des confitures.

- Tu n'as même pas demandé ce qu'elle entendait par tous « les trésors de l'Arabie », surenchérit Alix. Allez-y donc vous-même cet après-midi.

- J'y compte bien, fit le garçon.

Le garçon revint à la nuit tombée. Il sifflotait, fort content de lui.

- Alors ? firent les filles.

- L'enfance de l'art. Elle a fait venir un érudit sorti tout droit de la bibliothèque qui jouxte les appartements de sa petite-fille Éboli. Il m'a assailli de question sur l'astronomie. Il savait apparemment que je fréquentais parfois al Moustansir, l'astronome du calife de Bagdad. Il a eu de ces questions pertinentes sur les constellations, les comètes, même les étoiles filantes. Ma pauvre Mélisende, tu ne t'en serais jamais sortie.

Si sa sœur avait pu le tuer, elle l'aurait fait sur le champ. Puis elle se ravisa, eut un sourire charmant et enjôleur.

- Et qui a fait ce sale boulot préparatoire, si ce n'est la petite Mélisende ?

- Mais justement, c'est très bien, conclut Alix. La vieille reine a dû penser « si c'est une fille qi est venue travestie en garçon et qu'elle est un peu demeurée, jamais elle ne passera l'examen, alors… Il faut maintenant que tu passes un autre examen mon petit Geoffroy ».

- Qui ? Moi ? Je ne vois pas le rapport ? s'étonna le garçon.

- Aucun rapport. Une envie irrésistible de le passer là, tout de suite pour le réussir bien sûr. Et les deux en même temps, s'il te plaît. Enfin, si tu peux…

- Qu'est-ce qu'ils ont fait ? questionna la vieille reine.

- Lorsque le garçon revenu, les filles, vraiment folles à mon avis, se sont jetées sur lui, dansant une sarabande effrénée, l'entourant de partout, le faisant voltiger en l'air.

- Hein ? Mais, elles sont si fortes que çà…

- Ça m'en a tout l'air.

- Et c'est tout juste si elles ne l'ont pas déshabillé de force, pour… et l'informateur s'arrêta.

Ça, c'aurait pu être intéressant, fit pour elle-même Arwa.

- Et qu'est-ce qu'il racontait dans ce que tu as pu saisir… ?

- Lui : rien. Il ne pouvait pas. C'était les filles qui parlaient à une folle allure, faisant les questions et les réponses, ce qui fait que je n'ai rien compris. Apparemment, ils avaient l'air très contents tous les trois.

- Va à présent.

Puis, elle réfléchit.

Mais alors comment font-ils ? Et le premier qui est venu, oui, le premier, qui était-ce donc ? Au fait, ils sont combien ces Faraglioni ? Trois… C'est ça trois. Donc, j'en ai déjà vu deux… Si je convoque à nouveau cet étrange transformiste qu'est ce Geoffroy Faraglioni, soi-disant dirigeant d'une petite caravane, qui vont-ils envoyer cette fois-ci ? Cela promet d'être fort intéressant.

Et très instructif, en tous cas.

CHAPITRE XVI

LA REINE DE SABA

Arwa convoqua à nouveau le vénitien dans son palais de Jibla, et cette fois, tricherie ou non, ce fut Alix qui s'y rendit. Les dés m'obéissent, avait-elle asséné à ses doubles.

- Tu as drôlement intérêt à faire attention.

- Ah ! parce que vous deux, vous être parfaitement satisfaits de votre performance ?

Alix dut attendre dans la bibliothèque. Machinalement, elle s'y promena et, au-delà des grandes armoires en bois d'olivier solidement fermées, elle aperçut des niches aménagées dans les murs. Elle s'approcha : des parures, des bijoux, des *djambias*.

Arwa entra, massive, lourde, majestueuse. Les battants de la grande porte sculptée, qui ressemblait à un énorme travail de damasserie, avaient été poussés doucement, sans qu'elle y prête attention, par des gardes à l'air farouche.

Cette fois-ci Arwa porta un intérêt particulier au vénitien qui se présenta. Exactement la même allure que les deux précédents. Le premier avait des fous rires incontrôlables et le second avait des connaissances plus que certaines en astronomie. Les deux portaient, parfaitement visible sous un foulard vert, une cicatrice leur zébrant le cou. Allons, elle devait avoir rêvé, mais celui-ci lui parut moins grand que les précédents. Cependant plus fin, plus matois.

Le premier, le plus grand, paraissait plus musclé. Très musclé, et le second, grand aussi il est vrai, était un homme sûr de lui. Et celui-ci, eh bien ! on verrait… Et pourtant il portait lui aussi une cicatrice, très visible sous le foulard, à la hauteur de la pomme d'Adam. Si ce sont trois êtres différents pensa Arwa, comment ont-ils fait pour la cicatrice, et que signifie-t-elle vraiment ?

Après les salutations d'usage, qu'Alix multiplia à loisir, celle-ci attaqua.

- Majesté, que de pierres fort précieuses, autour de nous : agates, émeraudes, des coraux travaillés, des pierres d'ambre, et des pierres tout court.

- Des pierres tout court.

- Je veux dire des pierres, extraites ou non des carrières.

- J'avais compris.

- Des pierres travaillées avec des motifs.

- Assurément, je ne garderais pas des pierres ne présentant aucun intérêt.

- Où veux-tu en venir mon petit vénitien ?

Machinalement, comme si les pensées d'Arwa l'avaient assaillie, Alix porta la main à son cou où, sous le foulard vert, se dessinait une fine ligne blanche. Et elle sursauta instinctivement. Elle sentit qu'il y avait quelque chose d'anormal, et s'apprêta comme d'habitude à remonter le foulard en le faisant tourner autour du cou. Mais l'index de la main droite s'attarda sur la cicatrice. Que se passait-il donc ? Il lui semblait palper une espèce de renflement, comme si la cicatrice était mal refermée. Ce qui était impossible vu son ancienneté. Comme ses doubles, elle percevait obscurément qu'elle avait une profonde signification, mais si elle était entrouverte tout pouvait arriver. Grâce à elle, ils étaient consubstantiellement identiques, bien plus qu'une seule particularité de leur physique. Elle se reprit sous le poids aigu et vigilant de la vieille reine.

- C'est donc vous qui…

- Que dis-tu ?

- La pierre… à Âcre… incompréhensible en vérité… La femme voilée… disparue, envolée.

Arwa observait Alix. Le regard enjoué, les yeux noirs brillants de satisfaction.

- Eh bien, tu en a mis du temps. Il est vrai que c'est la troisième fois que tu viens, n'est-ce pas ?

Elle eut l'air d'insister sur le « que tu viens ».

- Majesté, si vous me racontiez tout, absolument tout depuis le début. Je reconnais que nous n'avons rien compris au message de cette tablette de pierre. Mes sœurs s'y sont penchées, elles aussi, mais personne n'a été capable de nous fournir la moindre explication.

- Mais alors, comment cela se fait-il que tu sois quand même venu ?

On n'en sortait pas. Il me fallait inventer à nouveau une histoire rocambolesque, invraisemblable dont elle ne croirait évidemment pas le premier mot.

- Fais attention mon petit Geoffroy à ce que tu vas me sortir comme salade. J'adore les contes des mille et une nuit, l'intervention des djinns, mais je n'aime pas être prise pour une vieille femme.

- Loin de moi cette idée.

J'optai pour une semi-vérité c'est-à-dire dans le plus parfait désordre : des difficultés avec les autres comptoirs marchands italiens, puis l'attrait du profit ou des produits cultivés au Yémen… ce fut lamentable, j'en conviens.

Mais Arwa riait tellement que ça m'a fait quand même plaisir.

- Donc, tu as fini. Tu es intarissable, mon petit Geoffroy, en tant que bonimenteur. Je comprends mieux à présent pourquoi tu fais de bonnes affaires et je pense avoir eu raison de te choisir.

- De me choisir… ? Moi, et pour quoi faire ?

- Mais pour le barrage voyons, fais un effort. En fait, je vais te dire la vérité.

Là, Alix commença sérieusement à s'inquiéter car lorsque l'on vous parle de vérité, il faut vraiment, mais vraiment, se méfier.

- Auparavant… juste un détail… Et elle montra du doigt le cou de la fille. Cette cicatrice… c'est bien une cicatrice, n'est-ce pas ? Curieux qu'un jeune homme ait une telle blessure… Que t'est-il arrivé ?

Et Alix commença à broder, à inventer, à mélanger même deux histoires.

- Très jeune, fit-elle, ce qui fait que je ne m'en souviens pas très bien, je suis tombée sur le piquet d'un auvent de tente en me prenant les pieds dans la longe d'un chameau énervé qui s'est relevé, à moins que ce ne soit un mongol qui ait voulu me violer.

- Mon garçon, c'est un plaisir de converser avec toi. Tu mens décidément fort bien… Bref, passons, il faut que je te parle de mes ancêtres.

- Vos… vos ancêtres… ?

- Eh oui… Nous sommes dans le pays de la reine de Saba… Tu sais çà au moins ?

- Oui, bien sûr.

- Alors, c'est parfait… Et la reine de Saba, Balkis, tu en as entendu parler ?

- Oui… enfin… un peu.

Arwa achevait d'expliquer à celui qu'elle prenait toujours pour Geoffroy la légende courant sur la reine de Saba. Donc, un jour, il y a des millénaires, selon les lettrés, Balkis et Salomon se rencontrèrent à Jérusalem. Là, les histoires diffèrent selon qu'elles sont racontées dans la Bible ou le Coran.

- Ah oui, je m'en souviens. Il en parle aussi mais succinctement.

- Succinctement, comme tu dis. Et la légende, sans ce pays, s'en est emparée.

- Deux histoires différentes, disiez-vous ?

- Oui, pour les hébreux, une reine venue du Sud pour connaître le plus sage des rois, et surtout pour écouter de sa propre bouche des paroles de sagesse. Et un jour, elle serait repartie, pleine d'usage et raison. Avec, ou non, un fils dans son ventre. Pour nous, la version diffère. Elle avait déjà entendu parler, de son palais, de sa sagesse, de la connaissance de l'Éternel, de son pouvoir surtout. Ses pouvoirs plus ou moins surnaturels en vérité. Et un jour, elle se serait carrément enfuie de son palais. Vois-tu, je suis convaincue qu'elle a effectivement quitté le palais de Salomon en emportant quelque chose de très précieux. Et là tu as le choix !

- Le choix ?

- Mais oui ! Pour certains, elle portait dans son ventre, le fils que lui avait fait Salomon, comme selon la première version. La légende est solide et plaît au peuple. D'ailleurs, moi-même, je suis obligée de la croire, cette légende, car autrement comment pourrais-je prétendre que je suis la descendante de la descendante de Balkis.

- C'est ce que l'on peut appeler une raison d'État suffisante.

- Ne te moque pas, mon petit vénitien. Il y a d'autres légendes. Elle se serait également enfuie en emportant des tas de bijoux. Elle en raffolait, paraît-il. Cela m'a fait rire car j'ai beaucoup de mal à imaginer Balkis s'emparer de bijoux, ou alors pour faire illusion... Non... C'était une femme de tête, fort douée, d'une beauté classique.

- Et vous, vous avez une autre idée ?

- C'est la raison pour laquelle tu te trouves ici. Tu ne t'es jamais demandé comment elle avait pu faire pour construire le formidable barrage dont je t'ai parlé l'autre jour en plein désert ?

- Non. Jamais. En tout cas pas jusqu'à aujourd'hui.

- Elle ne connaissait rien en architecture. On peut donc admettre que c'est invraisemblable. D'autre part, elle n'avait pas à sa disposition des milliers de tailleurs de pierre, comme vous en occident, ni de maître d'œuvre. Il n'y avait dans le désert arabe que des tribus nomades

- Oui, assurément.

- Tu vois, tu vas y venir de toi-même.

- Pour l'instant, je ne vois pas, à part le fait qu'elle se soit enfuie du palais de Salomon... Oh si... Vous pensez qu'elle est partie en emportant autre chose qu'un fils ou des bijoux ?

- Je le savais bien que tu étais un garçon fort perspicace. Oui je sais, tes sœurs ne sont pas malhabiles non plus. La plus grande, surtout !

- Mélisende ?

Aïe, voilà que l'on glissait sur un terrain dangereux.

- Oui, Mélisende. Elle ferait un beau parti pour Abdul. Ne crois-tu pas ?

- Eh bien, si j'étais vous, et si je pensais à un mariage, je choisirais davantage Alix.

- Et pourquoi cela ?

- Elle a des tas d'amoureux. Elle doit savoir y faire, tandis que Mélisende est un peu à part, elle...

Je m'arrêtai. J'en avais trop dit. C'est drôle, non ! Comme situation.

- De toute façon, là n'est pas la question !

- Tu as raison, revenons à Balkis. Ton idée alors ?

- Si elle s'est véritablement enfuie, ce n'étais pas pour échapper aux étreintes amoureuses de Salomon. Pour que la Bible et que le Coran parlent à ce point de la reine de Saba, ce n'était pas non plus une simple concubine de plus pour le roi des rois qui avait déjà des tas de femmes.

- Tu veux mon avis Geoffroy ?

La fille acquiesça.

- Elle pouvait effectivement attendre un fils de Salomon ou être séduite par tous les bijoux et autres trésors à portée de sa main. Elle a préféré se mettre à l'abri, car je suis persuadée qu'elle a volé quelque chose, et quelque chose de très important.

D'émotion, je faillis en renverser mon gobelet de thé. J'en bégayai même :

- Elle aurait volé quelque chose de très important ?

Je m'en voulais de répéter la même phrase. J'ajoutai :

- Mais quoi ?

Arwa répondit à côté.

- Tu comprends mieux à présent l'idée d'un barrage ?

- Non, pas du tout.

C'était pourtant une bonne entrée en matière.

- Geoffroy ne te fais pas plus sot que tu n'es, veux-tu ! Ne me prends pas pour une vieille femme perdue dans la nostalgie du passé. D'accord ?

- Bon, quoi, effectivement ? En fait il faut d'abord résoudre cette énigme en trouvant le document qui expliquera sa fuite. Vois-tu, en prenant mille précautions, en usant de mille subterfuges, en posant des milliers de questions sans queue ni tête, je n'ai pas réussi, après des dizaines d'années, à mettre la main sur un seul homme capable de résoudre cette énigme. Sais-tu ce qu'est vraiment un Sahib-Al-Khatar ?

- Pas vraiment…

- Disons alors que c'est l'équivalent, pour le peuple yéménite, du chef des chevaliers du guet à Âcre. Il a une charge policière. De plus, il est responsable de la rumeur publique. De celle que je veux répandre.

J'étais étonnée de découvrir une telle fonction. Cela dut se lire sur mon visage.

- Je choisis toujours les hommes les plus doués, ayant de bonnes intuitions ou de puissantes déductions pour occuper ce poste. D'abord au niveau policier, et plus encore pour faire circuler adroitement les idées que j'ai envie que ce bon peuple adopte, tu comprends ?

- Je commence à comprendre.

- Eh bien, même lui, un homme fort intelligent, réfléchi, à l'esprit vif, a été incapable de résoudre l'énigme. Bien sûr, je ne la lui ai pas présentée telle qu'elle est en réalité, mais je voulais connaître son degré de jugement, de discernement. Il a fait des recherches un peu partout, s'est enquis des traditions orales, mais sans résultat.

- Mais moi, dans toute cette histoire… ?

- Tu es un garçon d'une modestie fort rare, mon petit Geoffroy.

- Justement, je voulais vous en parler de ma modestie. Cela n'a rien à voir avec le fait de construire un barrage à partir d'une charade.

- Abdul ne t'aime guère, tu le sais. Il n'aime pas les gens venus de l'occident.

- Je sais aussi comment se termine un dîner en sa compagnie. J'en ai fait, dans le passé, la pénible expérience. Inutile de me le rappeler. Je me demande même comment je suis encore en vie.

- Tu as un laissez-passer signé de ma main. Il ne t'aime guère, mais il t'apprécie.

- Voilà qui est rassurant, mais pour en revenir à votre proposition.

CHAPITRE XVII

LE BARRAGE

Vous autres vénitiens, vous êtes finalement bien au-dessous de la réputation que l'on vous prête.

- J'en suis fâchée, Majesté, mais elle est usurpée sans aucun doute.

- Et qui vous a parlé de nous ?

- Oh ! la rumeur publique, les marchands, Abdul, lui aussi.

Je n'en croyais pas un mot. Elle qui nous taxait de menteurs éhontés, elle était de loin notre maîtresse. Probablement une question d'âge. Je n'aurais pas le dernier mot. Je m'en fichais. Je haussais les épaules, tant de soulagement, que de lassitude. Je me redressai de mes coussins pour prendre congé.

- Ne t'énerve pas, veux-tu. J'ai encore un point à éclaircir avec toi, et après je te laisse aller.

Je retombai sur mes jolies cuisses. Enfin, c'est ce que m'aurait dit ma jumelle Mélisende, qui s'imagine toujours que les hommes reluquent ses fesses.

- Je vous écoute bien sûr, Majesté.

- Tu n'as fait aucun rapprochement, interrogea-t-elle, en se penchant vers moi, très anxieuse apparemment de ma réponse ?

- Ma foi non… et entre quoi et quoi ?

- Mais tout simplement entre la légende de la reine de Saba et ma volonté de construire un barrage.

- J'ai déjà fait le rapprochement entre la venue de cette femme à Âcre et vous. Ce n'était déjà pas mal, mais là, non, je ne vois pas…

- En fait, je ne t'ai pas dit toute la vérité.

Voilà, on y arrivait enfin. C'est amusant finalement lorsque l'on parle de dire la vérité, il y a aussi « toute la vérité », bref, la vérité se découpe en tranches de pastèque. Elle dut voir ma mimique, mi-amusée, mi-énervée.

- Je vais t'expliquer le rapprochement. Reprendras-tu du thé ?
- Oui… merci.

Une servante se pencha et en versa un très noir, très fort, un peu fumé.

- Lorsque je te parlais l'autre jour de te rendre sur les lieux du premier barrage au Nord de Marib, mais Allah seul sait où il se trouve, j'ai fini par découvrir qu'il avait été construit durant le règne des rois de Saba.
- Il y a eu plusieurs reines de Saba ?
- Bien sûr que non, mais des rois oui. Comment a-t-elle réussi à éliminer les hommes, son père, son frère, pour accéder au trône ? Aucune chronique n'en dit un seul mot. Mais les rois de Saba ont existé durant quelques dizaines d'années. Elle a dû faire une révolution de palais, assassiner ceux qui la gênaient.
- Mais le barrage ?
- Vraisemblablement, c'était son idée à elle. Je ne suis sûre de rien. C'était une femme très ambitieuse, pas pour elle-même, mais pour son peuple. C'est pourquoi, je pense à elle en tant que constructrice du barrage.
- J'y étais, et j'en sifflais d'aise.

Mélisende, de contentement, aurait fait claquer sa langue dans sa bouche. Or, ça ne se fait pas. C'est impoli… tandis que siffler… C'est impoli aussi…

- D'accord ?
- Oh pardon !... La surprise.
- Ah ! enfin, tu as deviné…
- Oui. Presque. Vous voulez me faire dire qu'il y a un rapport entre la fuite de Balkis du palais de Salomon et la construction de son barrage.
- C'est mon intention en tout cas.
- Et cette intention n'a pas de réel fondement n'est-ce pas ?
- Comme toutes les intentions mon garçon. Mais c'est un bon point de départ, non ?
- Tu pourrais consulter ma bibliothèque, je te ferais assister par des lettrés. Peut-être découvriras-tu ce qui a pu m'échapper.

- Pardonnez-moi, Majesté, mais moi… Mais moi, je ne parle pas un mot de la langue Sud arabique de l'époque. Alors pour lire des textes, je suis plutôt nul et, d'autre part, Abdul ne m'aime pas… Cela fait un très mauvais départ, même si l'autre jour il m'a appelé frère. Ensuite, il vous réfléchir à un autre point d'histoire : la reine de Saba, c'était il y a deux millénaires. Elle avait encore moins de moyens que vous, moins d'argent, moins d'hommes, moins de pierres, c'est une question de simple proportion. Je ne crois pas que ce qu'elle a pu dérober, dans le palais de Salomon, soit pour quelque chose dans le barrage.

Elle me regarda sans sourciller, de ses yeux noirs, très profondément enfoncés dans ses orbites. Je poursuivis.

- De plus, aujourd'hui le désert a tout recouvert sur des hauteurs impressionnantes. Je ne suis pas architecte, mais en discutant parfois avec Hilduin, l'architecte de l'Ordre Temple, je me rends bien compte du temps fou qu'il faut pour construire une simple basilique un peu plus grande que les autres. Et pourtant, il a de l'argent, des tailleurs de pierre, des outils, des machines pour lever les pierres. Ici, vous n'avez strictement rien. C'est tout simplement irréalisable et ce n'est même pas une question d'argent.

- Alors, tu refuses ?

Je biaisai et j'ajoutai :

- Si je retrouvais ce qu'a pu emporter Balkis, et ça reste encore à prouver, ce qui m'étonnerait fort, je ne vois pas comment, je pourrais l'utiliser. Y avez-vous pensé ?

- Alors, tu refuses ? Arwa reposait sa question d'une manière insistante.

- Trouvez-vous des architectes en pays francs, en Occident, faites-les venir ici.

- Sais-tu que je l'ai déjà fait. Je t'ai bien parlé, l'autre jour, des teutoniques. Tu t'en souviens ?

Pour le coup j'étais réellement stupéfaire.

- Les teutoniques… Vous voulez dire qu'ils sont, ou qu'ils étaient ici ou qu'ils seront bientôt là ?

- Mais oui, je fais jouer la concurrence. Ils vont arriver bientôt.

- Ce sont…

- Des adversaires de tes Templiers, oui, mais ne me regarde pas comme là. Ce sont des types déplaisants au plus haut point, mais efficaces, du moins ceux que j'ai rencontrés.

La foudre me serait tombée sur la tête, qu'elle n'aurait pu produire le même effet. Nous avions fui la Sainte Inquisition et les teutoniques, pour retrouver, là où nous ne les attendions pas les seconds, car lorsque Mélisende avait rapporté le fait, nous avions plutôt pensé à un éventuel chantage. Pas à une réelle menace. Alors les premiers allaient bientôt suivre, immanquablement.

Je pris une décision.
- C'est non. Cette fois définitivement, j'aurais pu encore réfléchir, mais à partir du moment où l'on me parle de concurrence et surtout de teutoniques, je refuse purement et simplement.
Et je me levai.
- L'eau était délicieuse. Merci de votre hospitalité. Je compte repartir ce soir, même si votre laissez-passer est toujours valable.
Elle éclata de rire.
- Jolie scène, charmant jeune homme. Jolie scène, avec ce qu'il fallait d'émotion, d'indignation et de pudeur.
- Moquez-vous Majesté, vous en avez le droit, profitez de l'occasion, cependant elle ne se représentera pas de sitôt.
- Tu crains donc tant que cela les teutoniques ?

Je ne répondis pas, je m'inclinai et me dirigeai à reculons.
- Et si je t'offrais ma petite-fille Éboli en mariage, cela te ferait-il changer d'avis.

Tous les moyens étaient bons, la douceur, l'ironie, la flatterie, le chantage, le double jeu, et maintenant sa petite-fille dans mon lit. J'étais très mal partie dans ce dialogue grisant, par moment, les limites de l'absurdité ou de la cocasserie.
- Majesté, vous avez en la personne de la reine de Saba un redoutable professe, et elle… elle a en vous un digne successeur.

Je rentrai à la villa mise à notre disposition par Arwa, dans une colère effroyable. Cette femme s'était littéralement moquée de moi, elle m'avait menacée de faire jouer la concurrence. Et quelle concurrence ! Les teutoniques.

Ses doubles qui avaient commencé par se moquer d'elle parce que finalement elle en était arrivée pratiquement au même point qu'eux, étaient atterrés. Les événements se précipitaient et pas dans le bon sens. En se réfugiant au Yémen, les Faraglioni se trouvaient non seulement aux prises avec un adversaire de taille, Arwa elle-même, celle qui les avait fait venir. Sans parler des Teutoniques et des religieux de la Sainte Inquisition qui devaient incessamment les suivre. Au besoin Arwa avait dû leur fournir tous les sauf-conduits possibles et imaginables. Il fallait foutre le camp et vite, mais pour aller où ?

- Toutes les routes doivent être à présent surveillées et nous ne ferons pas un pas en dehors de Jibla ou de Marib sans être interpellés
- Il faut disparaître et vite, reprit Mélisende.

CHAPITRE XVIII

DU CHAMEAU ET DU POULET

- C'est impossible, intervint Geoffroy.

- Alors, jouons le jeu, intervint Alix. Faisons comme si nous étions d'accord, mais si j'annonce à Arwa que nous acceptons elle va me rire au nez...

- Certainement qu'elle te rira au nez mais au fond d'elle-même elle sera très contente et satisfaite. Il faut parier là-dessus. Après on verra bien.

Arwa ne sourcilla point, s'attendant à ce résultat. Geoffroy, avec l'aide de vieux érudits, put consulter de vieux documents relatant l'épopée de la reine de Saba. Alix se rendit avec une escorte de cavaliers sur les lieux possibles de l'ancien barrage.

Balkis... une femme guerrière... j'en suis sûre, soliloquait Alix... impitoyable chef de clan, sanguinaire, sans aucun doute, puisque le Coran, habituellement avare de qualificatif sur la prépondérance d'une femme à la tête d'un royaume, a bien fait dire à la huppe de la reine de Saba « l'affaire dépend de toi », après qu'elle lui eut rapporté l'acceptation par Salomon venir le consulter.

Balkis... quelle femme trompeuse, rusée, perfide... Elle dissimule alors que Salomon lui divulgue des secrets, dont il était pourtant interdit -par son dieu- de parler. Mais elle, à l'inverse, n'en soufflera pas mot. Voilà pourquoi on l'a nommée « noire ».

Et l'eau... un autre miroir...

Alix avait sous les yeux le très maigre filet d'eau dévalant l'oued pour se perdre, malgré tous les efforts des répartiteurs d'eau dans les sables, immensité désertique, de Marib.

\-   L'eau… bien sûr… Que dit la Bible ? …que Salomon fait franchir un miroir d'eau pour que la reine soulève ses robes et qu'il voit ses chevilles ou ses jolis petits pieds. Quelle bonne blague, ironisait Alix.

La Bible pourtant ne se trompe pas en parlant du miroir et de l'eau, mais c'est en se référant au fameux barrage qu'il faut conduire nos pensées. Elle relève ses robes, pardi. C'est l'illusion née, et ce n'est pas toi, ma petite, qui t'efforces de répandre l'illusion à partir d'un balai de bois se transformant en serpent, qui va me dire le contraire.

Au fait, qu'est-ce que j'ai fait, l'autre mois, avec Jabir, l'alchimiste de Bagdad ? On a tout simplement transformé, pour notre plaisir, de l'or en plomb ! Mais oui, de l'or en plomb. Il faut le faire, non ? Du jamais vu. Des personnes l'entendant parler de transformer l'or en plomb l'ont certainement prise pour une folle.

\-   Nous sommes arrivés, répéta le yéménite commandant l'escorte.

Alix revint sur terre, mais resta sur l'illusion et eut un pli sur le front. Et si tout ceci n'était qu'une splendide illusion de la reine ?
\-   Comment s'appelle cette région ? et Alix, d'un vaste geste circulaire, englobait le cirque de la vallée et les maigres palmeraies.
\-   Marib, grommela le chef de l'escorte.
\-   Mais non. Marib, c'est le nom de l'ancienne bourgade. Je te demande celui de cette région.
\-   Ah… eh bien Daleth, je crois, car plus au Nord tu as le Sana'a et à l'Est le Rub-al-Khani.

Les cavaliers yéménites avaient laissé aller et venir le vénitien au gré de ses recherches. Mais il ne restait évidemment aucun vestige du barrage édifié, il y avait, au bas mot, deux millénaires. Il était enfoui sous des tonnes de sable, de roches volcaniques, de rochers détachés des deux falaises surplombant l'oued. Au départ elle avait une indication simple pour le chercher : au nord-est de Marib, car on ne construit pas un barrage en dépit du bon sens. Il s'adosse obligatoirement à des parois rocheuses, il s'enfonce dans le sol, bref elle aurait dû quand même retrouver des ruines. Elle n'abandonna pas pour autant rapidement. Mais les villageois ou les pasteurs nomades rencontrés ne comprirent rien à son arabe, ou ne voulurent pas comprendre. Ses cavaliers d'escorte étaient impassibles. À la limite cela devait les amuser.

Mais autant chercher une aiguille dans une meule de foin, d'autant qu'en deux mille ans, le relief avait changé. Des mouvements de sol s'étaient produits, de petits tremblements terre. Rien n'était exactement à sa place d'origine.

Elle revint donc ivre de rage de la journée perdue tout autant e de la duplicité de la vieille reine. Qu'espérait-elle en l'envoyant se fourvoyer dans une contrée perdue ?

- Geoffroy, c'est bien toi le mathématicien du clan familial?
-Oui... non... si on veut...
- Bien... alors écoute, et toi aussi ma vieille... connaissez-vous le nom de la région où se trouverait l'ancien barrage.
- Aucune idée. Du côté de Marib en tout cas.
- Elle s'appelle Daleth.
- Et alors ?
- Vous êtes vraiment nuls, s'énerva Alix, habillée à nouveau en femme arabe, comme Mélisende, et bavardant avec ses doubles dans la petite cour, derrière leur demeure.
- Y a-t-il dans l'alphabet des diverses langues arabes une lettre s'apparentant à ce mot Daleth ?

Ses doubles la regardèrent comme si le soleil lui avait tapé sur le crâne et hochèrent négativement la tête.
- Bon ! alors écoutez. Il s'agit du ﻉqui, au milieu du mot se prononce « dâ ».
- D'accord, si tu le dis.
- Et ce « dâ « s'écrit de la manière suivante.

Alix prit un petit caillou, aplanit superficiellement un petit coin de sable et dessina cette lettre qui se présenta ainsi : ﻯ

- Je ne comprends toujours pas ton brusque intérêt pour l'alphabet arabe, questionna Geoffroy.

- Ton « dâ » s'écrit donc comme un triangle, avança Mélisende.

- Mais bien sûr, s'exclama le garçon... un triangle... un bon petit triangle de rien du tout.

Alix la regardait enfin en souriant finement comme si son sourire disait « ils en ont mis du temps ».

- Parce que, enchaîna-t-elle, un triangle qui aurait quatre côtés ne serait plus un triangle et Al Moustansir a bien dû t'apprendre à quoi servait la topographie d'un triangle car, je me répète, si un triangle avait quatre côtés, il ne serait plus triangle et de plus ça se saurait...

- Il n'y a pas un moyen de l'empêcher de parler, demanda Mélisende.

- Si, en l'embrassant.

Geoffroy précédait de quelques pas ses sœurs pour aller manger, assis sur leurs talons, quelques morceaux de poulet ou de chameau avec de l'orge à l'étal du boucher ouvert tard dans la nuit cuisant de la viande dans une vieille poêle avec des épices. Personne ne fit attention à eux.

Ils s'assirent le dos contre le mur d'une maison en ruine, de l'autre côté de l'échoppe en plein air.

Alix faisait la conversation tandis que Mélisende débitait, en fines lamelles, ce qui pouvait passer pour du chameau.

- J'aimerais bien connaître la réponse à deux questions.

Inutile de les poser. Personne ne pourra te répondre. Ou alors des lieux communs. Commençons quand même : Qui a détruit le fameux barrage ou plutôt à la suite de quelles circonstances imprévues ? Pourquoi la reine Arwa qui va gaillardement sur ses cent ans tient-elle tellement à le reconstruire ?

- Il s'est avéré, d'après toutes les chroniques, reprit Geoffroy, que la reine de Saba, à peine revenue de Jérusalem, a immédiatement entrepris la construction de cette immense retenue d'eau brillante sous le soleil du Yémen, comme des centaines de milliers d'étoiles dans la nuit. Mais personne n'a véritablement fait la liaison entre son retour et cette construction. Et personne ne sait quelle fut la durée de vie de Balkis. Mourut-elle jeune, ou très vieille comme sa soi-disant descendante Arwa... ?

- C'est étrange, l'interrompit Mélisende, mais j'ai l'impression qu'elle a dû mourir très jeune, une fois achevé l'ouvrage pour lequel elle était destinée. C'est le propre des grands initiés de mourir très jeune, n'est-ce pas ?
- Mais pour finir, compléta Alix, ce barrage a quand même rendu à la péninsule arabique, sur au moins des dizaines et des dizaines de milliers d'arpents de terre, sa fertilité, suffisamment légendaire, pour que des générations s'en souviennent.
- Mange, avança placidement le garçon, ou tu n'auras plus de force, et il lui mit d'office dans la main une assiette en étain, toute cabossée avec des lamelles de viande de chameau.

Il m'a refilé un os, éructa Mélisende. Et derechef elle se leva et alla invectiver, comme se le devait une femme arabe, le boucher. Celui-ci sourit d'une bouche édentée et parvint à dire :
- Ça arrive souvent avec les chameaux. Ne te mets pas en colère, femme. Tiens, voilà trois boulettes.
- Des boulettes de quoi ?
- Mais de chameau voyons !
- Comment expliques-tu, se hasarda le garçon, que tu n'aies absolument trouvé aucun vestige de ce fameux barrage puisqu'il reste bien quelques ruines du Temple des dieux de Saba.
- J'ai examiné soigneusement la localisation possible de l'ancien barrage sans rien trouver. Il ne reste que quelques vestiges de pierres émergeant çà et là du sol, fort loin d'ailleurs de l'emplacement éventuel, c'est-à-dire très proche de Marib, enchaîna Alix.

L'emplacement de son édification exact reste incertain. Sur ce point, Arwa avait raison. Il n'en reste rien aujourd'hui, mais qu'est-ce que cela prouve ? Que la fracture soudaine a été due à un défaut de fabrication ou à une lente érosion ou à une fissure s'agrandissant avec les années. Le terrain donne l'impression, mais cette impression m'est venue lentement, que le barrage a soudainement disparu dans le sol.

Bref, le résultat d'un surprenant amoncellement d'eau, faisant craquer la muraille de pierre. Ce ne sont ni les pluies diluviennes s'abattant sur la région dues en partie à la mousson, ni les ennemis qui, pour une raison ou pour une autre, auraient miné la fondation. D'ailleurs, le barrage devait être sûrement gardé.

- Sauf, avança Mélisende, achevant de mâchouiller ses boulettes -Dieu que c'est infect et drôlement épicé- sauf si on l'a très soigneusement détruit.
- Mais oui, elle a raison, s'exclama Alix.
- Je suis intimement persuadée qu'on l'a délibérément et systématiquement détruit, reprit Mélisende. Il faut éliminer les circonstances naturelles telles que tremblements de terre, éruptions volcaniques, déluges d'eau, pluies intempestives, etc... Quelqu'un l'a fait sauter comme il aurait procédé pour la muraille d'une citadelle. Et l'évidence doit nous sauter aux yeux.

Mélisende et Geoffroy s'arrêtèrent de manger.
- Précise ta pensée !
- Une seule personne pouvait le détruire : celle précisément qui l'avait construit.
- Mais pourquoi, avança Geoffroy ?
- Parce que toute autre explication ne tient pas la route. On ne détruit pas ce qui donne la vie, la richesse à tout un peuple sur un coup de tête, par énervement, colère, je ne sais quoi. Il s'agit là d'un geste parfaitement mesuré dans lequel entre une précieuse indication. S'il a apporté la vie, il peut apporter la mort. J'imagine fort bien les circonstances apocalyptiques du drame. Le barrage qui brusquement cède en son milieu une muraille d'eau de plusieurs mètres s'élevant au-dessus de la plaine, provoquant en un instant l'horreur des habitants voyant déferler et s'effondrer sur eux, à une vitesse vertigineuse, des vagues plus hautes que celles de la mer Rouge. Des vagues immenses emportant tout sur leur passage, tuant immédiatement des milliers d'habitants, les ensevelissant sous des torrents de boue, ravageant les champs l'instant d'avant fertiles, détruisant des palmeraies immenses, solidifiant tout être vivant, hommes et animaux pour l'Éternité.

- Un véritable désastre à l'échelle humaine. L'Apocalypse à nouveau. Une vengeance des dieux ?

- Ça me donne une idée, avança Geoffroy.

- Ah enfin. Je soliloque depuis longtemps. Il se réveille à présent. Nous sommes vraiment des mères initiatrices pour notre seigneur et maître.

- Quelle brillante idée, demanda Mélisende ?

- D'après les chroniques consultées, et aux dires mêmes des lettrés qui m'ont fait la leçon, les dieux de Saba étaient sur le point de disparaître, je veux dire que les habitants ne les adoraient plus avec la même ferveur qu'avant. Balkis a dû s'en rendre compte. Peut-être même qu'on ne lui a pas rendu de son vivant assez hommage à sa témérité, son audace, son exploit, car c'en était un.

- Tu veux dire...

- Je veux dire qu'avant de mourir -j'opterais plus pour un suicide- j'en ai l'intuition, elle a fait sauter le barrage, tout en en dissimulant les trésors, ceux dont Arwa nous rebat les oreilles.

- Où ça ?

- Peut-être dans le Temple, à Marib.

- Mais le Temple gît lui aussi sous des tonnes et des tonnes de sable que jamais personne ne pourra remuer.

Le boucher fit signe qu'il voulait récupérer ses précieuses écuelles.

Ils se levèrent et rentrèrent à la villa. La nuit était depuis longtemps tombée, quelques lumignons tremblotaient par moment dans un jardin ouvert. Ils s'y perdirent inévitablement mais réussirent à regagner leur demeure.

- C'était à l'image de Balkis ce cheminement et ce dédale.

- Un vrai labyrinthe.

- Il faut que je vous parle du labyrinthe d'Othman, mais plus en détail par rapport à ce que je vous ai raconté l'autre jour, lorsque nous nous sommes retrouvés à Kerak.

- Qu'avait-il donc de si particulier, questionna le garçon ?

- D'abord, il est construit, ou plutôt dessiné, de telle façon qu'il se referme derrière ton dos lorsque tu avances. Sans parler des pièges, des salles sans issue, ou des puits sans fond. Ensuite, c'est un labyrinthe de pierre non élaboré dans un jardin, ce qui en augmente les difficultés pour en sortir car dans un jardin, tu vois toujours le jour et surtout...

- Et surtout, demanda Alix, très attentive ?

- Tout comme pour le combat titanesque qui opposa trente karmates aux deux mille cavaliers d'Abdul, tout s'est déroulé entre le lever et le coucher du soleil. Un cycle venait de s'accomplir. Au moment où nous succombions, le soleil allait se coucher.

- Tu veux dire un cycle cosmique ?

- Oui. Tu saisis mieux que moi ce genre de problème, mais c'est ainsi qu'il faut le voir. Et à propos de voir, Othman parlait sans arrêt de la lumière et de l'eau.

- Mais à moi aussi, Jabir m'a parlé de l'eau, s'étonna Alix.

- Regarde, l'interrompit Mélisende. Trente karmates contre deux mille yéménites. C'est ridicule. Jamais tu ne pourrais raconter un pareil combat et tes interlocuteurs éclateraient de rire.

- Et dans tout le labyrinthe, il y a forcément un nombre qui en est le chef. Al Moustansir n'arrête pas de me répéter que si nous connaissions les nombres de ce qui est dans les cieux, nous serions les maîtres du monde.

- Mais, reprit Alix, des nombres, nous en connaissons. Reprenons-les, je les connais par cœur. 12.153.7.

- Alors voilà le fil d'Ariane pour nous permettre d'en sortir. Les fameux nombres. La vérité est en eux.

- Tu pourrais également dire qu'ils représentent la vérité

- Attends un moment ! Avec quoi Balkis s'est-elle enfuie de Jérusalem ? Qu'a-t-elle emporté ? On s'est longuement interrogé sur des bijoux, des parures, d'incomparables trésors. Mais c'était pour protéger le bon peuple.

- Tu veux dire qu'elle a emporté des nombres ?

- Exactement.

- Mazette ! Et si c'était vrai !

- Mais alors, ces nombres incompréhensibles, peu de jours, peu d'hommes, peu de pierres ont bien trait au barrage, au premier barrage. Ils se rapportent à lui, il n'y a pas à en sortir.

- Désolé, fit le garçon, toujours pragmatique. Moi je veux bien vous suivre sur le terrain des nombres. Mais, tout comme Mélisende, avec sa forteresse labyrinthe, trente karmates mettant en déroute -et en les tuant- deux mille cavaliers d'Allah, c'est tout bonnement impossible. Ça marche peut-être dans les contes d'Abou Zaya, mais pas dans la réalité.

Il étouffa un bâillement et voulut rentrer. Il partit donc seul en avant, laissant les filles, complètement excitées, bavarder comme des pies. Il se réveilla au moment de franchir la porte basse donnant sur la petite cour en entendant Alix qui proposait à Mélisende une petite variante à leurs ébats amoureux.

 - Ce n'est pas idiot, ça, répondait Mélisende. On va bien voir...

Elle eut cependant une idée qui fulgura dans son esprit et leva le doigt vers le ciel.

 - Qu'est-ce qu'elle a encore ? demanda le garçon, inquiet au plus haut point.

 - Vas-y, exigea Alix, tu en meurs d'envie.

 - Pourquoi Balkis a-t-elle construit un barrage ?

 - Ben, pour avoir de l'eau, pardi...

 - Vous êtes nuls. Vraiment nuls.

Et elle s'endormit d'un coup, comme une souche.

-Qu'a-t-elle voulu dire ?

 - Oh... je n'en sais rien...

Et Alix plongea dans un sommeil réparateur. Geoffroy, pourtant épuisé, resta un long moment les yeux ouverts.

 - C'est vrai ça. Pourquoi construit-on un barrage ?

CHAPITRE XIX

BALKIS ET SALOMON

Je rumine comme un vieux chameau ; peut-être le fait d'en avoir mangé hier soir, contrairement à Alix. Je marmonne toute seule dans la petite rue qui descend du palais d'Arwa au souk. Les gens ne se retournent même pas sur une vieille femme qui radote, car je suis à nouveau habillée comme une femme de Jibla avec un tas de jupes, des châles et un foulard sur la tête. Et je me tords les pieds dans des babouches de rêve dont l'un des talons est cassé.

Mélisende réfléchissait :

- Alors, s'il ne reste aucune tradition orale dans les tribus des bédouins, aucun parchemin, aucun papyrus dans les bibliothèques des madrasas -Geoffroy a pourtant bien cherché, et tout remué- si le temple des dieux de Saba a été détruit ou enseveli, ainsi que le palais de Balkis sous des montagnes de sable, comment retrouver une indication du lieu secret où la reine de Saba aurait dissimulé quelque chose ayant un rapport soit avec sa fuite, soit avec la construction du barrage ?

Dun autre côté, je me dis que si elle avait transmis à ses descendants le ou les précieux objets, ils s'en seraient servis. Or, à partir de sa mort, le royaume est entré en décadence, a été envahi... donc, ils sont quelque part. Les hébreux, après Salomon, ne sont pas venus nous les reprendre, ça se saurait. Et si des ennemis des sabéens s'en étaient emparés, ça se saurait aussi.

Alors, peut-être qu'elle n'a rien emporté après tout. Çà aussi, c'est une légende. Mais Salomon a pu perdre la tête en apprenant la désertion d'une fougueuse maîtresse.

Je m'y perds entre le faux et le vrai, le mythe, la légende et la réalité. Ce qui fait que je perds aussi dans le dédale des rues. Ce qui me semblait, au départ, une aimable devinette présente un mystère qui va en s'épaississant. Mais je sens, à d'imperceptibles indices, que nous sommes sur la bonne voie.

J'ai manipulé la fameuse tablette de pierre des dizaines de fois. Je l'ai fait examiner des tas de fois par tous les lettrés du Yémen. Ils sont tous parvenus au même résultat : « Une énumération, femme, ou une énumération, mon garçon ». C'est selon mes vêtements et mon humeur pour me transformer en garçon. Je leur ai demandé de bien vérifier s'il ne se dissimulait pas dans la pierre ou parmi les jambages des lettres d'autres indications pouvant me mettre sur la voie. Nenni... Rien du tout.

Hier, un lettré de plus a rappelé à Geoffroy, enfin, au vrai :

- Une simple énumération, mon garçon. Des ouvriers, des années, des pierres. Et encore, il n'est pas dit que les mots que nous utilisons à présent soit le vocabulaire correct de la pierre. Ce que nous appelons dans notre jargon l'ancienne langue himyarique. Mais cela ne t'est d'aucune utilité. Désolé.

- Arwa devra nous expliquer comment elle s'est retrouvée en possession de ce truc. Elle va sûrement nous sortir un mensonge de première qui comportera obligatoirement une part de vérité.

- Tu reviens à Balkis, Mélisende ?

- Revenons à Balkis puisque vous insistez.

- Donc une énumération même s'il y avait quelques erreurs d'appréciation : douze hommes, sept jours, cent cinquante-trois blocs de pierre : l'énumération est dans cet ordre. Et rien ne te frappe Mélisende ?

- Si, bien sûr, nous l'avons déjà évoqué mais je veux bien recommencer. Les quantités ridicules : peu d'hommes, peu de jours, peu de blocs de pierre. Si jamais cela s'applique au barrage qui, aux dires de n'importe quel architecte d'Occident, demanderait de nos jours des milliers d'ouvriers et des dizaines de milliers de pierres et vingt ans de travail, alors il y a un nouveau mystère. Cette énumération ne correspond à rien où tout au moins pas au barrage. Il s'agit d'autre chose. Oui, mais quoi ?

- Alors ou le scribe s'est trompé en écrivant, ou il existe quelque part une autre énumération plus précise, ou...

Je siffle.

- Mazette, et si c'était vrai.

Et sur ces mots, je suis rentrée pratiquement en courant, c'est-à-dire en me tordant les chevilles, dans la villa mise à notre disposition. Geoffroy s'est porté au-devant de moi, mais a reculé devant le tas de chiffons m'enveloppant.

- Quoi donc, parvint-il à dire devant mon air en partie extasié ?
- Il y a forcément un rapport entre cette tablette de pierre et le barrage.
- Mais c'est évident, dit le garçon très logique et toujours rationnel. On en parle depuis une éternité. Du moins depuis quelques heures.
- Oui, et comment a-t-elle fait, cette Balkis ? Réfléchissons à la tablette... les nombres...

- Les nombres ?... En fait, il n'y en a que trois...
- Marrant, hein ? Trois nombres. Placés les uns à côté des autres, n'ayant aucune liaison entre eux.
- Tu as raison... ou alors ils se complètent.
- En s'additionnant ?
- Non, quelque chose les lie, ce qui est différent : et la vérité est là, entre les trois nombres. Elle est forcément dans l'espace les séparant.
- Alors, s'il y a l'espace qui sépare tout en unissant, émit doctement et sentencieusement Alix, il y a aussi le temps.
- Donc tout s'est joué dans un très court espace-temps.
- Dont on n'a pas la moindre idée.
- Mais là est le secret, il n'y a pas à en démordre.

Et le garçon se leva, releva Alix et l'entraîna dans une sarabande effrénée en la faisant presque décoller du sol.

- Le temps, murmurait Mélisende... tout s'est joué sur le temps...

Et elle se mit à youyouter comme le font toutes les femmes arabes.

- Ils sont devenus subitement fous ces Faraglioni, firent, en se regardant ébahis, les observateurs d'Arwa, perchés sur le toit d'une maison voisine.

- Reprenons nos esprits, voulez-vous ? Balkis s'est enfuie avec quelque chose de très important ou contenant quelque chose de très important. Elle a soigneusement noté tout ce que lui avait raconté Salomon ou alors le scribe a simplifié et sept jours veut dire sept ans. La Bible en parle lors de la construction du Temple dédié à l'Éternel. Il n'y eut aucun bruit. Les blocs ont été extraits des montagnes, taillés, acheminés sur le chantier déjà équarris, sans que l'on entende le moindre bruit métallique ou de maillet ou de ciseau. Aucun bruit. Tout s'est mis en place silencieusement et en un temps record. Or les Hébreux n'étaient absolument pas des tailleurs de pierre mais des pasteurs nomades et ils ne comptaient aucun architecte parmi eux.

Alix adopta l'attitude d'un jeteur de sorts, se redressa, leva les yeux au plafond, tendit la main droite, écarta les doigts et pointa d'un air autoritaire l'index sur Geoffroy qui instantanément se recula d'un pas pour s'asseoir sur un couffin rembourré de laine.
- L'un des avantages, commença-t-elle dignement, d'un texte obscur est qu'il est indéchiffrable.
- Elle est fantastique, avança Mélisende, vraiment fantastique.

Et Alix enchaîna :
- C'est dire qu'il peut permettre les interprétations possibles. En fait, tout le monde y va de sa propre vision, ce qui fait qu'en fin de compte on se trouve en présence de multiples aspects sans avoir à appréhender l'essentiel.
- Bravo, fit Geoffroy, c'est effectivement limpide.
- Je continue ?
Ses doubles approuvèrent.
- Mais l'essentiel, demandez-vous, où est-il ?
Hochement de tête de ses doubles dont les visages affichaient l'incompréhension la plus absolue.
- Je vois. C'est un cauchemar que de parler avec vous qui ne faites aucun effort. L'essentiel est dans l'obscurité elle-même. Là où il se cache.

Intéressés, Geoffroy et Mélisende, se penchèrent en avant. Alix continuait d'aller et venir faisant ondoyer sa djellaba autour de son corps.

- Arrête ! fit son frère. Ça me donne le tournis. Tu n'es pas encore derviche tourneur.

- Elle veut se prouver qu'elle est parfaitement femme, compléta Mélisende. Vas-y, continue quand même.

- Au lieu de dégager l'essentiel d'un texte pour le mettre en pleine lumière, ce qui paraît à première vue impossible, il faut au contraire, l'enfoncer dans une autre obscurité. Comme ce que nous rapportait Mélisende de son fameux labyrinthe. Tu sais cela aussi mon chéri, fit-elle en désignant Geoffroy. Les nombres négatifs. La multiplication de deux nombres négatifs ne donne-t-elle pas un nombre positif ? Ici, c'est la même chose, il faut partir d'une impossibilité.

- Et pourquoi donc ?

- Car lorsque tout a échoué dans une interprétation, et c'est bien notre cas, non ? il ne reste que l'irréalisable, l'impossible, l'inimaginable.

- Et alors ?

- Alors, pour ce damné barrage, les chiffres sont exacts, il n'y a pas à sortir de là. Peu de pierres, peu d'hommes et peu de jours.

- Alix te rends-tu compte que si c'est vrai, la construction de ce barrage relève soit d'un mirage ou d'un miracle, rien d'autre. Et les deux, tu le sais bien, relèvent d'une illusion d'optique, d'une hallucination, de l'intervention des Djinns.

- J'y ai réfléchi aussi. Un barrage, je te l'accorde, ne se construit pas tout seul. Et la seconde partie de la tablette doit fournir une explication.

- Et ça donnerait quoi ?

- Une formule insoupçonnée, une solution très simple lorsque l'énigme est résolue. Je le dis mal mais je le pense bien. Effectivement lorsqu'il ne reste rien, il reste l'impossible. Je n'en démords pas. Les chiffres sont forcément exacts.

- Si on pouvait arranger les nombres, les mélanger, en extraire la quintessence... quel bond en avant ne ferions-nous pas... car parvenir à formuler une hypothèse, même invraisemblable, permettrait de vérifier que le barrage a bien existé car...

- Vas-y mon chéri, tu as si bien parlé jusqu'à présent... ou plutôt écoute ta maîtresse insatiable...

- Car si une telle hypothèse répond à toutes les questions qu'on se pose, alors, c'est la bonne. Tout simplement.

- Bravo.

Et Mélisende applaudit des deux mains.

- Il est formidable. On a bien fait de l'emmener avec nous.

- J'ai compris, fit Alix, enfin je crois comprendre ce dont il s'agit...

- Le vrai ne peut être vraisemblable.

- Si quelqu'un nous écoute, la vieille Arwa par exemple, elle va se douter de notre intelligence, mais continue...

- Une vague idée... En tout cas, Balkis s'en est servie pour son fameux barrage. Elle a su utiliser correctement ce qu'elle a fauché à Salomon.

- C'est quoi ta vague idée ?

- Quelque chose d'incompréhensible encore à mes yeux, capable d'extraire de la montagne des monolithes de cent tonnes, semblables à ceux utilisés par Pharaon pour sa demeure légendaire, de les transporter aussi, de les tailler correctement, de les mettre en place, de les dresser pour en faire un mur de dizaines de coudées de hauteur. Mais oui, toujours silencieusement, toujours comme Pharaon. C'est très curieux ce rapprochement. Un mur rectiligne ou semi-circulaire courant d'une falaise à une autre falaise, barrant le défilé, constituant une immense retenue d'eau. Un gigantesque lac. Un réservoir unique dans le désert, alimentant les deux écluses et ensuite par des petits canaux irriguant des milliers d'arpents de bonne terre. Un mécanisme ou un système donc, très particulier, déplaçant à distance d'immenses blocs de pierre en une gigantesque lévitation : les découpant, les ajustant les uns au-dessus des autres, les uns à côté des autres. C'est bien pourquoi il a fallu si peu de temps et si peu d'hommes. Elle n'a pas utilisé les tribus du désert, pasteurs ou nomades, mais très vraisemblablement des esclaves nubiens ou éthiopiens. Ils étaient juste en face, de l'autre côté de la mer Rouge.

Ce quelque chose encore indéfinissable peut-être comme le soleil réchauffant la terre, après une nuit froide, par ses rayons, et lui donnant la vie. Mais ce n'est qu'une tentative d'explication.

Alors Mélisende esquissa un pas de danse. Elle essaya de marcher sur les mains. Toutes ses fichues robes lui retombèrent sur le nez et elle s'écroula dans la poussière.

- J'ai trouvé, fit-elle alors en se relevant péniblement, un rayon. Un rayon émis par un certain objet, reprit-elle en recrachant du sable et des cailloux.

- Je ne suis pas d'accord, intervint Geoffroy, ce n'est pas possible. Un rayon ne peut pas fonctionner sur commande. Il faut sûrement des circonstances particulières. Des conditions spéciales.

- Mais Balkis les connaissait, mon petit.

- Les confidences sur l'oreiller, elle en était aussi la reine : elle a dû extorquer tous les mystères dont Salomon gardait jalousement la solution, en prétendant se donner à lui par amour.

- Bon Dieu, Quelle femme ! Je reviens lança Mélisende, surtout ne divaguez pas sans moi. Alix et Geoffroy se servirent du thé à la menthe et se sourirent simplement. Mélisende réapparut vêtue, cette fois-ci, en garçon.

- Tu ne crois pas que tu exagères, commenta Alix. Voilà deux Geoffroy Faraglioni pour les espions, car je te signale que si tu lèves le nez sur la haute maison de droite au niveau de la terrasse supérieure, je suis sûre qu'il y a un espion, les yeux braqués sur nous.

- Un espion de qui ?

- D'Arwa, des Teutoniques, d'Éboli, d'Abdul, des Templiers, du cardinal... aussi.

- Je suis rassurée alors. Mais ce soir on sera trois. C'est bien cela le fond de ta pensée.

- Cela nous laisse juste le temps de reparler de Balkis. Bon Dieu, quelle femme, tu disais... Geoffroy ?

- Mais attends un moment, lorsqu'elle a fauché ce très précieux objet dont la valeur est assurément inestimable, Salomon aurait dû s'en apercevoir immédiatement.

- Immédiatement ! Mais bien sûr.

- Et elle n'aurait pas fait un pas de plus hors de son palais.

- Pourtant rien ne s'est passé comme prévu.

- Suppose qu'elle soit revenue le soir de son départ, déguisée en servante passant inaperçue, oui, un esprit, oui, c'est un Djinn de qualité supérieure, non plutôt sous l'aspect d'un serviteur ou d'un lévite, et pour observer Salomon. Gardons le lévite, c'est plus vraisemblable.

- Ce n'est pas possible... Tu inventes...

- Oui... Pour poursuivre l'idée, imaginons : La femme yéménite a disparu, se dit le roi, mais l'objet doit être toujours là., De toute façon, je vais aller voir. Il descend quatre à quatre les escaliers, suivi par le lévite.

- Tu dis n'importe quoi.

- Pas du tout. Je continue.

- Il arrive dans le Saint des Saints, bouscule les gardes qui se demandent ce qu'il lui prend.

Salomon pousse un soupir de soulagement. L'objet est toujours là. Mais si elle avait dérobé ce qu'il contenait ? Il l'ouvre, il pousse un autre soupir de soulagement : le contenu est toujours là. Il tombe à genoux, éperdu de reconnaissance envers l'Éternel qu'il a abandonné un instant pour une catin...

- Et le lévite, sous les traits duquel se travestit Balkis, lui parle à mi-voix. Si, si, c'est possible.

- Rien n'a été dérobé, Sire ?

- Mais vois, vois par toi-même. Si l'objet avait été dérobé, il ne serait pas là sous mes yeux. C'est clair car il est bel et bien là. Je suis ici en train de le manipuler.

- C'est bien imaginé, Alix, et comment s'y est-elle prise cette fameuse Balkis ?

- À mon avis, elle a simplement substitué un autre objet de taille et de forme semblables, présentant les mêmes caractéristiques. De loin comme de près, il devait ressembler comme un jumeau à celui qu'elle a caché dans les fontes de la selle de son cheval. Donc un objet peu encombrant au point de vue du poids et de la taille.

- Elle peut partir tranquillement à présent, mais pas du tout en direction du désert.

- Où ça ?

- Mais écoute, le lévite, fais un effort. Il a tout vu.

- Elle va s'embarquer au Nord du royaume de Tyr et rejoindre l'Égypte par Alexandrie, remonter le Nil, traverser la mer Rouge et regagner son palais à Marib. Et surtout éviter le désert.

- Elle a dû tout programmer depuis le départ : les relais, les fidèles serviteurs ou gardes se tenant aux différents points de tact.

Puis elle s'en est servie.

- J'ai, du coup, deux hypothèses : la première partie avec l'écriture à grands jambages, fit le garçon, consiste à expliquer pourquoi il y a si peu d'éléments, de mots. Et la deuxième hypothèse, dans la seconde partie le texte en écriture cunéiforme explique comment ça s'est passé.

- Comment ça, jeta Mélisende ?

- Mais qui a bien pu écrire ces mots, ces instructions, l'interrompit Alix ?

- Personne…

Les filles éclatèrent de rire.

- Personne ? Allons donc ?

- Bravo, très drôle.

- Je t'assure. Ni

- Dieu, ni diable.

- Et qui donc ?

Geoffroy désigna le ciel du doigt.

- Ça veut dire quoi, le ciel ?

- Mais les météorites, les astéroïdes, les comètes.

- Tu te fous de nous…

- Non, j'ai moi aussi ma petite idée… Il faut qu'elle fasse son chemin. Elle a commencé d'ailleurs depuis l'autre jour où tu as parlé de Daleth, ou de triangle…

- Dis-nous, supplièrent-elles, ou alors…

- Alors quoi ?

- Tu seras privé de ton harem favori cette nuit.

- Bon alors juste une intuition.

- Et ton idée, mon chéri ?

- À partir de son fonctionnement, inattendu ou régulier, au choix. Je préfèrerais régulier car il faut des conditions spéciales, à des époques bien précises, à des moments très précis. Nous venons d'en parler. Toujours le ciel. Il y a forcément une relation de temps, d'époque, d'espace surtout. Je ne peux pas le prouver, mais j'en a l'intuition.

- Et qu'est-ce que ça te donne ?

- Rien pour l'instant. Mais l'espace me donne une idée supplémentaire.

- J'avance un pion. Tout a dû être remarquablement mis au point, préparé, minutieusement dosé, soigneusement répertorié… rien n'a été laissé au hasard… ah, ça, non ! c'est une intention délibérée, mais diabolique ou divine ? Là est la question.

Mélisende s'assit sur un banc de pierre, avala deux gorgées d'eau fraîche et mangea quelques biscuits au sésame, rassis, durs, infects et recracha les morceaux.

- Leila pourrait faire un effort pour acheter quand même quelque chose de mangeable !

- Et pendant ce temps, intervint-elle ?

- Eh bien, pendant ce temps, reprit Alix, à l'occasion de deux batailles Salomon a sorti le précieux objet qui, comme prévu, n'a pas fonctionné. Les Hébreux ont été battus à plate couture lorsqu'il a mis le siège devant une cité de Perse, puis il a voulu s'en servir pour découper les fortifications d'une autre cité. Il a même voulu reconstruire un autre Temple à l'Éternel, pour se faire pardonner de son Dieu. Ça a foiré lamentablement.

Alors, il a perdu définitivement la tête. Dieu l'ayant abandonné, il s'est mis à adorer de nouveaux veaux d'or, les dieux de ses maîtresses, et il est mort en ne se rappelant plus les soixante-dix-sept noms de Dieu.

- Jolie interprétation.

- Et qu'est-ce que les Hébreux en ont pensé ?

- À mon avis, ils ont dû croire que l'Éternel les avait laissés à leur sort, qu'il était en colère contre eux et lors du sac de Jérusalem par Nabuchodonosor, tous les trésors du Temple ont disparu, emportés par les ennemis ou cachés dans un sanctuaire par les initiés Hébreux. Peu à peu, on a tout oublié. La Bible n'en parle plus. Mais la reine de Saba a construit son fameux barrage qui a fait la richesse de son pays. C'est bien pourquoi elle est vénérée à ce point.

- Donc, il est toujours là ?

- Mais oui ! au Yémen.

- D'accord, mais où ?

- Aucune idée.

- Il a forcément un lien entre le barrage et l'objet, fit Geoffroy. Elle a dû laisser des instructions à des serviteurs ou à des conseillers. L'objet en question est forcément accessible et il n'est pas enfermé sous des tonnes de sable.

- D'accord, mais où ?

On en revenait toujours au point de départ. Ils avaient l'impression d'avoir avancé pour mieux reculer l'instant suivant.

- Dans un Temple secret ?

- Les caches les plus sures sont les plus élémentaires… mais inutile de fouiller le sol, de découper les digues Nord et Sud qui restent de l'ancien barrage, d'entreprendre même des recherches dans l'ancien palais de Balkis.

- Ce doit être d'une simplicité enfantine… peut-être même sous les yeux de milliers de yéménites depuis des générations… sous nos yeux… mais personne n'a jamais rien trouvé.

- Balkis était trop perspicace pour ne pas se douter qu'avec l'érosion du temps immanquablement le barrage cèderait sous la pression des eaux, faute d'avoir été entretenu ; qu'il se briserait et qu'il en serait fini avec le rêve d'une Arabie heureuse.

- Et Arwa ?

- Oui, revenons à Arwa.

- Elle a plus de quatre-vingt-dix ans et c'est seulement aujourd'hui qu'elle décide de reconstruire le barrage. Elle n'en verra sûrement pas la fin s'il est édifié maintenant. Il faudra des dizaines d'années, des milliers d'ouvriers, d'énormes blocs de pierre, beaucoup d'argent. C'est tout simplement irréalisable, mais pourtant elle nous a fait parvenir cette petite tablette.

- Qu'elle a trouvée où ? Ou plutôt comment ? Qui le lui a indiqué ?

- Arwa nous a sorti un bobard de première.

- Elle l'a toujours eue. Son père avant elle, ainsi que le père de celui-ci.

- Ils ont dû chercher et chercher. Sans jamais rien trouver. Si, peut-être qu'il s'agissait d'une énumération, mais la seconde partie de la tablette leur a été incompréhensible.

Les faits, bien sûr, s'accumulaient… la vérité… ou du moins la vérité probable, se fortifiait… ; bien des points demeuraient obscurs…

CHAPITRE XX

UN CONTEUR DES MILLE ET UNE NUITS

Les jours passèrent sans apporter l'éléments nouveaux. Ils n'avaient plus de nouvelles d'Arwa. Abdul paraissait les ignorer, tout à ses grandioses projets de fédérer toutes les tribus d'Arabie et d'annexer l'Éthiopie juste en face. Éboli devenait invisible. Mais ils avaient libre accès à la bibliothèque, à la madrasa près de la mosquée au Nord de Jibla. L'ennui s'emparait des trois Faraglioni qui parlaient évidemment de s'en aller tout bonnement puisqu'ils n'avançaient pas. En cette fin d'après-midi, après avoir décidé de rester une semaine de plus seulement, ils buvaient du thé tout en revenant sur les circonstances mêmes qui avaient motivé l'idée du deuxième barrage.

Mais, enfin, comment se fait-il qu'ils aient attendu si longtemps, avançait le garçon ? Quel est l'élément inexplicable à nos yeux, pour le moment, qui a tout déclenché ? Que s'est-il passé d'inattendu au point de provoquer subitement un tel intérêt ? Un pays endormi au rythme du *qât* mâchonné à longueur de journée ou des cinq prières quotidiennes de tous bons musulmans. Peu d'écoles, juste ce qu'il faut pour entretenir la récitation du Coran. Chaque tribu enfermée dans ses tentes ou dans un nid d'aigle, la route passant en-dessous, et juste une seule petite porte d'entrée. La même pour sortir, d'ailleurs.

- Maîtresse, avança alors Leila, je n'écoutais évidemment pas votre discussion, mais si tu voulais mon avis…
Ils se tournèrent vers Leila qui souriait à la fois bêtement en se tortillant et finement car ses yeux brillaient d'aise.
- J'ai une idée… il faudrait aller au marché… et toi Maîtresse, qui t'habilles comme rarement une femme arabe s'habille, tu devrais

bien prêter attention à ce que disent les autres femmes autour des fontaines.

- Bon. Pourquoi pas.

- Attends. Il faut que je te fasse vraiment ressembler à une femme arabe.

La fille évita de justesse un aître coup de pied que Mélisende voulut lui asséner sur le tibia.

Cela fut irrésistible. Alix et Geoffroy se tordaient de rire en voyant Mélisende vêtue d'une grosse robe de laine noire, plus un voile sur la tête, plus un panier d'osier à la main qu'elle tenterait de mettre aussi sur sa tête en revenant du marché. Et de plus elle boitait à cause des babouches trop étroites pour ses grands pieds.

- Vous autres, la paix ! C'est pour le bien-être de la communauté que je me travestis. Toi, passe devant.

Il faut que je vous parle de Leila.

J'ai emmené Leila avec moi. C'est notre servante, mais comme je lui ai sauvé la vie, elle n'écoute les ordres d'Alix et de Geoffroy que d'une oreille distraite. Juste pour éviter le fouet ou le coup de bâton que, par moment, ils brûlent d'appliquer sur ces jolies petites fesses rondes. Leila a quinze ans. C'est une fille de Palmyre. J'ai l'air de vous emmener très loin du sujet, mais pas du tout car c'est à elle que nous devons d'avoir progressé.

Nous remontions de Ctésiphon avec une caravane rapportant du papier fabriqué à Bagdad et avions monté nos tentes au Nord de Palmyre. Une bagarre avait éclaté entre deux clans à l'intérieur d'une tribu nomade. Une bagarre échevelée et peu sanglante. Le chef avait ordonné sagement au reste de la tribu de décamper laissant les deux fractions rivales régler dans le sang leur différend. Moralité, quelques morts, des blessés et finalement les rescapés, fatigués, avaient rejoint leur campement.

C'était mon tour de garde, car rien n'est moins désert que le désert la nuit. On avait fait baraquer les chameaux au milieu d'un cercle. On avait désigné les sentinelles de garde et quatre d'entre nous se relayaient, observant le désert, lorsque j'entendis des gémissements.

- Aïe ! Fais attention, me fit un chamelier passant près de moi. C'est encore une de leurs ruses pour t'attirer et couic. Couic, il avait raison, ça arrive plus d'une fois. Je restai tranquille. Mais les gémissements reprenaient de plus belle.

Bon. J'y vais. Couic. Bien sûr. Je pris une torche résineuse, l'allumai et me hasardait hors du campement pour me retrouver dans la grande allée bordée de portiques romains menant au Temple de Baal. Le tout en faisant attention, car bien sûr il y a derrière chaque colonne un bédouin prêt à… d'accord… je fais attention.

Et je trouvai enfin une fillette complètement déglinguée gisant contre un fût de pierre.
- Qu'est-ce que tu fais là ?
- Et au lieu de me remercier, savez-vous ce qu'elle m'a sorti, à Mélisende ?
- Au lieu de parler tu ferais mieux de me soigner.

Je la chargeai dans mes bras robustes. La fille hurla de désespoir et de souffrance surtout. Je la reposai à terre puis finalement je la mis en travers de mon épaule, les bras pendants du côté droit et les jambes… et je la ramenai au camp. Je tirai l'apothicaire arabe de son sommeil. Il commença lui aussi par m'engueuler. Qui a dit qu'une bonne action nous vaudra des journées embellies dans le Paradis d'Allah ? Que devient le sauveur qui se fait engueuler par les gens qu'il sauve ? Va-t-il recommencer ? Bref, je l'ai ramenée à Acre. Elle avait l'air d'une momie tellement elle était entourée de bandelettes. Là, j'ai bien lui dire la vérité.
- Leila, je suis une fille.
- Savez-vous ce qu'elle m'a répondu, à moi, Geoffroy ?
- Ben oui. Je le savais depuis le début.

Vers la onzième heure du jour, la petite place du marché, juste devant les souks, regorgeait de victuailles disposées avec goût sur des tréteaux et entourant la fontaine où, précisément, les femmes puisaient de l'eau fraîche dans des cruches de terre.
- Fais attention, jeta Leila, et écoute.
- « Les prix pourraient baisser s'il y avait davantage d'eau ».

- Ça c'est sûr, pensa Mélisende.

Une autre surenchérissait.
- « Il y aurait abondance de fruits, de légumes, s'il y avait davantage d'eau ».
- C'est évident, compléta Mélisende.

Une troisième surajoutait.
- « Ce conteur est irrésistible, on croit à ce qu'il dit ».
- Quoi ? Quel conteur, interrogea Mélisende ?
- Il faut en savoir davantage, reprit Leila. Laisse-moi les questionner.
- « D'ailleurs, complétait une autre femme, il était l'autre semaine à Sana'a. Toutes les femmes et surtout les hommes sont venus l'écouter. Il était intarissable. Et le lendemain, on racontait à ses voisins... ».

Elles prêtèrent davantage l'oreille, se mêlant même à des conversations.
- Remplis ta cruche quand même, ordonna Leila. Et fais-la tenir sur ta tête. Sans t'aider des mains. On va rire... Tiens-la quand même d'une main. On ne sait jamais. Mais tu sais qu'en femme arabe tu es irrésistible ? J'ai bien fait de te sauver la vie, finalement. Bon, rentrons à présent. Tu as eu une drôle de bonne idée.
- Voilà ce qui est en train de se passer, déclarait Mélisende en retrouvant les siens. Et il y a un lien entre ce conteur et l'eau.

Selon les femmes, au marché, certains soirs à la veillée, un conteur arrive, on ne sait d'où, débite une histoire qui n'a ni queue ni tête, mélange tout, arrive même à ne pas finir son histoire tellement il y a de rebondissements.
- Oui... et alors ce n'est pas nouveau !
- Attends... un soir... Mais comment cela a-t-il commencé, je ne sais, ce même conteur, peut-être plus inventif que les autres s'est mis à parler de l'ancien royaume yéménite et de la fastueuse épopée de la reine de Saba. Une reine... jeune et belle, douée d'une beauté et d'une sagesse impressionnantes. Les villageois ou les tribus nomades ont dû être suspendus à ses lèvres. Puis il a inévitablement mélangé à la légende l'histoire d'une Arabie heureuse, verdoyante et

fertile. Le genre de propos à faire rêver. Et, il a continué, inventé, brodé, imaginé...

Les dernières braises achevaient de se consumer lorsqu'il a lâché par inadvertance que c'était l'eau qui avait rendu ce pays si beau et si heureux.

- Il a bien parlé de l'eau, questionna Alix ?

- Des allusions à peine voilées au début, puis, il s'est mis petit à petit à parler du barrage, des palmeraies, des milliers de bêtes dans les verts pâturages, des arbres fruitiers croulant sous les fleurs du printemps.

- Comme dans les contes avec Shéhérazade, Sinbad le marin...

- En effet, plus les djinns dont il parlait évidemment sans arrêt.

- Il a su habilement déclencher les passions. À partir des pluies des moussons, les petites digues pour retenir l'eau, et il a ajouté... Si seulement... Rien de plus... Juste deux mots... Si seulement... Puis il partait dans un autre village ou sous d'autres tentes. On nous en a parlé ce matin-là. Un type infatigable, parcourant toutes les contrées racontant ce que les djinns, puis la reine de Saba avaient créé. Les habitants ou les nomades en redemandaient. Il a eu un succès fou en leur faisant croire qu'avec l'aide des djinns, Balkis avait bloqué les crues des oueds.

- Et, ils l'ont cru ?

- Mais bien sûr. Les djinns, ça marche à tous les coups. Mais les plus avisés des habitants devaient bien se figurer que derrière les djinns, il y avait une solide réalité et qu'il suffisait en quelque sorte de renouveler l'expérience pour...

- Donc, il a merveilleusement préparé le terrain !

- Effectivement, il a aidé la reine d'Arwa dans son invraisemblable projet, car ce matin, au moment où nous nous en retournions avec Leila, j'ai surpris un mouvement, celui d'un vendeur d'eau, très typique comme vous le savez, en train lui aussi de s'éloigner pour se perdre ensuite dans la foule encombrant les ruelles des souks. Imperceptiblement, j'ai froncé les sourcils. Où avais-je déjà vu cette silhouette ? Leila, à qui je venais d'en parler, m'a seulement répondu que tous les vendeurs d'eau se ressemblaient, au niveau de l'habillement s'entend, et qu'un vendeur dans un marché est une silhouette très familière, donc...

Préoccupée cependant, j'ai essayé de le suivre, même si Leila disait que ça n'en valait pas la peine. Je l'ai rattrapé aisément puisqu'il marchait lentement et vendait de l'eau à chaque instant. Une silhouette très familière en vérité. La même, pour vous aider à comprendre, que celle de ce vieil homme que j'ai bousculé le premier jour à Saint-Jean d'Âcre.

- Bon Dieu, s'écria Alix, Abou Zaya !
- Abou Zaya, reprit le garçon ? Ça par exemple ! Mais que vient-il faire dans toute cette histoire ?
- Et si c'était lui le conteur des Mille et une nuits ?

La foudre serait tombée sur la tête de Geoffroy et d'Alix qu'ils n'auraient pas pu être plus anéantis par le choc de cette révélation. Et les pensées se bousculaient dans les têtes. Comment Abou Zaya avait-il réussi le miracle de faire croire à nouveau à la légende d'une Arabie heureuse du règne de la reine de Saba ?

Et graduellement, la vérité se dessina.
- Pardi, bien sûr, affirma Alix au bout d'un certain temps. Il a gardé la pierre. Nous sommes restés plus de trois mois absents d'Âcre. Il a eu le temps de procéder à des études, de faire des recherches. De plus, c'est un arabe. Cela a dû lui faciliter le travail, d'autant qu'il est connu partout. Il n'a pas dû être long à additionner deux et deux.
- Et, il a compris qu'il s'agissait d'un barrage construit en peu de temps avec peu de moyens et encore moins d'hommes. Puis Balkis. Comme il connaît toutes les légendes, il a dû ajouter Salomon et il a dû arriver aux mêmes conclusions que nous, mais beaucoup plus rapidement que nous.
- Et, il est en train de magnifiquement préparer le terrain.
- Si ça se trouve, il est derrière la porte.

Celle-ci s'ouvrit lentement.
- Parlerait-on par hasard de moi, fit une voix reconnaissable entre mille.

Et Abou Zaya parut, vêtu comme un prince du désert. Il n'avait plus rien d'un mendiant, d'un vendeur d'eau, ni d'un saint homme.

- C'est moi qui lui ai demandé de venir, acheva Mélisende.
- Alors, c'est toi, n'est-ce pas ?
- C'est moi ? Qui ? Quoi ?
- La fameuse tablette...
- Quelle tablette ? Ah, oui, la tablette...
- C'est toi qu'Arwa a chargé de la mission. Réponds, exigea Alix, prise d'une subite inspiration. C'est pour ça que tu n'as pas arrêté de dire que c'était enfantin, qu'un gamin trouverait solution, l'autre jour à Kerak.
- Euh... En quelque sorte.
- Tu as aussi accompagné une vieille femme à Âcre et tu lui as donné toutes les indications pour qu'elle arrive rapidement à la villa Faraglioni, poursuivit Geoffroy.
- Si on veut. En fait c'est elle qui m'a fait contacter. Je ne l'ai jamais approchée. Je ne la connais donc pas.

- L'idée du barrage est d'Arwa, mais quand elle a cherché qui pourrait bien s'en charger, tu lui as parlé des Faraglioni.
- Oui, vous êtes les meilleurs pour résoudre une énigme incompréhensible, car vous êtes irrationnels, intuitifs, inventifs. Mes meilleurs amis, cela va sans dire.
- Arrête Abou...
- Tu as, bien sûr, été payé grassement...
- Assez, oui. Il faut bien vivre. J'ai mes vieux parents à charge, et la veuve qui m'héberge me coûte une fortune. J'en ai parlé à Mélisende... Tiens au fait, si tu voulais lui enseigner...
- Non Abou, c'est non.
- Allez, raconte, demanda Geoffroy.
- Mais tu connais l'histoire. Un jour, je me trouvais à Sana'a, obscur et sans le sou pour vivre. J'ai entendu parler du projet de la vieille reine et je me suis dit que j'en connaissais trois qui pourraient l'aider.
- Je comprends mieux comment et pourquoi tu m'as bousculé à Âcre sous le déguisement du vendeur d'eau et pourquoi tu tenais tant à ce que je m'en aille. Tu as dû bien rire.

- Eh bien non, car en fait tout a raté ce jour-là puisque vous avez fui devant votre Sainte Inquisition. J'ai dû revenir la tête basse et les mains vides à Sana'a. Arwa a menacé de me décapiter. Je lui ai alors vendu le soir même l'idée d'une Arabie heureuse, verdoyante et fertile. Elle a été d'accord. Elle ne m'a pas coupé la tête car je lui ai juré que je vous retrouverais à Kerak -c'est le vieux Bartolomeo qui en avait parlé- et que nous reparlerions, enfin, de la tablette. Vous savez ce qu'elle m'a sorti ?

- Tu veux parler du garçon qui est déjà venu ici ?

- Non, ai-je répondu. Les petites ne sont pas mal non plus dans leur genre. Elles ont parfois de drôles d'idées... Et maintenant, je vais continuer à répandre la bonne parole.

- Ce n'est pas une mauvaise idée.

CHAPITRE XXI

LE RÉPARTITEUR DE L'EAU

- J'ai besoin de réfléchir, mais en bougeant. J'ai les nerfs en pelote et je les passerais bien sur quelqu'un. Donc, je sors de la villa, toute seule, en direction du village au pied de Jibla.

En désespoir de cause, avant de partir, je suis allée chercher une sacoche de cuir, et j'en ai sorti, toujours bien enveloppée dans le linge de coton, la tablette de pierre pour l'examiner à nouveau. Je me suis assise par terre, j'ai croisé les jambes pour poser sur mes genoux le morceau de pierre. Je suis restée ainsi des heures à le contempler, imaginant des combinaisons entre les jambages, les inversant, essayant, mais vainement, d'en sortir un sens caché. Chaque fois, je retombais sur une énumération de personnes, de pierres, de jours mais aucune indication n'apparaissait sur la méthode de travail. Les ouvriers paraissaient être représentés par un petit homme -je dis petit car il l'était effectivement plus que les jambages des lettres eux-mêmes- situé à gauche, très visible, tenant une petite pierre dans sa main et un rouleau de parchemin dans la main droite.

Je ne l'avais certes pas négligé jusqu'alors, mais je l'avais toujours pris pour une simple signification anthropomorphique, disons humaine du problème. Avec une singulière différence : la pierre n'était pas parfaitement équarrie et elle était d'une couleur différente du reste de la tablette. Ou était-ce seulement un reflet ?

Par contre sa petite silhouette, faite incontestablement pour attirer l'attention, m'avait marquée et j'avais bien essayé de lui attribuer un sens caché. Cela allait de l'auteur de l'écrit au constructeur de l'ouvrage, en passant par un ouvrier qualifié ou un maître maçon. Il marchait de côté, à la manière des représentations égyptiennes : Avait-on voulu par-là, lui conférer une origine égyptienne ? Le fait, par exemple, que l'architecte soit lui-même venu d'Égypte. Y avait-il de ce fait une similitude au niveau architectural entre ce barrage et une construction équivalente en haute ou en basse Égypte ? Mais là, s'arrêtait mon interrogation, car je ne connaissais pratiquement rien à l'Égypte, à part bien sûr le bordel d'Alexandrie qui avait marqué mes onze ans. Mais ça, je vous en ai déjà parlé.

J'en étais toujours au point de départ, comme mes doubles. Nous n'avions guère avancé depuis notre dernière découverte concernant Balkis. Toutes les pistes s'étaient effondrées comme des châteaux de sable.

Dépitée, découragée, je reposai à côté de mon genou droit la tablette pour ensuite fixer, sans même m'en rendre compte, un point invisible dans le vide. Jamais il n'y aurait d'autre barrage, Arwa avait rêvé, Mélisende, toi aussi, c'est vrai.

Le projet était grandiose, démesuré, d'une échelle supra humaine. Le possesseur d'un tel barrage pourrait après construire n'importe quoi.

Oui, mais d'un autre côté, les habitants s'étaient habitués à vivre sans, et c'était très bien ainsi. Ils ne demandaient rien mais ce qui m'énervait le plus était d'être complètement persuadée que le secret était dissimulé en partie dans la pierre posée à côté de moi.

Un tiroir à double détente, un peu comme mon arbalète à double percuteur, terriblement mortelle, capable de vous descendre un teutonique lancé à toute allure sur vous et à soixante pas. Le pape a, paraît-il, interdit de s'en servir. Il n'a pas dit bien sûr contre les teutoniques, mais contre les chevaliers : lorsque l'on m'a rapporté les propos, j'ai haussé les épaules.

Je retombai sur terre. Cela me va bien de faire de l'ironie à bon marché, incapable que je suis d'avancer.

Nous n'avons plus qu'à partir de ce bled avec Alix et Geoffroy. C'est décidé. Je me relevai, essuyai la poussière de mes vêtements. Il tomba un peu de sable sur la pierre. Je me penchai pour la ramasser et la ranger à nouveau dans ma sacoche.

Et, je m'arrêtai dans mon geste.

Je considérai le morceau de pierre à présent de haut et non de près, comme je l'avais toujours fait jusqu'à présent.

Cela lui donnait curieusement un relief différent.

Le mot relief convient parfaitement. Savez-vous pourquoi ? Parce que les minuscules grains de sable, tombés de mes vêtements, se sont incrustés tout autour du petit homme qui a l'air à présent de marcher vraiment par rapport à sa position initiale qui ne lui en donnait que l'apparence. Là, il a l'air d'aller d'un pas assuré faire quelque chose. Le grain de sable -toute proportion gardée- donne l'impression de le faire avancer sur une route pour aller vers...

- Bordel de merde, Mélisende arrête-toi. C'est un mirage. C'est normal, tu es dans le désert ou presque. Tu vois n'importe quoi parce que tu as envie de voir quelque chose.
- Avoue.
- J'avoue mais pas n'importe quoi. Je veux parler du chemin, il indique une direction, ce n'est pas pareil. Et j'ajoute qu'il ne porte pas de pierre sur l'épaule.
- Tu délires Mélisende, le soleil du désert t'a tapé sur la tête, tu disais juste le contraire tout à l'heure. Un esclave qui porterait une pierre pour aller construire le barrage marcherait, mais courbé sous le poids de la pierre.
- C'est logique ?
- C'est logique. Le petit homme marche d'un pas paisible, il n'est pas harcelé par des surveillants armés du fouet pour que le travail ne soit pas ralenti. Il a l'air serein. Il n'a pas l'air fatigué comme la plupart des esclaves qui travailleraient de l'aube au coucher du soleil.
- Et alors ?
- Pour l'instant rien. Ce type marche vers quelque chose ou quelqu'un avec une petite pierre de rien du tout dans la main gauche et d'un rouleau dans la main droite.
- Vers le barrage ? Vers un atelier de tailleurs de pierre ? Vers un temple ? Par exemple : celui dédié aux dieux de Saba ? Il n'est d'ailleurs pas vêtu comme un esclave ou un *fellah* réquisitionné d'office comme faisait Pharaon.
- Et si c'était un rébus, une charade, un langage symbolique.
- Peut-être vient-il de contrôler quelque chose qu'il a soigneusement écrit sur le parchemin. Précisément le nombre de pierres, d'hommes et de jours.

- C'est complètement idiot. Pourquoi recommencer à compter puisque l'énumération est parfaitement inscrite sur la tablette.

- Bon, s'il a compté, ou s'il va compter, pourquoi tient-il si soigneusement serrée dans ses mains une petite pierre noire.

- Bordel de merde…

- Noire, as-tu dit ?

- J'ai bien dit noire.

- Tu divagues.

- Assurément, mais noire résonne dans ma tête. Il faut que j'en parle à mes doubles, sauf si la pierre est sale. Sans plus. Je la frotte énergiquement. Elle est bien noire. Plus que noire. Non, je rigole. Noire, tout simplement. Et ça change quoi ?

- Il a comme une espèce de cordon en travers de la poitrine que j'avais jusqu'alors pris pour une lanière de cuir destinée à recevoir des outils de travail. Ce cordon, tout au contraire, indique à coup sûr son appartenance à une confrérie. Et la pierre ne serait que l'indication de sa fonction ou de sa position à l'intérieur de sa fonction.

C'est un officiant en quelque sorte : un prêtre, un maître architecte en tout cas.

Voilà un homme à côté d'une énumération de faits relatifs à la construction d'un barrage : donc le maître d'ouvrage obligatoirement. Pourquoi obligatoirement ? Et si c'était le maître d'œuvre, l'ordonnateur en chef de ce gigantesque chantier.

- Et où veux-tu en venir ?

- Je ne sais pas.

Je repense soudainement à l'Égypte et à une indication fournie un jour par Hilduin, qui s'occupe de construire des forteresses, à savoir que les architectes égyptiens avaient effectué de savants calculs pour prédire les crues du Nil qui apportaient les riches et prometteuses eaux alluviales, à partir de l'observations des étoiles.

Mais ces prêtres égyptiens avaient aussi la responsabilité de répartir le plus minutieusement l'eau pour rendre fertiles toutes les parcelles de terre des deux rives du Nil. Il avait utilisé le terme de répartiteur d'eau, fonction sacerdotale très importante, car d'elle dépendait effectivement la richesse de l'Égypte.

Exactement comme le barrage de la reine de Saba qui devait requérir un bon nombre de répartiteurs d'eau pour le faire fonctionner.

- Et si...
- Va-y...
- Et si ce petit homme n'était après tout que le répartiteur général : un maître de l'eau. Donc sa fonction, sa responsabilité était bien supérieure à celle d'architecte puisqu'elle se continuait et se confondait avec elle. Le maître d'œuvre a été incontestablement Balkis, mais cet homme-là a été son maître de l'eau. De lui dépendait la vie et la mort de l'Arabie heureuse, du Yémen vert et fertile.

Je suis saisie d'un étourdissement, tant la révélation est intéressante. Lui, il sait. Qui ? Mais le maître de l'eau, voyons.

- As-tu réfléchi Mélisende que ce barrage a été construit sept cents ans avant notre ère, c'est-à-dire depuis deux millénaires. Et le maître de l'eau est mort. La fonction a disparu puisqu'il n'y a plus de barrage.

Il n'y a peut-être plus de barrage, mais je vous ferai remarquer que dans chaque village il y a, à commencer par celui-ci, un répartiteur de l'eau. Qu'est-ce que c'est ? Un type, chargé par la communauté, de répartir soigneusement l'eau dans les centaines de petites rigoles minutieusement nettoyées pour permettre à la moindre petite goutte d'eau de s'y perdre et continuer ainsi à rendre verdoyant la palmeraie, ou bien les endroits où l'eau apporte la vie.

D'accord. Belle démonstration. C'est évident. Cela saute aux yeux. C'est ainsi dans tout le Yémen.

Le ciel se couvre. Un orage se prépare. Il n'est que de considérer les lourds nuages arrivant du Sud-Est.

La mousson.

Tiens la mousson... Cela me donne une idée.

J'ai alors continué mon chemin et je suis partie à sa recherche.

- Mais de qui ?
- Attention, si vous le faites exprès, je ne vous dirai plus rien : du maître de l'eau.

- Dans ce village ?
- Oui.
- Mais, il est mort depuis…
- Je sais... Je vais vous expliquer...
- Cette fille me rendra fou, comme le répétait le Sire de Milly l'autre jour à Kerak.
- Je vais vous dire une bonne chose et on en restera là. D'Albano dit toujours ça en parlant de moi… Oui le cardinal… toujours habillé en chevalier d'ailleurs, même s'il veut vraiment m'emmener à Rome comme espion, tueur à gage, nièce ou putain. Oui, effectivement, il a le choix. Il a drôlement intérêt à ne pas me répéter trop souvent ce genre de phrase. D'autant que pour la cuisine je suis nulle... Je m'égare !

Revenons à nos moutons, ou plutôt à mon répartiteur d'eau.

C'était le jour du marché. Je veux dire en dehors des souks. La place centrale était noire d'échoppes en plein air ou d'étals avec de succulentes viandes de chameau tout juste détaillées, que l'on fait frire délicieusement et que l'on mange, accroupi sur ses talons en se refilant l'assiette de fer blanc toute cabossée que le voisin vient de terminer en la nettoyant avec une galette de sorgho.

Je suis habillée en femme. Je fais très bien la femme, savez-vous, lorsque je veux, contrairement à ce que dit Leila. Deux jupes l'une sur l'autre, une tunique noire par-dessus, un châle noir et sur la tête un voile noir descendant jusqu'au milieu du dos. J'ai l'air d'avoir cinquante ans entre nous. Je marche même péniblement. Pourquoi ? Les jupes. Cela entrave ma démarche car mes jambes étaient habituellement serrées dans des braies et pantalons d'homme. Bref, tout cela pour vous dire que je ne passe pas sans problème pour une femme. Ce qui est assez normal quand on y pense.

J'avise des mendiants. Des gosses de cinq ans. Je glisse un fulûs, une pièce de cuivre, à l'un d'eux qui me paraît le plus dégourdi de la bande. Il me demande ce qu'il doit faire. Réponse : me donner la main pendant une petite heure.

Il me regarde et ouvre bien grand ses tout petits yeux noirs.
- C'est bien la première fois qu'on lui propose un pareil marché. Et qu'est-ce que je dois faire, m'interrogea-t-il ?

- Rien, tu marches à côté de moi. À l'heure de la prière, je te lâche. D'accord ?
- D'accord.

- C'est honteux, ce que tu fais Mélisende.
- C'est vrai.
- Tu enlèves un gosse et pour quoi faire ?
- Pour trouver le maître de l'eau. Je ne peux pas me permettre de demander au premier venu ni au deuxième fellah du coin où il se trouve. Il ne comprendrait pas. Le répartiteur d'eau est quelqu'un d'à part, dans une bourgade et il ne déambule pas dans les rues. Il est en général à l'extérieur du village. Le gosse, lui, doit savoir. Enfin on verra bien.
- Pourquoi une femme et un gosse ?
- Il faut tout vous expliquer car en tant que mère de famille je dois honnêtement avouer que je ne fais pas le poids, mais j'ai décidé d'essayer. Les espions, il y en a qui rôdent autour de nous, qui nous suivent à la trace : ceux d'Arwa, d'Abdul, des teutoniques, d'autres encore non devinés, ceux du cardinal… par exemple.
- Comment lui aussi ? Il a peur que vous partiez avec le truc dont vous nous rebattez les oreilles, si vous le trouvez ?

Ça m'est venu brusquement. La petite escorte templière, sitôt arrivée à Jibla, est remontée, comme il a été convenu sur le Nord, pour rejoindre Kerak. Mais nous avons comme l'impression qu'ils sont restés. Eux, ou d'autres alors sont venus. Des « poulains », comme on les nomme, ces chevaliers nés d'une mère orientale et d'un père franc. D'où leur couleur de peau, leur connaissance de l'arabe. Ils peuvent, tout comme nous, passer, un certain temps, pour des musulmans.

Espions ? Je dirais oui et non. Le cardinal qui lui aussi a des informateurs partout, y compris chez les teutoniques, ne veut pas nous perdre de vue. À cause des inquisiteurs qui peuvent très bien, en y mettant le prix, nous faire capturer par une tribu pillarde.

Espions aussi car si Arwa a fait venir des teutoniques, le cardinal le sait également. Et pourquoi des teutoniques au Yémen, a-t-il demandé. Réponse : à cause du barrage.

Question : Quel barrage ?

Et du barrage, on saute allègrement aux Faraglioni.

- Si ça se trouve j'en ai accroché à mes jupes.
- Qui ça ?
- Mais les Templiers, bon Dieu, faites un effort.

Le gamin a brusquement froncé les sourcils, haussé le front et baissé les épaules. « C'est qu'il faut quand même que je rentre à la maison ». Deux fulûs de cuivre de plus ont eu raison de son inquiétude.

Et nous voilà partis. Il me lance « Tu es drôle pour une femme ». Ce qui est drôle, ou alors pas du tout, c'est que dès que je m'habille en femme, je provoque ce genre de réaction. Je ne dois pas savoir marcher, onduler des hanches, battre des paupières. Alix saurait, elle a des tas d'amoureux. Moi aucun. Ce qui prouve juste que nous ne sommes pas absolument semblables. Raisonnement imparable.

Le gamin m'entraîne à travers des ruelles sombres à peine éclairées par le soleil. Nous arrivons à la sortie de la bourgade là où commencent les vergers, là où on aperçoit déjà la palmeraie. Le problème est double. Trouver le répartiteur, c'est-à-dire là où il habite, mais le trouver là, vraiment là, où il est en train de travailler en ce moment. Et ça, cela va être coton. Mais le gamin a l'air de savoir où il va.

Puis il s'arrête. Là-bas, et il désigne du doigt une bicoque blanche se détachant très bien au pied de la palmeraie.

- D'accord mais où travaille-t-il en ce moment ?

Il ne se demande pas pourquoi je tiens tant à parler au répartiteur car il a les yeux fixés sur la paume de ma main qui contient deux autres fulûs. À ce régime, il va se faire un fortune ce gamin.

Il va se renseigner. Il le fait très bien, mine de rien. Sa maman est derrière lui. Il ne craint rien. Ce doit être une emmerdeuse, se demande certainement le fellah interrogé, mécontente, assurément de la répartition d'eau et que son mari a envoyé hurler.

Bref, il revient. C'est par là. Il m'entraîne vers la gauche de la palmeraie. Il fait une chaleur épouvantable. Plus personne n'est dehors à part le répartiteur d'eau qui doit canaliser et comptabiliser les débits déjà opérés. Il doit être en train de rentrer chez lui.

Le gamin lui-même ne va pas plus loin.

Il obtient les deux fulûs bien gagnés et me quitte en courant.

Il n'y a plus d'enfant, ni de mère de famille.

- Quel maître de l'eau vais-je vraiment trouver ? Deux millénaires après l'effondrement du barrage. Il va me rigoler au nez, refusera de me répondre et pour cause : je suis une femme.

Je passe à côté d'une citerne en brique et en terre cuite, d'un diamètre assez grand pour recueillir les eaux de pluie dont celles de la prochaine mousson. En fait, il gère la répartition et de l'eau de pluie et de celle de la mousson. Je me fais la réflexion : « Si personne n'est mécontent après deux millénaires, c'est que leur expérience doit être reconnue. Ce sont des ouvriers qualifiés que les maîtres de l'eau et ils ne parlent sûrement pas beaucoup, ils vivent à l'extérieur des villes mais leurs compétences sont incontestables ».

Pour l'instant, il me regarde m'approcher, appuyé sur le manche de sa pelle.

Un visage de cuir mâché.

C'est la première impression qui me saute aux yeux.

- Salam aleikum.

- Aleikum salam.

- Que veux-tu femme ?

Pas de fioriture ni de périphrase, droit au but. Il doit se méfier et plus encore d'une femme.

- Un problème, enchaîne-t-il ?

- Un problème si on veut. Une idée. Eh fait une question.

- Une longue phrase pour une femme, fait-il.

Se moque-t-il ? Je ne pense pas. C'est une réflexion pour lui-même. Il est assez vieux. La sueur dégouline sur son visage ridé, de cuir mâché. C'est à quoi il ressemble vraiment, un peu plus noir que les habitants du village. Les yeux noirs sont vifs et me détaillent.

Il n'offre ni d'entrer dans sa masure, ni de nous asseoir sur nos talons pour discuter. Il craint de perdre son temps et n'aime pas manifestement cette rencontre.

- Je suis avec la petite caravane arrivée ce matin de Médine. Nous sommes très fatigués. Enfin moi, pas trop. Je suis allée au marché.

- C'est là que tu as ramassé ce gosse qui n'est pas à toi.

Pour de bons yeux, il a de bons yeux. Inutile de biaiser bien sûr.

- Pour te chercher, je n'ai trouvé que lui.

Il ne dit rien. Il attend. On ne va jamais s'en sortir. Je ne sais pas par quel bout commencer la discussion.

- Durant le voyage, à une certaine halte, on nous a dit qu'il y avait eu autrefois dans la région un grand barrage…

Je m'arrête. Il ne fait rien pour m'aider ce petit salaud, et je brûle d'en savoir davantage.

- Femme, tu mens très mal. Si c'est tout ce que tu as trouvé pour venir me voir…

Et il s'arrête de nouveau. C'est pénible à un point inimaginable. Tout ce que j'arrive à sortir c'est :

- Nous sommes en plein soleil.

- Je ne t'ai pas invité à venir.

Voilà Mélisende, c'est bien fait pour toi. Je me jette à l'eau. Ce qui, entre nous, est logique.

- Je voulais juste savoir comment les répartiteurs d'eau étaient choisis car il y en a peu à Médine là où j'habite.

Je boirai bien de l'eau car moi aussi je transpire à grosses gouttes avec mes deux jupes, mon châle, mon voile… Il m'observe à nouveau puis va me chercher une écuelle en bois, la trempe dans un seau d'eau en bois mis à l'ombre, et me la tend. Je bois doucement en imaginant que c'est de la bière. L'eau est tiède.

- Choukrane. Merci.

- Labas. De rien.

Et brusquement, il me lâche :

- J'ai une meilleure eau. Viens

Très bien. Je le suis. Il passe derrière sa maison. Là, il fait nettement plus frais à cause des palmiers. Il entre chez lui et en ressort avec un gobelet d'argent. Oui, vous avez bien compris, d'argent, pas d'étain, pas de fer blanc, mais d'argent, capable de parfaitement garder une eau fraîche du moins un certain temps. Très fraîche et légèrement pétillante avec de toutes petites bulles. Une eau magnétique. Elle a dû traverser tranquillement l'un des deux djebels, s'enrichissant au contact des minéraux et de la pierre. Une eau très ancienne.

- Qu'est-ce que tu viens de dire ?

J'ai parlé sans m'en rendre compte.

- Désolée, j'ai prononcé ces mots inconsciemment. Une eau très riche à plus d'un titre. Il faut effectivement ce genre de gobelet pour l'apprécier. Très ancienne, très riche comme ce que le barrage a fait, il y a très longtemps.

- Mais d'où te vient cette connaissance ? Assieds-toi

Enfin. Je m'accroupis sur mes talons, genoux relevés. Il fait de même.

- Il devait être très haut n'est-ce pas ? et je désigne moi une ligne invisible entre les deux djebels.

- Qui ?

- Mais le barrage, voyons.

Et j'enchaîne :

- Très large aussi n'est-ce pas ? Combien de terre pouvait-il irriguer ? Des milliers de milliers d'arpent ? Il faut aujourd'hui des heures à n'en plus finir pour les maintenir seulement en état d'humidité.

- Regarde-moi ! Des yeux bleus. Très bleus. Très rares ici. En fait, très, très rares. Je n'en ai jamais vu avant toi.

- Les gens du Nord en ont quelquefois, certains éthiopiens aussi.

- Tu as une drôle de voix, complètement détimbrée.

Je relève la tête, désigne mon cou, fais légèrement descendre le foulard qui protège la cicatrice et la lui montre.

- Tu as dû avoir de bien puissants ennemis, ma fille. Pourquoi t'intéresses-tu subitement à un barrage qui n'est peut-être qu'une légende ?

Il suffirait en somme -je continue en ignorant ses remarques- de construire un immense mur de pierres, mur parfaitement incrusté entre les deux falaises rocheuses pour obtenir une formidable retenue d'eau. La mousson approche, déversant des eaux fécondes. Ce serait le moment, non ? Ensuite reconstruire les deux digues, celle du Nord et du Sud, aménager des écluses, construire des canaux, aménager des milliers de rigoles... pour des milliers d'arpents... et le répartiteur d'eau, lui, deviendrait un grand chef.

- Les femmes de Médine -si tu viens bien de Médine, ce dont je doute- ont-elles toujours autant d'imagination ou comment peuvent-elles porter un intérêt quelconque -toujours en tant que femme- à la construction d'un barrage. Parce que tu yeux bleus ?

Je reste muette. Il semble bien parti.

- Laisse-moi te donner un conseil de répartiteur d'eau. Si tu gardes le nez sur le sol, personne ne fait attention à toi. Si tu distribues très justement les mesures d'eau, personne ne fait attention à toi. Seul le chef du village te donne chaque année une faible somme d'argent. C'est tout juste s'il te regarde. Mais toi, tu vas immanquablement t'attirer de gros ennuis.

Ce gamin va aller le rapporter à ses copains ou à son père : « J'ai accompagné une femme un peu bizarre jusqu'à la maison du répartiteur ». Ils vont peut-être venir me voir.

- J'ai compris. Je suis désolée. Je n'ai absolument pas pensé à cet aspect des choses. Tu vas avoir des ennuis à cause de moi.

- Bon, je répondrai que c'était une erreur, une question à propos de la palmeraie. Il n'y a bien sûr pas de caravanes...

Inutile de mentir.
- Hein... ? Non.
- Dis-moi rapidement tout.

Machinalement, j'ai saisi mon gobelet d'argent. J'ai bu jusqu'à la dernière gouttelette, l'eau magnétique. Il ne fait rien pour me resservir. J'approuve. J'ai dû boire trop vite. C'est entièrement de ma faute. Je hausse les épaules.

- Alors ?
- J'ai lu, dans la bibliothèque de la reine Arwa à Jibla, un document concernant les maîtres de l'eau au temps de l'Arabie heureuse. J'ai voulu m'assurer s'il s'agissait d'une légende ou d'un fait réel.
- Nous sommes répartiteurs -ce qui n'est pas tout à fait la même chose- de père en fils.
- Depuis combien de temps ?
- Des générations…
- Cela veut dire quoi… des générations ?
- Des centaines d'années probablement.
- Deux millénaires quoi, si on sait compter ?
- Si on sait compter, oui, on pourrait dire ça.

Il peut me dénoncer, lui aussi, pas besoin du gamin, pour assurer sa protection. Une femme trop curieuse, trop bavarde, bizarre. Il a toutes les cartes en main. Je me suis livrée, lui, il n'a pas lâché un mot mais ses yeux noirs ne démentent pas l'ironie du propos.

- Ton idée à présent. Fais vite. On risque de venir et il me désigne ma gorge et ma cicatrice.
- Il y avait forcément un maître de l'eau au moment du barrage et des milliers de répartiteurs. Ça, je l'ai bien compris.
- Et alors ?
- Je voudrais savoir à quoi il ressemblait, quelle était sa fonction, son autorité réelle ?
- Je ne comprends pas ta question. Et tu as là, fit-il en désignant mon cou, une bien curieuse cicatrice. Qui t'a fait ça ?

C'est à moi de ne pas répondre. Voilà. Tout est dit. Difficile d'aller plus loin, en fait, il a davantage posé de questions qu'il n'a répondu aux miennes. Il peut à présent me livrer à mes ennemis. Certains sont bien puissants, mais il ne le fera pas. Je me lève

- Merci pour l'eau, le salut sur toi.
- Sur toi aussi le salut.

Nous nous saluons, la main sur le cœur, puis la main levée, paume ouverte vers le ciel.

CHAPITRE XXII

MÉLISENDE ET ÉBOLI

Connaissant mieux à présent les configurations du palais, les dépendances, les appartements des hauts personnages, Mélisende décida de s'y introduire de nuit. Ses doubles étaient très réticents car l'architecture même du bâtiment rendait la chose difficile. Bâti sur un éperon rocheux dominant la route menant de Marib à Sana'a, donc à l'entrée de la capitale, l'édifice surmontait cette route par une hauteur impressionnante de murs traversés par des meurtrières.

C'était le terme qu'Abou Zaya avait employé pour décrire au mieux ledit palais. Aux étages inférieurs, de simples fentes dans le mur donnant sur des souterrains, des réserves, des caves. Au-dessus des embrasures d'à peine une paume de main de largeur : les cuisines, dortoirs des serviteurs et gardes. Au-dessus des fenêtres peu larges, les appartements des fonctionnaires du vizir ou plutôt leurs bureaux. Pour terminer, la chambre très vaste de l'émir Abdul, et dans l'aile faisant comme une équerre avec le reste du palais et donnant sur la cour intérieure, les salles où résidait Éboli, lorsqu'elle était là.

Mais, et c'était le point crucial, la bibliothèque où étaient consignés la plupart des documents officiels, jouxtait lesdits appartements. Abou Zaya n'avait-il pas prétendu qu'on y trouverait fatalement des documents plus précis sur le barrage, dans une armoire, qui, aux dires de Geoffroy lui-même, était toujours condamnée et qu'il n'avait pas été capable de se faire ouvrir par les lettrés devant en principe l'assister.

C'était là son idée de l'autre soir. De là, l'idée apparemment saugrenue de Mélisende de la forcer pour trouver lesdits documents.

Au dernier étage, avec des fenêtres largement ouvertes sur le désert, demeurait Arwa. La coutume yéménite aurait voulu que ce fût la résidence des hommes, avec terrasses et jardins suspendus, mais le matriarcat régnait sur l'ancien royaume de Saba.

C'est dire les difficultés auxquelles s'exposait Mélisende. Elle avait requis à nouveau les services d'Abou Zaya qui, muni d'une forte bourse, devait distraire le poste de garde et les gardes patrouillant dans l'enceinte du palais pendant que Mélisende se hasarderait par les appartements d'Éboli jusqu'à la bibliothèque

- Elle n'est pas là, avait-il souligné à Alix, je me suis renseigné. Probablement en Éthiopie où elle a, selon Arwa, un petit palais.

- Ce que je crois, avait répliqué Alix, c'est que cette fameuse armoire ne contient rien, ni parchemins, ni tablettes de pierre, et tu risques ta peau pour des prunes.

- Moi, je suis convaincue du contraire : elle doit contenir beaucoup de choses fort intéressantes. Je ferai en sorte, pendant le temps que me laissera Abou Zaya, de la fouiller plus ou moins complètement. C'est le diable si je ne trouve pas quelques allusions à Balkis, au barrage et qui sait à ce truc qui n'a pas de nom approprié.

- Tu rêves, maugréa Geoffroy à la pensée que sa sœur risquait un mauvais coup.

Abou Zaya joua l'homme légèrement éméché mais ni saoul, ni ivre. Il s'était fait accompagner -ce qui était un comble- par Alix vêtue en femme arabe et censée jouer son épouse rentrant coucher son vieux mari qui ne voulait pas en entendre parler. Ils gravirent l'allée largement pavée passant devant le poste de garde.

- Je rentre à la maison si je peux continuer mon histoire du papillon, faisait-il avec des hoquets et des rots.

- Il n'en est pas question. Marche et tâche de filer droit.

- Oh femme de peu de foi ! Un peu d'alcool de figues macérées soulagerait mon mal de crâne. Sais-tu ce qui est arrivé au papillon qui tapait du pied dans le palais du grand roi Salomon.

- Arrête de tout mélanger. Marche tout droit.

Les soldats, sur le pas de leur porte, commençaient à sourire, voire à rire.

- Ah, voilà enfin une bonne compagnie. Ma gorge est comme un défilé rocheux en plein soleil de midi. Il me faudrait un oued de bière. Lequel d'entre ces nobles seigneurs auraient pitié d'un vieillard qu'une femme plus jeune veut traîner de force dans un infâme réduit qu'elle appelle dérisoirement « ma demeure ».

On lui fit passer une outre d'eau fraîche, il en but une gorgée qu'il recracha aussitôt.

- Pouah ! C'est infect. Dégueulasse même. A-t-on idée de se moquer. Et il continua son jeu.

- Figurez-vous que Salomon s'ennuyait dans son palais avec des femmes, des concubines. À propos, je ne sais pas ce que cela veut dire, et des putains. Ça je sais. Vous aussi… J'ai atrocement soif.

On lui passa un gobelet de bière qu'il avala d'un trait. Il continua.

Pendant ce temps, un papillon amoureux d'une papillonne essayait, mais en vain, de l'intéresser à son amour : il était maigre, efflanqué, il lui manquait des dents, une de ses ailes battait de l'aile.

Les soldats riaient à gorge déployée et faisaient venir d'autres sentinelles. On allait passer un bon moment, tandis que la femme du vieillard ne cessait de le tirer par la manche et de l'injurier.

Mélisende progressait à travers les eucalyptus, les grands cyprès et les petits ruisseaux d'eau aménagés pour apporter de la fraîcheur. Normalement, elle ne devrait pas tomber sur une patrouille. Elle grimpa au troisième étage par les trous aménagés comme à l'accoutumée dans les murs yéménites pour y passer de solides barres de bois destinées à recevoir le voile de lin que l'on aspergeait d'eau lors des fortes chaleurs pour ménager en-dessous des zones d'humidité.

Elle avait repéré une espèce de petit rebord entre deux fenêtres qui ressemblait fort à la décoration extérieure des palais de Venise.

Le surplomb de pierre était en fait une gouttière où l'eau également pouvait couler. Seulement, c'était si étroit que si elle devait s'y tenir un instant, ce serait de profil et pour gagner au plus vite une fenêtre et pénétrer dans les appartements. La salle qui servait de bibliothèque devait jouxter en principe les appartements de la princesse Éboli. L'écart entre cette rigole de pierre et la première fenêtre n'excédait pas deux pas. Faisable.

Veiller quand même à ne pas tomber, sinon fini de la petite Mélisende, songeait-elle en sentant la sueur couler dans ses reins.

La lune était haute et pleine et, de ce fait, Mélisende constituait une cible de choix pour un habile archer qui ne serait pas en train de se tordre de rire au conte d'Abou Zaya. Elle visualisait parfaitement l'intérieur des appartements selon le plan dessiné approximativement par Abou Zaya.

Bien sûr, elle serait obligée en consultant chaque document de s'approcher de la fenêtre pour en déchiffrer le titre au risque de se faire repérer. Mais elle disposait d'un certain temps.

Le temps de vider quatre gobelets de bière, de ramasser quelques fulûs avant que son épouse ne le ramène à la maison sous les quolibets des soldats. Abou poursuivait :

- Salomon en ayant assez de ses femmes impossibles et du palais qu'il ne trouvait plus à son goût, décida de faire d'une pierre deux coups. Faire s'effondrer le palais avec l'aide des djinns. Donc, du coup, ne plus le voir, et surtout le faisant s'effondrer, engloutir en même temps ce tas de femelles geignardes.

D'autres sentinelles venaient à bon compte se régaler de l'histoire. Alix jouait à merveille son rôle. Abou Zaya, par moments perdait le fil de son discours et c'étaient les soldats eux-mêmes qui le remettaient sur le droit chemin, en lui resservant de la bière.

Les pieds plus ou moins solidement posés dans deux de ces ouvertures aménagées dans la muraille pour y passer des barres de bois, les coudes appuyés sur la rambarde de la fenêtre, Mélisende se préparait à sauter lorsque soudain elle s'arrêta en voyant une lueur dans la pièce.

Une femme revêtue d'une tunique assez courte, de mousseline chatoyante, se tenait assise en face d'une psyché, ce miroir fixé sur des montants qui pivote vers le haut ou vers le bas. Elle se penchait pour choisir dans un coffret ce que Mélisende prit pour un collier.

- Bordel de merde !

Cette femme ne pouvait pas être une servante venue essayer la tunique et les bijoux de sa maîtresse en son absence. Alors, ce ne pouvait être… qu'Éboli !

- Mais voyons, c'était impossible ? Comment se faisait-il que personne n'en ait été informé ? La veille Abou Zaya avait bien confirmé son absence.

Alors Éboli ou pas Éboli ?

Mélisende ne la connaissait pas. Lors de son arrivée au Yémen, elle était déjà sur le départ pour son voyage en Éthiopie située en face du pays.

Des parfums violents et entêtants se dégageaient de la vaste chambre, probablement provenant des coupes odoriférantes dispersées un peu partout. Pas de chandeliers seulement des flammèches trempées dans de l'huile et brûlant dans des coupelles en terre cuite assez larges. Des pétales de fleurs, des écorces de fruits étaient mélangées à l'huile.

Là-bas, la femme paraissait hésiter entre deux colliers. Allait-elle recevoir un amant ? La situation de Mélisende allait devenir critique d'un instant à l'autre.

Une jolie femme. Vue de dos, la taille fine, des hanches en amphore. Peut-être pas très grande. Si l'endroit valait l'envers alors Mélisende pouvait s'expliquer le nombre de ses amants.

Soudain, la femme prit une décision, saisit l'un des colliers, et se releva pour se regarder dans la psyché.

Mélisende faillit tomber de son perchoir.

Éboli, si c'était bien elle, portait sur le visage un bandeau noir assez large, couvrant les cheveux pour passer sous l'oreille gauche avec à la hauteur de l'œil comme une bande de tissu un peu plus large destinée à recouvrir l'œil droit.

Par tous les dieux, qu'est-il arrivé à cette femme ? Une foule de pensées se bousculèrent dans sa tête. Sa mémoire lui restitua alors l'histoire racontée par de Milly un soir à Kerak. N'avait-il pas raconté qu'Abdul avait énucléé sa fille pour avoir couché avec un de ses rivaux ? Mais s'agissait-il toujours d'Éboli au fait ?

Celle-ci enleva ce bandeau de tissu noir et en se penchant, résolut de lui substituer un bandeau de pierreries, ce que Mélisende avait jusqu'alors pris pour un collier. À la place également de l'œil, sur l'orbite vide se trouvait enchâssée une pierre plus grosse légèrement ovale, la recouvrant complètement.

La femme se regarda dans la psyché et se sourit. Des dents très blanches sur un teint presque noir, et jeta.

- Tiens… Tiens ! Entrez ! Jeune homme ou vous allez tomber dans la cour. Vos muscles doivent être très tendus. Sautez donc dans la pièce.

Mélisende avait le pénible sentiment d'avoir tout faux en la matière. Il ne manquait plus que les gardes.

Et même si Abou Zaya faisait bien son numéro, tous seraient pris et exécutés. Et son compte à elle, la petite Mélisende, était bon.

Elle obtempéra et bondit dans la pièce.

- Ah le vénitien ! Je pensais à Hakrim en fait. C'est sa méthode. Si ça se trouve, il est sur l'autre fenêtre. J'aurai ainsi deux amants en même temps. Enfin vous je ne sais pas, je vais voir car je ne vois pas bien.

Cela démarrait fort mal.

Le papillon demandait d'une voix implorante à sa bien-aimée ce qu'il pouvait bien faire pour la conquérir.

- Mais je te l'ai déjà dit mille fois : accomplis un impossible exploit.

- Mais qu'est-ce que ça veut dire impossible ?

- Impossible, mon petit papillon, de rien du tout, je vais t'expliquer : d'abord, il faudra te faire réparer ton aile. Impossible est tout simplement irréalisable, hors du commun. À présent, va-t'en, et cherche bien.

Et le papillon se trouva exilé à l'extrémité de la plus grosse branche du figuier gigantesque qui dominait le palais de Salomon. Celui-ci marmonnait :

- C'est simple au fond, puisqu'il s'agit d'une immense tente, il me suffit de tirer sur la première corde, de la détendre et de soulever le pieu. Puis de faire la même chose pour la seconde. Puis la troisième et enfin la quatrième.

- Ça c'est pas idiot, pensait le papillon qui avait entendu Salomon marmonner son plan diabolique. Il va soulever le quatrième piquet et boum, boum. Plus de palais et ses femelles seront englouties sous les décombres.

J'ai trouvé, pensa immédiatement le papillon qui revient vers sa papillonne.

- Vous arrive-t-il souvent, messire Faraglioni, de pénétrer de nuit dans la chambre des princesses inconnues ?

- Jamais. C'est la première fois.

- Approche-toi ! fit-elle, passant instantanément au tutoiement arabe.

- Très grand. Les épaules larges. La cicatrice dont on m'a parlé sous le foulard. Et moi, suis-je à ton goût ?

Elle se leva. Le voile transparent la couvrant ne cachait rien de sa féminité. Les seins paraissaient très durs, hauts placés. Un ventre très légèrement bombé. Effectivement, les hommes devaient se presser dans sa couche. Par contre elle était petite.

- Es-tu venu faire l'amour ?

- Pas du tout, s'entendit répondre Mélisende. Si jamais elle en réchappait, le sort d'Abou Zaya était bon.

Je suis vraiment une conne absolue. Il faut que je me tire immédiatement de ce piège.

- Pas du tout. Ce n'est guère galant. Sais-tu que je pourrais t'y obliger.

- M'obliger, dites-vous, princesse ?

- Mon petit vénitien, si tu n'es pas venu me faire l'amour, alors pourquoi es-tu venu ?

Mélisende se jeta à l'eau et se hasarda.

- Vous parlez du barrage.

- Le barrage ? Mais je m'en fiche complètement. C'est la marotte de ma grand-mère et un très vague projet de mon père Abdul. Tiens, te plairait-il de savoir qui m'a fait cela, et elle toucha d'un doigt léger son orbite droite.

- Oui... Euh... !

- C'est mon père, l'émir Abdul, que tu connais bien à présent et à qui, vous autres vénitiens, vous faites une cour éhontée. Il m'a énucléée pour avoir couché, lorsque j'avais quatorze ans, avec un de ses rivaux chef d'une tribu rebelle. Charmante famille n'est-il pas vrai ! Tout le pays connaît l'histoire.

- Je vais enlever ma tunique comme ça tu pourras juger sur pièce comme tu dis dans ton langage de marchand. Hakrim, que j'attends, ne sait jamais ce que je vais faire avant de coucher avec lui. Veux-tu le savoir, toi ?

Mélisende aurait donné cher pour se trouver à cent lieues.

- J'enlève mon bandeau quand mon amant veux me faire l'amour et donc je suis complètement nue. Selon ce qu'on m'a rapporté tu fais l'amour avec tes sœurs. Tu dois être un amant fort imaginatif. Donc tu ne dois pas avoir de problèmes.

- Des problèmes, comment ça, s'entendit demander Mélisende ?

- En règle générale mes amants perdent leurs moyens en voyant mon orbite vide. Alors, je les fais châtrer. Mais s'ils y parviennent mon cœur et mon corps leur sont ouverts, ils peuvent me demander ce qu'ils veulent.

Mélisende fit mine de reculer.

- Tu pars déjà sans me parler du barrage, sans me faire l'amour. Hakrim est en retard. Tu as le temps donc.

- Justement avant de faire l'amour avec vous, je voudrais revenir sur le barrage.

Déjà Éboli ne l'écoutait plus et commençait à enlever son bandeau de pierreries. Mélisende refusa de voir son visage. Éboli jouait avec le bandeau, le faisant passer d'une paume dans l'autre paume en baissant la tête.

Et soudain Mélisende eut une révélation.

- J'ai trouvé, fit le papillon, revenu à toute allure vers l'élue de ton cœur, je vais frapper trois fois de mon talon gauche le bois de cette branche et à trois le grand palais du grand roi Salomon s'effondrera.

La papillonne hurla de rire devant un projet aussi grotesque et faillit basculer dans le vide.

Les soldats riaient à gorge déployée, se tapaient sur les cuisses. Abou en profita pour redemander de la bière.

- Ça suffit, gronda Alix.

- Qu'avait donc dit Leila à Âcre après sa rencontre avec la femme voilée qui lui avait remis la précieuse tablette.

« Elle jouait avec ses mains. Ses doigts très agiles virevoltaient. Elle manipulait sans arrêt le paquet enveloppé de l'étoffe noire et baissait ostensiblement les yeux vers le sol ».

Exactement ce que faisait Éboli en ce moment avec ses colliers ou plutôt son bandeau de pierreries. Elle était la messagère voilée, à n'en pas douter, qu'Abou Zaya affirmait n'avoir vraiment jamais rencontrée et à qui il n'avait jamais parlé. Alors si Éboli était bien l'envoyée d'Arwa, sa connaissance du projet de ce maudit barrage était étendue. Elle se moquait du vénitien, parlait de le mettre dans son lit. En fait, c'était elle qui lui tirait les vers du nez.

- J'aurais dû en fait vous parler plus tôt s'entendit dire Mélisende.

- Qu'entends-tu par-là, mon petit vénitien ? Tu ne m'as jamais rencontrée avant cette nuit, qui promet d'être torride.

- Si. À Âcre.

- Qu'est-ce que tu dis ?

- Vous avez bien entendu. La messagère voilée de noir venue apporter au comptoir Faraglioni la pierre recelant un message : c'était vous. J'en suis sûr à présent.

- Comment le sais-tu ? Personne n'était au courant. Qui te l'a dit ?

- Nous avons nous aussi nos secrets, princesse.

Éboli tapa du pied.

- En fait de secret, si tu me fais bien l'amour, je t'en révélerai un.

- Concernant le barrage ?

- Décidément, c'est une idée fixe. Eh bien oui, concernant le barrage. Déshabille-toi à présent.

Elle se rapprocha de Mélisende. Ses seins durs étaient ravissants, son ventre légèrement bombé, parfaitement agité.

- Je te plais ?

Brusquement des pas dans le couloir.

Du remue-ménage près de la grande porte donnant sur le corridor.

Des bruits de botte.

Éboli s'est figée. Mélisende aussi.

- Que se passe-t-il donc, se demandèrent-elles toutes le deux ?

Deux gardes colossaux poussèrent presque violemment les deux battants, s'écartèrent, se rangèrent de chaque côté du chambranle. Et parut, imposante et impérieuse, la reine Arwa.

La plus complète stupéfaction se lut alors sur les deux visages. Aussi bien celui d'Éboli, furieuse, que celui de Mélisende, soulagée.

- Ah Geoffroy, je te cherchais partout prononça la reine des voix grave.

- Ma chérie, je te l'enlève.

- Et toi, suis-moi à présent.

- Et toi, rhabille-toi. Tu es indécente.

Les gardes refermèrent la porte derrière Arwa et Mélisende, laissant Éboli dans un état de rage indescriptible.

Arwa s'éloigna, suivie par Mélisende.

Au bout du corridor, elle se retourna.

- Tu en as de la chance ma fille : c'était toi le premier Geoffroy l'autre jour, n'est-ce pas ? Tu allais passer un fort mauvais quart d'heure. Tu as le chic pour te fourrer dans des pétrins invraisemblables, on dirait ! Tu me dois une fière chandelle.

- Mais expliquez-vous, Majesté ?

- Plus tard Mélisende. Plus tard, je te raconterai. File à présent. Tes ennemis rôdent. Prends garde à toi. Reviens-me voir demain.

- Vous autres, raccompagnez le vénitien.

Le papillon tape donc du pied : un, deux, trois. Salomon ayant tiré les quatre cordes fit s'écrouler, avec une synchronisation parfaite, son palais.

La papillonne lui tomba dans les bras, éperdue d'amour, devant un pareil exploit.

Salomon leva la tête vers le papillon qui le remerciait chaleureusement.

- Allons ce n'est rien. Entre frères, il faut bien s'entraider.

Alix fit circuler une corbeille qui se remplit de pièces de cuivre et entraîna son vieux mari pour tomber sur Mélisende au détour du palais.

- Ma vieille, tu ne devineras jamais ce qui vient de se passer. J'ai failli coucher avec Éboli et ensuite Arwa nous a surpris.

- Raconte, fit impatiente Alix.

- Eh bien, figure toi qu'Éboli a voulu… et toi Abou, tu ne perds rien pour attendre.

CHAPITRE XXIII

LES TEUTONIQUES

- Vous prétendez que les Faraglioni ont reçu, de la reine Arwa, une commande pour construire un barrage en plein désert. Vous divaguez…
- Je vous assure bien, messire que…
- Cela suffit. Le soleil du désert vous aura brûlé la tête…

Et les autres teutoniques de s'esclaffer bruyamment et obséquieusement aux paroles de leur Grand Maître.
- Un barrage. En plein désert… et pour quoi faire… pour arrêter le sable.

Et tous de rire grassement.
- En admettant même que ce soit en partie vrai, comment cette pauvre reine, à l'article de la mort, réussirait-elle à se payer la construction d'un barrage demandant non seulement des années de travail, mais des milliers d'ouvriers dont elle n'a pas le premier tailleur de pierre ? Ce n'est pas non plus avec les récoltes de la myrrhe et de l'encens qu'elle pourra honorer son contrat.

Les teutoniques se turent. Le ton de leur Grand Maître sonnait juste. Même l'envoyé revenu du Yémen paraissait comprendre l'énormité de la chose.
- Allez-vous reposer, mon frère. Le voyage a dû être éprouvant. Le chapitre est terminé.

Un à un les chevaliers teutoniques quittèrent la salle. Le Grand Maître retint le maréchal de l'Ordre et un moine vêtu de noir.
- Allez me chercher celui qui rentre du Sud.
Celui-ci revint se demandant s'il n'allait pas être déshonoré à jamais, jeté dans un cul-de-basse-fosse, ou tout simplement décapité.

- Prenez place, frère Henrold, maintenant que le chapitre s'en est allé. Parlons tranquillement. Recommencez votre histoire. Prenez votre temps.

Henrold ne savait pas trop à quel saint se vouer. Après avoir été couvert de sarcasmes, d'ironie, et de boue, quelques instants auparavant, voilà qu'à présent on l'invitait à reprendre poliment son histoire. Il jeta un coup d'œil au moine qui gardait le visage obstinément dirigé vers le sol. Cet homme l'effrayait à un point inimaginable. Tout comme il faisait trembler de peur ces hautains teutoniques, car il était le représentant de la Sainte Inquisition. Il était l'Inquisition elle-même !

- Parlez sans crainte.
Et il recommença son récit.
- La reine Arwa s'était mis en tête de reconstruire le barrage édifié soi-disant il y a deux millénaires et qui avait à son époque rendu l'Arabie verdoyante et fertile. La prospérité du royaume s'en était suivie et l'essor économique du pays avait puissamment contribué à la renommée de la reine de Saba. Puis, dans des circonstances non élucidées, le barrage s'était soudainement effondré et des vagues de dizaines de mètres de haut s'étaient abattues sur les riches plaines, les rendant au désert après les avoir recouvertes d'un épais manteau de boue.
- Vous savez bien, reprit frère Henrold, que depuis, la légende de la reine de Saba reste attachée à ce fantastique barrage dont nul ne connaissait la durée de construction, ni le nombre d'hommes utilisés pour l'édifier. Et voilà qu'à présent une vieille reine fort proche du tombeau avait l'idée de le reconstruire. Mais elle a contre elle son propre fils, l'émir Abdul, qui va lui succéder dans peu de mois. Sa seule alliée, mais est-ce si sûr, serait sa petite fille Éboli qui hait son père, ce même émir Abdul, pour l'avoir froidement énucléée, pour une sombre histoire d'amour.
- Un instant, frère Henrold. Pourquoi les Faraglioni accepteraient-ils cette commande ?
C'était le moine qui d'une voix tranquille venait de poser la question.

- Je veux dire qu'en admettant que la reine Arwa meurt demain, jamais Abdul ne donnera suite au projet. Est-ce exact ?

- Mais oui !

- Donc, ils ne le feront pas. Ils ne devraient pas le faire.

- C'est que justement ils en ont l'intention, reprit-il timidement mais fermement.

- Quoi ! Le Grand Maître et le maréchal venaient de sursauter ensemble.

- Ils ont accepté.

- Mais comment comptent-ils être payés ? Et par qui lorsque Arwa aura disparu ? Et où vont-ils aller chercher les milliers d'ouvriers…

- Cela fait, en somme, beaucoup de questions, conclut le moine.

Des questions sans réponses apparemment…

- Que voulez-vous dire ? Et le ton du Grand Maître était étonnement servile.

- Qu'ils peuvent parfaitement terminer la construction avant que la reine ne meure…

- Mais vous n'y pensez pas, s'insurgea le maréchal. Comment osent-ils l'espérer ? Rien ne leur garantit que…

- Si rien ne garantit effectivement la durée de vie de la vieille reine, les Faraglioni peuvent quand même parier sur le temps. Ils doivent avoir trouvé les moyens de l'édifier très rapidement.

- Fra Domenico, malgré tout le respect que je vous dois, je ne comprends pas ce que vous venez de dire.

- Je m'en aperçois, Messire, ainsi, vais-je vous l'expliquer.

Le moine prit tout son temps, certain de retenir toute l'attention de trois hommes. Il reprit de sa voix haut perchée.

- Ne vous êtes-vous jamais demandé, et il se tournait vers le Grand Maître, pourquoi les Templiers avaient tellement insisté, voire exigé d'être logés, dès le début de leur mission, dans les écuries du Temple de Salomon, à Jérusalem ?

- Mais pour y faire des fouilles, bien sûr. Tout le monde sait cela.

- Ont-ils trouvé quelque chose ?

- Ma foi, je n'en sais rien.

- Mais qu'auraient-ils dû trouver à votre avis ?

- Les trésors de Salomon, tout ce qui se trouvait dans le Saint des Saints, ou quelque chose ressemblant à l'Arche d'Alliance des hébreux, le chandelier à sept branches, le tabernacle, les chérubins...

- En somme beaucoup de choses.

- Certainement, mais ils n'ont rien trouvé. La preuve ? Ils fouillent encore.

- Bien. Supposez un instant qu'ils continuent à chercher... pour rien, pour faire croire qu'ils cherchent...

- Fra Domenico, avec tout le respect que je vous dois, je ne vois pas où vous voulez en venir.

- Je m'en aperçois. Ils ont trouvé quelque chose, de très important, et qui pourrait bien permettre à leurs alliés, les Faraglioni, de progresser dans l'exécution du travail que leur a confié Arwa. Alors voici mes instructions à présent.

Il marqua un temps d'arrêt. Le Grand Maître Teutonique voulut en profiter pour poser la question qui lui brûlait les lèvres : « Quoi, par exemple ? ».

L'autre l'empêcha de parler et jeta seulement avant de quitter la pièce :

- Emparez-vous des Faraglioni par tous les moyens. Nous les ferons parler.

CHAPITRE XXIV

L'ARCHE D'ALLIANCE

Arwa a l'art d'envoyer des messages sibyllins. Le dernier vaut le coup : une vieille femme qui se prétendait son humble servante vint nous le délivrer le lendemain matin.

- Voilà ce que m'a dit textuellement ma maîtresse.

Et elle regarde attentivement le garçon et nous les filles toujours habillées en femmes arabes.

- J'aimerais que le Geoffroy, que j'ai surpris avec ma petite-fille l'autre nuit, vienne me voir précisément cette nuit à la onzième heure. Je dois répéter deux fois, continua-t-elle imperturbablement. Vous devez subir sans sourciller l'étrange injonction.

Puis elle nous quitta avec un sourire édenté qui pouvait passer pour un ricanement sarcastique.

On ne tira donc pas au sort et nous n'eûmes pas à tricher. Je me rendis au palais sous un ciel constellé d'étoiles. Geoffroy avait prétendu qu'il serait pour lui intéressant d'observer le ballet des constellations, notamment Alpha du Dragon et les Pléiades. Et Alix, pourtant reine de l'illusion, avait affirmé qu'elle n'arrivait plus à matérialiser un bâton sous forme d'un serpent, ou l'inverse. On me conduisit par un entrelacs incroyable de couloirs jusqu'aux appartements de la reine et de là jusqu'à la bibliothèque. Je commençai à avoir de sérieux doutes sur la raison de cette impérieuse convocation.

- Tu es une fille dangereuse Mélisende, et une menteuse chevronnée. Ça c'est sûr. Maintenant dis-moi, que faisais-tu exactement dans la chambre de ma petite fille ? Je te préviens, ne viens pas me raconter une de tes salades habituelles.

Je désignai les murs de la bibliothèque avec des alvéoles aménagées pour recevoir des parchemins roulés, avec des rayonnages où reposaient des pierres asymétriques de couleurs différentes. Le tout parfaitement répertorié. On pouvait, sans risque, de trop se tromper, s'arrêter et chercher par étape chronologique ce qu'on voulait. Et surtout la fameuse armoire aux portes condamnées.

- Ce que je recherche ce sont les documents relatifs à Balkis, Majesté.
- Et pourquoi cela ? Les lettrés qui s'en occupent ne vous ont-ils pas déjà fourni toutes les indications, et moi-même…
- Assurément... Mais juste ce qu'ils avaient pour mission de nous montrer.
- Ils ont donc menti à ton avis ?
- Par omission sans aucun doute.
- Et sur quel sujet ? Sur la fuite de Balkis ?
- Précisément, Majesté. Il est impossible que la reine de Saba ait pu véritablement s'enfuir du palais de Salomon, sur un simple coup de tête, en emportant quelque chose de très précieux, sans que personne ne s'en soit aperçu.
- Mais bien sûr, qu'est-ce que tu crois, mon petit Geoffroy, tout le monde s'est posé la même question depuis des générations. Moi, j'ai une petite idée. Approche.

Je m'approchai. Et elle se dirigea alors vers la fameuse armoire dont elle ouvrit un des battants avec une grosse clé qu'elle tira des profondeurs de sa jupe, puis un second battant et une autre bibliothèque apparut, dissimulée dans la première. Elle tira d'une alvéole du mur de gauche une vieille tablette de pierre de couleur rouge. Je n'y vis d'abord que des signes noirs.

- Tout est là, me dit-elle, tu comprends cette écriture ?
- Hélas. Non.
- Moi non plus. Car l'énigme est là, dans ces signes.

Et je vis les signes de cette étrange écriture figurant sur la partie droite de la tablette. Une écriture très ancienne. Je me penchai plus en avant tant la lumière était tamisée. C'est alors qu'une onde maléfique s'empara de mon être. Geoffroy ne venait-il pas de parler d'observer les constellations ? Mais quel pouvait être le rapport ?

Cependant, au fur et à mesure qu'elle parlait une terreur sans nom s'emparait de mon être. La sueur ruisselait entre mes seins et dans mon dos et je sentis un nœud incroyable se former dans mon estomac.

- Mais… Mais ce n'est pas possible…

Je portai à nouveau les yeux sur la tablette qu'elle avait approchée d'un grand chandelier allumé.

- Tu vois bien à présent ?
- Parfaitement.

Décidément les mêmes signes cunéiformes, mais sur fond rouge, que sur la pierre qu'on nous avait fait passer à Âcre.

- Tu sais ce que cela signifie ?
- Oui. Non. Pas du tout.
- Pas du tout ? Bon.
- Majesté, ces symboles pourraient être relatifs à des constellations d'après ce que pense mon frère, mais ma connaissance est limitée.
- Ah, enfin ! Va en parler à ton frère à présent, réfléchis et reviens me voir.

Mais je ne bougeai pas. Les faits se mettaient progressivement en pièces dans ma tête à la manière d'un puzzle, surtout au début de la phrase mystérieuse, car au début il y avait… Elle me regardait à présent fixement et tendit le bras dans ma direction.

- Dis-moi… Cette cicatrice… d'où vient-elle… Vous avez, paraît-il, exactement la même. Dis-moi la vérité !
- Je ne sais pas. Vraiment je ne sais pas. Nous sommes arrivés à Âcre suivant des itinéraires fort différents un beau jour, nous avions onze ans et nous portions tous les trois cette cicatrice. Comme un sérieux coup de djambia, votre poignard à lame recourbée. Aurait-on voulu déjà nous décapiter ? Le sourire arabe, comme on dit au Nord du pays. À dire vrai, je n'en sais rien.

Et je me tus. Je n'avais pas d'explication plausible à offrir.

- Et cela vous rend consubstantiellement identiques, n'est-ce-pas ?

J'inclinai seulement la tête. On pourrait dire ça, d'une autre manière peut-être.

- Va à présent, je vais te faire raccompagner. Tu sais qu'Éboli m'a fait une scène extraordinaire ce matin lorsque je t'ai enlevée in extremis de sa couche.

- Ça j'en suis sûre.

- Alors, méfie-toi d'elle.

- Mais je me méfie de tout le monde, Majesté, d'Abdul, d'Éboli, des teutoniques…

- Des Templiers aussi.

- Des Templiers, bien sûr.

- De moi peut-être ?

Mais elle eut un bref rire, preuve qu'elle ne voulait pas entendre ma réponse.

Je rentrai dans un rare état d'excitation pour retrouver mes doubles.

- Alors, raconte.

Je fis durer le plaisir.

- Vous allez voir, ça vaut drôlement le coup.

Elle m'a montré une tablette rouge avec des signes cunéiformes noirs. Tu aurais dû y aller à ma place, Geoffroy, tu aurais compris tout de suite.

Geoffroy et Alix étaient terriblement attentifs.

- Et… poursuis…

- Eh bien, sur l'extérieur gauche, c'est-à-dire là où commencerait en principe la phrase, il y avait seulement une pierre noire. Une petite pierre carrée et noire. La même que celle que porte le petit homme sur la tablette qui nous a été remise.

Alix alla la chercher.

- Voilà. C'est exactement la même et les signes, je les reconnais car il n'y en a pas beaucoup. Sans erreur de ma part, ce sont ceux-là…

- On repart de zéro, voulez-vous, fit pragmatique Geoffroy. Ou la légende.

- Des légendes alors.

- Mais si tu veux.

- Toutes les légendes, y compris celles des hébreux, rapportent que Salomon était entré dans une rage épouvantable, une colère sans précédent suivie l'une et l'autre par un abattement inconsidéré.

- Pas pour la fuite d'une concubine de plus.

- Bien sûr que non, pas plus que pour des bijoux.

- Pas pour un fils non plus… Et si c'était vrai… Elle a dû soigneusement le lui dissimuler.

- Alors on revient toujours à la même idée. C'était très important pour lui et pour son peuple. Il suffit d'énumérer ce qu'il y avait comme objets de valeur inestimable dans le Temple de Salomon dédié à son Dieu.

- Mais nous l'avons déjà fait.

- Et terriblement intelligente pour une toute jeune femme. Elle a dû drôlement bien préparer son coup, acheter des yeux fermés, des chevaux rapides, construire des trompe-l'œil…

- Alors c'est possible.

- Non seulement c'est possible, mais c'est obligé… Autrement rien ne s'explique…

CHAPITRE XXV

UN IMMENSE DÉSERT

Bon. C'est assez simple à comprendre finalement... Balkis est une femme intelligente, tout en finesse, en sensibilité, en intuition. Elle a dû réfléchir à la manière de leurrer Salomon. Elle a dû détourner son attention, se refuser à lui après s'être offerte, lui poser des devinettes qu'un enfant de cinq ans aurait eu honte de formuler. Bref, elle est partie très tranquillement puis elle a construit...

Elle heurta, ou fut heurtée, par un marchand d'eau tout en regagnant leur demeure dans la médina, après être redescendue du palais d'Arwa.

Comme elle avait soif, elle accepta et, contre un fulû, reçut en gobelet cabossé d'eau fraîche. Dissimulé par le large bord de son chapeau de paille, le marchand murmura si vite qu'elle ne fut pas sûre d'avoir compris : « Tu devrais aller à Marib ».

Et avant qu'elle ait réagi, il avait disparu au coin d'une ruelle.

Les Faraglioni ne furent pas longs à prendre une décision. Faute d'indice suffisamment neuf, cet énigmatique message valait son pesant d'or. Il fallait profiter du moindre élément nouveau pour avancer. Ils consultèrent une carte pour estimer leur temps de chevauchée. Une petite journée si on partait tôt le matin, si on s'arrêtait aux plus chaudes heures du jour, et si on reprenait la route en fin de soirée.

En montant leur campement, ils devisaient.
- Si c'est vraiment à toi, et à toi seule, que cette injonction était adressée, alors nous resterons ici jusqu'à ce que tu reviennes de

Marib, située à une lieue d'ici. On dîne, on dort et on attend : dans l'ordre si possible.

Effectivement, au petit matin, un homme au visage de cuir mâché se présenta. Elle ne fut pas trop surprise en retrouvant son répartiteur d'eau de l'autre jour. Ils se saluèrent comme si la chose allait de soi qu'ils se rencontrent ici, puis l'homme ajouta :
- Je m'appelle Saduk.

Pratiquement au-dessous des gorges s'ouvre la petite vallée du Dhana assez large pour permettre précisément la construction d'une digue de retenue des eaux. On pouvait encore suivre, sur ses flancs, les anciennes traces des premiers canaux creusés voilà deux millénaires. Mélisende distinguait, encore visible dans la roche, un canal plus large, qui allait se perdre beaucoup plus bas au petit village d'Al Arqua plus au Sud où ils avaient dressé leur campement provisoire. Elle était, cette fois, habillée en marchand vénitien, ce qui n'étonna pas du tout le répartiteur d'eau.
À ses pieds, les vestiges monolithiques de la digue Sud, servant à l'époque de gigantesques vannes que le maître de l'eau, seul, commandait. Et droit devant, se devinait un réseau très maillé de canaux, à présent recouverts de pierrailles et de sable.

Il fallait d'abord assimiler ce relief si particulier. Mélisende considérait les très hautes montagnes au Nord-Ouest, culminant à plusieurs milliers de mètres d'altitude, notamment pour le djebel Nabi Shu'yad et leur brutale retombée, tant sur la mer Rouge, que sur l'Est constituant un inépuisable château d'eau.

- Tu comprends, lui expliquait le répartiteur d'eau... Les pluies de mousson très abondantes... les crues inattendues, fertilisantes... l'irrigation est donc très très ancienne. J'ajoute que l'unité culturelle de mon pays est d'abord dans ces techniques d'irrigation et les modèles de civilisations qu'elles impliquent : la raison, la rigueur, l'ordre, et les mathématiques au point de départ.

Cette barrière rocheuse que tu observes s'étend pratiquement sur six cents lieues, avec des vallées vertigineuses tombant à pic, délimitant des massifs isolés aux sommets tabulaires. Ces sommets forment en fait de véritables forteresses comme celle-ci, le djebel Hâraz. Tous les flancs de ces monts sont faits de roches très sombres, et il désigna successivement les parois à leur droite et à leur gauche.

- Alors, c'est l'eau qui a fixé à jamais la place des villages, commenta Mélisende, parfois si noirs qu'ils se confondent avec le paysage.

- L'eau, toujours, en vérité. Tu vois à nos pieds ces terres jaunâtres au Nord de Marib, balayées par des vents, chargées d'une lourde poussière, des terres desséchées et sans avenir. Eh bien, même sans barrage, avec les seules pluies d'avril et de mai, prochainement elles redeviendront verdoyantes et les nomades y mèneront leurs troupeaux.

Et droit devant elles, un immense désert, ce qui à l'époque de Balkis était une oasis couvrant une superficie égale au quart du pays. Des dizaines et dizaines de milliers d'arpents qui avaient reçu également en leur temps les crues du wadi Dhana aujourd'hui totalement à sec.

Saduk lui fournit, tout en marchant, quelques données relatives au premier barrage.

- Une demi-lieue, ou presque, en longueur pour quelque chose d'exceptionnel au niveau circulaire, d'une hauteur de soixante coudées. Cette digue barrait donc le Dhana entre les deux digues Sud et Nord.

Elle n'avait aucun mal à imaginer le résultat.

- Tu sais, lui fit-il pour conclure, que le Coran -mais oui, il s'agit de la sourate 34- présente la destruction du barrage comme une bénédiction d'Allah, ce qui explique pourquoi les différents souverains n'ont jamais osé le reconstruire.

- Mais pourquoi Arwa, alors ? Et pourquoi personne avant elle ?

- Mais parce qu'elle a entendu parler de Salomon avec tout son cortège de légendes selon lesquelles sans ouvriers, sans architecte, il avait construit assez rapidement un formidable Temple à l'Éternel. Elle a eu envie de vérifier si c'était vrai. Ou possible.

- Je vois.

- Ce qu'il y a d'intéressant, et je vais te le montrer, c'est la raison de la construction. Suis-moi. Et il l'entraîna à une vive allure.

- Mets tes mains devant tes yeux et regarde la direction de mon doigt que je vais abaisser. Que distingues-tu plus bas ?

- Rien.

- Fais un effort, joli jeune homme.

- Des roches un peu partout.

- Ce ne sont pas des roches mais des pierres, déjà plus ou moins grossièrement taillées en imposants monolithes, et réguliè-rement alignées.

- Ah !

- Ton « ah » ne signifie rien. Tu as des yeux…

- Saduk, par pitié, épargne-moi ton sarcasme. On dirait des murs de pierre, incrustés dans les pentes des falaises pour briser la violence des crues. Non ?

- Ingénieux, n'est-ce pas ?

- Très.

Et c'était vrai. Mélisende était franchement admirative du travail et du talent de l'architecte d'il y a deux millénaires.

- Tu connais le résultat ? Deux récoltes en moyenne par an. Parfois trois. Tu peux faire le calcul, toi qui es parfois un marchand.

- Tu es sûr Saduk de n'avoir rien oublié ? Et merci du cours.

Le maître de l'eau la laissa.

- On se reverra, fit-elle ?

- Peut-être…

- Venez, vous autres au lieu de lambiner. Ça vaut drôlement le coup.

Mélisende avait rejoint Alix et Geoffroy à leur campement provisoire. Ils chevauchaient à présent en haut de la falaise du djebel Wasil. Après deux millénaires, effectivement, s'il ne restait quasiment rien de l'ancien barrage, seules subsistaient, loin en aval, les digues nord et sud qui, elles, n'avaient pas cédé sous la pression des eaux et qui, à part de mineures dégradations, étaient restées pratiquement intactes. Du moins pour la partie supérieure.

De plus, solidement bâties sur un épais sol rocheux et formé d'énormes monolithes de plus d'une centaine de tonnes, elles étaient impressionnantes. Leur largeur, au sommet, devait permettre le passage de quatre pas de chevaux pour l'inspection car elles étaient longues d'une lieue environ. De là, on pouvait, et c'était le cas pour les trois Faraglioni, parfaitement surveiller l'ensemble des terres irrigables : des dizaines de milliers d'arpents de terre, d'immenses palmeraies.

Mais à présent, à perte de vue, les Faraglioni ne contemplaient plus que le désert et, dans la cuvette entre les deux digues du djebel, un très mince filet d'eau.

- Balkis, et Alix paraissaient continuer une discussion commencée depuis longtemps avec ses doubles, n'a pas pu penser sérieusement à dissimuler son trésor au centre du barrage comme veut nous le faire croire Arwa, ou sur les flancs des digues, et encore moins dans son temple ensablé depuis des centaines d'années, comme le pensent certains lettrés. Ils croient tous en quelque chose mais ils ne font rien pour le chercher.

- Ils comptent sur nous avant de nous éliminer.

- Et cette pierre qu'elle nous a fait parvenir a toujours appartenu à sa famille et était détenue dans la bibliothèque du palais de Jibla. Personne n'a été capable d'expliquer sa provenance. Comment veux-tu, d'ailleurs vérifier d'où elle a été extraite ? Elle a été écrite après coup.

- Du leurre, du trompe-l'œil. Ce serait bien dans le caractère de Balkis.

- Belle, mais noire.

On en revenait toujours à la définition qui cernait le plus le caractère de la reine de Saba. Une description qui n'était peut-être pas entièrement physique.

- Personne n'a compris à l'époque, ni depuis, le sens de ces deux mots, reprenait Alix. Tout le monde a pensé qu'il s'agissait surtout d'une femme éthiopienne d'une remarquable beauté et on en est resté là.

- Le noir c'est peut-être aussi les profondeurs de la terre comme au fond d'une mine où l'or va brusquement surgir : elle était noire car détentrice d'une puissance incroyable.

- Minière, c'est aussi être maîtresse des éléments. Qu'est-ce que c'est que l'or sinon la matière parvenue à un rare degré de perfectionnement et que seule une mère peut comprendre car il faut des mois pour mettre au monde un enfant. Tout se tient : une déesse en quelque sorte. Une déesse mère, voilà ce que ces mots signifient réellement.

- Les entrailles de la terre, le monde souterrain !... Ce sont des forces insoupçonnées !

- Et Balkis, demanda Geoffroy ? Était-ce en même temps une prêtresse versée en astronomie ? Cela correspondrait parfaitement au rôle dévolu aux prêtresses dans les civilisations pré-sumériennes. C'est pourquoi, je reviens à cette idée de rayon émise l'autre jour et d'une pierre non écrite par des humains mais littéralement tombée du ciel.

- Là aussi, une autre perspective saute aux yeux, lui répondit Alix, car il ne s'agit pas d'une beauté sculpturale ou impudique, Elle devait représenter la puissance du ciel, des dieux de Saba dans ses yeux noirs et profonds, eux aussi. Le reflet en quelque sorte d'une beauté spirituelle. Je vais vous l'avouer, je ne suis pas sûre que Balkis ait été une jolie femme selon nos critères, nous, de beauté et Salomon a dû être probablement séduit p autre chose que ses seins et ses cuisses.

- Une beauté magnifique, une femme dotée probablement d'un charisme extraordinaire, capable non seulement de soulever des montagnes mais les foules. Et c'est tellement vrai que le Yémen est le seul royaume où règne encore le matriarcat.

Il y a bien eu quelques rois mais ils ont été renversés à nouveau par des femmes.

- Belle, mais noire. Quelle femme ! Elle pouvait tout tenter et elle l'a fait, compléta Mélisende qui poursuivit.

J'imagine très bien les couleurs de ses étendards : blanc immaculé, flottant hardiment au vent du désert avec au centre une immense lune noire.

CHAPITRE XXVI

LE SECRET DU SECRET

Alix réfléchissait à haute voix, faisant comme Mélisende, les questions, les réponses et les commentaires.

- Balkis était décidément une fille ambitieuse et fort calculatrice ; pour dissimuler son secret, elle a dû le mettre froidement sous les yeux de ses compatriotes, car autrement, ce serait chercher une aiguille dans une meule de foin. Et cela dure depuis deux millénaires. Personne n'a rien trouvé et pourtant certains ont bien cherché. Ils ont fouillé dans le Temple des anciens dieux, au fond du Temple de Marib, dans la bibliothèque de Jibla, dans le palais détruit à Sana'a. Ils n'ont jamais rien trouvé.

En fait depuis le départ, elle a agi comme une véritable illusionniste, ce qui ravissait Alix qui aimait tant les tours de passe-passe.

L'Arche d'Alliance pour commencer. Il ne serait venu à l'idée d'aucun hébreu de s'en emparer évidemment. Ni des ennemis d'Israël car l'Arche devait être superbement protégée, et qui se vanterait de la posséder verrait déferler sur lui les tribus d'Israël mobilisées contre ce sacrilège intolérable.

L'Arche d'Alliance a simplement servi de paravent, de décor. En tant que telle, elle n'était qu'un simulacre très impressionnant, bardée d'or, très lourde. Il fallait dix lévites pour la soulever -deux grands chérubins toutes ailes déployées à l'allure terrifiante la gardaient et surtout la protégeaient-.

- Oui, mais à l'intérieur ?
- Eh bien, un autre leurre.

- À l'intérieur, une arme secrète, offerte, pour certains, par l'Éternel ou plus vraisemblablement les Tables de la Loi avec les fameux dix commandements. Mais est-ce avec ces précieux objets que Salomon aurait construit le Temple dédié à Yahvé ?

- J'avais été étonnée d'apprendre ou de supposer que Balkis se soit enfuie en l'emportant. Pour l'Arche d'Alliance, il ne pouvait en être question : beaucoup trop lourde. Mais ce qu'il y avait à l'intérieur de l'Arche... !

Elle n'a jamais été véritablement poursuivie. Il faut donc partir de ce constat très important. On a dit que Salomon avait fini par perdre sa trace, s'y perdant entre quatre reines à la tête de quatre escortes parties toutes quatre à la chasse au renard du désert. Résigné, il est rentré dans son palais mais toujours ivre de douleur, de passion et de jalousie

- Car elle a fait mieux Balkis, je voudrais revenir sur la vraie fausse présence d'un lévite lorsque Salomon fut convaincu qu'elle ne reviendrait pas. Puisqu'il s'agit d'une superbe mise en scène, on peut bien répéter.

Le premier sujet de préoccupation du roi, ainsi que nous l'avons déjà imaginé après qu'il eut récupéré un peu de sang-froid, a dû être de se précipiter dans le Saint des Saints pour vérifier que l'Arche d'Alliance y était toujours, étant donné qu'il avait dû pour satisfaire les caprices de Balkis et la mettre dans sa couche, la lui montrer plus d'une fois.

- Ouf, elle était toujours là. Les gardes interrogés n'avaient vu personne.

Il remonte dans ses appartements pour en redescendre au plus vite : « et si elle avait ouvert l'Arche d'Alliance » car dans son orgueil d'être le préféré de l'Éternel, il lui avait ouvert l'Arche d'Alliance, lui dévoilant son précieux trésor, son inestimable secret. Elle avait pris dans sa petite main si soignée, aux doigts si effilés, la clé d'ivoire qui curieusement ouvrait la porte du tabernacle. Une clé d'ivoire ?

- Il faudrait qu'un jour j'en parle à d'Albano, si jamais j'en réchappe car, comme l'a dit Mélisende, on n'aura encore jamais vu une clé d'ivoire ouvrir quoi que ce soit. Moi je veux bien.

- Où en étais-je ? Ah oui !

- Ah non, à moi fit Mélisende, et elle reprit le fil du discours d'Alix.

- Il réapparaît, donc, dans le Saint des Saints, écarte en maugréant les gardes tétanisés par sa soudaine colère, ouvre, mais avec beaucoup de difficulté, le tabernacle, s'agenouille et pousse deux soupirs d'aise. Deux ou trois pour faire bonne mesure.

- Le trésor est toujours là : armes, machines ou Tables de la Loi. Au choix.

- Tout est là ! Dans l'ordre ou le désordre. Notamment, les Tables de la Loi, parce que c'est d'elles qu'il s'agit. Les gardes n'ont jamais avoué qu'ils avaient reçu une somme telle, qu'en comparaison, la fameuse manne du désert ayant nourri et abreuvé les hébreux durant leur traversée du désert, était une aumône. Dix gardes, au bas mot. Riches pour des générations, capables d'ouvrir des banques dès le lendemain ou quelque chose d'approchant. On n'a jamais très bien compris l'origine des fameuses banques d'Orient, n'est-ce pas ? Mais tout ça, c'est encore une interprétation de la petite Mélisende.

Entre les longs doigts effilés de la reine adhéraient des rectangles de cire molle. Lorsqu'elle a tenu la clé d'ivoire dans sa petite main, elle s'est tournée soi-disant pour l'exposer à la lumière, mais en fait pour l'empalmer et en prendre l'empreinte.

- Une faussaire du genre, cette Balkis. J'aurai bien aimé la rencontrer.

La nuit où elle avait décidé de s'enfuir après l'achat des yeux fermés des gardes, elle est entrée dans le Saint des Saints, a ouvert le Tabernacle contenant les Tables de la Loi et les a prises.

- Non, c'est impossible. Salomon, s'en serait aperçu dès le lendemain.

- Pas s'il avait trouvé les Tables de la Loi dans le Tabernacle.

- Il les a trouvées ?

- Bien sûr qu'il les a trouvées, et reconnues.

- Donc…

- Elle les a quand même fauchées, reprit Alix.

- Mais tu rêves ma petite, Balkis n'a pas pu faucher les Tables de la Loi, tu imagines les réactions d'Israël.

Les Trois Faraglioni s'arrêtèrent. C'était en effet invraisemblable. Personne n'aurait jamais osé dérober les Tables de la Loi. C'était une vue de l'esprit. Ils se regardèrent pensivement sans mot dire.

- Et où étaient vraiment ces Tables de la Loi. Tu le sais toi ?
- Bien sûr, la Bible en parle sans arrêt.
- Dans l'Arche d'Alliance, n'est-ce pas ?
- Si tu le dis.
- Alors, je comprends mieux l'insistance des Templiers à résider depuis la création de l'Ordre dans le Temple de Salomon, et surtout les fouilles qu'ils ont menées et qu'ils continuent de mener sous l'injonction de ton ami d'Albano.
- C'était ce que voulait Arwa, reprit Alix. T'entendre lui dire, ce que nous sommes en train d'imaginer et d'inventer, c'est-à-dire qu'il s'agissait de l'Arche d'Alliance. Elle pressent un mystère insondable. À la limite, je ne sais même pas si le barrage l'intéresse réellement. Mais l'énigme de sa construction, oui. Et cette énigme est le résultat de la fuite de la reine de Saba.
- Tu veux nous faire croire qu'elle serait partie toute seule quand même dans le désert avec l'Arche d'Alliance ? C'est tout simplement impossible, l'interrompit Geoffroy.
- Tu sais parfaitement que lorsque l'on a tout examiné et envisagé, et qu'il ne reste rien de réalisable... Il reste l'impossible. Seul l'impossible a une réalité dans ces conditions.
- Combien de temps est-elle restée à Jérusalem ?
- Quelques semaines.
- Oui mais avant ? Elle a dû envoyer des émissaires pour préparer sa venue, des informateurs, des espions et a beaucoup dépensé, vraiment beaucoup d'argent.
- Restons sur les Tables de la Loi.
- Lorsque l'on se lance dans l'illusion, les tours de passe-passe, on n'est pas à une copie près. Elle s'est fait montrer, même à plusieurs reprises, les Tables de la Loi, suffisamment en tout cas pour en mémoriser le texte. Il n'était pas très long : dix petites phrases, saviez-vous ?

- Et, elle en a fait établir d'autres. Et, ce sont elles qu'elle a apportées et fourrées dans le Tabernacle et elle a fauché les vraies.

- Elle a fauché les vraies !!!

Si Moïse les tenait dans ses mains appuyées contre son bras, elle a pu les mettre dans les fontes de la selle de sa jument. Et Salomon n'y a vu que du feu.

- Pendant un certain temps…

Car, comme nous le savons déjà, à partir d'une époque assez proche de la fuite de Balkis, il s'est trouvé confronté à deux problèmes. Des Hittites s'opposaient à lui. Il voulut les mettre à la raison. Il marcha donc sur eux à la tête d'une armée à qui il avait promis une victoire certaine. Il dut subir une épouvantable défaite. Les Hittites s'étaient alliés à Rezom, fils d'Elyada qui, lui, marchait sur Jérusalem. Salomon décida d'élever des murailles pour protéger sa ville avec l'aide de ses Tables de la Loi qui lui avaient permis de construire ce fameux Temple à la gloire de l'Éternel. Rien n'y fit. Il ne put édifier la moindre fortification solide.

- On connaît aussi la suite. Salomon mourut après avoir oublié les soixante-dix-sept noms de Dieu et l'Arche d'Alliance disparut, et de la ville, et de la mémoire d'Israël.

- Alors, les vraies Tables de la Loi ?

- Elles sont sûrement ici, sous nos yeux…

- Tu veux rire !

- Et sous les yeux de milliers de Yéménites depuis deux mille ans.

- Alors, il n'y a pas d'engin mystérieux, de machine secrète, de trompette de la mort…

- Rien… Rien du tout.

- Et avec les Tables de la Loi, on peut construire un temple à l'Éternel…

- Ou un barrage.

- Je voulais te l'entendre dire.

- Avec la différence que ce ne sont pas les Tables de la Loi.

- Qu'est-ce que tu racontes ?

- Balkis n'a pas fauché, comme tu dis, les Tables de la Loi ?

- Si. J'ai seulement dit, à la différence que ce ne sont pas les Tables de la Loi.

- Je ne comprends pas.

- Les dix commandements, ça vous dit quelque chose ?

- Et comment !

- Ce ne sont pas dix commandements normaux mais ce doit être une série d'instructions ou le développement d'un procédé.

- Je ne comprends toujours pas.

- On peut te dire par exemple qu'il faut se lever de bon matin, regarder le soleil, le capturer dans ses yeux, monte sur une montagne et dixièmement tirer le carreau fléché d'une arbalète.

- Ah, tu veux dire une énumération de faits successif, comme on le ferait pour la préparation d'une décoction, d'un baume.

- C'est fou ce que tu comprends vite. C'est ça en gros, en très gros.

- Le rayon vert dont nous avons parlé. C'est la lumière, bien sûr. La lumière du soleil avec une très nette distinction. Il faut fixer l'horizon, les derniers feux du soleil couchant, au-delà d'une dune très haute ou de l'océan, et au moment précis où le soleil, dans un rougeoiement fantastique, passe de l'autre côté de l'horizon, chercher et capturer dans ses yeux son dernier rayon qui est paradoxalement vert et non rouge. Le vert est synonyme de putréfaction, de pourrissement et de régénérescence. Il est à travers la mort l'expression de la vie, du dynamisme de la vie et recèle en tant que telle une force insoupçonnée, capable soulever les montagnes. Mais il faut l'enfermer ce rayon vert. Dans ses yeux, comme dans une fiole, la fermer hermétiquement après. Et quand je dis hermétiquement, je dis bien hermétiquement. Je ne sais pas si tu peux comprendre.

- Bon… Bon… ! Une minute fit le garçon. C'est à moi parce que c'est mon idée. Le rayon est vert et ensuite il faut mesurer très exactement la position de certaines étoiles, Alpha du Dragon, les Pléiades, en un instant privilégié. C'est pourquoi je les cherchais dans le ciel l'autre jour. Les deux constellations doivent être plus ou moins alignées. Je me suis livré à des calculs, à des algorithmes plutôt, en pensant que c'était en pure perte. Mais avec l'existence des Tables de la Loi, qui n'en sont pas, je vais pouvoir tout recommencer. Et tu sais, bien sûr, que les étoiles qu'on voit dans le ciel ne sont pas à la place qu'elles devraient être.

- J'en ai entendu parler.

- Tant mieux, je dis toujours que l'Univers est courbe. En fait, c'est Al Moustansir, l'astronome d'Ispahan, qui me l'a révélé. Mais à la manière des bésicles que l'on chausse sur son nez lorsqu'on est myope et qui reflètent, par leur grossissement, la lumière qui est déviée au passage du verre. Des étoiles peuvent aussi jouer le rôle de ces lentilles de verre que tu porteras bientôt sur ton nez.

- Il faut dans l'ordre, je résume : le rayon vert, le calcul arithmétique et armer le tout en direction de sa cible. Dans l'ordre, donc, Alix, Geoffroy et Mélisende. Et le tour est joué...

- Le tour est joué... mais à qui ?

CHAPITRE XXVII

LA MOSQUÉE DU VENDREDI

Mélisende était littéralement fascinée par l'architecture de la mosquée de Jibla, et plus encore par les parties non fréquentées par les fidèles, rarement également par les étudiants de la madrasa ; tel était le cas de l'étage desservi par un étroit et très long corridor faisant le tour du bâtiment. Elle gravit les marches y menant, vêtue, cette fois-ci, en arabe, avec une longue isabia blanche sans col, mais soutenue par des cordons de laine, sur laquelle elle avait passé un trois-quarts de lin blanc descendant jusqu'à mi-cuisse, chaussée de babouches à petits talons, un turban vert roulé sur la tête dissimulant en partie ses cheveux.

Le corridor présentait exactement la situation qui la ravissait. Une alternance de lumière et d'ombre, même la hauteur ajoutait à la confusion car le plafond stuqué à profusion pouvait, pour un œil non averti, être lui-même discontinu dans sa hauteur réelle.

Était-ce la lumière venue du dehors qui se laissait emprisonner ou était-elle venue chercher, dans les parois stuquées, de minces particules de verres colorés, bleus, jaunes, verts ? Elle se demandait si finalement ces vitraux ne jouaient pas à leur tour le rôle de gardien de cette même lumière, et pourquoi faire aurait questionné Geoffroy ? Mais pour la restituer au moment opportun, celui où l'ombre paraissant la maîtresse des lieux, allait finir par lui succomber.

La lumière prisonnière volontaire et soumise, non de l'ombre, mais d'éléments pouvant lui appartenir. Ou alors tout le contraire. La lumière prenant possession de points fortifiés pour mieux se défendre, puis contre-attaquer. Mais quelle était la finalité de ces entrelacs, de ces stucs, de ces jeux d'ombre et de lumière ?

Elle s'adossa, éblouie, à un palier, le dos lui faisant mal à force de lever la tête et de la tenir en équerre avec son cou. Tout se reproduisait à l'infini. Il y en avait des milliers de ces espaces trompeurs. Cela la ramenait à Abou Zaya qui, pour expliquer les contes des mille et une nuits, avait un soir exposé que mille en arabe signifiait beaucoup et mille et une, l'infini. Jamais la multitude d'arabesques n'avait été plus appropriée et elle s'apercevait enfin que de ce décor en apparence infiniment floral où s'entremêlaient jasmins, roses, pivoines, surgissait inévitablement à un moment donné, une étoile.

Elle l'avait là enfin sous les yeux, cette fameuse étoile.

Au milieu d'un jardin végétal, des étoiles. Y avait-il donc une intention mathématique secrète ? Oui et non. Car l'étoile, elle, la retrouvait à présent plus ou moins partout en haut d'un pilier, au milieu du mur, à gauche de la porte de bois, en haut de la voûte.

Le stuc qui agrémentait pratiquement tout le décor, le haut du mur et partiellement le plafond, n'était pas du tout un décor aux milles cavités. Il était le réceptacle de la lumière, son prétexte savant, le Saint des Saints. Les couleurs de vitraux constituant alors comme une châsse étincelante de pierres précieuses qui n'existaient que pour révéler la lumière au cœur du fidèle.

S'arrachant à cette hypnose, car c'en était une en vérité, ses pas la portèrent vers l'immense diwan occupant la face Ouest, attirée qu'elle était par une croix invisible tournant dans le décor, mais inobservable par le commun des mortels.

Elle s'arrêta à l'extrémité Sud du diwan car il lui semblait que la lumière était plus douce en cette fin d'après-midi. Sans parvenir à retrouver dans le mur cette impression de mouvement tournant, générateur d'une croix en train d'effectuer un tour sur elle-même, Elle était totalement incapable de la repérer, et pourtant, lorsqu'elle y était parvenue deux fois auparavant, elle l'avait détectée presque instinctivement. Elle s'assit sur le sol, les genoux repliés, et y posa ses avant-bras, ferma les yeux, puis se concentra.

Normalement la croix devait se trouver au centre du diwan sur le mur faisant face à la grande cour. Normalement en fixant le milieu du mur stuqué, on devrait la repérer. Oui, normalement. Elle décida de procéder à l'inverse en partant du pied du pilier lui étant opposé et de remonter lentement pour tenter de retrouver un fil conducteur. Une étoile, une croix n'apparaissent pas spontanément car on les verrait instantanément. Le fil conducteur est précisément de veiller à ce que se déroule une feuille d'acanthe qui s'allonge interminablement, comme le retard d'une fleur qui s'élève pour finir par se confondre avec une autre fleur légèrement plus haute.

Elle crut qu'elle n'y arriverait jamais. Cela lui rappelait le labyrinthe de la madrasa d'Alep ou celui du château d'Al Hokkeider où l'imprudent est vite démasqué, cueilli à froid, désemparé et tué. Il était vrai qu'on pouvait mourir en n'arrivant pas à sortir du labyrinthe ou devenir fou.

Son œil perdu dans les écheveaux de feuillages, branchages, et fleurs, fruits -comme par hasard ?- arriverait à suivre une ligne, en apparence discontinue, ce que le vieil astronome Al Moustansir appelait paradoxalement le continu de l'instant présent.

Ce fut à peine sensible et très pénible à la fois. Et exaspérant car elle lâcha bien une dizaine de fois la fameuse ligne discontinue en fonction du végétal l'entourant et la dissimulant encore plus. Et soudain ce fut la révélation.

Elle était là.
Un svastika tournant à gauche, tel qu'elle l'avait parfois trouvé aux confins de l'Orient près de Karakorum. Le svastika n'était-il pas pour les initiés le synonyme du cœur et plus encore de la sagesse infinie de l'humanité. Car si un svastika était orienté vers la droite, il signifiait la force, la violence, la brutalité, l'hégémonie du plus fort.

Et bizarrement elle frissonna en se focalisant sur les inquisiteurs largement présents et leurs séides, les sinistres teutoniques.

Et le fait d'occuper le centre du diwan de la grande mosquée du vendredi Al Mustansynia prouvait à l'évidence que le couchant signifié par le terme arabe Al Maghreb était celui des ténèbres de la matière que la croix était chargée de maîtriser, mais non d'anéantir.

Ce mouvement cruciforme de rotation était mis en évidence par la présence de stucs colorés, associés à d'autres images, là encore à l'infini. Il sembla à Mélisende que c'était la lumière qui tournait sur elle et non le svastika.

Et ce fut lumière sur lumière.

Se pouvait-il qu'ils finissent tous les trois par trouver, en remontant là encore le long d'une ligne discontinue, ce qui avait permis à la légendaire reine de construire la richesse de son royaume ? À eux qui n'avaient que dix-sept ans ! Arwa les avait-elles choisis à cause de leur jeunesse, de leur pauvreté spirituelle, gage d'une inconnaissance rare, et non parce qu'ils étaient de simples marchands ? Qui en avait eu vraiment l'idée ? Et pourquoi à présent, alors que le fameux barrage reposait sous des milliers de tonnes de sable depuis au bas mot deux millénaires ?

Elle avait fermé les yeux.
Lorsqu'elle les rouvrit, la croix avait disparu.

Cela n'avait plus aucune importance.

Ses yeux, baissés vers le sol, tombèrent sur une pièce de monnaie en cuivre. Elle se pencha pour la ramasser et en relevant elle vit, là devant elle, très distinctement…

CHAPITRE XXVIII

AL HAJAD AL ASWAD
OU LA ROCHE NOIRE

Ils s'étaient assoupis. Geoffroy tapa sur l'épaule de sa sœur.

- J'ai une idée.

- Je vais aller à la mosquée. Celle dont nous a parlé Mélisende. Pour vérifier ce qu'elle nous a dit.

- Tu es fou. Ils ne te laisseront jamais entrer. C'est interdit aux étrangers et surtout aux dévots d'une autre religion.

Mélisende, elle, a le chic pour y pénétrer en se faisant passer pour un étudiant en loi coranique. Je me demande bien ce qu'elle peut leur raconter.

- J'irai à la dernière prière du soir, lorsque tout le monde se retirera y compris l'imam. D'ailleurs, je ne pénètrerai pas dans le sanctuaire lui-même mais je me glisserai dans la cour carrée.

- Pour quoi faire ?

- Vérifier quelque chose. Cela ne me prendra pas beaucoup de temps.

- Et si tu te fais prendre… Dis-moi au moins ton idée.

- J'ai réfléchi, fit le garçon. Cela m'arrive à moi aussi. Je te pose une devinette.

- Où pourrait-on dissimuler dans une mosquée un objet -la forme importe peu pour le moment- de petite taille quand même, sans que personne n'en soit surpris et sous les yeux de milliers de musulmans.

- Une mosquée en tant que telle ne comporte rien si on excepte le minbar, la chaire du prédicateur, les tapis de prière sans cesse déroulés et réenroulés et la petite bibliothèque ouverte où l'on range les livres du Coran. Donc on ne peut rien y dissimuler d'étranger, et d'étrange, répliqua sa sœur.

- Mais dans la cour. Oui. Celle où Mélisende s'est arrêté brusquement.

- Mais pourquoi dans la cour ?

- La cour est une vaste esplanade ouverte aux quatre vents, c'est-à-dire communiquant avec l'extérieur par quatre portes pour faciliter l'entrée des fidèles. Et avant de pénétrer dans la mosquée elle-même, que font les fidèles ?

- Leurs ablutions !

- Voilà. Certaines mosquées comportent même des bains, des hammams avec en général une ou deux fontaines. Le moyen le plus sûr de cacher un objet ne serait-il pas de le mettre tout simplement sous les yeux de tout le monde, là ou précisément personne n'aurait l'idée de l'y chercher.

- Mais que vas-tu encore inventer. Et sa sœur insistait sur le « encore ». Mélisende a l'art de trouver des mystères là où il n'y en a pas. Qu'espères-tu trouver ?

- Je ne sais pas. À la fois quelque chose d'habituel et de courant. Je veux dire quelque chose qui ne doit pas nécessairement heurter le musulman.

- Et c'est quoi ?

- Je verrai une fois sur place. Je n'ai qu'une toute petite idée, elle que Mélisende m'a mise dans la tête.

Il avala une gorgée d'eau fraîche, s'habilla en arabe, fit un clin d'œil à Alix et descendit rapidement l'escalier sans même vérifier s'il était suivi.

Alix surprit donc Geoffroy la tête à l'envers, juché sur la grosse roche noire située dans la cour de la mosquée. Elle l'avait évidemment suivi mais habillée, elle, en femme arabe. Si jamais, ils étaient surpris, ils étaient bien incapables d'expliquer ce qu'ils y faisaient.

Geoffroy, penché fort en avant s'était débrouillé pour avoir la tête à l'envers au risque d'avoir le vertige et il contemplait les stries blanches parsemant au hasard cette fameuse Al Hajar al Aswad, une volumineuse roche noire, tombée paraît-il du ciel depuis des temps immémoriaux. Suivant les renseignements obtenus par Mélisende, huit à dix coudées de haut sur à peu près six à huit coudées de côté.

- Je pense que j'ai trouvé. Viens voir.

Il ne demanda pas comment sa sœur était à côté de lui. C'était logique. Elle procéda de même, pencha sa tête à s'en dévisser les cervicales, mais elle ne vit rien si ce n'est qu'un fond noir et lignes blanches plus ou moins brisées.

- Là, regarde. Et du doigt, il désigna un endroit bien précis. Il fallait être bien attentif et très bon observateur pour détecter, dans cet enchevêtrement noir et blanc et où le noir dominait incontestablement, quelque chose de cohérent.

- Je ne vois rien.

- Fais un effort. Suis mon doigt. Et il dessina un petit carré.

- Je ne comprends pas.

- Là, bon Dieu et il recommença plus lentement.

- Comprends toujours pas.

- Il semblerait que ce carré long ne fasse pas partie de la pierre.

- Et pourtant si, s'impatienta Alix. Sur le point de choir sur le sol.

- Pourtant, il y est totalement intégré. Tu sais que j'ai parfois examiné, sur la demande d'Al Moustansir, les pierres sacrées pour les musulmans, parce que tombées du ciel. En fait, il y en a très peu. Il disait qu'il en arrivait chaque année des dizaines sur la terre, vestiges d'aérolithes ou de météorites, mais probablement qu'elles étaient désintégrées avant d'arriver sur le sol. Seules certaines, les plus dures, sont parvenues, pratiquement intactes.

- Et alors, je ne vois pas le rapport.

- Celle-ci a attiré mon attention à cause de Mélisende, tu te souviens ? En quittant la cour de la mosquée l'autre jour, elle est passée à proximité de cette roche noire. Contrairement à la roche noire de la Kaaba de La Mecque qui est presque complètement noire, celle-ci présente des irrégularités sous forme de raies blanches discontinues, mais elle n'y prêta pas attention, jusqu'au moment où, en se baissant pour ramasser un fulû sur le sol carrelé et, en se relevant, elle a sursauté inconsciemment car ce carré paraissait à l'envers par rapport au reste des stries. Oh d'une façon imperceptible, mais comme ses yeux s'y étaient imperceptiblement arrêtés, elle m'a rapporté l'incident.

- Regarde ! s'exclama-t-il.

Et son doigt se fixa sur la ligne supérieure bordant le péri-mètre géométrique dont il parlait. Parfaitement jointuré, on ne pouvait y passer une feuille de papier, une aile de libellule ou de papillon.

- L'homme qui avait réussi le prodige de l'encastrer aussi fidèlement, témoignait d'une sacrée connaissance du métier de tailleur de pierre. Tout comme il est impossible d'insérer la lame d'un poignard entre les énormes monolithes de centaine de tonnes de Gizeh en basse Égypte.

- Mais celui qui a fait cela pouvait parfaitement être également un prêtre de Saba.

- Certainement et il est là, le secret. Du moins je l'espère.

Tous deux redescendirent de la pierre, muets de stupéfaction, en proie à une indicible émotion. Se pouvait-il que le terme de leurs épuisantes, et jusqu'alors infructueuses, recherches se trouve là ?

- Tu te rends compte…

- Alors, il était là sous les yeux des derniers Sabéens comme des premiers musulmans. Et personne ne s'en est rendu compte.

- Mais comment la reine de Saba a-t-elle fait ?

- Aucune idée mais pour la roche noire, j'en ai une, il a dû passer le même phénomène social et religieux que lors de l'arrivée du christianisme en Occident. Il a bien fallu composer avec les anciens dieux gaulois ou germains.

- Souviens-toi, d'Albano nous l'a expliqué un jour. L'Église s'est retrouvée avec tout un tas de saints qu'elle a récupérés.

- Tu veux dire que la roche noire, qui devait être dans le sanctuaire des dieux sabéens, a été récupérée par l'islam, même sans y prendre garde ou pour ne pas trop heurter les convictions des anciens fidèles de ces dieux.

- On le dirait en tout cas.

- Maintenant, je comprends bien des choses, fit Geoffroy alors qu'ils se dirigeaient vers la sortie, souhaitant ne pas être vus et multipliant les précautions. La porte n'avait pas résisté longtemps à la dague de Geoffroy qui s'en était servi comme d'une clef. Il ne fallait surtout pas à présent, marcher sur la queue d'un chat ou réveiller un gros chien, ni se heurter en sortant à un mendiant.

- Oui !

- Tu te souviens : belle mais noire, reprit le garçon. On s'est complètement foutu dedans, on s'est égaré ou on a pris là encore de fausses pistes. Belle parce que tombée du ciel. Une météorite d'une beauté incomparable car venue du fond de l'infini et noire car elle est effectivement noire puisque arrachée à quelque étoile ou à l'une des sept planètes de mon ami Al Moustansir.

- Alors, belle mais noire ne s'applique pas à Balkis ?

- Elle l'a fait croire, elle ou sa légende. Ce n'est qu'après sa fuite du palais de Salomon qu'on l'a nommée ainsi, et après la construction du premier barrage.

Curieusement, au lieu de sortir le plus vite possible de la cour de la mosquée, Alix et Geoffroy s'assirent sur leurs talons au mépris de toute prudence, tant ils étaient excités.

- Tout le monde n'y a vu que du feu du temps de la reine de Saba, ni après sa mort et la destruction du barrage. Et tous les dires d'Arwa, d'Abdul, d'Éboli, des bibliothécaires, ne sont que mensonges, racontars de vieillards, destinés à nous entraîner sur de fausses pistes.

- Où est alors leur intérêt ?

- D'abord eux n'ont jamais su ou vraiment cherché car ils n'avaient pas réfléchi au problème comme nous. Balkis est plus proche de nous que nous le supposons. Je veux dire au niveau de sa disposition d'esprit c'est pourquoi nous avons en parti trouvé.

- Mais leur intérêt ?

- Il est précisément dans le fait qu'indubitablement nous ferons un jour ou l'autre un raisonnement différent du leur.

- Alors, ils sont derrière cette porte.

- Probablement.

- Il faut trouver une autre issue.

- Mais où donc ?

- Par la mosquée elle-même.

- Tu es fou Geoffroy. On va vraiment se faire prendre.

- Non. Juste à côté de la qibla, en direction de La Mecque, y a le minbar, la chaire d'où l'imam récite le Coran. Il apparait par-là, donc il vient par-derrière. À nous de trouver.

Ce fut plus simple que prévu. Derrière la chaire un panneau de bois amovible, par une volée de marches dissimulées dans le mur et par un couloir où il fallait quelquefois passer de profil, ils regagnèrent la bibliothèque d'où une porte donnait sur ruelle de la ville basse.

Ils s'y hasardèrent. Personne. Ils s'y faufilèrent, éclairés par une lune grosse comme l'astre du jour. Ils arrivèrent à leur villa sans être vraiment persuadés de ne pas avoir été suivis. Là, ils retrouvèrent Mélisende grignotant des biscuits au sésame et au cumin, elle buvait un thé parfumé avec des feuilles de menthe.

- Eh bien ! ma vieille, tu avais drôlement raison. Il y a bien une pierre enchâssée dans la roche, qui pourrait être la clé du problème.

Et ils lui racontèrent tout.

- Faisons le point.

- Alors ton idée mon petit Geoffroy.

- Cette pierre a été habilement dissimulée par Balkis au sein d'une autre roche noire, elle aussi venue du ciel. Mais elle doit surtout être porteuse d'éléments la rendant très dangereuse. Elle doit irradier, mais en certaines circonstances seulement. Souvenez-vous : la Bible ne dit-elle pas, en schématisant, que des hébreux, ayant voulu voir les Tables de la Loi, furent littéralement foudroyés par leur rayonnement tellement aveuglant qu'ils perdirent l'usage de la vue.

- Voilà pourquoi on a construit l'Arche d'Alliance.

- Exactement. Pas pour faire joli, pas pour impressionner la foule, mais pour pousser cette même foule à s'en méfier terriblement.

- Supposons donc une pierre tombée du ciel... car elle est là l'origine du mystère... ou plutôt extraite d'une de ces planètes dont me rebat les oreilles l'astronome Al Moustansir. Il en a vu en effet quelquefois, depuis son observatoire d'Ispahan, traverser la nuit comme des foyers incandescents. Des pierres énormes qui se sont écrasées Dieu sait où, ou de toutes petites comme celle-ci : traverser le ciel, ça veut dire heurter les étoiles, d'autres planètes, rencontrer des comètes, percuter des astéroïdes, ça aussi c'est très important...

- Tu viens de souligner un point crucial. Tu les as comparées à des foyers incandescents : une fusion, pourrait dire Jabir l'alchimiste, c'est-à-dire capable d'absorber, de digérer des métaux, d'autres fragments de l'Univers. Bref le reconstituer.

- Bon Dieu de bon Dieu. Tu sais ce que tu es en train de dire...

- Mais oui... reconstituer l'Univers... Je ne sais pas où cela peut nous mener, mais nous sommes sur terre. Comme également, une larme coulant d'un œil ou une gouttelette d'eau tombant d'une fontaine. As-tu jamais remarqué leur forme… celle d'une poire… pour moi celle d'un alambic.

- Et c'est la même chose pour la pierre.

- Absolument en traversant l'atmosphère, elle perd de sa forme initiale, pour se transformer en un alambic où il a dû se passer une bien étrange alchimie, et pour retrouver à la fin cette même forme primordiale. Mais dans l'ensemble, il s'est passé un extraordinaire phénomène.

Les Faraglioni restèrent silencieux. Le mystère insondable jusqu'alors prenait une forme insoupçonnée… Mais tout se mélangeait dans leur tête sans qu'ils soient encore en mesure de faire la liaison entre cette pierre noire et le barrage. Et le fait de l'avoir dissimulée dans la grosse roche noire relevait de la perfection. Pour tous les musulmans, c'était une seule et même roche tombée du ciel à laquelle personne n'avait jamais prêté attention.

Mélisende les tira en partie de la torpeur qui les gagnait.

- Lorsque l'Ancien Testament parle du Saint des Saints, c'est parce qu'il s'agit d'une espèce de cache secrète, d'une chambre forte où seuls des prêtres pouvaient pénétrer, habillés de vêtements spéciaux pour se protéger d'un rayonnement très dangereux.

Alix enchaîna :

- Alors si cette pierre émet une telle radiation dans certaines conditions ou circonstances : temps, période de l'année, alignement, visée… elle peut être positive ou négative. Ce qui explique que personne n'aurait voulu s'en servir. C'est bien ce que tu m'as démontré l'autre jour.

- Je pense surtout que personne ne savait plus s'en servir, reprit Geoffroy.

- Les Tables de la Loi, ramenées soi-disant par Moïse du sommet du Sinaï, ne sont effectivement pas des commandements. Comme le pensait Mélisende, ce sont des instructions pour manœuvrer la pierre.

- Tu veux dire que les dix commandements sont une énumération de directives qu'il faut suivre les unes après les autres ?

- Je me répète, fit le garçon, mais la pierre ne peut fonctionner que dans certaines circonstances. Nous voici revenus à ce que nous pensions l'autre jour. À nouveau, le fameux rayon, mais vert. La pierre doit être orientée à partir du rayon vert. Et en visée sur Alpha du Dragon et les Pléiades. Et là, elle fonctionne. Sa puissance irradiante peut lui faire déplacer des montagnes, ce que d'aucuns ont pris pour la Foi n'était qu'une expression d'architecture. J'ai d'ailleurs, à propos de rayonnement, mal à la main. Regarde.

- Elle devait, elle doit être capable de découper une falaise en centaines de monolithes de plusieurs tonnes et de les soulever, déjà parfaitement équarris, de les déplacer un court instant afin de les aligner selon un schéma d'ensemble : le plan architectural de la grande pyramide, le Temple de Salomon...

- Ou le barrage de la reine de Saba.

- Alors, il suffit d'en prendre possession.

- Et là, je t'arrête, fit Alix. Pas question de retourner de nuit comme de jour à la grande mosquée, de s'activer à extraire cette pierre de sa gangue rocheuse où elle semble si parfaitement incrustée que cela demanderait des heures de travail interrompu par un lynchage général et une lapidation sans précédent.

- Si. Il a raison. Il te faut, martela Mélisende, en faire exécuter une particulièrement semblable. À ce moment, nous pourrons procéder à un échange.

- C'est pas bête.

- Et si Abou Zaya s'en chargeait. Il nous le doit bien.

- Se chargeait de quoi ?

- Mais de nous en trouver une, plus ou moins identique, Il suffirait en somme d'en faucher une dans la bibliothèque d'Arwa. J'en ai vu, l'autre jour tout un tas plus ou moins semblables. Lui, il pourrait faire ça, non ? Il me doit quelque chose depuis la nuit où Éboli a voulu me coller dans son lit pour que je lui fasse l'amour.

CHAPITRE XXIX

SUR LA BRÛLURE ET LE MAL

- Le chéri de ces dames a l'air de beaucoup souffrir, avança Mélisende.

- Bon, fais voir ta petite main, ordonna Alix. Je vais te préparer un analgésique très puissant à base de graines et d'écorce de mandragore pilées, de deux variétés de pavot, de jusquiame, d'un peu de ciguë et pour couronner le tout de morelle noire. Rien que de le respirer, tu dors. Tu vois, j'ai mis le paquet.

- J'ai un peu peur de ce que tu racontes.

- Allons, ne fais pas l'enfant !

Le lendemain matin, la paume de sa main le brûlait toujours. Geoffroy y jeta les yeux. Elle était rouge, cloquée. Sa main enfla encore dans la matinée et la douleur se propagea même dans le bras.

Elle a émis des radiations, avança Alix. C'est incontestable. Mais alors comment se fait-il que des milliers et des milliers de fidèles qui, chaque semaine, tournent autour de cette roche noire, et qui l'effleurent, n'en aient jamais éprouvé la moindre douleur ?

- Voilà un mystère supplémentaire, rétorqua Mélisende, mais attention.

Et elle leva un doigt vers le ciel.

- Nous brûlons.

- Et tu fais de l'esprit par-dessus le marché, s'emporta Geoffroy qui secouait la main comme si la brûlure pouvait s'en aller d'elle-même.

- Laisse-la dire, émit Alix, jalouse. Moi je vais te soigner mon petit.

- Bon, maintenant que le chéri de ces dames est bichonné, soigné, couvert de caresses et de bandelettes, si on revenait à la pierre et à la brûlure.

- Une pierre tombée du ciel -c'est toi-même Geoffroy qui l'a appris à ton harem- aux vertus extraordinaires.

- Lorsque je disais que nous brûlons, c'était dans tous les sens du verbe, surenchérit Mélisende. Je vois cette pierre noire encastrée dans cette grosse roche, porteuse de radiations extrêmement dangereuses.

Sa sœur l'interrompit :
- D'accord, mais ce pourrait être le cas pour la volumineuse roche qui l'enserre en ses flancs. Or là, rien n'a l'air de se passer.

- J'ai bien une idée, émit avec un rictus de souffrance Geoffroy, en gémissant.

- Vas-y maintenant ! Et ne gémis plus. C'est énervant à la fin.

Dès le départ, cette petite pierre noire devait être déjà ramassée sur elle-même comme un bloc de diorite -cette pierre égyptienne dite incassable. Mais, en cours de route, elle a raflé au passage de microscopiques poussières dans l'espace, de ces poussières chargées d'une puissance de développement incroyable.

Les trois demeuraient silencieux. Ils levèrent la tête simultanément en direction du ciel. Quelque chose venait subitement de se passer. L'atmosphère autour d'eux était soudainement chargée de fluides, parcourue d'ondes, les isolant du monde extérieur. Alix murmura comme pour elle-même :
- Ne trouvez-vous pas étrange, profondément mystérieux, cette chaîne d'initiés, apparemment interrompue. Quelque chose d'extraordinaire, de phénoménal, à la petite échelle humaine, a dû se passer, plus ou moins à intervalles irréguliers... un homme-poisson surgi de l'océan, est venu enseigner au peuple sumérien l'art sacré de retrouver ou de rejoindre les dieux par les ziggourats... en Basse Égypte un architecte, étranger je vous le rappelle, aux cheveux roux, est venu construire cette gigantesque pyramide de Gizeh. Plus tard, Hiram de Tyr édifia pour Salomon, en un temps record, un Temple

à l'Éternel où l'on n'entendit jamais le moindre bruit de marteau, de scie… puis…

- Puis…

- Balkis… la reine de Saba… belle et noire.

- Un beau jour, comme par miracle, se présente le chaînon manquant… pour perpétuer la lignée des initiés, des grands anciens…

- Mais nous, avance Geoffroy, que faisons-nous dans ce plan mystérieux ?

Ils restèrent muets. Des vibrations semblaient les entourer, déroulant des cordes invisibles. Ce fut Mélisende qui reprit la parole.

- J'ai l'impression que nous avons été jetés par le hasard ou par une divinité quelconque dans un grand drame cosmique qui se joue effectivement depuis des millénaires, et auquel nous ne sommes mêlés qu'à l'heure du dénouement…

…A l'heure également où se produira un cataclysme qu'ont préparé des civilisations très avancées et par un cercle d'initiés voués au secret.

- Alors, compléta Geoffroy, ce sont les mêmes forces inconnues qui vont aussi nous détruire. Ainsi cette pierre noire en est la forme parfaite de représentation.

- Mais si la pierre peut brûler, ou ne pas brûler, la main qui se pose sur elle, cela signifie que celui qui s'y brûle a été reconnu comme tel, et que par voie de conséquence ces puissances venues du ciel nous sont hostiles ou bienveillantes.

- Alors le Mal va venir. Car pour l'instant rien n'a été déterminé.

- Il est tout à côté. Nous avons tellement d'ennemis à chasser à notre porte qu'il est inutile de faire le décompte. Quelque chose de maléfique va se produire, je le sens aussi, s'insurgea Alix.

- Sauf, coupa Mélisende, si notre commune cicatrice nous protège. Car ce serait bien là la justification de sa présence, Celui ou ceux qui nous l'ont faite, l'ont pratiquée en fait comme une ouverture de notre corps, précisément à travers la gorge où passe le souffle, l'air, le vent… acceptant ou rejetant ces cordes invisibles qui nous relient à quelque chose, là-haut.

- Nous avons, j'en suis persuadée, quelque chose de ce souffle qui, à un moment donné, devrait nous donner la victoire.

- Je sens malgré tout autour de nous des forces hostiles, ajouta le garçon.

- Et ta main ?

- Elle ne me fait plus mal… « Le Mal peut devenir une volonté du Dieu de l'Univers, si nous parvenons à le terrasser », émit sentencieusement Mélisende.

Abou Zaya qui pénétrait dans la cour, n'entendit que les dernières paroles de Mélisende.

- Ma pauvre petite, dit-il avec un ricanement sinistre, tu ne fais pas le poids.

- On verra Abou, on verra…, en attendant nous avons eu une terrible idée dans laquelle tu joues ton rôle. Ça va te plaire… écoute…

- Voilà… il faudrait…

CHAPITRE XXX

CAPTURE DE GEOFFROY

Mélisende avait bien raconté à ses doubles l'épisode vécu avec la princesse borgne et comment elle avait été sauvée par le gong, c'est-à-dire par l'arrivée inopinée d'Arwa. Mais depuis les rapports semblaient s'être améliorés, Éboli leur faisait bonne figure lorsqu'elle les rencontrait, sans soupçonner un instant qu'une des filles s'était trouvée devant elle l'autre nuit. Aussi un soir où Geoffroy, le garçon sortait du palais de Jibla, elle s'arrangea pour croiser son chemin. Il ne put l'éviter.

- Je te cherchais précisément, tu te souviens de notre intéressante discussion de l'autre semaine ?
- Assurément, comment l'oublier...
- Accompagne-moi, je voudrais te montrer quelque chose : une pierre venant de Marib et comportant des inscriptions sensiblement identiques à celles entrevues jusqu'alors. Ce serait intéressant de les décrypter, surtout si elles sont du même genre que celles que tu as si bien interprétées d'après ma grand-mère.

Geoffroy se méfia presque instantanément malgré les sourires de la jeune femme. Mais il s'exécuta. Il la suivit dans ses appartements. Elle donna des ordres. Servantes et gardes s'éclipsèrent.

- Nous sommes seuls. Nous pouvons donc reprendre notre conversation là où la reine Arwa l'a l'autre jour interrompue.
- Je n'en suis pas si sûr..., commenta Geoffroy.
- Tsst... Tsst... Serais-tu aujourd'hui moins entreprenant que l'autre nuit lorsque je t'ai surpris. Pourtant, c'était bien toi n'est-ce pas ? Les yeux bleus, la cicatrice, les épaules larges...

Elle se moquait ouvertement de lui.

- Pas froid aux yeux, me suis-je dit aussitôt. D'autant plus que tu m'as surprise à moitié nue.

- C'est-à-dire que…

- Mon jeune ami, c'est très simple, j'ai terriblement envie de toi depuis cette soirée fort mouvementée et malheureusement inachevée. Nous allons tout simplement faire l'amour comme deux êtres qui ont envie l'un de l'autre.

Geoffroy ne savait pas comment se tirer de ce guêpier. Jusqu'où Mélisende était-elle allée pour provoquer une telle passion chez cette éthiopienne ? Belle mais noire comme Saba. Il lui fallait impérativement, et dans les plus brefs délais, se tirer de ce mauvais pas. Mais la jeune femme ne semblait pas l'entendre de cette oreille.

- Je me déshabille donc. Exactement au point où j'en étais l'autre jour. Avec mon bandeau sur l'œil. Très joli, n'est-ce pas mon bandeau avec toutes ces pierreries ?

- Il y a un malentendu, voulut-il dire.

- Un malentendu… ? Que veut dire ce mot ? Un homme qui désire une femme et assez hardi pour entrer dans ses appartements, la surprendre en train de se déshabiller, et de se démaquiller devant un miroir, prendre tout son temps pour mieux l'observer, se faire à lui-même des observations sur ses seins, son ventre et ses cuisses, c'était le cas, non… ?

Je continue… Il a apprécié en connaisseur, le velouté de ses cuisses, la fermeté de ses seins, la rondeur de sa croupe dans laquelle il aimerait bien s'enfoncer.

Geoffroy eut un geste de dénégation sur lequel elle faillit se méprendre.

- Je continue. Oui, mais voilà, la femme a besoin pour faire l'amour d'être complètement nue. Tu comprends mon petit vénitien ? « Il ne comprend pas ou feint de ne pas comprendre ? ».

- Se sentir nue, pour une femme, après être déshabillée, non seulement du regard par un homme qui lui plaît, c'est aussi se déshabiller, enlever le plus petit morceau de vêtements depuis cette tunique jusqu'à… Devine ?

- Je ne devine pas.

- Je vais t'aider. Le bandeau… Par exemple.

- Je vois, fit Geoffroy en frémissant.

- Ce que tu dois voir, mon cher Geoffroy, c'est que je fais l'amour nue, sans bandeau et que j'aime bien observer mes amants qui sont eux aussi obligés de m'observer. Précisément mon orbite vide leur coupe leurs moyens et ils demeurent impuissants. Je les fais alors châtrer ou je le fais moi-même, qu'en dis-tu ?

- Rien…

- Il ne dit rien ! Tu sais que l'autre jour tu étais beaucoup plus bavard, tu n'arrêtais pas de parler et tu t'en sortais fort bien.

« Sacré Mélisende ! Il n'y a qu'elle pour pousser la partie très loin, à la limite de l'acceptable. Bien sûr qu'elle avait dû s'amuser, mais qu'aurait-elle fait si Arwa n'avait pas surgit inopinément ? ».

- Cessez ce jeu, princesse, il est indigne de vous.

Éboli se leva d'un bond. La femme était littéralement furieuse.

- Écoute-moi bien, je vais lentement me déshabiller, enlever un à un mes vêtements et m'asseoir à nouveau sur ce petit tabouret juste devant ce miroir pivotant. Toi, mets-toi là-bas près de la fenêtre, sinon…

Geoffroy dut s'exécuter.

- J'écarte légèrement les cuisses pour que tu puisses voir mon pubis parfaitement épilé. Tu vois.

- Hein… ! Oui.

- Alors, c'est parfait. Avance à présent. Tu te souviens de ce que tu me disais. En fait, c'est moi qui t'ai fait sortir de l'embrasure de la fenêtre. Tu avais ainsi une vue plongeante sur mon ventre, mon corps et surtout mon visage. Avec le bandeau bien sûr.

Geoffroy faisait marcher sa tête à toute allure pour trouver une solution et surtout un moyen de fuite. Tout lui passa par la tête, jusqu'à tuer la princesse. Mais comment Mélisende avait-elle pu jouer ce jeu sans se dévoiler ?

Les gardes devaient être derrière la porte, dans le jardin, sur le balcon. Il ne ferait pas un pas dehors sans être descendu, quant à faire l'amour avec cette femme, c'était tout simplement impossible.

- Il n'y aura pas d'autre fois, mon cher Geoffroy. Je te sais capable d'honorer des femmes. Ne le fais-tu pas avec tes sœurs ? Tu vois que je suis au courant. Un garçon capable de faire l'amour avec ses deux sœurs la même nuit doit être un amant très doué sexuellement. Je demande à vérifier. Au fait, vous faites l'amour combien de fois par nuit ?

- À propos, tes fameuses sœurs filent du mauvais coton à ce que mes espions m'ont rapporté. La plus grande des jumelles intéresse les teutoniques, à ta place, je me ferais du souci, et de plus, si tu ne peux pas me faire l'amour, je me ferais vraiment beaucoup de souci.

- Vous voulez me châtrer à mon tour ?

- Pas du tout. Si seulement tu ne me fais pas jouir et si tu n'y arrives pas, je te fais enfermer dans une petite maison de rien du tout, en fait un réduit, sans pain, ni eau, bien sûr, sans porte ni fenêtre. Emmuré vivant. On t'entendra gueuler jusque dans les faubourgs de Jibla. Aucun prétexte à fournir à la grande reine. Un simple vénitien venu surprendre dans ses appartements une princesse aux trois quarts nue. Imparable. J'enlève mon bandeau à présent.

- Non.

- Comme il a dit ça ? On dit toujours non à la première question. Ensuite c'est une simple formalité. J'enlève le bandeau ? Tu as peur de contempler mon œil vide ?

- Je n'ai pas peur. C'est pour vous que j'ai peur.

- De la pitié à présent, alors que je ne demande que de l'amour. Un garçon capable de pratiquer l'inceste avec ses sœurs…

- Ça suffit à présent ! Taisez-vous !

- Tu as dit fort bien en arabe « taisez-vous ».

- C'est ce que j'ai dit.

- As-tu bien compris ce qu'il advenait de mes amants impuissants ? Oui, tu le sais déjà. J'ajoute qu'avant de les faire enfermer je leur inflige un supplice auquel ils ne s'attendent pas. Tu veux savoir lequel ? Il ne répond plus rien le vénitien. Pas bavard pour un dirham aujourd'hui. Viens t'allonger sur moi.

Malgré lui, Geoffroy sursauta. « Comment cela s'allonger sur elle… ? ». « Devant les deux gardes yéménites qui, sans qu'elle paraisse troublée, venaient d'entrer silencieusement dans ses appartements. Ils tenaient fermement leur cimeterre et caressaient de leurs doigts effilés la lame très aiguisée.

- Tout habillé, bien sûr. Inutile d'être nu. Juste un préambule.

Geoffroy se sentit pousser en avant et faillit trébucher.

La femme s'était déjà allongée sur le dos sur le lit.

- Allons, viens. N'aie pas peur. Les gardes sont là pour te protéger.

Et elle éclata d'un rire sinistre.

Il se retrouva couché sur Éboli sans avoir su comment.

- Tu vas éprouver le supplice dont je te parlais à l'instant : j'imagine que le membre de mon amant est fermement introduit dans mon ventre et je noue alors mes jambes autour de son torse et alors…

- Crac…

D'un coup d'une violence inouïe Éboli venait de ramener ses cuisses contre le torse du jeune homme qui entendit ses côtes se fêler ou se casser. Il roula à terre en poussant un horrible hurlement. Il ne pouvait plus respirer. Une côte avait dû au moins perforer un de ses poumons.

La femme éclata d'un rire sardonique. Il y a pire que mourir… Alors son sort fut scellé définitivement. Elle frappa trois fois dans les paumes de ses mains. Deux autres gardes apparurent, les armes levées.

- Emmenez-le et que tous le voient. Un impuissant de plus. Emmenez-le dans le réduit aux cochons qu'on l'entende hurler jusqu'à son dernier souffle.

On emmena Geoffroy et lorsqu'il vit la dernière pierre se sceller définitivement, il abandonna tout espoir. Son agonie fut très lente mais il ne hurla pas.

CHAPITRE XXXI

ARWA

Je viens de comprendre le véritable plan d'Arwa. Une horreur incommensurable s'empare de moi. C'est inouï. Ce que cette reine déjà très âgée a longuement préparé et monté dans sa tête est inimaginable. Nous nous sommes laissés prendre à ses contes, ceux qu'elle nous servait lorsque le précédent avait fait long feu ou dès que nous étions sur le point de lui dire :

- Vous mentez, Majesté, sans vous offenser.

Alors, elle souriait d'un air complice et achetait notre silence par des paroles au doux nectar de miel.

- Bravo ma fille, j'en étais sûre, j'ai fait le bon choix et je voulais vous éprouver.

Elle s'en tirait toujours à bon compte. Mais là, elle a atteint des sommets qui donnent le vertige.

Tout a commencé, à Âcre avec l'arrivée de sa messagère et de sa tablette incompréhensible. C'était ma foi un bon point de départ. Une énigme à résoudre pour des pauvres jeunes gens en mal d'aventure au prétexte de la solution d'un problème à Sana'a. Cela tenait la route.

Puis l'émergence de l'idée d'une construction, mêlée adroitement avec le mystère éblouissant de Saba il y a deux millénaires, la fuite de Balkis à travers le désert et soudain l'Arabie heureuse.

- Je voudrais construire un deuxième barrage. Cela c'était déjà la deuxième version.

- Comment ?

- Vous allez me découvrir la recette avec au départ l'argent des Templiers, les armes des Templiers…

- Et la petite Mélisende découvre que l'Arche d'Alliance n'est pas importante -mais elle ne le lui dit pas-.

- Car ce qui l'est, c'est son contenu. Et Alix n'est pas manchote non plus -n'est-elle pas, dans son genre, une reine d'illusion- découvrant à son tour que ce fameux contenu n'est ni une machine ni un engin, ni une boîte particulière contenant ce qui pourrait passer pour une formule. À nous trois car il faut bien que de temps en temps, Geoffroy, le garçon, fasse quelque chose, il nous concocte un descriptif où l'exacte position et alignement des corps célestes a son importance, pourvu qu'ils aient une correspondance avec un certain rayon vert, pour finir, et que les Tables de la Loi sont surtout et avant tout une météorite.

- Arwa ne veut pas d'un barrage.
- En fait. Si, bien sûr.
- Pour sa gloire ? Mais elle est mourante ou peu s'en faut. Elle veut surtout mettre la main sur l'Arche d'Alliance car elle en est restée à la Bible et au Coran et aux légendes de Saba. Légendes drôlement arrangées, entre nous…

Puis elle nous a vu manœuvrer et alors elle a compris tout le parti qu'elle pouvait en tirer.

- Celui ou celle, a-t-elle dû penser, qui pourrait véritablement construire un barrage à la manière de Balkis et aussi rapidement qu'elle disposerait d'une arme terrible. Le barrage dans sa tête passait là encore au second plan. Et l'arme a toujours été son but essentiel. L'exemple des murailles de Jéricho qui s'effondrent toutes brusquement lorsque Salomon fait sonner les trompettes alors qu'il a en fait diriger les Tables de la Loi contre elles.

Il suffirait, s'est-elle dit, de bien surveiller les petits Faraglioni et de leur faire dévoiler au tout dernier moment le contenu de l'Arche d'Alliance, puis de les faire disparaître. Qui s'en soucierait ? Ah oui ! Peut-être d'Albano, celui qui s'intéresse tant à Mélisende.

Mais voici que dans l'intervalle ont surgi des ennemis inattendus au sein de son propre camp, au sein du nôtre également. Du coup le nombre d'ennemis, non pas du projet mais des Faraglioni, était à ce point important qu'il fallait prendre une décision. S'allier avec certains d'entre eux sans nécessairement en prévenir les

Faraglioni. Ils ont tous dû suivre la progression de notre enquête avec un certain nombre de précisions. Rien ne peut rester secret très longtemps.

Abdul son fils n'a jamais été très partant pour le projet. À ses yeux, il prendrait trop de temps, nécessiterait trop d'organisation, sans même parler d'argent. De plus, il savait parfaitement qu'il aurait contre lui tous les oulémas, tous les docteurs de la loi musulmane, car ce serait aller contre la volonté d'Allah.

Sa petite-fille, au gré de son humeur, qui, elle, est fort changeante, est pour le projet parfois contre. Il est impossible et de se fier à elle et de compter sur elle, et pourtant Arwa fonde en elle de grandes espérances. Or la petite-fille veut régner, et il ne faut pas être grand clerc pour deviner que le plus simple serait de se débarrasser de son père Abdul. Mais en attendant, il faut tirer les marrons du feu, après on verra. Du coup elle donne son amitié aux Faraglioni. Donc elle recherche le petit vénitien qu'elle a surpris dans sa chambre. C'est fou ce qu'on nous aime dans ce pays.

- C'est évidemment sans compter sur les teutoniques fort intéressés par tout ce qui touche l'Arche d'Alliance et parmi eux le grand inquisiteur car s'il pouvait se payer les Faraglioni dans la foulée, son avenir serait assuré. De plus leur Grand Maître a été très clair, suivant les informateurs d'Albano : « Ce que les Faraglioni trouveront vous me le rapporterez, je saurai bien, moi, m'en servir ». Cela, au moins c'est clair !

- Abdul, pour en revenir à lui, rêve de fédérer sous sa coupe toutes les tribus d'Arabie, mais ils n'ont pas de réels ennemis à part les nubiens et les éthiopiens, pour de courtes batailles d'ailleurs sans intérêt. Le projet de fédération tombe donc régulièrement à l'eau. Or, la seule façon d'unir les arabes est de leur trouver un ennemi commun. Alors là, ils marchent comme un seul homme. Et si ce prophète nouveau leur promet une victoire rapide grâce à une arme prodigieuse, c'est toujours le coup des murailles de Jéricho et le paradis d'Allah pour ceux qui trouveraient une mort glorieuse, il a tout pour leur plaire et réussir.

Dans la tête d'Abdul, l'Arche d'Alliance est une arme monstrueuse, prodigieuse capable de décimer des milliers d'adversaires, de faire s'écrouler les murailles des plus puissantes fortifications. Selon nos renseignements, il commence déjà à parler de remonter jusqu'à Akaba et d'aller froidement mettre le siège devant l'imprenable cité templière de Kerak. Ça c'est du sérieux. Les arabes hochent la tête : faut voir disent-ils tout en mâchant du qât.

Alors Arwa a encore changé son cimeterre d'épaule. Elle a bien vu le danger. Elle a aussitôt concocté un autre plan. Voilà une femme de plus de quatre-vingt-dix ans qui ne passera peut-être pas l'année et qui se met à tirer des plans sur la comète comme si elle devait vivre cent ans.

- Mes chers amis, nous a-t-elle sorti un soir, restez auprès de moi comme conseillers. J'ai besoin de gens avisés et retors en qui j'ai toute confiance, etc… Un fort beau discours en vérité. Nous pouvons suivre, voire précéder le raisonnement d'Arwa.

- Tiens, au fait, Geoffroy n'est pas rentré cette nuit, c'est bizarre.

Le mot « conseillers » nous a mis la puce à l'oreille. Geoffroy a une tête à séduire sa petite-fille Éboli et la séduction d'Alix pense toujours Arwa, pourrait être utilisée à bon escient sur les jeunes chefs des tribus arabes insoumises du Nord.

- Reste Mélisende.

Bien sûr Mélisende a son cardinal préféré dans sa manche. Cette fille est ambitieuse ça se voit tout de suite et elle doit avoir des armes secrètes que ne doivent pas avoir, à mon avis, les autres femmes, pour faire tomber dans ses bras forts et musclés, bref dans sa couche, un religieux de haut rang. Il paraît que ça ne se fait pas, mais que parfois les francs ferment les yeux.

- Donc la plus capable c'est Mélisende.

J'imagine ainsi le raisonnement d'Arwa.

Abdul est nul. Ma petite-fille Éboli ne voit pas plus loin que le bout de son nez ce qui est logique à cause de l'œil qui lui manque. Personne n'en voudra pour femme, précisément à cause de l'œil qui lui fait défaut.

- Et si j'organisais un beau matin un beau mariage entre Abdul et Mélisende ?

- Je fais d'une pierre deux coups, pense Arwa. Trois si on sait bien compter. Trois, c'est bien un nombre créateur dirait Henri lorsqu'il se pique de faire de l'ésotérisme. Henri, c'est d'Albano, je vous le rappelle.

- Un : je colle une femme de tête à Abdul que cela leur plaise ou non. Même s'ils n'ont pas une attirance folle et prononcée l'un pour l'autre. Cette fille a tout d'un garçon. Bah ! on verra. Bien sûr il devra lui faire des enfants, ça c'est peut-être plus difficile car selon les androgynes rien n'est vraiment gagné d'avance.

Deux : Je renvoie ma petite-fille, que j'adore pourtant, en Éthiopie avec ses amants de passage -car elle ne les garde pas longtemps ce que je peux comprendre- et si elle proteste, se met à pleurer, je l'élimine.

Trois : J'élimine aussi ce d'Albano qui, paraît-il, veut à tout prix emmener cette Mélisende à Rome. Ce qu'il en fera là-bas est une autre histoire, mais il n'est pas question qu'il l'emmène en tout cas.

Conclusion : Mélisende, reine de Saba.

L'effroi me saisit à la gorge. Ma peau se couvre de chair de poule. Une douleur puissante et douloureuse se forme au creux de mon estomac. Je dois être devenue livide. Je dois m'agripper à une pierre pour ne pas tomber.

C'est effroyable.

Les hideuses machinations d'Arwa sont effroyables. Elle joue avec les individus comme avec des pions sur un échiquier.

Mais en y réfléchissant bien… Je me plais à imaginer un court dialogue entre elle et moi.

- Ma parole, vous voulez changer ce monde… Très bien… Tous les souverains aspirent à cet idéal irréalisable… Un simple barrage, et le tour sera joué. Vous êtes-vous rendu compte qu'il va bouleverser pour des siècles la vie de ce pays, détruire son environnement…

- Que dis-tu ?

- Et contrarier les dieux, même les vôtres qui dorment pourtant paisiblement là-bas à Marib.

Je reviens sur terre pour m'envoler presque aussitôt.

Mélisende, reine de Saba… !

Ça par exemple !

CHAPITRE XXXII

ALIX ET LES TEUTONIQUES

J e suis très sensible à l'air qu'on respire toujours lorsque l'on rentre dans l'atelier d'un menuisier, d'un tailleur de pierre, d'un forgeron, d'un orfèvre, d'un teinturier, soliloquait Alix à la manière de sa jumelle.

L'atmosphère y est certes différente, mais elle est celle de l'artisan habité par son métier, et elle est comparable à un état de conscience où s'exprime le goût du travail bien fait et plus encore la transcendance de ce même travail.

J'aime aussi l'odeur particulière des souks, si prenante, si tenace et en particulier celle qui m'enveloppe dès que je franchis le seuil des tanneurs, des vendeurs d'épices et d'onguents. Dès que je m'approche des étals où sont soigneusement alignés les cristaux de myrrhe et d'encens, je suis immédiatement envoûtée et mon cerveau devient tout à coup plus réceptif à ces mouvements secrets, à des perceptions subtiles de l'ouïe.

Je dois être folle assurément…

Tous les soirs, les vendeurs d'épices ou de farines diverses : sorgho, orge, millet, pois chiches…, qui ont passé un temps fou le matin à ériger de splendides pyramides s'élevant très haut au-dessus des sacs de jute, prennent autant de temps avant de raccrocher le volet fermant leur petite boutique, à aplanir lesdites pyramides qui mystérieusement occupent plus de place qu'elles ne devraient puisqu'elles ont dépassé l'horizon de ces sacs de jute.

J'aime aussi regarder un homme se faire tatouer sur l'avant-bras des signes cabalistiques et une femme dans la paume de sa main, des modèles remontant à la nuit des temps. Et lorsqu'une femme discute interminablement avec un marchand sur la composition du henné qu'il lui a vendu la veille et qui n'est pas réussi, je suis aux anges. Ils ont presque l'éternité à défaut du temps pour eux.

Je viens de sortir de la médina, la vieille ville, pour me rapprocher des murailles ocre la ceinturant là où se trouve notre logis. Je suis habillée en garçon. J'ai besoin de réfléchir. J'ai eu un instant de répit, de bonheur comme j'en éprouve rarement, Ça en vaut drôlement la peine.

Un homme tirant un âne chargé comme ce n'est pas possible vient de me bousculer, m'envoyant presque valdinguer con le mur du logis voisin. La vie vient de se rappeler à moi.

C'était pourtant bon ce moment volé au temps. J'en étais là de ces aimables pensées lorsqu'ils me sont tombés dessus.

Un coup violent sur la nuque et…

Et Alix avait été projetée, cul par-dessus tête, sans pouvoir se retenir. Elle était encore étourdie sur le sol lorsque les soldats germains s'étaient précipités sur elle, déguisés en arabes.

Les teutoniques avaient obtenu d'Arwa en échange de leurs services et surtout de leur argent -jusque-là notre vieille reine continuait à jouer double jeu- une partie d'une vieille forteresse dominant un oued devenu un étang glauque avec le temps.

On avait, depuis, emmené Alix, couverte de poussière, dans la salle des gardes, où on lui avait retiré ses dagues.

- Du beau travail, avait conclu Eberhardt. C'est notre Grand Maître qui va être content. Il compte l'interroger lui-même mais en attendant, nous pouvons toujours passer un bon moment.

- Tu sais ce que je vais faire de toi… suis moi…

Alix avait bien quelques idées fort déplaisantes, mais occupée à grimper les hautes marches menant au troisième niveau, elle cherchait surtout comment s'échapper.

Eberhardt traîna ensuite, littéralement sur les genoux, Alix dans sa chambre, au troisième palier de la forteresse. La jeune femme était pétrifiée à l'idée des tortures qu'il allait lui infliger Il avait dû le deviner lorsqu'il l'avait questionnée après l'avoir capturée et il avait donné le change à ses compagnons en les abreuvant de grosses plaisanteries.

- Voulez-vous que je vous amène un garçon comme nous les aimons, avec un joli petit cul, des jambes interminables, des cuisses charmantes… ? Toute la litanie des éphèbes y était passée, mais à voir l'œil acéré qu'il lui lançait, Alix avait bien senti que les teutoniques l'avaient percée à vif.

- N'ayez crainte, leur avait-il jeté. Je vous le renverrai, il ne sera peut-être pas dans une forme éblouissante, mais vous conviendrez qu'à cheval donné on ne regarde pas les dents. Il en restera toujours quelque chose et vous pourrez vous en amuser tout à loisir.

Et tous de s'esclaffer à la bonne plaisanterie.

Tandis qu'il jetait des ordres en langue germanique à ses servantes apeurées, Alix détaillait son bourreau. Il était énorme, devait peser plus de deux cent cinquante livres. Des muscles, pas de chair, un cou d'ours, une tête d'aurochs, des cuisses capables de soulever un cheval. C'était, parait-il, leur marotte aux teutoniques, d'être suspendus aux grosses branches d'un arbre puissant et de soulever entre leurs cuisses, sans l'aide d'aucune sorte, un roncin de neuf cents livres. Peu y arrivaient. Eberhardt si. Il le lui avait dit tout en montant l'escalier.

- Je peux te briser les côtes, te casser la colonne vertébrale, mais avant j'ai envie de prendre du bon temps. Tu as drôlement intérêt à te montrer docile.

Déshabille-toi vite ! Couche-toi à plat ventre. Vous autres, mouchez les chandelles. N'en laissez que trois.

Il envoyait, pendant ce temps, balader chausses et braies aux quatre coins de la pièce. Elle lui jeta un coup d'œil de côté et manqua défaillir. Je ne suis pas très en forme en ce moment, lui hurla-t-il, mais tes lèvres superbes devraient rapidement me ranimer.

- J'attends. Et il se coucha sur le dos, l'attira à lui et lui empoigna le cou d'une seule main, lui tira la tête sur ventre.

Elle dut s'exécuter.

- Tu as drôlement intérêt à te montrer fort expert.

La prenait-il toujours pour un garçon : or, Alix était complétement nue. Il était vraiment difficile de ne pas s'apercevoir de sa féminité.

Rapidement, sous le va-et-vient de la bouche d'Alix, le sexe déjà monstrueux qu'elle engorgeait au risque de s'étouffer des proportions effrayantes au point de détendre sa bouche. Il lui maintenait fermement la tête sur son ventre.

Alix ne pouvait plus respirer. Au moment où elle parvint reprendre son souffle, une idée fulgurante lui passa par la tête et elle la mit immédiatement à exécution.

Et ce fut alors le drame d'une brutalité insensée.

Elle se redressa au prix d'un pénible effort, aspira un bon coup et au lieu de remonter le long du sexe, écarta brusquement les mâchoires et les referma d'un coup sec et en cisaille au risque de se les rompre tant le choc fut violent, sur le membre du Germain, le sectionnant net.

Il y eut un hurlement horrible qui la rejeta si violemment qu'elle en tomba sur les carreaux du sol. Des jets de sang jaillissaient du sexe tranché. Le Germain braillait tant à la fois des obscénités, que des appels au secours.

Elle avisa une aiguière sur une table basse et ne sachant pas ce qu'elle contenait, l'avala goulûment pour ensuite tout recracher. Un dégoût sans pareil s'était emparé d'elle. L'autre continuait à gueuler. Dans quelques minutes, les serviteurs et ses complices allaient accourir.

Des pas déjà dans le couloir et dans l'escalier menant à la chambre. Des vociférations car les hurlements du teutonique ne cessaient point. Il fallait fuir au plus vite. Le seul moyen : par la fenêtre. Elle ramassa en hâte ses habits, se vêtit à toute allure, avisa la table basse, et d'un han de bûcheron avec une force dont elle ne se serait pas crue capable l'instant auparavant, la balança avec une vigueur incroyable sur les vitraux. Il y eut une dégringolade de verre et de morceaux de plomb de part et d'autre de la fenêtre, en même temps que les complices déjà forçaient la porte.

Alors, elle se recula, prit son élan, fonça à une allure folle et plongea la tête la première à travers la fenêtre éclatée, son corps se martyrisant au passage et si elle n'eut pas la gorge tranchée et le ventre écorché vif par les morceaux de verre et les larges bandes de plomb, cela tint du miracle. Mais elle fut tailladée de partout, une barre de plomb lui entama le front, elle s'écorcha bras et jambes, puis tomba dans le vide.

L'eau de l'étang monta à sa rencontre.

Ce fut un choc d'une violence inouïe. Elle vint percuter l'eau glauque et glacée à une vitesse vertigineuse et reçut l'équivalent d'une centaine de coups de gourdin sur tout le corps. Elle perdit instantanément connaissance et coula à pic.

L'eau boueuse, marécageuse l'absorba et la fit disparaître tandis que lentement les algues vinrent ensevelir son corps inerte et le recouvrir totalement.

Elle n'entendit évidemment rien des cris proférés par les teutoniques ayant découvert Eberhardt baignant dans son sang. Les Germains, pourtant hommes habitués aux pires violences quand ils les infligent aux autres, firent un détour pour éviter le corps de leur chef dont le morceau de sexe gisait sur les carreaux de la pièce.

La découverte du corps d'Eberhardt, au sexe tronçonné, tétanisa ses complices. Puis quand ils reprirent conscience, ce fut pour se lancer à la recherche du Faraglioni coupable d'un forfait incommensurable et à qui on allait faire passer pour longtemps, si ce n'est pour toujours, le goût de recommencer.

Alix, à force d'ingurgiter une eau fétide, avait fini par la recracher et par reprendre un peu connaissance. Elle se sentait prisonnière du fond d'un lieu sinistre et ligotée par d'innombrables algues. Chaque fois qu'elle donnait un coup de pied ou un coup de main pour se dégager, elle s'enfonçait davantage.

Le long des berges, non solidifiées cependant, à l'aide de torches résineuses pour les éclairer, les guerriers germains sondaient l'eau avec des piques et des lances, mais ils ne ramenaient rien au bout de leur crochet.

Alix avala une dernière gorgée d'une eau fétide et perdit définitivement connaissance.

Les recherches furent abandonnées. Elles reprirent très vite au petit matin : mais on ne trouva aucun corps dans la mare visqueuse et fétide.

Le vénitien avait disparu.

CHAPITRE XXXIII

LE TRIBUNAL

J'ai là, vociférait l'Inquisiteur, un manifeste des navires du comptoir Faraglioni. Le sorcier que nous jugeons aujourd'hui pourrait-il nous expliquer comment, au mépris des impératifs de Rome, ses bateaux emportent d'autres passagers que des chevaliers francs. Tenez, là, il est inscrit en toutes lettres le nom d'une dizaine de « Naserini » qui, comme vous le savez, sont le nom sous lequel nous désignons les chevaliers d'Orient infidèles à la vraie foi et qui vivent à Alexandrie.

Oh ! oh ! fit la salle.

Je vois que vous comprenez. Mais il y a pire. En pleine guerre, lors de la dernière croisade, au beau milieu de la flotte des rois d'Occident, se sont glissés des navires de la République de Venise avec, écoutez bien, à leur bord, des armes pour les infidèles.

Oh ! oh ! oh ! fit la salle, trois fois.

J'ajoute que l'imam de la grande mosquée d'Alexandrie a fait à ce sorcier un don inestimable. Inestimable pour son pays, Venise. Il enseigne doctement, et tous ses élèves l'approuvent avec respect, que commercer avec l'infidèle n'est pas contraire aux hadiths de Muhammad, ou commentaires, si un tel commerce profite à la communauté musulmane. Donc ce chien est pour nous un hérétique.

Oh ! la… la… graduation dans les exclamations de la foule.

- Tu vas voir que la foule n'aura plus bientôt d'exclamations à sortir, les ayant toutes utilisées.

Et effectivement, sous le choc, la foule du prétoire s'était tue.

- *Mais bien plus coupable encore est celui qui s'adonne avec une force démoniaque tels les succubes et les incubes aux plaisirs insanes de la chair...*

- Il n'y va pas de main morte. J'ai compris un mot sur deux, Et toi ?
- *De la chair... Car en proie domestiquée, consentante au Malin.*
- Ça y est, il recommence.

- *L'Église condamne non seulement la fornication, l'adultère mais plus encore le plaisir de la chair commis entre des adultes d'une même famille.*
- Ça c'est pour nous.
- Tais-toi !

- *Les pires châtiments sont justement inoffensifs à l'égard de ces créatures et, je vais, mes frères, vous avouer quelque chose que j'aie tu jusqu'à présent.*
La foule pressentant une révélation d'importance se fit terriblement attentive. Qu'allait-il donc lui révéler après cet étalage complaisant de stupre dans lequel le malheureux prisonnier était plus englué que dans du miel ?
- *Nous n'avons pas réussi à déterminer le sexe exact du coupable debout devant vous.*
- C'est pas possible, se dit la foule, il se moque de nous...
- *C'est indiscutablement un garçon quoiqu'en y regardant de plus près, on puisse effectivement s'y tromper.*
Je me réveille en sursaut, en nage surtout, tremblante et trempée d'une sueur malsaine. Rien à voir avec les sueurs bienfaisantes d'un hammam sec... J'essuie d'un revers de main ce qui coule sur mon visage pour m'apercevoir au goût salé qu'une goutte de sueur venue s'insérer entre les commissures des lèvres n'est autre qu'une larme.

Ils sont là, je le sens. Tout près. Machinalement, je remonte la mince couverture sur mon corps que je n'ose pas regarder tant la violente diatribe du moine famélique m'a filé les jetons.

- Moi, je suis une femme, une vraie femme. Je n'ai peut-être pas tout ce qu'il faut à l'endroit qu'il faut. J'ai peut-être un corps original comme disait l'autre jour Othman. Je suis peut-être mal foutue, comme dirait Leila, mais je suis une femme. Pas un homme.

Et je n'ai jamais commis l'inceste. Je le proclame. Je fais l'amour avec Geoffroy et aussi avec Alix, mais ce n'est pas pareil. Ça n'a rien à voir avec l'inceste. Mais comment leur expliquer lorsqu'ils ne veulent pas comprendre.

Je pressens une atroce épreuve à venir car les autres, l'Inquisiteur, les moines faméliques vont venir ici à Kerak au cœur d'une redoutable forteresse templière, s'emparer de Geoffroy Faraglioni. Et ils vérifieront. Ils vérifieront si Mélisende est une femme ou un homme.

Dans un bout de miroir brisé, fichu, sur une commode bancale, je peux contempler mon visage, livide, blême, plombé. Les traits tirés. Amaigri, terriblement amaigri. Ce n'est pas demain que je vais séduire un homme. Et si d'Albano veut toujours m'emmener à Rome, si jamais il est élu pape, c'est qu'il ne m'aura pas regardé du tout.

CHAPITRE XXXIV

MÉLISENDE ET L'INQUISITEUR

L'invraisemblable projet d'Arwa de construire un barrage, avec ou sans l'Arche d'Alliance, avait été très vite connu. Trop de personnes se trouvaient concernées pour ne pas en ébruiter la nouvelle, même si cela restait du domaine d'une construction, certes hors du commun, mais d'une architecture possible, après tout.

Les teutoniques avaient additionné deux et deux et s'étaient persuadés que les Templiers avaient finalement découvert, dans les ruines du Temple de Salomon, des trésors secrets, des armes inconnues, et l'Arche d'Alliance avait refait surface car jusqu'alors il n'existait aucun lien entre le barrage et l'Arche. Mais le fait que des Templiers et les Faraglioni se trouvent à Jibla, la capitale d'Arwa, inquiétait les teutoniques et leur laissait penser que peut-être quelque chose d'inattendu se préparait.

Aussi les caravanes génoises étaient désormais accompa-gnées par des escortes des teutoniques et il n'était pas rare que les autres caravanes -vénitiennes escortées par les Templiers- se rencontrent aux points d'eau. On se saluait bien poliment mais parfois on était à deux doigts d'en venir aux mains. La situation était explosive.

J'avais donc quitté Jibla pour retrouver sur sa demande le cardinal d'Albano qui m'avait fait passer un message. J'étais à Kerak, en plein territoire syrien, venue rendre compte à mon cardinal préféré de l'avancée de mes recherches. En fait, nous piétinions, en butte à un tas de difficultés, les unes dues en partie à la langue parlée, le yéménite est quand même une langue quelque peu différente de l'arabe classique, les autres dues aux tribus insoumises à qui il fallait sans arrêt payer des droits d'accès et de passage sur leurs territoires. Mais la coalition de nos ennemis achevait de nous décourager.

Jamais nous n'aurions dû nous lancer dans une pareille aventure et ce qui n'était au départ qu'une énigme amusante, mise au jour par une reine sur le point de mourir, devenait au fil des semaines un véritable cauchemar. Geoffroy avait disparu. Prisonnier, d'Arwa, d'Abdul ? Or, c'était impossible, Abdul et Arwa étaient nos alliés. En principe. Mais Abdul était capable de tout. Je frissonnai en pensant au récit que nous avait fait Geoffroy du fameux festin de Marib.

Alix avait également disparu sur le chemin de retour vers la Médina. Alors prisonnière elle aussi d'Abdul ? C'était également impossible. Pour la même raison.

Moi, j'avais vraiment le tournis à force de remuer dans m tête : Qui était vraiment responsable, et la réponse tant redoutée vint !

Les Teutoniques.

Mais alors comment avaient-ils procédé ? Il fallait imaginer les milliers de dirhams d'argent et d'or distribués pour obtenir des renseignements, des informateurs au sein des tribus, au palais même d'Arwa. Et Arwa, elle-même, qui pour des raisons connues d'elle seulement menait un triple jeu. J'étais vraiment sur le point, moi aussi, d'arrêter les frais et de solder les comptes Mais pour le faire, il fallait d'abord impérativement retrouver Alix et Geoffroy.

C'était aussi l'avis de d'Albano à la veille de mon retour sur le Yémen.

- De combien de Templiers as-tu besoin pour t'escorter ?

- D'aucun en vérité. Gardez vos Templiers pour le jour de la grande bataille qui est en train de se préparer contre les teutoniques ou lorsque le fidèle émir Abdul viendra sans coup férir mettre le siège devant cette imprenable forteresse de Kerak.

- Je repars moi aussi, mais sur Jérusalem, ce soir. Pourquoi ne m'accompagnerais-tu pas ?

Je ne sais jamais, quand il me parle, quelles sont ses véritables pensées. Je deviens idiote. Je prends tout pour argent comptant. Un beau matin cela va me jouer des tours. Je m'en tire toujours par une pirouette des plus simplistes.

- Vous ne parlez plus de m'emmener à Rome… ?

Malgré lui il sourit.

- Justement, nous pourrions davantage y réfléchir.

Réfléchir : je ne faisais que cela. Toutes les pistes s'étaient effondrées les unes après les autres. Plus de Geoffroy. Plus d'Alix. C'était à croire que les Djinns les avaient fait disparaître. Dans un quelconque labyrinthe. Toujours le même mot qui me sautait au visage.

Nous achevions un dernier tour sur les remparts à Kerak. Silencieusement, les guetteurs et autres sentinelles voyaient passer deux grandes silhouettes marchant côte à côte ou s'arrêtant pour se parler face à face.

Puis l'une d'entre elles alla s'accouder contre une pierre pour regarder au loin, dans le Wadi Rum, le passage d'une caravane.

Je suis presque aussi grande que le cardinal. Je me penchai pour observer l'arrivée d'une petite troupe. Soudain, j'eus brusquement un nœud à l'estomac et mon front se couvrit de sueur. Je tremblai.

- Que t'arrive-t-il, s'étonna d'Albano ?
- Là, en bas, regardez !

Il me bouscula presque pour se pencher. Jamais nous n'avions été aussi proches l'un de l'autre. Instinctivement, je m'accrochai à son bras. Il ne fit rien pour se dégager.

Je suis incapable d'expliquer mon attirance pour d'Albano. Alix peut bien ricaner et Leila de surenchérir en demandant si un jour il lui est arrivé de voir mes seins à cause d'une robe un peu trop décolletée. La seule robe que je possède et qui me va d'ailleurs vraiment très mal, ressemble à un sac de jute pour graines de gingembre. Or, lui, pourquoi s'intéresse-t-il tant à moi ? Il ne m'a encore jamais pris la main, ne m'a encore jamais fait de déclaration d'amour et ce n'est pas aujourd'hui que ça va arriver.

Moi, jamais personne ne m'a dit qu'il m'aimait. Alix a un tas d'amoureux, un peu partout. Je ne sais pas comment elle s'y prend. Moi, je suis une vraie gourde. Geoffroy se paie des femmes un peu partout, lui aussi. De temps en temps, au gré de nos expéditions, je fais l'amour avec Ilghazi qui me prend d'ailleurs pour un garçon et comme un garçon. C'est dire que je ne vais pas me marier demain.

Et d'Albano : Henri, cardinal d'Albano a trente-six ans et est cistercien. Un des plus retors théologien de son époque. Le général de l'Ordre du Temple. Un grand homme d'État, lui qui perd ses moyens quand il est avec moi. Il est incapable d'aligner deux phrases, sauf lorsqu'il m'inflige des cours de stratégie militaire. Je suis sûre que si nous dînions en tête-à-tête nous pourrions rester des heures sans nous parler. Ça doit être ça l'amour…

J'ai réussi à sortir deux mots tellement je suis bouleversée.
- Ce sont eux… Eux…
Il ne peut répondre car le sire de Milly qui a monté grandes enjambées les hautes marches de l'escalier menant aux remparts, s'approche, essoufflé et lui lance :
- Le Grand Inquisiteur. Il est en bas. Il sait votre présence ici. La tienne aussi, me fit-il. Il veut vous voir immédiatement, Je l'ai fait patienter dans la salle des gardes. Il compte repartir dans une heure ou deux avec toi.
Je suis devenue livide et si d'Albano ne m'avait pas retenu je me serais effondrée sur le sol pierreux. Alors, ils nous ont tous les trois. Il leur manquait Mélisende. Ils sont venus tranquillement te chercher dans la cité la plus inattaquable de tout l'Ordre du Temple. D'Albano a bien compris lui aussi le message. Personne n'est à l'abri. Il n'y a rien à faire.
- Si, fait le sire de Milly, au sixième niveau, celui des caves et des sources. Un des souterrains débouche sur le Wadi et mène à Showbach. J'inventerai une histoire.
- Vous n'inventerez rien, Messire. Ils ne vous croiront jamais. Ils sont bien trop renseignés. Probablement par des informateurs au cœur même de cette redoutable forteresse. Et ce serait d'une maladresse insigne car vous attireriez sur vous les foudres de la Sainte Inquisition.

D'Albano n'a rien dit. Il ne peut qu'approuver. C'est sans issue. Il va aller parler au Grand Inquisiteur mais leur conversation tiendra en trois mots.

Je vais emmener Geoffroy Faraglioni avec moi à Âcre décidera Fra Domenico et d'Albano n'y pourra rien. Je le vois serrer les poings à s'en blanchir les phalanges.

- Je descends, jeta-t-il.
- Je vais te faire partir par les souterrains, reprend le sire de Milly.
- Oubliez ça. C'est trop tard et trop dangereux.
- Alors, il va t'emmener.
- Il est venu pour ça, n'est-ce pas !

Si le Grand Inquisiteur a pu me retrouver aussi facilement et à par-dessus le marché, je parie qu'il a dû procéder de même pour Geoffroy et Alix. Alors, nous sommes foutus, puis nous serons lapidés à Âcre, roués en place Saint-André et brûlés vifs... Je n'ai pas à le crier, je le hurle tout bas et si fort que toute la forteresse doit l'entendre.

- Geoffroy Faraglioni, vous êtes en état d'arrestation, beugla une voix rauque.

Ils sont là, juste à côté de moi. Je ne les ai pas entendu approcher. Ou n'ai pas voulu les entendre. Je me laisse emmener sans opposer la moindre résistance. Tout est perdu à présent. Ni d'Albano, ni de Milly ne sont là. Je suis désespérément seule. C'est affreux une telle solitude lorsqu'on n'a pas encore dix-sept ans. C'est à désespérer de tout.

Origène de Milly s'approcha de d'Albano qui, immobile, contemplait, par-dessus les remparts crénelés, le Wadi Rum s'étendant à perte de vue sur l'Est de la forteresse et le désert de sable descendant jusqu'à Pétra. Un nuage de poussière indiquait que la petite troupe, conduite par l'inquisiteur, allait rejoindre Jérusalem, de l'autre côté de la mer Morte.

- Combien de temps leur faudra-t-il pour découvrir que c'est une femme ?
- Très peu de temps.
- Et que c'est elle que vous nommez le tueur de la famille ?
- Encore moins de temps.

Le cardinal se retourna et le considéra de ses yeux gris.

- Origène, ce sont des êtres exceptionnels mais jamais le Grand Inquisiteur ne pourra comprendre leur amour incestueux qu'il qualifie de sulfureux et de satanique. D'ailleurs, ne cherchera même pas à le faire. Un frère et ses sœurs, pour le commun des mortels, il s'agit d'un crime contre nature, une débauche insensée, un inceste poussé à son paroxysme…

- Et, ce n'est pas le cas, hasarda de Milly.

- Origène, je crois avoir compris, non sans mal. Leur amour est vécu, comment te le dit, à un niveau très élevé. Il est une quête de l'impossible. Il dépasse une simple sexualité, un caprice des sens, un penchant. Ils sont, tu le sais, consubstantiellement unis et identiques. J'ai lu une copie du mémoire adressé au Grand Inquisiteur par un informateur introduit chez eux, Âcre. Le mémoire précisément rédigé par les voyeurs qu'ils ont envoyé espionner les Faraglioni reflétait ce qui pourrait passer pour la vérité.

Il toussota pour dissimuler son embarras.

- Il décrivait, reprit-il, une séance particulièrement torride avec des mots surprenants… Je m'en souviens parfaitement. Deux filles faisant l'amour ensemble… Et subitement une phrase ahurissante…

- Ahurissante, comment cela ?

- Dont une ne pouvait être qu'un garçon.

- Hein !

Et de Milly sursauta comme s'il venait d'être giflé.

- Vous avez bien dit : « dont l'une ne pouvait être qu'un garçon », mais enfin voyons, vous n'y pensez pas…

- Oh si ! Surtout en ce moment, et il désigna du bras le nuage de poussière qui allait en s'éclaircissant pour finir par disparaître.

- Mais alors, et de Milly avait dû mal à assembler ses mots, mais alors, si ce que vous dites est vrai… Mélisende… C'est un homme n'est-ce pas ?

- Je n'en sais rien… Et c'est là, le drame. J'aurais dû empêcher cela et d'Albano frappa violemment du poing le bord du rempart.

De la poussière jaillit du choc. Des grains de poussière tombèrent sur la tête d'un vieux paysan qui marchait, courbé en deux, en dessous des soldats montant la garde sur la ligne des remparts et en dessous du cardinal et du commandeur. Il avait arrêté sa marche et s'était tenu collé contre les parois faisant écho aux propos des deux hommes qui lui parvinrent plus ou moins nets. Mais, il en avait appris assez, il décida de s'éloigner au plus vite.

CHAPITRE XXXV

LA COMMANDERIE TEUTONIQUE

Jérusalem, la commanderie Teutonique.

Fra Domenico prenait tout son temps.

- Vous êtes un homme très intelligent, Messire Faraglioni. Aussi, je ne vais pas vous raconter d'histoires concernant des pénitences qui seraient infligées pour purifier votre âme, des pèlerinages pénitentiels à genoux ou pieds nus, sans parler des jours et des jours sans pain, ni eau, au fond d'un cachot, les chaînes aux pieds et les bras dans le dos, le tout pour votre sanctification.

Je me tenais debout devant lui. J'avais déjà les chaînes aux pieds et des anneaux autour des chevilles, les bras ramenés dans le dos au risque de me faire péter les omoplates. Il était assis derrière une longue table de chêne sans aucun document, sans aucun clerc pour prendre une déclaration. Seuls deux frères moines teutoniques, les poignets pratiquement noués à la garde de leur épée à double tranchant, montaient une garde imposante derrière moi.

Il m'assénait sa profession de foi.

Je suis chargé d'une enquête vous concernant. J'ai presque terminé. Après ce sera le travail des bourreaux, juste avant le bûcher. Vous voyez, je ne cherche pas à vous raconter des histoires. Si vous y mettez du vôtre, tout peut aller très vite et sans souffrance inutile. En ce qui concerne le bûcher, il est possible d'acheter le bourreau pour qu'il vous étrangle avant que le feu ne soit mis aux fagots de bois.

Le tout sans sourire, avec beaucoup de sarcasme.

Je dois vous dire que je déconseille familièrement l'étranglement car à mon avis un hérétique de votre acabit doit mourir dans d'atroces souffrances. En fait, j'ai seulement besoin de votre signature au bas de certains documents de façon que notre Sainte Mère l'Église puisse récupérer vos biens et évidemment les distribuer aux plus démunis.

- Amen !
- Ah, vous faites de l'esprit. J'adore l'esprit. Si je vous disais le nombre incalculable de dénonciations que nous avons reçues vous concernant, vous seriez stupéfait. Vous n'avez pas que des amis à Âcre, même parmi les Templiers. Certains seront peut-être ravis demain ou après-demain de voir votre corps placé sur une roue, les os rompus mais pas trop, avant de vous porter jusqu'au bûcher. On entendra vos hurlements et vos supplications jusqu'aux parties Nord de la ville. Mais si vous signez la cession des biens de votre comptoir tout peut être grandement simplifié.

Et Fra Domenico continuait son homélie.

Mélisende ne l'écoutait plus, perdue dans de sombres pensées. Ainsi le cauchemar d'il y avait cinq mois prenait réalité. Ainsi allait s'achever sa brève existence. À peine dix-sept ans, quelques aventures sans conséquence et rien d'autre. C'était à pleurer, et elle quitterait ce bas monde sans avoir revu ni Alix ni Geoffroy. À moins que, par un souci de symétrie, ils ne les réunissent tous les trois pour un grand feu de joie...

- Vous n'écoutez plus ou vous réfléchissez ? Je vais faire venir le notaire qui a consigné toutes les accusations retenues contre vous. Il y en a, paraît-il, une liste impressionnante. Une seule d'ailleurs suffirait. Vous savez laquelle ? L'inceste.

Alors vous faites l'amour avec vos sœurs. C'est diabolique, odieux, c'est... bref. Il est prévu de faire souffrir le condamné pendant des heures sans pitié pour qu'il se rende compte de ses fautes, et qu'il recommande son âme à Dieu afin d'attirer sur lui la bonté divine.

- Amen !
- Vous continuez à ce que je vois. Je vous croyais vraiment plus intelligent. J'ai eu tort d'adopter un ton courtois. Vous savez, entre nous, l'inceste, nous aurions pu nous arranger.

J'écarquillai les yeux sans le vouloir tant la phrase était saugrenue.

- Arranger, dites-vous ?

- Je l'ai dit. J'ai dit d'ailleurs au Hochmeister des teutoniques que ce n'était pas votre faute la plus grave.

J'éclatai de rire, malgré moi.

- Vous plaisantez mon bon moine et il n'est pas question de vous céder quoi que ce soit.

Il se leva soudain et changea immédiatement de comportement, s'approcha de moi et me gifla violemment.

- Pour vous apprendre. Tout à l'heure, vous allez moins rire. C'est vous qui m'appellerez à votre secours car les teutoniques ont des raffinements dans la torture dont vous n'avez pas idée…

Il continuait lorsque le Hochmeister fit irruption.

- Alors, jeta-t-il, moins servilement qu'à l'accoutumée.

- Il ne veut rien entendre, je veux dire pour la cession des biens du comptoir Faraglioni.

- Je vais moi, vous dire pourquoi, Fra Domenico, le Geoffroy Faraglioni que vous avez devant vous se moque de vous.

- Comment cela ?

- Nous en avons capturé un l'autre jour qui a fini d'ailleurs par s'échapper pour se noyer dans l'étang de la petite citadelle à Jibla. Je doute que ce soit le même qui soit venu se jeter dans vos bras à Kerak. Donc celui-là en est un autre.

Le Hochmeister, Rupert de Marienburg, était plutôt petit et mince. Il boitait légèrement et semblait très nerveux. Son regard obscur m'indisposait car immanquablement il méprisait ses interlocuteurs. Les cheveux ramenés sur le front étaient séparés par ce qui pouvait passer pour une raie. Il m'apostropha.

- Vous nous dites rapidement qui vous êtes et qui était le Geoffroy Faraglioni capturé il y a quelques jours.

- C'était Alix…

- Eh bien, vous voyez, Fra Domenico, il comprend vite. Et vous, vous êtes vraiment Geoffroy Faraglioni, le garçon ? Une minute, attendez !

- Tournez-vous. Relevez votre pourpoint.

- Vous autres, et il désigna les deux gardes, palpez-le !

- Il n'en a pas.

- C'est parfait. Ça suffit. J'en étais sûr. Donc vous êtes l'autre sœur.

- Et vous Fra Domenico, vous n'avez rien vu. Elle a bien dû rire cette sorcière. Au fait, le garçon, où est-il ?

- Aucune idée. Il a disparu.

- Donc si l'autre est Alix, vous êtes Mélisende. Jolie prise en vérité. Expliquez-moi au fait pourquoi vos amis les Templier vous nomment le tueur de la famille. Auriez-vous un talent particulier, comme celui par exemple d'assassin.

Elle préféra ne pas répondre. C'était mieux ainsi.

- Bref, où en est-on ? Le Hochmeister était particulièrement satisfait d'avoir pu, un court instant, rivé son clou l'Inquisiteur.

- Je lui ai parlé des tortures, de la séance de demain matin du supplice de la roue en place Saint-André et pour finir le bûcher lors de la messe de midi.

- Alors puisque c'est une femelle, une sorcière, nous allons lui réserver une torture d'une forme particulière. Je pense qu'elle sera mûre pour signer tout de suite après la cession du comptoir sous le nom de Geoffroy Faraglioni, bien entendu. Et nous prendrons possession des biens dans les deux heures qui suivent.

- Et d'Albano ?

- Méfiez-vous de lui. Mais à Kerak, il n'a pas bronché.

On emmena Mélisende.

Les teutoniques allaient lui faire passer un très mauvais quart d'heure. Experts en raffinements, l'un d'entre eux avait ramené d'une lointaine expédition au Sud de la Mongolie un coffret dont il ne se séparait jamais et il aimait à laisser sous-entendre qu'un jour il en montrerait le contenu à ses amis lorsqu'une occasion se présenterait.

L'occasion était là : excellente, tentante même.

- Si c'est une fille qui ressemble à un garçon, se gargarisait-il, ou un garçon qui ressemble à une fille.

- Qu'on lui apporte une épée et une dague.

On fut obligé de les fourrer dans les paumes de Mélisende tant elle était pétrifiée.

- Vous deux et le Hochmeister désigna deux aurochs teutoniques placez-vous en face de ce tueur et attaquez-le à mon signal.

Ainsi allait se terminer ma vie, songeait Mélisende, une très courte vie sans but ni résultat et D'Albano qui n'est même pas là !!

Les armes entre ses mains n'allaient pas présenter une efficace sécurité.

La jeune femme haletait, la sueur obscurcissait même ses facultés intérieures, sans parler de ses yeux.

- Prêts hurla le Hochmeister

À ce moment, prise d'une rage subite et effrayante à voir Mélisende se précipita sur les deux teutoniques qui venaient à peine de prendre une position d'attaque les épées dressées droit devant eux mais tenues fermement.

Mélisende alla littéralement s'empaler sur les lames qui la transpercèrent aussi bien sur le flanc gauche que le droit.

C'est ainsi que le perçurent tous les assistants tétanisés par le geste incompréhensible du vénitien. Le choc fut si rude que le vénitien parut soulevé du sol pour ensuite planer quelques instants en l'air avant de s'écraser en un fracas épouvantable sur le sol dallé.

Ce fut, dans le silence devenu général, une stupéfaction sans borne, les deux aurochs teutoniques étaient à présent statufiés n'osant faire un geste de plus. Sur les dalles, Mélisende ne bougeait plus, mais chacun put voir de larges trainées de sang se répandre sur chacun de ses côtes.

Enfin le Hochmeister se ressaisit et hurla.

- Vite qu'on aille chercher l'apothicaire, improvisez une civière.

On s'empressa mais nul ne se risqua à toucher la jeune femme.

Enfin le médecin arabe, suivi de deux aides, se présenta et avec d'infini précautions, après l'avoir soigneusement examiné, la fit placer sur la civière improvisée.

Lorsque ce fut fait l'ambiance délétère reprit progressivement et un brouhaha général s'établit où chacun voulut parler, malgré les ordres du Hochmeister

Il préféra s'éclipser après ce drame imprévisible mais ce ne fut que plus tard qu'il songea à s'informer du sort du vénitien.

Lorsqu' il se présenta à l'hospitalet ce fut pour trouver celui-ci libre de toute présence
L'apothicaire avait disparu ainsi que ses deux aides
Mais Mélisende aussi

CHAPITRE XXXVI

LE RETOUR DES FARAGLIONI

Ils réapparurent un beau matin.

C'est Origène de Milly qui les retrouva, par le plus grand des hasards. Il n'en revint pas, d'autant qu'ils furent totalement incapables d'expliquer comment ils se trouvaient là et surtout tous les trois. Un informateur yéménite qui le tenait lui-même d'un autre informateur, qui lui-même le tenait d'un troisième, lui affirma connaître un lieu où il pourrait faire une découverte intéressante. Il indiqua, sans rire, qu'il ne s'agissait pas d'une découverte archéologique. Origène de Milly rassembla donc un petit groupe de Templiers et prit la direction de la palmeraie, située au Sud de Marib.

Là, sous une grande tente parfaitement montée avec double auvent, garnie de tapis lourds de Perse particulièrement épais, les trois Faraglioni dormaient profondément sur trois bat-flanc disposés, comble de l'ironie, suivant la configuration d'un triangle équilatéral. Trois juments broutaient paisiblement à l'extérieur, attachées par des longes longues, aux piquets de la tente. Sur une table basse attendaient des coupelles de confit d'agneau, du lait de chamelle, des aubergines farcies, des abricots en confiture, des dattes fourrées aux épices et cannelle et trois cruches en terre cuite entourées de paille et de linge. De Milly y posa les mains, le linge était encore humide : on venait donc de quitter le lieu, après l'avoir observé en train d'y arriver.

- Mais qui était ce « on » ?

Tôt au petit matin les trois Faraglioni s'étaient pratiquement éveillés en même temps en poussant un cri de surprise. Que faisaient-ils là tous les trois alors que l'heure auparavant, une heure qui était en fait des semaines, ils étaient aux quatre coins de l'Orient du Sud, souffrant mille agonies au-devant de mille morts ?

Ils s'examinèrent et reculèrent épouvantés. Leur aspect était à la limite du supportable. Les filles avaient pris quarante ans d'un coup et le garçon ressemblait à un invalide revenu de trop de guerres. Aucun ne souffrait apparemment de rien et ils venaient de se raconter leurs histoires respectives dont ils n'étaient pas fiers car ils s'étaient fait prendre comme gamins. Jouets d'ennemis bien supérieurs à ce qu'ils avaient envisagé. Et délivrés par de singuliers alliés, ou amis, qui ne se risquaient pas à leur parler. Il n'y avait personne à côté d'eux. Ils avaient dû être drogués car rapidement leur voix faiblit, ainsi que leur échange de propos et ils se rendormirent. Puis ils se réveillèrent à nouveau, légèrement plus frais. Chacune des filles était à genoux, les fesses sur les talons, tenant un vie miroir, et elles se regardaient.

- C'est pas brillant, fit Mélisende.
- Difficile d'avoir un amoureux, répliqua Alix.

Geoffroy ouvrit grands les yeux puis s'arrêta net car se sœurs étaient devenues de vieilles femmes. Réellement vieilles femmes. Les cheveux parsemés de gris retombaient en filaments sur le front et les oreilles. Les yeux étaient bordés de rouge, comme si elles avaient trop longtemps pleuré, ou comme si une insidieuse ophtalmie des sables était venue les ronger. La peau des joues pendait lamentablement, les rides profondes marquaient et le front et les arêtes du nez. Les tissus du cou s'étaient liquéfiés et pendaient comme des fanons.

Il passa rapidement au corps. Il en était épouvanté. Qu'étaient devenus les larges épaules, les avant-bras noueux, le dos musclé ? Quant à la poitrine, devinée à travers les hardes infâmes, il préféra détourner les yeux.
- Et toi, mon petit, tu ne t'es pas regardé. Tu ressembles à un mendiant dans la cour des Invalides. Tu es tout contrefait, une épaule plus haute que l'autre, une bosse très apparente entre les omoplates, un coude déboîté, la joue gauche aplatie comme une crêpe...

Bref, tout y passa.

Bizarrement ils n'étaient pas vêtus comme au moment de leur arrestation, par Éboli ou les teutoniques ou l'Inquisition, mais bel et bien avec les vêtements qu'ils portaient lorsqu'ils s'étaient retrouvés, voici des semaines, à Kerak.

Alix palpa machinalement comme un renflement qu'elle sentait dans la poche gauche de sa djellaba. Elle parut étonnée, y plongea la main et ressortit une petite fiole.

- Mais qu'est-ce que c'est que ça, demanda Mélisende ?

- Tu ne le croiras jamais mais c'est de l'élixir de jouvence, fit-elle en agitant la fiole. Préparation spéciale de Jabir. Il m'a dit textuellement : Si un jour tu deviens bien vieille, toi et tes doubles - tu vois il était plein d'espoir- tu te sers du contenu du flacon.

- Pour le boire ?

- Je ne sais pas comment l'utiliser, avertit Alix. Il ne m'en a parlé qu'une seule fois.

- Tu as déjà essayé ?

- Jamais. Mais il m'en avait touché deux mots. Une eau très pure. De celle qu'on utilise pour la transmutation de l'or. Mélange de la rosée du matin, d'une eau de pluie, et d'une eau venant du djebel Tarik, au Nord de Bagdad. Il paraît que les sumériens l'utilisaient déjà.

- Et tu répands cela sur ton corps ?

- Mais non…

- Jabir ne t'a pas indiqué comment l'utiliser ?

- Eh non !

- Bravo : fit Mélisende. Nous tenons un élixir de jouvence mais nous ne savons pas comment nous en servir.

- Il faut que je réfléchisse…

- Dépêche-toi ma chérie, sinon nous allons vraiment être vieilles avant l'âge.

Geoffroy demeurait muet. Il était incapable d'apporter une solution. Mélisende considéra la fiole. Une toute petite fiole de verre bleu. Elle la porta au niveau de ses yeux.

- Mais il n'y a presque rien dedans ! Tu es sûre que tu n'as rien fait couler ? Vois toi-même !

- Le bouchon de cire est pourtant soigneusement hermétique. Il enserre complètement l'étroit goulot, fit le garçon qui l'examina attentivement.

Alix, à son tour, reprit le flacon.
- Effectivement, il y a un petit liquide au fond. Guère pl haut qu'une demi-phalange d'un doigt.
- Que faut-il faire ? Casser le bouchon de cire ? Goûter le mélange ? En porter une goutte sur la langue, une autre sur les yeux et ainsi de suite sur les différentes parties du corps ?

Les questions se bousculèrent et le trio Faraglioni paraissait désorienté.
- Tu ne lui as vraiment pas demandé comment s'en servir ?
- Mais non… il m'a seulement dit : Tu verras bien le moment venu.
- Attends ! Laisse-moi réfléchir…

Et ses yeux se portèrent machinalement sur le petit miroir qui leur avait servi à se considérer comme des vieillards. Elle le replaça à côté d'elle. Alix considérait la fiole. Elle la reconnaissait. Et pourtant elle devait être identique à des dizaines de fioles, toutes semblables, qu'elle avait vues dans l'atelier de Jabir. Non, celle-ci avait quelque chose qui lui était familier. Très difficile à expliquer. C'était incompréhensible ; mais elle savait, intuitivement, ce que cette fiole contenait.

- L'élixir de jouvence, disait Jabir pour se moquer. Les dieux sont immortels, ajoutait-il souvent. Seul l'Univers est éternel. Il y a une grande différence.
- Dépêche-toi, s'impatientait Mélisende. Même si ce que tu dis est fascinant. Sinon, nous ne serons vraiment que deux pauvres mortelles, et ce pauvre garçon dont le corps est complétement déformé ira mendier sa pitance au coin des ruelles.

Et elle désignait Geoffroy qui attendait, résigné.
- Et il sera bien en peine pour nous remplacer. Peut-être deux Éboli… non, en y réfléchissant, ce serait trop... Vu son état.
- Et alors, avança le garçon ?

- Attends. Tu as bien dit, selon les paroles de Jabir, elle verra ce qu'elle doit faire le moment venu ?

- Cela fait deux fois que tu me poses la même question. À présent, je n'en suis pas si sûre.

- Et il m'a dit la dernière fois en me traitant de petite imbécile -oui, c'est un terme très amical dans sa bouche- l'or n'a pas besoin de miroir pour se regarder.

Ses doubles la regardèrent avec effarement.

- Elle débloque complètement, pensa immédiatement Geoffroy.

- Elle n'a plus toute sa tête, arriva à penser Mélisende.

Mais ils la laissèrent poursuivre.

- Dans une transmutation, il faut placer l'or en numéro un et non pas en dernier comme le ferait un apprenti ignare. Les propres termes utilisés par l'alchimiste.

- Et ça veut dire quoi ?

- Aucune idée.

- Félicitations. Cela vaut vraiment la peine de passer autant d'heures auprès de Jabir pour ne pas savoir à quoi sert ce qu'on fabrique et surtout comment on l'utilise.

- Il ne me l'a pas enseigné. En fait, il me l'aurait probablement révélé lors d'une prochaine rencontre car rien ne pressait en vérité. Non… attends, tu as bien dit le regard ? Tu sais qu'il a fait à ce propos une réflexion très particulière. Tu as des yeux, m'a-t-il dit, annonciateurs des plus belles espérances.

- Comment faut-il prendre la remarque ?

- Au figuré, bien sûr. Ils sont cachottiers comme ce n'est pas pensable, ces alchimistes ! Et en plus, ils n'arrêtent pas de te traiter de petite sotte, d'adepte ignorant, ne posant pas de questions ou en posant trop…

- Oui… mais les yeux… le regard…

- Je réfléchis. Il a certainement voulu me donner une indication.

- Comment cela ?

- Eh bien ! les alchimistes ne te disent jamais : Mon petit, le but de telle ou telle opération est de trouver ceci ou cela. Ils ne parlent jamais du résultat. C'est à l'adepte de le déterminer, à partir de très longues expériences et même des échecs entrevus. Surtout les échecs. Tout est dans l'enseignement de l'alchimiste. C'est à l'adepte de reconstituer après coup la vérité.

- Ainsi donc les yeux ?

- Il a voulu me faire passer un message. J'y arrive, je crois, Les yeux, l'or qui n'a pas besoin de miroir…

Elle eut un bref moment d'hésitation. Puis elle ramassa le petit miroir qui avait glissé de ses genoux et s'écria :

- Ça y est, j'ai trouvé. Il est formidable, ce Jabir !

Et sous les yeux ahuris de Mélisende et de Geoffroy, elle cassa d'un coup sec le bouchon de cire obstruant le col de la fiole et saisit le miroir. Puis, elle se pencha sur lui et versa en même temps quelques gouttes de l'eau contenue dans le flacon. Les gouttes restèrent à la surface. Elles ne glissaient pas, paraissaient attendre. Alix eut un instant d'hésitation.

Puis, de l'index de sa main droite, elle écrasa les gouttelettes l'une après l'autre, de façon à former une infinitésimale surface d'eau sur celle du miroir. Puis, elle se pencha. La glace s'était ternie. Il ne lui renvoyait plus qu'une image déformée de son visage. Elle attendait. Instinctivement, elle redressa son dos courbé, le cambrant au maximum. Elle porta ses mains à ses tempes et, d'une pression du pouce, elle força sa peau à remonter vers ses oreilles, tout en demeurant inclinée sur les gouttes d'eau, le dos bien droit.

Il ne se passa rien. Mélisende et Geoffroy, très attentifs et inquiets, suivaient l'opération. Lentement, l'eau, par suite de la chaleur, commença à s'évaporer graduellement de la surface plane et, au fur et à mesure qu'elle achevait son processus de disparition, les traits d'Alix, que lui renvoyait le miroir, devenaient différents, changeaient, se modifiaient. Ils ne perçurent absolument pas la transmutation sur le coup. Ils ne considéraient que le visage d'Alix à côté d'eux.

Mais elle voyait très nettement apparaître sous ses yeux un autre visage. Celui d'une jeune femme aux cheveux noirs tirés en arrière en catogan, au front bombé et lisse, aux yeux bleus, très clair, une fine moue dessinée au bas de l'arête du nez et de la commissure des lèvres. Elle s'efforça de sourire. L'image lui renvoya des dents blanches. Elle baissa les yeux. Sur la gracilité du cou se détachait une fine cicatrice blanche, qu'un foulard de soie verte parvenait mal à dissimuler. Elle se redressa enfin, posa le miroir à côté d'elle, et regarda ses doubles stupéfaits.

- À toi Mélisende. Fais exactement comme moi.

Sous les yeux de Geoffroy, Mélisende se pencha sur la surface miroitante, et, après y avoir laissé tomber quelques gouttes de cette eau extraordinaire conçue par Jabir, elle retrouva l'image qu'elle avait d'elle-même. Puis, cette magie passait dans ses yeux, et finalement la glace renvoyait bien seulement ce qu'il voyait. Au terme d'un processus alchimique, deux jeunes femmes se ressemblant étrangement, étaient parvenues à retrouver une image d'elles-mêmes, mais située ailleurs. L'eau avait agi comme un onguent céleste, doté de toutes les propriétés qu'aucun soin ou médicament n'aurait pu réaliser.

Puis, ce fut le tour du garçon. Lui, il n'était pas certain du tout d'arriver aux mêmes résultats, mais son attente fut comblée. Quelques gouttes tombèrent à leur tour. Il se pencha, s'y regarda, et un autre homme apparut graduellement, aux membres souples, à la colonne vertébrale bien droite. L'eau de Jabir avait, pour la dernière fois, accompli son miracle. D'ailleurs il n'en restait pas une goutte.

Le retour à la normale, à leur identité et entité première : c'était comme si rien ne s'était passé. Disparus, les fils gris ou blancs de la chevelure. Envolées, les rides barrant le front de lourds sillons. Retendue, la peau des joues. Éclatant, le sourire. Elles avaient à nouveau dix-sept ans. Il avait à nouveau dix-huit ans. L'âge où tout est possible, où tout serait à nouveau possible. Elle se dépouillèrent de leurs hardes informes et apparurent nues à leur frère. Les épaules larges, le dos musclé, la poitrine conquérante et des hanches de garçon pour affirmer leur parfaite androgynie. Comme si, avec les hardes informes, s'envolait dans l'air une enveloppe charnelle évaporée elle aussi, dévoilant leur véritable et éternelle identité corporelle.

- Oui, c'est l'image renvoyée qui doit d'abord être modifiée. Un peu comme l'or que l'on fait fondre en premier, alors que logiquement il ne devrait apparaître qu'en dernier. Un jour Jabir, je ne sais plus à quelle occasion, m'a dit tout à trac : Tu sais, il y a un décalage dans le temps entre le fait de se regarder dans le miroir, et la vision réfléchie par ce même miroir. Ce n'est pas la même.

Et comme je le regardais, épouvantée par cette remarque anodine qui ne l'était pas du tout, il a ajouté : Une fraction de temps s'est écoulée. Dès que tu te regardes, ce n'est déjà plus toi. C'est donc bien ton apparence qu'il faut modifier d'abord. C'est bien pourquoi il faut verser lentement les gouttelettes de cet incroyable élixir d'éternelle jeunesse. La buée qui se forme efface les traits initiaux. Lorsqu'on se regarde à nouveau, l'image reflète bien la véritable apparence. Et tout le reste s'accompagne de la même transmutation.

C'est bien l'intérieur qui vient habiller l'extérieur. Il a eu une phrase étonnante qu'il est d'ailleurs allé chercher dans un très vieux manuscrit datant du VIIIème siècle. Et il me l'a fait lire ou plutôt déchiffrer. Elle était écrite en arabe littéraire, époustouflant au niveau de la calligraphie. Partant bien sûr de la droite vers la gauche, mais en descendant à ce point, que le dernier terme de la ligne précédente arrivait à se confondre avec le dernier mot de la ligne qui suivait. Et pourtant, il n'y avait que quelques mots. Six exactement.

- Et qu'y avait-il d'écrit ?

- J'ai mis du temps pour séparer les mots. Ensuite, ces arabes sont fantastiques. Ils jouent avec la calligraphie, rajoutent des points diacritiques, pour faire joli ou pour compenser l'absence de voyelles. Ce qu'il y avait d'écrit : Retourne d'où tu viens, et je reviendrai.

- Nous sommes revenus d'un autre monde, commenta sentencieusement Geoffroy. Il ne faudrait pas trop souvent jouer à ce jeu dangereux. Et tes yeux, Alix ?

- Annonciateurs des plus belles espérances, compléta pour lui Mélisende. Quel prodigieux avenir.

Ce fut ainsi qu'Origène de Milly les découvrit. Silencieux, mais avec ce sourire qu'ont parfois les dieux, éternellement jeunes, de l'ancienne Égypte. Il attendit qu'ils se réveillent à nouveau ce qu'ils firent au milieu de la journée, surpris cette fois-ci de le trouver en train de les observer.

- Vous allez me raconter ce qui vous est arrivé. Et je ne veux pas de salades comme à votre habitude. Je vous signale que je suis prêt à vous enchaîner l'un à l'autre pour vous empêcher de vous enfuir. Et le premier ou la première que je surprendrai à me sortir un bobard, finit sa courte carrière au sous-sol de Kerak et dans l'humidité avec les rats. Bien compris ?

Le tout avec un certain sourire car il était décidément heureux de les retrouver. Malheureusement, ils furent incapables d'expliquer le comment et le pourquoi des circonstances.

- Si ce n'est vous ou d'Albano, conclut Geoffroy, alors nous disposons de bien puissants protecteurs. Mais pourquoi ne se montrent-ils pas ?
- Et cet informateur, questionna Alix ?
- Je viens de te le dire. Il n'avouera jamais d'où il tenait son renseignement. Il n'est même pas sûr de celui qui le lui aura donné.

Mélisende fit le calcul. Entre le jour où ils avaient été capturés, pratiquement à quelques jours d'intervalle -et ce matin- un peu plus de trois semaines s'étaient écoulées. Selon le sire de Milly, d'Albano les voyait morts, ou au fond d'un cachot humide, prisonniers du Grand Inquisiteur qui avait pu les ramener à Âcre. Mais cela il l'aurait appris et aucune nouvelle ne lui était parvenue. Arwa se rongeait les sangs. Abdul avait perdu de son légendaire sourire froid et même Éboli était inquiète. En apparence, pour chacun d'entre eux.

- Les teutoniques. Ce sont eux qui…
- Éboli, c'est elle qui…
- Abdul, c'est lui qui…
- C'est peut-être même Arwa qui…
- D'accord, mais qui le leur a demandé vraiment ?

Et pourquoi ? L'ambition, la découverte d'une énigme redoutable, celle d'une arme non moins puissante. On avait le choix entre les protagonistes, ceux qui étaient apparus au grand jour mais qui ne risquaient plus rien d'être reconnus, et les personnages derrière les paravents.
- Bon peut-être, mais pourquoi ?

Et on reprenait la liste de ceux qui les avaient libérés.

À nouveau plus ou moins les mêmes, sans les teutoniques quand même.

Arwa, Abdul et même Éboli. Chacun pour des raisons fort différentes. Même Éboli pour Geoffroy n'était pas nécessairement une ennemie, seulement une femme en proie à des caprices sexuels incroyables. Ce n'était pas du tout la même chose, sauf si elle voulait régner un jour sur le Yémen. Ça pouvait être eux, mais avec des alliés fort puissants derrière ou alors seulement un seul allié inconnu.

- S'ils ne se sont jamais dévoilés, commença Alix, c'est qu'ils craignent qu'on ne les reconnaisse ou qu'ils poursuivent un plan différent du nôtre. Du coup, ils n'interviennent que lorsque nous mettons la main sur une découverte capitale qui les intéresse et que nos ennemis sont en train de nous jouer des tours.

Cependant, personne ne leur venait à l'esprit.

- Et pourtant, je suis certaine que nous les avons probablement rencontrés un jour.

- Depuis longtemps. Depuis Âcre aussi.

- Depuis Âcre bien sûr.

- Mais le champ d'investigation est alors plus vaste que nous l'imaginons.

Ramenés à Kerak sans avoir été le moins du monde importunés par les yéménites ou les teutoniques, s'arrêtant pour le strict minimum, ils reprirent avec d'Albano le récit de leurs aventures. Tout y passa. On ne fit pas dans la dentelle. Les épisodes soi-disant érotiques furent écourtés évidemment pour d'Albano. S'il pâlit cependant à certaines évocations un peu trop crues, ils lui surent gré de sa participation mentale à leurs tortures.

Le cerveau de d'Albano enregistrait, notait, comparait.

Mélisende, qui le connaissait bien, pouvait suivre le degré d'avancement de l'enquête sur son visage.

Lorsqu'ils eurent fini, il ne dit rien, avala d'un trait un gobelet d'eau fraîche, se resservit et but à nouveau l'intégralité du gobelet.

Le Grand Inquisiteur, le Grand Maître des teutoniques et Éboli, un pour chacun d'entre vous. Jusqu'où ont-ils joué leur rôle ? Qu'est-ce qui a été prépondérant ? À savoir qu'on n'inflige pas ce genre de torture sur le simple prétexte d'un amour incestueux ou d'une aventure amoureuse qui aurait mal tournée.

Effectivement Arwa, Abdul, Éboli pourraient être soupçonnés d'être curieusement dans l'un ou l'autre camp. Ou l'on s'était admirablement servi d'eux en faisant croire qu'ils menaient la danse alors qu'ils n'en étaient que des pions.

- Alors ils viendront me chercher à nouveau.
Adossée à un muret de la seconde enceinte de la forteresse, Mélisende s'adressait au cardinal venu à sa rencontre.
- Non. Ça c'est fini et bien fini. Nous avons mis les points sur les i, même s'ils ne sont pas contents. Le Grand Inquisiteur a tempêté, vociféré, jeté des imprécations, mais l'ordre est arrivé de Rome. Tu sais pourquoi ?
- Le pape est mort, et vous… vous qui vouliez tant…
- Tu as raison… n'ajoute rien… le pape est mort et c'est l'un des nôtres, un cistercien, qui a été élu à sa place. Je suis intervenu. Cela durera ce que cela durera. En attendant, nous sommes tranquilles.
- Ils vont forcément remettre ça.
- De Milly l'espère bien, qui souhaite les rencontrer, eux, leurs teutoniques de malheur en rase campagne.
- Cela se fait-il donc, pour des ordres de chevalerie, de s'étriper, je croyais que…
- Pas cette fois. À toute règle une exception, n'est-ce pas ? C'est le cas…

Vêtue à nouveau en garçon, Mélisende le regardait de ses yeux minéraux.
À deux pas d'elle, toujours habillé en chevalier du Temple Henri cardinal d'Albano avait vieilli. Il se tenait légèrement voûté, paraissait avoir grisonné, ses traits étaient tirés. Mais il souriait.
Ils étaient absolument incapables d'ajouter un mot.

Ce doit être ça l'amour, avait conclu, philosophe, Alix. Moi, dans une situation pareille…
Et Leila, du haut de ses quinze ans, avait ajouté :
- Maîtresse, c'est pas possible d'être aussi gourde.

- Ça c'est sûr, soliloquait Mélisende. Je suis en face de l'homme qui… qui… et je ne suis pas foutue de… et lui… il pourrait faire quand même un effort.

Mais qu'a-t-elle donc, pensait d'Albano, pour me faire cette impression. L'instant d'après il se morigénait. Tu n'y penses pas. Tu es un homme d'Église, tu imagines…

Ils furent sauvés par le gong, c'est-à-dire que de Milly s'approchait, en faisant suffisamment de bruit pour avertir de sa venue.

Et les journées passèrent à se reposer, à boire et à manger.
Ce matin-là, Mélisende eut une idée qui lui traversa l'esprit à une vitesse si rapide qu'elle ne put la retenir. Elle haussa les épaules. Alix eut un soupçon qui lui échappa aussitôt et Geoffroy, en principe incapable de respirer avec un poumon perforé, ne put jamais expliquer comment il n'avait pas été emmuré vivant comme cela était prévu.

- Si depuis Âcre ces protecteurs nous suivent, nous épient, nous observent, c'est facile. Appliquons la recherche aux gens rencontrés.
Ils y passèrent des heures, chacun de leur côté tentant de rassembler les poussières de leur mémoire puis d'en comparer le résultat. Rien de bien sensationnel ou de bien marquant. Tout fut passé en revue depuis de Milly et ses Templiers, la rencontre avec les teutoniques, les rendez-vous avec la cour de Jibla. Là, il y avait une foultitude d'individus des deux sexes, mais comme les Faraglioni penchaient plus pour une organisation franchement rodée, ils ne purent déceler aucun personnage -homme ou femme- pouvant correspondre à la réalité.

Un soir où fatigués, lassés, énervés, ils étaient prêts à renoncer, Geoffroy avant de se lever de son banc, jeta :
- Ça a forcément un lien avec le barrage.
Tous s'arrêtèrent.
- Bordel de merde, mais c'est vrai…
Les deux filles lui sautèrent dessus.

- Ce soir, c'est moi qui commencerai…
- Ça par exemple et pourquoi ?
- Je l'ai embrassé avant toi !
- Non, c'est moi, tirons au sort.

Et sans plus s'occuper de l'idée qui mettait Geoffroy dans un état de fierté et de transe absolue, les deux filles allèrent chercher des dés. Elles les jetèrent. Alix gagna mais Mélisende l'accusa d'avoir triché. C'est à ce moment-là qu'elles remarquèrent la fixité du regard du garçon.

- Qu'est-ce qui t'arrive, mon chéri, tu sais que c'est Alix qui…
- Un moment… Le barrage… Balkis…

Il a trouvé, et elles sautèrent de joie. Il est merveilleux… on a bien fait de le retrouver en même temps que nous.

- Pourquoi nous a-t-on collés dans la même tente ?
- Balkis. Tu l'as dit toi-même.
- J'ai dit Balkis car je pensais aux descendants de Balkis.
- Mais mon chéri, Balkis est morte il y a deux mille ans et ses descendants -si ce sont les bons et les vrais- sont sur le trône ou sur le point d'y monter. On ne va pas recommencer…
- Va pour les descendants quand même. Lesquels ?
- Ceux du barrage.
- C'est déjà mieux… hein !
- Très simple. Ce barrage elle l'a construit quand même avec des architectes, des maîtres d'ouvrage, des maîtres maçons, toute une corporation de tailleurs de pierres, des bâtisseurs à l'image des confréries en Occident, même si on nous raconte le contraire.
- Il est formidable quand même, et Alix lui sauta au cou. Tu me raconteras en me faisant l'amour et Mélisende regarde pour ne pas en perdre une miette.

Mais elles étaient concentrées au plus haut point. Se pouvait-il qu'il y eût encore au Yémen, une confrérie de bâtisseurs. Ils n'en avaient jamais entendu parler. Depuis très longtemps, au moins deux millénaires. Si on exceptait les habitations pour l'usage courant et quelques mosquées, plus rien n'était construit de durable ou sur une grande échelle à l'image des églises romanes ou des basiliques d'Occident.

- Ça ne tient pas la route, conclut philosophe Geoffroy, et pourtant je sais qu'il y a une idée derrière tout ça.

- Et comment cette confrérie se réunissait-elle ? Il lui faut des centres de formation, d'apprentissage un peu comme les compagnons qui font le tour du royaume des Francs. On en aurait fatalement entendu parler un jour ou l'autre. Mais là rien.

- Il a pu se transmettre une tradition du barrage, de sa construction par les descendants des premiers constructeurs, émit Alix en guise de lot de consolation, car elle voyait que Geoffroy avait placé ses espoirs dans la piste qu'il avait découverte.

- L'idée des descendants me plaît à moi aussi, fit Mélisende. Et je ne parle pas de ceux de Balkis même s'ils sont -ou non- partie prenante. Les bâtisseurs ont disparu. Plus rien ne se construit de toutes les façons mais il existe une autre catégorie de descendants.

Alix et Geoffroy dressèrent l'oreille car Mélisende semblait suivre son idée.

- Qui a bénéficié du barrage de la reine de Saba ?

- Mais tout le monde ma chérie, les marchands surtout. Jamais la contrée n'a été aussi prospère et les caravanes qui traversaient le désert ne se comptaient plus. Des fortunes s'y sont faites. Tout le monde y a trouvé son compte, à commencer par les tribus qui gardaient les points de passage obligés, percevaient un octroi des plus rémunérateurs en assurant la sécurité des caravanes.

- Alors les marchands aux deux bouts du circuit depuis Aden jusqu'à Alexandrie ou Âcre -c'étaient quelquefois les mêmes- et ils ont pu tout naturellement entendre parler du projet, faire leur calcul et arriver au même résultat. Une fois le barrage reconstruit, le commerce reprend, et l'argent coule à flot. À nouveau. Comme l'eau du barrage servira à sauver la mise des Faraglioni, parce que ce sont là les seuls capables de le construire. Il faut les tirer des pattes de leurs ennemis. Le résultat en tout cas est qu'ils travaillent très vite. Bientôt, tu verras, ils vont vous présenter la note.

- Je veux aussi parler des grands propriétaires terriens, Les chefs des plus importantes tribus du désert pour qui des milliers d'arpents de terre verte seraient une monnaie des plus précieuses. Si ça se trouve, ce sont peut-être même les rivaux d'Abdul ou leurs descendants ou les rescapés du fameux festin de Marib.

- C'est tout à fait possible.

- Alors, un type bien habillé, le visage avenant, arrivera accompagné de deux servantes portant des rouleaux et il commencera à expliquer en déroulant un des rouleaux que le sauvetage et la libération des Faraglioni ont coûté deux mille cinq cent quarante-cinq dirhams d'or, tout compris. Tu sauras que tu as affaire à des amis.

- C'est rassurant à la fin. Il vaut mieux des amitiés intéressées.

- Il est possible qu'ils aient prévu aussi un pourcentage pour nous sur les futurs circuits commerciaux.

- Mais, eux, je te le rappelle, sont organisés. Il y a ici comme à Âcre une fratrie des marchands fort puissants et rapidement informés, comme il y a régulièrement, sous la conduite d'un imam, des assemblées religieuses pour discuter parfois de problèmes très modérés.

- C'est son travail après tout !

- Donc à ranger parmi les protecteurs possibles.

- Ça suffit pour aujourd'hui. On va se coucher. Tu viens Geoffroy ? J'ai des picotements au bas de la colonne vertébrale, et chez moi, c'est un signe qui dénote… selon moi…

- Arrête de parler tout le temps.

CHAPITRE XXXVII

LE MAITRE DE L'EAU

- Tu sais où nous sommes revenus, questionna Mélisende ?

- Ben oui… Dans la maigre palmeraie au Sud de Marib, répondit Alix tout en mâchonnant des dattes confites. Puis elle se lécha les doigts l'un après l'autre. Délicieux, fit-elle. Ce n'est pas bon pour la taille mais…

- Pourquoi cette question, demanda le garçon toujours pragmatique.

- Mon petit, tu ne réfléchis pas assez. De l'intelligence certes, de l'érudition assurément, les étoiles et tout et tout. Mais de réflexion point !

- Elle a raison, fit gravement Alix en levant un doigt tout dégoulinant de miel. Elle veut simplement te faire remarquer que le choix de Marib n'est pas innocent.

- Pourquoi pas Jibla ou Sana' a ?

- Eh bien non, c'est Marib. Tout part de là et on y est revenu. Par moments, Mélisende assume très bien sa réputation de femme intuitive.

- C'est peut-être pour ça qu'il veut m'emmener à Rome.

- Tiens au fait, depuis combien de temps ne t'en a-t-il pas parlé. C'est bizarre, non ? Peut-être qu'il n'y pense plus du tout.

- Nous sommes à Marib, reprit impatiemment, quoique directement, Mélisende, à cause du barrage.

- Mais il fallait le dire plus tôt, voyons ! Dieu qu'elle est drôle et elle avance ça comme s'il s'agissait d'une formidable découverte.

- Bon, je m'en vais. Vous êtes vraiment nuls.

Et elle sortit de la tente. Le soleil était à son zénith. Il éclairait la haute falaise de granit noir dominant l'oued de ses rayons la rendant impénétrable. Impénétrable, se disait Mélisende ? Sûrement pas. Et les blocs de pierre de centaines de tonnes qui ont servi à l'édification du premier barrage d'où viennent-ils si ce n'est de cette falaise. Et pourtant on ne distingue rien.

- Pourquoi nous a-t-on amenés ici, en ce lieu, et pas en un autre ? Elle avait parlé à haute voix. Ses doubles la rejoignirent.
- Pour que nous parlions du barrage, pardi !
- Pas seulement. Je veux dire pas seulement à cause de cette hypothétique confrérie des bâtisseurs, pas tellement hypothétique si on se réfère au petit bonhomme qui marche en tête de la fameuse tablette.
- Pas seulement à cause de la fratrie des marchands aux deux bouts de la chaîne commerciale. Pas seulement à cause des chefs de la tribu du Nord.
- Il y a le barrage, le produit et…
- Et…
- Eh bien ! vas-y !
- Et l'eau pardi !
- Il a trouvé. J'ai trouvé. Tu as trouvé.
Et Mélisende se mit à marcher sur les mains d contentement.
- Décidément cette fille est impossible, fit la voix calme de Saduk.

Et Saduk apparut au détour d'une allée, suivi de deux autres répartiteurs d'eau. Mélisende en tomba raide sur le sol de saisissement.
- C'est vous… commença Alix.
- C'est effectivement nous qui vous avons trouvé. Mais vous avez de l'imagination entre nous… vous n'auriez oublié personne…
- Explique-toi, avança Mélisende.
- Éboli, les teutoniques et ceux que vous nommez Inquisiteurs n'ont jamais été perdus de vue. Nous avions des espions dans leurs appartements ou à la citadelle. Qui se méfie d'un répartiteur d'eau ou d'un vendeur d'eau agitant ses clochettes et qui est aussi visible qu'un nez au milieu de la figure ? Ils ne se sont jamais méfiés de nous.

Nous connaissions les fantasmes sexuels d'Éboli et le sort réservé à ses amants ainsi que la porcherie où elle les jetait sans ménagement pour mourir. Ce fut donc sans difficulté que nous intervînmes au moment où le garçon y était conduit, inanimé. Il ne s'est rendu compte de rien.

Nous avons repéré également le château-fort mis à la disposition des teutoniques, sans prévoir la terrible réaction d'Alix. Par contre nous fûmes les premiers sur les lieux pour la tirer des eaux glauques de l'étang.

Pour Mélisende ce fut plus difficile car jamais nous n'aurions imaginé pareil supplice. Par contre l'apothicaire arabe nous a prévenus immédiatement de la confusion générale née de l'émoi engendré par le sort réservé à la femme. Nous en avons profité et avant la troisième heure fatidique nous l'avions sorti de Jérusalem.

Nous vous avons soignés très attentivement, sans être vraiment sûrs de vous tirer d'affaire. Et curieusement c'est la fameuse cicatrice qui nous a mis sur la voie. Au départ, elle n'était qu'une boursouflure rougeâtre, preuve d'un intense malaise et d'une indisposition intérieure. Mais plus elle blanchissait plus nous reprenions espoir. Et lorsqu'elle est devenue une fine ligne blanche, la même sur chacun des cous, nous avons su que vous étiez sauvés. Cela a quand même pris quelques semaines. Et puis un miracle s'est produit. Oui, celui d'un petit miroir cassé et d'une petite fiole avec quelques gouttes d'eau magique... où il entrait beaucoup de volonté...

Et tous s'installèrent, assis sur les tapis, pour boire un thé à la menthe. Les Faraglioni attendirent patiemment que Saduk prenne la parole.

- J'ai attendu, comme avant moi des générations et des générations de maîtres de l'eau. Sans espoir en ce bas monde au cours de notre brève existence, mais non sans espérance. Tu connais bien sûr, joli jeune homme, la différence entre l'espoir et l'espérance.

Mélisende inclina la tête.

- Je crois. Oui...

- Dis-moi alors ce que tu crois.

- L'espoir est purement matériel, défini dans le temps, c'est un objet. Sans plus, l'espérance est abstraite. Il s'agit d'un idéal en quelque sorte. Elle n'est cependant pas irréalisable, Seulement dans le moment temporel concerné, elle n'est pas encore réalisée. C'est bien pourquoi avec l'eau de Jabir il fallait en plus de la volonté.

Il resta silencieux. La regardant de ses yeux noirs qui lentement s'animaient d'une flamme venue de l'intérieur.

- Qui t'a appris cela… Cette différence ?
- Personne, je l'ai toujours su.
- Alors, tu peux parfaitement nous comprendre. Ce qui était arrivé un jour, une Arabie heureuse, verdoyante, fertile, pourrait se reproduire. Je vais même ajouter quelque chose Saduk, l'espérance est spécialement réservée aux désespérés. À Kerak, ce fut un sentiment horrible d'être jetée au fond d'un puits s fond.

Les compagnons de Saduk, sans parler du maître de l'eau, jetèrent un regard effrayé et surpris à la jeune femme. Ce qu'elle venait d'énoncer était tellement stupéfiant qu'ils demandèrent une explication.

- Pas une explication, reprit-elle, mais une tentative d'éclaircissement. Il faut rejeter tous les espoirs qui ne seront jamais obtenus. Et de ce fait être désespéré, oublier les fausses idoles, les fausses croyances. L'ambition même de réaliser ces faux espoirs les anéantit : ils ne pourront jamais se concrétiser. Et lorsqu'ils auront disparu, alors naîtra enfin l'espérance. C'est ce qui nous est arrivé. C'est ce que certains nomment l'énergie du désespoir.

- Oui, nous étions persuadés, depuis deux millénaires, de la possibilité du renouveau. C'est beaucoup de temps, je sais. De quoi perdre l'esprit, mais pour ne pas le perdre, pour ne pas succomber sous des tâches indignes de nos conditions antérieures, nous avons trouvé refuge dans notre métier ancestral : répartiteur d'eau. Nous avons changé d'état sans changer l'essentiel.

- Nous avons passé ainsi des milliers et des milliers d'heures à creuser des rigoles, élargir des fossés, ouvrir des canaux depuis longtemps obstrués, évacuer des monceaux de gravats et de détritus, éliminer la vase et la boue, les mauvaises herbes, toutes choses qui anéantissent le pouvoir de l'eau qui est d'apporter la vie.

Nous nous sommes sentis responsables, donc fiers, lorsque le blé, le seigle, le sorgho, le froment, l'orge étaient en herbe, tout comme lorsqu'un pâturage bien vert permettait de faire paître moutons, chameaux et chevaux. Lorsque nous regardions la cime des palmiers porteurs de grappes de dattes, nous sentions l'atmosphère de notre métier se répandre sur les oueds pour les faire fructifier.

La contrepartie, dont certains d'entre nous ont souffert, fut que plus personne ne nous a regardés, ne nous a complimentés, ne nous a remerciés. Le responsable local de la mosquée nous gratifiait chaque printemps d'un certain montant d'argent. C'était pratiquement le seul contact avec les villages et les hameaux.

Nous étions devenus seulement des hommes au visage de cuir mâché passant désormais leur existence à observer le ciel, les nuages sombres annonciateurs des bienfaisantes pluies de mousson, ou un soleil trop dense capable d'enterrer rapidement les rigoles des oueds et pouvant dessécher les fruits, assécher en un rien de temps les mares des oasis.

- Mais cela vous a occupés. Il n'y avait rien d'inutile dans votre activité.

- C'est vrai ! Cela nous a occupés. Parfois, nous nous réunissions à une certaine époque. Tous les trois ans, pour faire le point. Un mot d'ordre circulait rapidement, convoquant tous les répartiteurs d'eau, un beau matin dans un coin perdu à l'écart de toute habitation. Tu devines où ?

- Bien sûr. Pas difficile à trouver, fit à son tour Alix.

- Tu parais bien sûr de toi, joli jeune homme. Où donc ?

- Dans l'ancien temple de Balkis.

- Pourquoi ?

- Parce qu'il était dédié aux anciens dieux de Saba.

Saduk la regarda.

- Tu es bien perspicace pour ton âge…

- L'âge ne fait rien à l'affaire. J'ai dû un jour, assister à l'une de ces réunions.

Malgré son impassibilité, Saduk sursauta.

- Toi… ? Comment… ? Tu plaisantes.

- L'esprit des dieux probablement. Tu parlais d'atmosphère. Dans l'air que nous respirons, palpitent des milliers de vibrations porteuses de messages si on sait bien les déchiffrer. Elles circulent à la vitesse du vent et lorsqu'elles t'emprisonnent, tu es dans un autre temps.

Saduk parut jouer le jeu. Il était visiblement intéressé.

- Et quand serais-tu venue la dernière fois par exemple ?
- Il y a très longtemps. Tu n'étais pas né, Balkis s'en était allée…
- Comme tu dis cela bizarrement… S'en était allée…
- Balkis a choisi sa destinée, Saduk, librement et jeune, mais avant de disparaître, elle a convoqué tous les maîtres de l'eau.
- Comment sais-tu cela ? Et Saduk lui saisit d'un geste brusque l'avant-bras. Alix ne fit rien pour se dégager.
- C'est un secret transmis précisément de génération en génération. La plupart des répartiteurs ne le savent pas. Mais toi…
- J'ai dû le lire quelque part ou quelqu'un m'en a parlé…
- Je ne te crois pas. Il y a autre chose.
- Bien sûr car où serait alors le mystère ?

Saduk lui jeta un regard noir acéré. Elle dégagea doucement son avant-bras.
- Mais tu nous parlais de vos réunions. Si tu continuais ?
- C'était toujours la même litanie qui revenait au cours de ces ennuyeuses confrontations de nos points de vue. Il y avait surtout de moins en moins d'eau. Il fallait creuser des puits de plus en plus profondément, répartir surtout l'eau moins souvent au risque de provoquer des rassemblements et des cris de haine à notre égard…

- Il faut dire que les différents souverains du Yémen, chaque fois, nous ont apporté leur soutien total, un peu comme si c'était un devoir indiscutable pour eux. Il suffisait que l'un d'entre nous se présente au palais pour qu'il y soit immédiatement reçu. La réception d'un maître de l'eau à Jibla était considérée par les souverains yéménites comme une tâche à accomplir immédiatement.
- Et cela a été le cas pour Arwa ?
- Exactement, elle a réprimé des tas de révoltes, cassé dans l'œuf les émeutes d'une populace au bord de l'insurrection à cause de la pénurie d'eau. De temps en temps, un Imam plus sage que les autres prêchait qu'il s'agissait de la volonté d'Allah.
- Et l'idée a alors germé.

- Parfaitement. Probablement au cours des réunions, la phrase revenait : « Et si on construisait une digue formidable, barrant les falaises de granit ».

- Alors, c'est bien votre idée.

- C'est effectivement la nôtre. Nous nous sommes fait recevoir par Arwa et nous lui avons suggéré de construire un barrage. Nous avons surtout évoqué une tradition transmise par Saduk ibn Qalanasi.

- Le même nom que le tien !

- Exactement en effet. Le père d'un de mes pères. Balkis, avant de disparaître, lui avait confié : « Ce merveilleux barrage, don des dieux de Saba, sera un jour détruit… Saduk », puis elle avait continué, en le voyant sursauté… Ne fais pas l'étonner…

- Mais, ô reine avait-il osé l'interroger, jamais les hommes, si fous soient-ils ne pourront concevoir de détruire ce barrage qui apporte…

- Si… au contraire car nos dieux vont être à leur tour supplantés… Il s'agit, Saduk, d'un cycle cosmique inévitable. D'autres dieux les remplaceront et le barrage sautera.

- Je t'interromps, fit Mélisende terriblement attentive, pour moi, c'est Balkis qui a délibérément miné ce barrage.

- Voyons, tu es fou, c'est impossible. Elle ne pouvait pas détruire l'œuvre de sa vie.

- Oh si ! Comme je la comprends… Mais je t'en prie. Continue…

Saduk reprit son récit. La reine dit alors à Saduk :

- Même lorsque l'Arabie sera redevenue un désert, il faudra garder l'espérance.

- Le même mot à nouveau, c'est pourquoi je t'en ai parlé. Et c'est ainsi que tout a commencé…

- Elle lui a parlé d'un second barrage ?

- Ton esprit voyage fort rapidement, joli jeune homme, pour te permettre ainsi de passer aux conclusions. Mais non, je vais te décevoir. Elle ne lui en a pas parlé.

- Elle lui a forcément laissé une indication !

Une femme régnera à nouveau sur ce royaume. Voici textuellement ses termes mais ça ne veut rien dire. Entre Balkis et Arwa, il y a eu sept femmes, maîtresses de ce pays et beaucoup de rois, et rien ne s'est passé. Et des centaines d'années. Alors pourquoi voudrais-tu…

- Mais Saduk, tu viens de l'avouer toi-même. Depuis quelques années, obstinément vous parlez entre vous d'un second barrage. Au moment précis où une reine, qui va bientôt mourir je sais, est au pouvoir. Que te faut-il de plus comme élément ? Au fait quelle a été la réaction des répartiteurs d'eau en général lorsque la rumeur a commencé à se répandre.

- Leur réaction ? Facile à deviner. Le scepticisme le plus absolu avec ce genre de phrase : « Mais comment veux-tu construire un barrage…, avec quoi, avec qui…, avons-nous de l'argent… ? ». C'était à désespérer. On a eu beau insister sur le fait, de rendre à nouveau l'Arabie fertile et heureuse, personne n'y croyait. Ils évoquaient, pêle-mêle, les luttes tribales, les combats fratricides, les invasions étrangères, la volonté d'Allah…

- Jusqu'au jour, l'interrompit Mélisende, où Arwa a fait sienne votre idée.

- Elle m'a dit textuellement un soir : « Les dieux de Saba vont revenir Saduk, ils ont disparu eux aussi sous les sables du désert, mais ils vont revenir. Ceci est leur volonté ».

- Quand a-t-elle dit ça ?

- Il y a fort longtemps, une vingtaine d'années au moins.

Mélisende partit alors d'un grand rire.

- Vingt années… Par tous les dieux… Vous avez attendu vingt ans… Mais c'est incroyable.

Saduk ne disait pas un mot et observait Mélisende pliée en deux de rire. Elle sanglotait presque.

- Dieu que c'est drôle, finit-elle par murmurer dans un hoquet… Et pourquoi maintenant ? Parce qu'elle va mourir ?

- Tu es un impie, joli jeune homme, et tu mériterais que les dieux te fassent tomber le ciel et les étoiles sur la tête. Qu'est-ce qui te prend soudainement de rire ?

- Mais… Et elle en balbutiait… Qu'a-t-elle fait durant ces vingt ans…

- Rien… Oh si !... Elle nous a fait construire un peu partout des retenues d'eau, des digues en pierre et torchis pour vérifier : Ça n'a jamais marché. Tout s'écroulait ou était inévitablement emporté par les premières crues. Arwa me répétait chaque année : « Nous n'y arriverons jamais : on s'y prend très mal ». Et s'il nous fallait construire un barrage cela demanderait des dizaines d'années, des dizaines de milliers d'ouvriers, des dizaines de milliers de dirhams d'or. Et nous n'avons ni les premières, ni les deuxièmes et encore moins les troisièmes.

- Mais qu'est-ce qui s'est passé ? Quel geste a déclenché toute cette histoire ?

- J'avais la pierre qu'elle t'a fait passer, transmise méticuleusement et dans le plus grand secret de génération en génération. Mais je n'y avais jamais prêté attention. Tu penses ! Une pierre vieille de deux mille ans. Et un jour qu'Arwa, parlant presque pour elle-même, jetait ces mots : « Mais par tous les dieux de Saba comment s'y est-elle prise Balkis ». J'ai sursauté, une intuition fulgurante a traversé mon cerveau.

- Il y a une pierre, ai-je commencé, qui pourrait peut-être…

- Apportez-la vite, a-t-elle ordonné. Et nous l'avons étudiée sans rien comprendre aux inscriptions gravées dessus.

- Donc c'est bien toi qui en as eu l'idée, n'est-ce pas Saduk ? Et tu y as mêlé adroitement Abou Zaya pour qu'il en répande la rumeur dans tous les villages.

L'homme au visage de cuir mâché releva simplement la tête, mais ses yeux noirs brillaient de mille feux.

- Comment as-tu deviné ?

- Pas difficile, en fait, c'est Geoffroy, le chef de la famille, qui y a pensé le premier en dessinant une carte de la terre du Yémen et en superposant par-dessus une carte du ciel.

- Une carte du ciel ! Mais les étoiles ont changé…

- Bien sûr, fit le garçon, je n'ai pas étudié avec l'astronome Al Moustansir pour rien pendant des années. Tes ancêtres se sont livrés à des calculs forts compliqués pour exprimer la position plus ou moins exacte d'Alpha du Dragon et des Pléiades, il y a deux mille ans.

- Vous êtes des jeunes gens fort étranges, en vérité.

Ses compagnons approuvèrent de la tête. Il se tournait nouveau vers Mélisende.

- Qui es-tu donc, joli jeune homme : une femme courbée pat les ans, se faisant accompagner par un gamin ramassé dans les souks, ou un homme déterminé.

- Ni l'une ni l'autre Saduk. Juste au milieu parfois, je dois t'avouer que je m'y perds parfois…

- Alors notre choix était bon ?

- Il l'était.

- Mais comment êtes-vous remonté jusqu'à nous, questionna le garçon ?

Saduk leur resservit un thé depuis longtemps froid. Ils n'y firent pas attention, pressentant que ce qu'il dirait, comme ce qu'ils entendraient, deviendrait à jamais un secret entre eux six.

Mélisende se leva, déplia sa longue silhouette, fit quelques pas pour se dégourdir les jambes ou plutôt pour faire le vide dans son cerveau.

Saduk l'observait, la laissant agir, se gardant de toute parole inutile. Un bien curieux personnage, cet androgyne, devait-il se dire, vêtu comme un marchand d'Occident avec son éternel foulard vert noué autour de la gorge dissimulant, en ce moment, imparfaitement la ligne blanche d'une fort dangereuse cicatrice. Finalement, elle se rassit, croisant ses longues jambes. Ses yeux bizarrement devinrent complètement bleus, comme si les pupilles s'étaient dilatées au maximum. Saduk était stupéfait par le tour de magie et la transformation de cet être au demeurant fort jeune. De ces trois êtres qui revenaient de l'enfer.

Puis il se fit la réflexion que les dieux de Saba avaient toujours été jeunes. Ne les avait-on pas souvent représentés sous les traits d'une rare juvénilité, empreints d'une extrême sérénité comme si, ni la peur, ni les vicissitudes de l'existence n'avaient réellement de prise sur eux.

Il se reprit et poursuivit :

- Arwa a réfléchi pendant vingt ans. Nous aussi. Le barrage de Balkis n'était ni un mythe ni une légende puisqu'il en restait encore des vestiges : les formidables digues Nord et Sud construites avec des monolithes aussi solides que ceux ayant permis l'édification des grandes pyramides. Mais il courait une légende cependant. Je viens de parler d'années de construction, d'hommes et d'argent. Alors ça devait être encore plus vrai du temps de la reine de Saba.

- C'est la seule raison valable qui l'a motivée à rendre visite à Salomon tout en flattant son ego de roi le plus puissant, le plus sage de la terre, j'en ai toujours été convaincue, ajouta Alix. Ses conseillers ont dû lui faire la leçon sur le temps mis par Salomon pour construire un Temple à l'Éternel. La Bible, elle-même, en parlait suffisamment.

- C'est exactement le raisonnement d'Arwa et le mien surenchérit Geoffroy en étudiant la fameuse plaquette de pierre. Balkis a dû en condenser les éléments sous une forme elliptique et indéchiffrable sauf pour les initiés.

- Exactement, seulement par des initiés. Des profanes auraient rejeté la simple idée qu'il avait fallu si peu de temps, si peu d'hommes et si peu d'argent, douze ouvriers, sept jours, cent cinquante-trois blocs de pierre. Il y avait donc un secret.

- Oui mais pourquoi vous et nous seulement ?

- Dans chaque souk, quel que soit l'endroit, il y a un vendeur d'eau, parfaitement reconnaissable à son déguisement. Et ce déguisement est si parfait que plus personne n'y fait attention. Un chapeau multicolore se dressant en pointe, une veste à multiples poches elle aussi multicolore, passée par-dessus une djellaba blanche. Il agite sans arrêt des clochettes pour prévenir de son arrivée. Sur sa poitrine, enserrés dans des anneaux, de touts petits grelots d'argent irisés d'or, et une large outre de peau de chèvre pour garder l'eau très fraîche.

- C'est l'un de vos espions.

- Ce sont, je te le confirme, des métiers à part entière de notre confrérie des maîtres de l'eau et c'est parfaitement logique. De remarquables informateurs, on ne se méfie absolument pas d'eux.

- Et ils nous ont repérés ?

Exactement, marchandant comme des malades pour quelques fulûs de cuivre, commerçants avisés, ne se faisant pas refiler de la camelote, allant jusqu'à acheter une cargaison d'encens.

- Peste, quelle observation !

- Parlant impeccablement l'arabe. Un seul être très jeune sous trois identités. Au départ, en fait, nous nous étions dit qu'il valait mieux, pour démarrer le projet, faire appel à vous autres, gens d'Occident.

- Mais nous sommes aussi d'Orient, l'interrompit Mélisende.

- Justement, cette combinaison unique de deux mentalités nous a servi. Nous avons fait une enquête très minutieuse. Des jumelles et leur frère. Le nombre trois. Nous avons tenté notre chance. Vous êtes des êtres à part. Alors, il y avait une possibilité de réussite. Tiens, toi, au fait, qui es-tu vraiment ?

Elle ne répondit rien. Ce fut Saduk qui reprit la parole.

- Viens à présent avec moi. Je t'ai vu tout à l'heure observant avec attention les deux falaises dominant la vallée. C'est le moment de vérifier la sagesse de ton jugement.

Elle abandonna Alix et Geoffroy avec un petit clin d'œil, avec les deux compagnons de Saduk qui entreprirent de leur raconter à nouveau l'incroyable histoire de la reine de Saba.

Les choses sérieuses allaient-elles enfin commencer ?

CHAPITRE XXXVIII

LE PERCUTEUR D'UNE ARBALETTE

Mélisende revint en toute hâte à leur campement. L'après-midi s'achevait.

- Vite, dépêchez-vous, sautez à cheval et toi, Geoffroy, ordonna-t-elle, saisis-toi de cette lunette que t'a offert Al Moustansir pour observer les étoiles. Je sens que tu vas en avoir besoin.

Les trois Faraglioni refirent le chemin précédemment suivi par Mélisende et Saduk qui les emmena sur le haut de la falaise rocheuse dominant la vaste vallée allant s'engorgeant dans le Dhana. Les compagnons de Saduk surveillaient les environs.

- Nous avons juste le temps.

Et elle sauta au bas du cheval. Elle s'accroupit sur les talons en face du soleil couchant.

- Je crois que j'ai compris, fit Alix jusque-là silencieuse.
- Il faut observer le soleil couchant et ses derniers rayons.
- J'y suis, fit le garçon, les derniers, dis plutôt surtout le dernier.

Ils s'accroupirent et fixèrent l'horizon. Placés comme ils étaient, le soleil allait d'un instant à l'autre basculer de l'autre côté de la terre. Les montagnes rocheuses plongeaient dans l'horizon de la mer Rouge, le spectacle était impressionnant.

- Tu attends le même phénomène qui s'est produit avec le Nil et la Méditerranée ou à Jérusalem avec la mer Morte.
- Exactement !

Et au même moment, le soleil plongea dans la mer projetant un dernier rayon rouge et soudain l'éclat fulgurant du rayon vert vint frapper la rétine de leurs yeux.

- Nous l'avons capté, hurla presque Alix.

- Je le sens dans mes yeux, surenchérit Geoffroy.

- Maintenant Geoffroy c'est le moment de te servir de ta fameuse lunette, oriente-la sur la falaise rocheuse et cherche bien !

- Chercher quoi ?

- À toi de voir.

Le garçon obéit à sa sœur. N'était-elle pas justement le véritable chef de la famille ?

- Maintenant braque ta lunette sur la paroi rocheuse opposée à nous, légèrement sur la gauche là où elle paraît s'interrompre.

Le garçon s'exécuta et mit au point la lunette pour une visée correcte.

- Nom de Dieu de nom de Dieu.

Et il passa la lunette à Alix qui déjà s'impatientait. Elle dut procéder à quelques réglages en manipulant une petite roue dentée et finalement parvint à se fixer sur ce que son frère avait arrêté comme ligne de mire.

- C'est impossible parvint-elle à dire... Impossible... C'est toi Saduk, n'est-ce pas ?

- Exactement. Je n'y ai aucun mérite. Je le sais depuis des années.

- Et les autres l'ont sous les yeux depuis des millénaires. Tu entends depuis des millénaires, et personne n'a rien remarqué ou rien voulu remarquer.

- Elle prit à son tour la lunette… Vous avez vu… cette falaise est parfaitement découpée… Comme des tranchées… Vous avez vu la saignée, rectiligne, en équerre comme si une scie géante avait tranché dans le rocher puis était revenue sur elle-même pour enlever des monolithes comme des morceaux de gâteau. Et cela se répète sur des coudées et des coudées.

Effectivement la falaise paraissait impeccablement morcelée en stries verticales et horizontales. Seuls les vides à présent apparaissaient. Et la même chose sur l'autre falaise.

Il restait, ironie du sort ou du destin, deux monolithes dont, à première vue, on pouvait dire qu'ils pesaient quelques centaines de tonnes. Du jamais vu. Ce qui expliquait parfaitement le faible nombre de monolithes utilisés. Si chacun pesait au bas mot trois cents tonnes, Balkis aurait pu construire effectivement son barrage.

- Donc, c'est bien ainsi que tout s'est passé. C'est bien là la carrière d'où les blocs de pierre ont été extraits. Et pas à coups de pelles et de pioches et pas à main d'hommes. Rapidement, sous l'effet de la pierre noire chargée d'une influence magnétique, de tous les ingrédients sulfureux de l'Univers. Et puis...

- Voilà, fit Alix... Et puis un soir particulier, comme celui-ci, cette même pierre noire, correctement orientée, a su capter le rayon vert ultime du soleil qui a été le déclencheur final. Un peu comme une mèche allumée dans une mine sous une citadelle ennemie ou le percuteur lâché d'une arbalète. C'est exactement la définition qui convient.

- Et Balkis a su faire marcher le mécanisme secret. Bon Dieu, quelle femme, cette reine de Saba pour avoir atteint un tel degré de connaissance ! Elle a voulu quand même l'authentifier dans une pierre déterminée comme gage de son savoir immense. Celle que nous avons eue entre les mains, sans rien comprendre.

Voilà pourquoi, il y a deux écritures. Alors, la première est sumérienne ou pré-sumérienne avec des ponctuations cunéiformes. C'est l'indication de la pierre tombée du ciel il y a maintenant des millénaires et qui a probablement servi aux sumériens pour édifier leurs étranges pyramides qu'ils appellent de nos jours des ziggourats.

- Je suis persuadé qu'en la montrant à Al Moustansir, il pourrait à la limite te dire que cette météorite est venue de la constellation du Dragon ou des Pléiades, porteuse d'une énergie extraordinaire mais qui ne peut agir que s'il y a conjonction d'un rayon vert et d'un rare degré d'initiation car il faut être capable et de le percevoir et de l'assimiler.

- Et c'est pourquoi la première partie de la pierre indique en jambage sud arabique, le nombre de personnes, de pierres et de jours qu'il a fallu pour ériger ce barrage. Ce que personne n'a voulu croire parce que c'était tout bonnement impossible à croire.

Alix était méditative, il y eut sur son visage comme un sentiment d'admiration pour la jeune reine de Saba, trop tôt disparue.

- C'est quand même fascinant cette conjugaison d'éléments à ce point disparates. Une femme, d'une prodigieuse intelligence, parfaitement informée dès le début de la construction du Temple de Salomon arrive à mettre dans sa couche ce monarque qui croit la conquérir et qui se laisse embobiner au point de tout lui expliquer. Vraiment tout lui expliquer.

- J'imagine l'audace et le courage qu'il a fallu à Balkis pour arriver à ses fins. Et l'autre a vraiment tout perdu d'un coup.

Et les siècles ont passé…

Mais les maîtres de l'eau, devenus répartiteurs d'eau ou vendeurs d'eau, n'ont jamais oublié et ont gardé jalousement la tradition. Et Arwa, presque centenaire a brusquement eu envie de ressusciter les anciens dieux de Saba. Abou Zaya s fait le chantre de cette idée, vend grassement l'idée… Et si… Voilà… Et les petits Faraglioni s'y mettent aussi…

Ils prirent congé de Saduk et de ses amis avant de rentrer dans leur campement, mais trop excités pour dîner. Ils firent l'amour tendrement, violemment, incestueusement, aurait vociféré l'Inquisiteur de Saint Jean d'Âcre. Alix et Geoffroy d'abord, puis Alix et Mélisende. Ensuite Mélisende et Geoffroy. Le troisième regardait le ciel devenu étoilé et l'étrange falaise qui, vue d'en face, ressemblait à une muraille de fortification. À une carrière invisible, prête peut-être à recommencer…

- Ils nous observent, n'est-ce pas ?

Personne ne posa la question de savoir de qui on pouvait bien parler.

- Bien sûr !

CHAPITRE XXXIX

LE RAYON VERT

D'Albano arpentait le site de l'ancien barrage en compagnie d'Origène de Milly. Ils reparlaient sans cesse des péripéties sanglantes qui étaient survenues, de la réapparition des Faraglioni, et l'étrange collaboration avec les répartiteurs d'eau.

- Au fond, reprenait le Sire de Milly, tout est beaucoup plus ancien que les épisodes qui viennent de se dérouler. L'origine de l'histoire est très antérieure à l'arrivée des Faraglioni à Jibla.
- Mais, reprenait d'Albano, cela a commencé avec l'arrivée des inquisiteurs à Âcre.
- Tiens, pourquoi les inquisiteurs ? Ils sont partout à présent, en Espagne reconquise, pour ramener tout ce beau monde dans le giron de l'Église.
- Oh, mais non ! Ça c'est un autre leurre. Alix l'a parfaitement deviné. L'Inquisition poursuit un autre but.
- Même ici, en Terre Sainte ?
- Cher ami, même et surtout en Terre Sainte. Moi qui voyage un peu partout, j'écoute, je vois, je sens.
- Et alors ?
- T'es-tu posé la question… ? Quelle est l'importance ici, dans les sinistres projets de la Sainte Inquisition, nos amis les Faraglioni ? Parce que je n'arrive pas à croire que la Sainte Inquisition s'en prenne avec autant de violence et d'acharnement aux trois Faraglioni simplement parce qu'ils s'aiment d'un infernal amour incestueux et que les filles s'habillent le plus souvent comme des garçons ! Il y a forcément autre chose…

Puis il poursuivait devant le visage très attentif de de Milly.

- Je n'arrive pas à croire non plus que les teutoniques s'en prennent aussi avec autant de constance et de rage et de haine aux Faraglioni simplement parce que ce sont des athées ou plus sûrement des espions des Templiers. Les deux explications sont trop simples, il y a forcément autre chose.

- Et maintenant, questionnait Origène ?

- Maintenant, je sais. Nous savons. La Sainte Inquisition a eu nécessairement accès à des secrets détenus depuis fort longtemps par Rome et les Papes sur bien des points obscurs de l'histoire de l'humanité, sur la véritable identité des prophètes, certains d'entre eux au moins. Et les teutoniques ont été formés, ne l'oublions pas, par les Templiers puisqu'ils ont fait longtemps partie de leurs rangs. Vois-tu Origène, l'Inquisition ne cherche pas à extirper l'hérésie et à combattre les faux dieux, elle veut le pouvoir, mais un pouvoir réel, pas seulement politique et financier. Elle veut imposer sa loi et sa foi par des manifestations devant lesquelles tous les hommes se prosterneront.

D'Albano poursuivait son raisonnement en lui parlant leurs recherches concernant la véritable personnalité de Moïse et de ses étranges Tables de la Loi. Par voie de conséquence, on en est arrivé à Salomon, roi, prêtre et prophète et à nouveau le Tables de la Loi, le Saint des Saints : et là, l'Inquisition est très impliquée. Je te prie de le croire.

- D'un autre côté, les teutoniques ne sont pas seulement brutes sanguinaires à la cervelle vide. Certains d'entre eux sont des architectes, des astronomes, des alchimistes, surtout ceux de Hongrie et des Carpates. Alors tout naturellement ils ont suivi d'un œil très attentif les travaux alchimiques d'Alix avec le plus grand alchimiste arabe : Jabir ibn Hayyan, tout comme ceux d'astronomie de Geoffroy avec l'astronome du calife, Al Moustansir, tout comme les étranges recherches de Mélisende concernant les forces obscures, invisibles, cachées dans le labyrinthe d'Alep et dans celui du château d'Othman. Donc pour l'Inquisition, les Faraglioni sont des gens éminemment suspects.

- D'un autre côté, l'Inquisition a eu vent des projets de la reine Arwa et est tombée naturellement sur la légende de la reine de Saba.

Alors, ils ont suivi méthodiquement le cheminement allant de l'ancien barrage au nouveau que voulait édifier Arwa en se demandant qu'elle était la part de vérité contenue dans la légende de Balkis s'enfuyant de Jérusalem avec un certain trésor.

Un autre point assez curieux a dû attirer leur attention. Le don que chacun des trois Faraglioni possède. Je n'en veux pour preuve qu'Alix, qui n'est pourtant pas médecin, invente des remèdes. Tiens, l'autre jour pour le desservant de la mosquée de Kerak, et dernièrement pour soigner Geoffroy d'une brûlure à la main. Mélisende, elle, possède un réel don de double vue. Elle pressent les ennemis avant qu'ils ne surviennent.

- Mais pourquoi ici dans cette région, interrogeait de Milly.

Et là, Geoffroy, qui venait de les rejoindre avec les jumelles, suivi par Abou, intervint.

- Parce que tout s'est passé dans cette grande contrée, cet immense et désertique pays qui est constitué par le Pays sumérien, l'Égypte et la Grande Arabie. Un triangle d'Or. Or, ce triangle, et Al Moustansir pourrait vous le confirmer, correspond dans le ciel avec les constellations du Dragon et des Pléiades, lesquelles étaient exactement alignées, il y a quelques milliers d'années. Khéops, le Temple de Salomon et le barrage de Marib sont tous, vous entendez, tous les trois, alignés sur Alpha du Dragon.

Un tracé céleste, une ligne terrestre, et toujours trois points, peux vérifier Abou.

- C'est inutile, je te crois.

- Et c'est cet axe qui est porteur -je ne sais pas vraiment pourquoi, même si j'en ai une vague intuition- est-ce une fracture du ciel ? porteur donc d'une source immense d'énergie et celui qui est capable de manipuler cette force cosmique et tellurique peut devenir le maître du monde.

De plus cet axe venu du ciel, ayant son exacte correspondance dans ce triangle sacré, se trouve matérialisé par cette pierre tombée non seulement du ciel mais qui a suivi une certaine trajectoire.

- Pourquoi une certaine trajectoire ?

- Car elle n'est peut-être pas innocente cette trajectoire tout simplement.

- Cette pierre ne peut donc agir, surenchérit-il, que dans la surface délimitée sur le sol à certaines époques de l'année, pas à d'autres, mais à la condition d'être amorcée comme une mine allumée sous les remparts d'une citadelle ennemie, par rayon vert.

- Donc à nouveau le nombre trois. L'axe, la pierre, le rayon.

- Laisse-moi interpréter ce que tu viens de dire, lui répliqua très songeur de Milly. Un être humain pourrait ainsi recevoir le rayon vert. C'est cela que tu cherches à me dire ?

- Un graal noir comme cette matière sombre, invisible, dont te parle sans arrêt l'astronome Al Moustansir. Mais noir ne signifie absolument pas funèbre, funeste, terrifiant, bien au contraire. Selon lui, cette matière noire écarterait le tissu du ciel pour permettre à la lumière de le franchir.

- Le graal…, émit pensivement d'Albano… alors tout s'explique… c'est bien ce que recherchent les Templiers, car ils seraient détenteurs de l'essence d'un sang un jour versé.

- Mais pourquoi, vous seulement ? Car normalement… reprit de Milly.

- Mais, Messire, vous l'avez souvent dit vous-même, parce que nous sommes trois en une seule entité, l'androgyne primordial, homme et femme unis consubstantiellement par essence, l'essence de l'Être final qui les compose inévitablement. Nous sommes, sans nous en douter, le nombre créateur.

- Et l'Inquisition l'a deviné ?

- Mais bien sûr, ajouta Mélisende. Ils sont très forts. Pour eux, un amour incestueux fait seulement partie du droit canon. La culpabilité démontrée, la sentence s'applique froidement. Cela va d'être lapidée à emmurer vive ou brûlée. Au choix suivant le barème, mais au fond, ils s'en foutent complètement. Oh ! Sûrement ils ont dû envoyer des moines fanatiques pour nous pourchasser mais en leur demandant surtout de ne pas nous abîmer. Ça n'a pas tellement bien marché entre nous. Des moines fanatiques ont remué ciel et terre pour nous trouver. C'est ce qui est arrivé. Il leur fallait impérativement savoir ce que nous semblions posséder.

- Et les teutoniques ?

- C'est la même chose. Nous étions les espions des Templiers, ça c'était le prétexte. Mais là aussi ils s'en foutaient. Par contre ce dont ils ne se fichaient pas c'est de savoir ce qu'ont bien pu trouver les Templiers dans les ruines du Temple de Salomon !

- Mais ils n'ont rien trouvé. Ils l'ont dit.

- Justement, parce qu'ils l'ont dit, ils ne les ont pas crus. Là encore, l'Inquisition a fait avaler à ces barbares germaniques qu'il fallait s'emparer des Faraglioni car il s'agissait d'espions très dangereux, que souvent les filles se faisaient passer pour des hommes. Ça n'a pas raté. Ils sont tous partis comme un seul homme. Pour vérifier.

- Pour vérifier ?

- Il faut tout t'expliquer :

- Mais le rapport avec le serpent qui devient simple morceau de bois ?

- Ça a nécessairement attiré l'attention, non des badauds, mais des experts, des initiés plutôt, surtout lorsque Alix lâche, comme par inadvertance, qu'un serpent ressemble comme deux gouttes d'eau à l'axe invisible autour duquel tourne la terre. Elle va te l'expliquer. C'est la spécialiste du tour.

- Je ne vois vraiment pas le rapport, fit de Milly.

- Vas-y Alix, c'est à toi d'entrer en scène.

- Le rapport ? Très simple... L'axe dont nous avons parlé, celui reliant cet alignement dans le ciel et sa correspondance sur terre n'est pas une ligne droite comme la règle de nos charpentiers ou l'équerre de nos tailleurs de pierre. C'est plutôt un ombilic liant l'espace cosmique et l'espace terrestre. Et de ce fait, il ressemble, cet ombilic, plus à une corde vibrante ou à un serpent sacré qu'à une équerre. Le serpent est une corde d'espace et de temps. Juste une image.

- Je continue et je vous rappelle pour mémoire le serpent d'airain mis au point... ? Vous ne devinerez jamais par qui ? Par Moïse !

- Et si vous faites un petit effort de mémoire et d'imagination, vous comprendrez mieux la signification des serpents des diverses civilisations. C'est une manifestation d'une dimension inconnue d'espace et de temps, un état indéfini entre le monde matériel et l'invisible. Surtout lorsque le serpent est tenu, ou enroulé autour d'un bâton, ou tenu au-dessus de la tête. Il ondule, n'est-ce pas, il décrit dans le vide des courbes, dessine en fait des espaces nouveaux à partir de son corps et même les écailles noires ou jaunes de son corps constituent autant de surfaces nouvelles en se soulevant légèrement.

D'ailleurs tous les traités de Ptolémée parlent de serpents sacrés et pourtant s'agit bien d'astronomie.

- Alors qui détient, spirituellement s'entend, cet axe au niveau initiatique peut être effectivement le maître d monde ?

- Oui, car il aura découvert une nouvelle dimension.

- Mais le rayon vert, questionna Abou ?

- C'est autre chose. Il fait partie du jeu secret. Lorsqu'on arrive à le capter puis à le capturer, ce qui nous est en fait arrivé sur la fameuse plage du Sud d'Akaba, il ouvre alors tous les centres d'énergie de notre être pour converger -mais là encore il s'agit d'une sensation, d'une intuition, non d'un raisonnement logique- pour converger donc vers un point unique situé au milieu du front. Comme un troisième œil si tu veux ! Or, ce troisième œil n'est pas autre chose que ce qui permet de voir et de construire dans l'invisible, d'avoir en quelque sorte des pouvoirs de visionnaire.

- Celui de soulever des montagnes par exemple..., compléta Geoffroy.

- Jamais cette phrase n'a été aussi prémonitoire, ni aussi chargée de promesses. Mais les chevaliers d'Occident ne l'ont jamais compris ainsi. Et c'est tant mieux pour eux, vois-tu ? Nous, les Faraglioni, nous l'avons assimilée avant même de l'avoir entendue.

- Dans une vie antérieure peut-être ?

- Peut-être !

- Je vais même aller plus loin au risque de te faire frémir d'épouvante, intervint Mélisende avec un mince sourire, je suis une spécialiste, moi aussi, de la Bible. Prends le texte même de la Bible. Moïse enferme les fameuses Tables de la Loi dans une Arche d'Alliance dont le descriptif est beaucoup plus minutieux, plus détaillé que celui concernant lesdites Tables, entre nous. Pour des raisons de protection, dira la Bible. Très bien. Acceptons.

Là, elle s'arrêta.

- Non, je ne peux pas.

- Écoute... Tu as commencé... Tu es déjà allé trop loin, encouragea de Milly.

- Ce que je voulais dire c'est que nous les Faraglioni, à notre façon, à notre insu surtout, nous sommes devenus une Arche d'Alliance, détentrice non des Tables de la Loi mais des instructions secrètes relatives à l'utilisation de la pierre contenue également dans la même Arche. Or, Moïse a sciemment trompé son peuple. Il a mis deux objets dans l'Arche d'Alliance.

- Ça c'est impossible. Ça se saurait !

- Mais ça s'est su. Personne ne s'en est aperçu ou n'a vraiment voulu s'en apercevoir.

- Et tu as une explication ?

- Oui, il est descendu tenant les Tables de la Loi, tandis que les hébreux adoraient des veaux d'or. Ils ne l'ont pas écouté, paraît-il. De rage, il a jeté les Tables par terre.

- Oui, ça, je le sais. Et il est remonté en chercher d'autres. Ce qui est risible entre nous.

- Pourquoi risible ?

- Mais parce que tu l'imagines, rappelant Dieu, en train de regagner le ciel pour lui dire : « Par pitié faites m'en d'autres ». Et pourquoi aurait demandé Dieu ? Eh bien figurez-vous que ça s'est mal passé… En bas, ils sont en train d'adorer des veaux d'or et…

- Bref, il est redescendu avec de nouvelles Tables. Cette fois, les hébreux n'ont pas insisté, ils se sont courbés vers le sol et Moïse en a profité -c'est moi qui raconte- pour coller dans l'Arche d'Alliance, les morceaux de pierre des premières Tables et les secondes. Donc la pierre énergétique et les instructions.

- Pas mal imaginé. Jamais je n'aurais pensé à ça.

- Je n'en suis pas peu fière.

- Il faudra que tu vendes l'idée à certains théologiens pour qu'ils réécrivent la Bible dans le sens que tu indiques.

- Et pour te dire le fond de ma pensée, en vérité, ça ne s'est pas passé ainsi car Moïse avait déjà la pierre noire, celle qu'il avait dérobée aux prêtres d'Amon. Le reste, c'est de la mise en scène.

- Donc, dans le Tabernacle, il y avait finalement trois objets. Les premières Tables de la Loi, celles cassées par Moïse en colère et qui les avait ramassées. Les secondes Tables de la Loi que l'Éternel a bien voulu réécrire. Et surtout en troisième position, c'est-à-dire en première, la pierre noire.

Ils restèrent silencieux un long moment.

- Alors si vous êtes une Arche d'Alliance, reprit de Milly, d'une forme insoupçonnée… vous détenez les instructions, de la pierre céleste.

- Et le rayon vert, ne l'oubliez pas.

- Je ne l'oublie pas.

- Et la reine de Saba… Qui était-elle vraiment ?

- Là aussi, la légende a tout déformé. Et puis, il s'agissait de récits mille fois racontés, mille fois déformés. Noire mais belle. La beauté à ce stade est de la géométrie, une loi mathématique très belle car très simple. Et non parce que c'est la couleur de la pierre, chargée de poussières actives dans sa traversée des cieux.

- La seule question intéressante de toute cette histoire, c'est pourquoi ?

- Mais pour rendre l'Arabie…

- Fertile et heureuse, je connais les attributs…

- Mais non, c'est autre chose. Là encore.

- Elle a voulu construire un centre initiatique, ça n'a pas marché. Vous savez bien que Jésus a été à deux doigts de rater sa mission, mise en péril par Mithra plus que par Hérode. Là, c'est pareil, elle voulait le retour des anciens dieux. Le peuple n'en a pas voulu. Alors semblable à tous les dieux ou héros de la mythologie et de l'antiquité, elle s'est vengée des hommes en détruisant son barrage.

- Mais l'idée a dû faire son chemin.

- Eh oui ! et c'est pour cette raison qu'un peu partout dans le monde on a vu l'érection de mégalithes, des centaines de tonnes de pierre face aux cieux, pour tenter, sans y arriver, de capter l'énergie de la fracture céleste.

- Et personne n'y est arrivé ?

- Non, personne, les hommes ont pourtant essayé. Vous le savez, vous, Éminence ?

- C'est vrai, j'ai observé moi-même ces mégalithes de Bretagne et d'Angleterre, parfaitement alignés sur des constellations, là-haut dans le ciel nocturne. Ils n'ont plus aucune action s'ils en ont eu une un jour.

- Il leur manquait les Faraglioni !

- Mais non. Vous plaisantez, il leur manquait et la pierre noire, et le rayon vert.

- Le rayon vert, toujours lui !

- Tiens ! Au simple niveau anecdotique, lorsque Abdul a envoyé des cavaliers nous espionner le fameux soir sur la falaise de Dhana, ils ont certainement vu un couple. Je pouvais le lire dans le cerveau d'Abdul, quand il nous a rejoint à notre campement, car ses hommes lui avaient rapporté quelque chose d'invraisemblable. Un couple faisant l'amour, Seigneur, un homme et une femme, c'est normal, quoique, ensuite, nous n'en soyons plus sûrs. Deux femmes, ça oui, avec l'une d'entre elles prenant certaines initiatives fort osées. Un frère et une sœur, dis-tu Seigneur ? C'est bien possible.

C'est tout juste s'ils n'ont pas pensé « mais on ne m'ôtera pas de l'idée qu'une des filles était un garçon ».

- Un tour d'illusion de plus d'Alix.

- Mais non, c'est le rayon vert. Juste avant la nuit, il est terriblement aveuglant. Il risque d'enflammer la rétine. Il faut absolument se protéger les yeux.

- Oui, bon, je comprends et alors ?

- Alors ils ont tout mélangé. Le vrai et le faux. L'illusion la réalité.

- J'ai compris et ils n'ont rien vu en définitive ?

- Ils n'ont vu que ce que nous avons bien voulu leur montrer.

CHAPITRE XL

LE PALAIS D'ARWA

Arwa avait fait passer, par un gamin, un message sibyllin a l'un des Faraglioni : « Passe quand tu veux ».

Comment le gamin avait pu finalement les rejoindre à Marib, demeura un mystère pour eux. Arwa continuait-elle à les faire espionner ? Et pour le compte de qui ? Que voulait-elle vraiment ?

À qui ce message s'adressait-il vraiment et à quel moment ? Le gamin ne sut pas répondre.

Jibla était agitée, nerveuse dans l'attente d'un évènement. Les oulémas, les docteurs de la loi montaient la foule. Les muallins encourageaient les étudiants du Coran à appliquer à la lettre ce qui concernait la volonté d'Allah et l'imam de la grande mosquée parlait presque ouvertement de renverser la vieille reine et de porter enfin sur le trône son fils Abdul. À mots couverts, il était également question des étrangers qui feraient bien de rentrer chez eux, cela concernait les Teutoniques, les Templiers et l'ensemble des marchands occidentaux. Passant pour des arabes, les Faraglioni ne s'en préoccupaient pas trop, mais l'atmosphère générale les inquiétait.

« Passe quand tu veux ». Après discussion le choix se porta sur Mélisende, simplement à cause de l'incident Éboli. Mais on pouvait se tromper. Quant au jour, ils adoptèrent le vendredi, jour de la grande prière car tout le monde serait dehors et une vieille femme arabe passerait totalement inaperçue même avec des vêtements masculins en dessous d'un tas de robes.

Mélisende décida de passer par la mosquée pour s'imprégner de l'ambiance délétère et des rumeurs s'y propageant à toute vitesse.

Ce qu'elle vit la conforta dans son jugement. La journée pouvait très mal se terminer.

Elle longea le palais surplombant une venelle, dépassa sans se faire remarquer, ce qui l'inquiéta pourtant davantage, la salle des gardes où bavardaient tranquillement des Sabéens pourtant armés jusqu'aux dents. Elle obliqua pour traverser la cour devant le second bâtiment comme si elle se rendait à nouveau dans les appartements d'Éboli.

Où était-elle celle-là en ce moment, cette femme perdue ?

Mélisende préféra ne pas y penser. Une femme la heurta presque en contournant le coin du bâtiment.

- Je t'ai guettée, lança-t-elle, comme si elle était sûre de n'attendre qu'une vieille femme arabe. Suis-moi rapidement.

- Heureusement, pensa Mélisende qui commençait à se perdre dans ce labyrinthe de maisons enchevêtrées, de cours plus ou moins fermées. Elles montèrent rapidement deux étages, puis la servante souleva, apparemment sans effort, un immense tapis tombant jusqu'à terre ou plutôt se faufila derrière.

Elle poussa une petite porte basse dans le mur après y avoir introduit une énorme clé, et elles débouchèrent dans une immense salle où Mélisende n'était jamais venue. Une salle complètement vide à l'exception de deux petits tabourets situés de chaque côté d'un grand fauteuil à haut dossier de cuir pouvant passer pour un trône ou quelque chose d'équivalent.

La suivante la laissa en glissant : « Attends ». Mélisende s'approcha d'une fenêtre fermée par un moucharabieh dont elle souleva les lames en les écartant légèrement. La pièce donnait apparemment sur une petite ruelle derrière le palais. Elle apercevait les collines rocheuses. Si fuite, il y avait, c'était par-là qu'il fallait passer.

- ... Ça va très mal en ce moment. Tu as dû t'en rendre compte.

Mélisende n'avait pas entendu la vieille reine arriver, glissant sans bruit sur le damier du carrelage. Arwa, toujours majestueuse, imposante s'avançait à sa rencontre.

- Et quitte ce déguisement. Il ne te va pas du tout.

Mélisende encaissa sans broncher mais fut heureuse de se débarrasser des vêtements d'une vieille arabe. Elle se sentit instinctivement et immédiatement mieux sous la vêture d'un jeune homme vénitien. Si elle devait s'enfuir à toute allure, elle irait encore plus vite.

- Je voudrais revenir sur une de nos conversations, lui déclara sans préambule Arwa. Mélisende dans quelques semaines, je vais mourir. Mes médecins me l'ont confirmé. Cela vaut mieux ainsi. Je pense que dans l'intervalle, vous aurez terminé le barrage.

Mélisende écoutait sans mot dire, attendant la suite qu'elle présageait ne pas vouloir aimer du tout.

- J'ai besoin de savoir deux choses, que toi et tes doubles seuls, pouvez m'apprendre.

- Majesté, avant d'aller plus loin, c'est oui pour l'une d'elles et non pour l'autre.

Ceci fut dit d'une voix très rauque à la limite de l'enrouement, une voix de gorge très basse comme si la fameuse cicatrice lui avait cisaillé les cordes vocales. La vieille reine eut un sursaut en entendant l'étrange réponse de Mélisende.

- Ça va très mal en ce moment, poursuivit Arwa comme si elle négligeait la réponse, mais les mots l'avaient percutée et Mélisende le vit dans le frémissement de son visage et ses yeux étincelants de colère contenue.

- Abdul conspire ouvertement contre moi. Il a l'appui des oulémas, des imams et cela seul compte dans ce pays voué à l'islam. Il déclare, à qui veut l'entendre, que le barrage est une œuvre impie non voulue par Allah et qu'il rendra le pays encore plus pauvre.

- C'est un remarquable dialecticien.

- Je te remercie pour lui. Ça lui ferait plaisir de l'entendre de ta propre bouche. Mais je te le répète à nouveau malgré ta réponse brutale, toi seule peux sauver ce pays.

- Je sais... Vous me l'avez expliqué un jour... La tête m'a tourné pour être franche. C'était tellement inattendu. Mélisende reine de Saba... Mais ce n'était qu'un rêve, un très joli rêve... Rien de plus...

- Rien de plus, qu'est-ce qu'il te faut ma fille !

- Je me trompe, l'interrompit, Mélisende. Vous m'avez mis ça dans tête. Et elle se frappa le front. Je ne suis pas prête à l'oublier, voilà ce que je voulais dire.

- Écoute une fois de plus Mélisende, pourquoi n'épouse-rais-tu pas Abdul ?

- Hein ! Mais vous êtes... Et Mélisende s'arrêta avant de prononcer des mots qu'elle devrait regretter... Abdul ? Mais il est marié, a des enfants, à commencer par cette garce d'Éboli...

- Il peut parfaitement, selon le Coran, répudier ses femmes et t'épouser. Je connais ses goûts. Tu lui plais.

- Majesté, jamais il n'accepterait d'épouser une femme étrangère et encore moins une femme, car il ne sera pas long à percevoir la vérité, destinée à régner à ses côtés, voire même à sa place car c'est cela la véritable question, n'est-ce pas ?

Arwa n'hésita pas.

- Nous n'avons pas beaucoup de temps devant nous. Eh oui, c'est cela le vrai problème et...

Mélisende avança un autre argument.

- Il lui faudra bien sûr l'autorisation de l'imam de la grande mosquée.

- Tout cela, je le sais. Tout s'achète de nos jours.

- Bien sûr !

- Tu lui aurais fait des enfants.

- Pas moi... Et vous savez bien pourquoi... Je suis un être androgyne...

- Mélisende, il n'y a que toi et tes doubles pour le savoir. Tu es une femme. Rien de plus. Rien de moins et c'est bien ainsi. Tu te plais à déguiser la vérité pour des raisons qui me sont étrangères et mystérieuses aussi.

- Majesté, je ne crois pas être douée pour l'amour.

- Mais personne ne te demande d'aimer Abdul.

- Vous m'avez parfaitement comprise.

- Et ton fameux cardinal... Lui... ?

La phrase était partie, sèche, rapide, sans mesure, presque haineuse.

Mélisende sursauta malgré elle, tant elle fut surprise par le ton provocateur.

Elle sourit cependant tristement, ce que nota la vieille reine.

- J'étais sûre que vous finiriez par m'en parler. Sans vous offenser, vous ne pouvez pas comprendre… C'est autre chose…

- Ma fille, c'est exactement pour moi, le même cas de figure que pour Abdul. Tu ne peux pas et elle insista sur le verbe, tu ne peux pas épouser ton cardinal ni vraiment l'aimer… Et pourtant tu es amoureuse… Hein… Mais lui, qu'est-ce qu'il t'offre… Réponds ?

Mélisende s'en abstint, refusant de polémiquer davantage. Elle se braqua intérieurement et son visage se ferma.

- Tu ne réponds pas. Tu ne réponds rien. Du vent. Ah oui, j'en ai entendu parler. Une de vos plaisanteries, de celles que te lancent parfois Alix et Geoffroy. Un de mes informateurs me l'a rapporté. Il veut t'emmener à Rome si jamais il est élu pape. Et que feras-tu à Rome ?

- Majesté, le temps presse… Je ne souhaite pas poursuivre ce genre de discussion.

- Tandis que moi, Arwa, je t'offre le royaume millénaire de Saba. N'importe quelle femme aurait sauté sur une pareille occasion. Non ?

- C'est vrai, n'importe quelle femme… Mais…

- Ne m'interromps pas sans arrêt, veux-tu ? Laisse-moi finir : tu es digne de ce royaume de Saba, cela te revient presque de droit. Belle mais noire, un peu ton cas… Non !

- Moi, je suis affreuse, je n'arrive même pas à me regarder dans un miroir. Vous savez ce que m'a jeté un jour une tailleuse d'étoffe que m'avait amenée Leila pour prendre mes mesures et me couper enfin une vraie robe pour je ne sais plus quel banquet. Elle m'a dit textuellement : « Tu es vraiment mal foutue pour une femme ». Alors n'allez pas me dire que je suis belle.

- Tu es bête parfois à en pleurer, ma fille, ou tu le fais exprès. Je crois plutôt que tu le fais exprès car tu m'as parfaitement comprise. Belle dans le sens d'un magnétisme spirituel incomparable, et noire, car tu procèdes, toi et tes doubles, d'une singulière alchimie.

Interloquée par ce raisonnement si juste, Mélisende resta stupéfaite car la reine venait de mettre le doigt sur le mystère de leur parfaite gémellité.

- Aussi vous savez l'exacte signification de ce qualificatif ?

- Mais bien sûr, et quelle femme ne profiterait-elle pas de cette splendide occasion.

- Voilà. Vous venez de prononcer les mots exacts. Une splendide occasion que votre petite-fille Éboli attend avec certaine impatience. Elle en meurt d'envie.

- Elle attendra le temps qu'il faudra.

- Elle me fera assassiner, reprit Mélisende, le lendemain de mes noces. Et comment me présenterez-vous ? Comment pourrez-vous justifier ma présence ?

- Ah, tu y viens quand même. Tu es décidément drôle de fille. J'y ai longuement pensé au cours de mes nuits d'insomnie.

- Qu'avez-vous donc imaginé, mieux rêvé.

- Une princesse éthiopienne, d'une contrée du Sud de Nubie. Personne n'ira vérifier. Belle mais noire aussi. Tu serais une femme franque blanche et blonde, c'est vrai que ça ne marcherait jamais mais tu passes pour arabe, tu parles parfaitement la langue et tu as les yeux bleus comme Balkis.

- Balkis avait les yeux bleus ?

- Les légendes le disent. Très rare dans ce pays sabéen. Belle noire et les yeux bleus. Si j'avais le temps, on aurait pu monter une belle machination.

- Si Alix, qui est la reine des illusions, vous entendait, elle serait aux anges.

- Tu vois, ça peut marcher.

- Non, on me reconnaîtrait facilement.

- On connaît les Faraglioni, un garçon et ses sœurs jumelles qui vont repartir tranquillement une fois le barrage achevé. Cependant, toi, tu resteras. Un peu plus tard apparaîtra cette superbe princesse venue d'une contrée lointaine, très grande, aux yeux bleus.

- Abdul me reconnaîtra immédiatement.

- Mais évidemment, ce sera le seul dans la confidence. Tu lui amènes en guise de cadeau de mariage, la richesse de ce pays grâce au barrage.

- Là, vous vous trompez complètement.

CHAPITRE XLI

LE MEURTRE D'ÉBOLI

Arwa parut suffoquée par la brutalité de la réponse de Mélisende. Elle s'emporta.

- Mais enfin Salomon et Balkis ont bien construit et un Temple à l'Éternel et un barrage, suivant le même procédé ?

- Voilà, vous venez de prendre les deux seuls bons et mauvais exemples à la fois. Ce n'est pas à vous que j'apprendrai que le barrage de la reine de Saba s'est un beau matin, sans raison, effondré en son milieu. La ruine a alors succédé à la prospérité… Les anciens dieux ont disparu et Allah est arrivé. La même chose s'est produite pour Salomon. Il a oublié les innombrables noms de dieux et son temple a été détruit, non pas par Nabuchodonosor, mais par ses propres ennemis intérieurs.

- Mélisende, tu oublies la pyramide de Khéops.

- Certes pas. Le rayon vert ne devait, selon nous, ne servir qu'une seule fois. En fait, il a servi deux fois, précisément le même jour. L'architecte de génie qui a édifié la grande pyramide a aussi construit le Sphinx. Après le rayon devenait inutilisable et sa puissance était si considérablement réduite qu'il valait mieux l'oublier. D'ailleurs souvenez-vous : aucun pharaon n'a osé le faire, ni Khephren, ni Mykérinos, ni Ramsès II. Le Temple de Salomon n'avait rien à voir avec la grande pyramide de Kheops. Le barrage non plus d'ailleurs.

- Un présent des dieux, n'est-ce pas ? C'est ce que tu veux dire.

- On peut dire ça…

Arwa considérait pensivement Mélisende, toujours vêtue en marchand occidental.

- Que signifie dans ta bouche : « On peut dire ça… ? »

- Oh juste une idée en passant… sans intérêt, mais les dieux incontestablement en sont responsables.

Je venais de faire un splendide raisonnement. Je n'allais quand même pas lui parler d'une météorite chargée de poussières terriblement actives, à la puissance démesurée, lorsqu'elle serait braquée sur Alpha du Dragon animée par le rayon vert... météorite toujours encastrée dans la volumineuse roche noire de la grande mosquée.

- Ne te moques pas, reprit Arwa, soucieuse.
- Sûrement pas...
- Alors, il ne tiendra pas ce barrage. C'est ce que tu essaies de me dire depuis un moment. J'ai compris, la Pyramide de Khéops existe toujours, ainsi que le Sphinx, tandis que le Temple de Salomon a disparu depuis des siècles.

Voilà. C'était l'heure de vérité. La façon dont elle venait de formuler la phrase n'avait plus d'importance. Ce n'était plus qu'une simple et sinistre affirmation.
- Majesté, je viens de vous l'expliquer. Il ne peut pas tenir.
- J'ai compris, comme le Temple de Salomon, comme le barrage de mon aïeule.

Je ne répondis pas, c'était inutile.
Elle tapa du pied, énervée par mon manque de réaction.
- Alors, il n'y aura pas d'Arabie heureuse ?
- Mais si. Pendant un certain temps. Et ce n'est déjà pas si mal. Votre successeur en tirera parti et profit. Après, c'est une autre histoire.
- Et tout retournera au désert, n'est-ce pas ?

Je préférai ne pas répondre, m'interrogeant sur un vacarme venu de l'extérieur qui retentissait à présent dans la grande salle du trône.
- Et toi, qu'est-ce que tu vas faire de ta formule... ?
Arwa parut insister sur le terme de la formule, si formule il y a...
- Rien... Absolument rien. Elle ne sert à rien ou si peu. Son cycle est terminé. Terminé depuis quatre millénaires, en fait.

Le vacarme dégénérait à présent en vociférations qu'on percevait très bien, malgré l'épaisseur des murailles.

- La foule, murmura Arwa… Elle veut me renverser… c'est Abdul qui en a assez, qui pense qu'il ne risque plus rien…
- Alors, fuyez à présent. Vos gardes ne les retiendront qu'un instant.
- Fuir… bien sûr, que peut bien faire d'autre une vieille femme ? Tu vois derrière ce trône, ce crochet, on le bascule vers le bas et un pan de mur s'efface. Il y a un passage secret.
- Tant mieux, allons-y alors rapidement.
Et comme elle ne bougeait toujours pas, je repris :
- Il faut y aller à présent.
- Une dernière question, Mélisende.
- Oui ?
- Et l'Arche d'Alliance ?

Fallait-il qu'elle représente pour Arwa un bien étrangement précieux pour susciter, deux millénaires après sa disparition officielle, une pareille angoisse ou une curiosité morbide chez cette reine presque centenaire.

Je préférai garder le silence et désignai les premiers carreaux de verre brisés.

- Mélisende, je te pose une question… Ce sera la dernière...
Je m'exécutai :
- Vous l'aurez voulu.
- Que veux-tu dire ?
- Majesté, vous ne vous êtes pas demandé pourquoi les Juifs, dans ces temps immémoriaux, ne s'étaient pas manifestés ? Pas plus qu'à nous il ne leur est venu à l'esprit que la reine de Saba avait pu s'enfuir avec l'Arche d'Alliance, toute seule, sans escorte, sans chevaux, etc…, pour les Tables de la Loi, c'est une autre histoire. Je ne suis pas très familière des événements qui se sont produits il y a deux millénaires. Oui, je parle bien de Nabuchodonosor venant détruire Jérusalem, ou de Titus le Romain détruisant à nouveau le Temple, en soixante-dix après Jésus-Christ. Tout est possible au niveau de l'Arche d'Alliance... mais…
- Oubliez l'Arche d'Alliance… qu'elle repose là où elle est cachée.

- On la retrouvera ?
- Là où est… ? je ne pense pas.

Des pas rapides dans le couloir empêchèrent Arwa de poursuivre la discussion.
- Mettez-vous derrière moi, ordonnai-je d'une voix rauque.
- C'est trop tard, ils vont nous avoir.
- Pas sûr…

La foule hurlait à l'extérieur du palais, encouragée et bien dirigée par des meneurs aux ordres d'Abdul. Celui-là comme traître de grande envergure, il se posait là. Mais, je n'avais plus le temps de m'interroger sur ses motivations. Dans quelques minutes la populace massacrerait les rares gardes encore fidèles à Arwa et elle ferait irruption dans ses appartements.

J'avais décidément mal choisi mon jour pour venir au palais. On ne pouvait rêver mieux. Et qui m'avait demandé d'y aller ? Arwa ? Pauvre conne. Je parle de moi.

On ferraillait déjà dans la cour. Après, ce serait dans les couloirs, les escaliers, le premier étage et ensuite fin de la belle souveraine Arwa et de la petite Mélisende. Décidément le Yémen ne nous valait rien. Dans une autre existence, c'était décidé, il nous faudrait choisir un autre pays. Pour le moment, j'entendais bien défendre chèrement ma peau, sans me faire trop d'illusions.

Éboli surgit soudain sur le seuil de la grande porte, après l'avoir repoussée violemment.

Que venait-elle faire là ? Et faire quoi ? Alliée soudainement d'Abdul son père adoré ?

Je n'hésitai pas, saisie par une fulgurante intuition, je lui criai :
- Reste où tu es, commandai-je. Et pour la première fois, je la tutoyais. Elle ne parut pas le remarquer tout à son mouvement.
- Mais enfin, tu as vu la populace, je suis venue…

Elle avançait lentement tenant un assez large et dangereux cimeterre.
- Ne bouge plus !
Elle continuait mais plus lentement, d'un pied après l'autre tout en discutant.

- Tu es fou. Tu les as vus ? Ils vont vous écharper. Je suis là pour précisément…

- Rien du tout.

- Mais enfin…

- Reste où tu es.

- C'est ma petite-fille, se lamentait Arwa derrière moi.

Elle fit un pas de plus.

- Je te préviens, à trois, je tire.

J'avais déjà armé ma petite arbalète, dissimulée jusqu'à présent sous le fatras de mes robes et qui était restée accrochée à mon ceinturon de cuir. Un carreau fléché parfaitement engagé. Je suis gauchère, j'ai dû vous le dire, et pour l'instant, elle suivait des yeux mon bras droit. Je ramenai rapidement mon coude gauche sur la poitrine. L'arbalète dirigée contre elle, l'étoile fléchée prête à être lâchée dès que j'en aurai armé le percuteur. Elle avait machinalement, à cause du geste, arrêté sa marche, le pied encore levé.

Elle sous-estima complètement mon comportement, elle pensa que jamais je n'oserais tirer.

- Un… deux…

Elle posa, alors, le pied par terre.

Et là, je trichai.

Je tirai.

Au dernier moment, Arwa voulut prévenir mon geste et me toucha légèrement le coude gauche.

Ce fut suffisant.

L'étoile fléchée, déviée par le geste d'Arwa, au lieu d'aller se ficher dans la poitrine d'Éboli s'éclata dans son œil droit.

Celui qui lui restait, le dernier, le valide.

Le hurlement d'Éboli fut à ce point démentiel que j'en lâchai mon arbalète sur le sol carrelé où elle rebondit en faisant un abominable bruit métallique se confondant à présent avec les vociférations de la femme.

Elle continuait d'avancer, complètement aveuglée par le sang jaillissant de son orbite énuclée. La flèche étoilée restait fichée dans l'œil qui pendait encore, retenu, je ne sais comment, par des filaments nerveux.

Elle braillait des obscénités... Salope. Fils de salope...

J'entendis un choc derrière moi. Le sol vibrait. Arwa venait, évanouie, de s'effondrer sur le sol.

Je sentis soudainement la présence d'Éboli à quelques pas de moi. Au souffle de sa voix déformée par une terreur haineuse. Elle continuait d'avancer. Mais voyons, c'était impossible ! Levant son cimeterre bien haut au-dessus de sa tête pour m'en refiler un coup mortel.

J'étais pétrifiée, stupéfaite. Le drame était d'une horreur insoutenable. Comment pouvait-elle encore me voir ? Comment pouvait-elle encore marcher ? Je fis instinctivement un pas sur le côté pour éviter le cimeterre qui me rasa le flanc gauche. Elle perdit l'équilibre, buta sur le corps de sa grand-mère et chuta sur elle.

Il dut alors se passer une horrible confusion dans son pauvre cerveau. Peut-être a-t-elle cru qu'il s'agissait de moi, son mortel ennemi ? J'étais quant à moi incapable de faire le moindre geste tant les évènements se précipitèrent à une allure insensée.

Toujours est-il qu'elle releva son cimeterre et l'abattit avec une violence incroyable exactement sur le cou d'Arwa qu'elle décapita d'un seul coup. Il y eut un bruit semblable à celui d'une hache percutant une enclume. Quelque chose se brisa net.

- Fils de pute où es-tu, continuait-elle de clamer tout en se relevant.

C'était incroyable. Douée d'une force surnaturelle, d'une puissance qu'elle était allée chercher je ne sais où, voilà qu'Éboli s'était relevée par un miracle incompréhensible, était à trois pas de moi.

Mais où puisait-elle encore cette volonté de combattre ?

Je ne le sus jamais et refusai de m'interroger, plus tard peut-être. Il me fallait désormais mettre le plus de distance entre elle et moi et m'enfuir le plus vite possible.

Un tremblement tétanique s'empara d'elle et elle fut agitée de convulsions. Rien n'arrêtait son énergie démoniaque. Son corps était le siège de soubresauts venant de l'enfer dans lequel elle était tombée.

On aurait dit un pantin désarticulé, perdant son sang. Puis, tout aussi brusquement, elle se figea, lâchant son arme et tomba en avant sur le sol sans se retenir. Le bruit fut terrible comme si tous ses os se cassaient les uns après les autres.

Le carreau d'arbalète tiré à bout portant après l'avoir rendue complètement aveugle en sectionnant le nerf optique avait aussi endommagé irrémédiablement le cerveau.

Malgré moi, je respirai enfin. Du moins, je repris lentement ma respiration, presque normale. Tout s'était déroulé en quelques secondes à mes yeux.

Mais mon cerveau continuait de fonctionner.

J'avais eu tout faux dans cette histoire. Moi, c'est-à-dire les trois Faraglioni.

Abdul n'y était pour rien ou pour pas grand-chose. C'était elle, Éboli, qui soulevait la populace, distribuant avec largesse des sommes d'argent. C'était elle qui, délibérément, venait d'assassiner sa grand-mère pour prendre sa place. Si ça se trouvait Abdul lui-même était déjà mort. À elle, la succession donc, le trône, la gloire et la puissance.

Grâce au barrage, au deuxième barrage.

J'aurais dû prévenir Arwa. Nous avions toujours les yeux fixés sur son fils Abdul alors que c'est d'Éboli dont il aurait fallu nous méfier. La prévenir, mais comment, puisque même moi, je venais à peine de découvrir au tout dernier moment, la véritable instigatrice de cet immense complot.

Car Éboli aurait pu faire des miracles, rendre l'Arabie heureuse et fertile… !

Mais tu rêves Mélisende… Bien sûr que non, pervertie au dernier degré, marchant au gré de ses pulsions sexuelles, incapable d'aimer, traumatisée à jamais par son orbite vide… Jamais elle n'aurait tenu le coup.

C'eut été une reine sanguinaire, menant son peuple à la ruine. Ils auraient fini par l'assassiner ou par l'enfermer vivante dans un cachot muré avec une paroi de pierre à ce point poreuse que l'on aurait pu entendre ses terribles hurlements de bête prise au piège jusqu'aux faubourgs de Jibla. Cela en aurait fait réfléchir plus d'un.

Mais pas Éboli. Elle pensait qu'elle était différente. Ces hommes devenus impuissants dès qu'elle enlevait son bandeau de pierreries. « Tu me fais bien l'amour ou tu meurs ». Sa pauvre cervelle était déréglée à jamais. Tu te trompes Mélisende. Elle était devenue folle mais avec un cerveau parfaitement huilé.

- T'a-t-elle deviné ?
- Mais bien sûr. Et dès le premier soir. Un jeu cruel dès départ.
- Comment le sais-tu ? Mais tout à l'heure n'a-t-elle pas volontairement crié : Salope tout autant que fils de pute.
- Te voilà fixée.

Je ramassai mon arbalète. Les bruits se rapprochaient, se faisant plus précis. Je pris alors le passage secret derrière le trône d'Arwa en faisant jouer le mécanisme libérant une porte de pierre qui claqua dans mon dos. Alors, je dévalai des escaliers menant je ne sais où.

CHAPITRE XLII

LE DÉSERT EN FEU

Quelques jours plus tard au Sud de Marib, dans le campement des Templiers, Origène de Milly et d'Albano élaboraient un plan de bataille. Ils avaient fait venir tous les Templiers disponibles, accompagnés par d'Albano car un affrontement qui semblait inévitable se préparait avec les teutoniques.

La raison de l'acharnement des chevaliers teutoniques était fort simple. Ils voulaient s'emparer, par n'importe quel moyen, des Faraglioni afin de mettre la main sur l'objet en leur possession. Leurs espions avaient bien fait leur travail. D'autre part le comportement des yéménites était éminemment suspect. De quel côté étaient-ils vraiment ?

- Ils vont tous venir, vous verrez, les marchands du Temple, les ultras de toutes les religions, les adorateurs d'un Dieu terrifiant et anthropomorphe qui n'existe que dans leur imagination tourmentée. Un Dieu capable de tous les méfaits, en proie aux pires convulsions colériques lorsqu'ils ont fauté. Mais là, le méfait était à la mesure du péché. Ils avaient laissé l'Arche d'Alliance, symbole à leurs yeux du lien entre eux et le ciel, disparaître sans broncher. Maintenant qu'il s'offrait enfin une magnifique occasion de se racheter en la récupérant, ils n'allaient pas laisser filer leur chance une deuxième fois.

D'Albano pouvait lire dans les pensées de Mélisende, mais il se gardait bien de la contredire. La jeune femme était remontée.

- Ils viendront tous, continua-t-elle sur le même ton. À commencer par nos ennemis les teutoniques avec à leur tête leur Grand Maître qui ressemble à un hibou qui s'est luxé le genou. Le cardinal sourit malgré lui à l'évocation imagée du Germain.

- Suivi par le Grand Inquisiteur, à la tête d'une série de moines faméliques, encapuchonnés, au visage blême de taupes apeurées lorsqu'ils verront ce que je leur ai réservé.

D'Albano tressaillit.

- Mélisende, il s'agit d'un combat entre Templiers et Teutoniques, ne t'en mêle pas. J'aurai déjà assez de mal à l'expliquer au pape, même s'il est des nôtres.

- Vous oubliez tous les gens de sac et de corde, les charognards de la pire espèce se joignant aux contingents victorieux des teutoniques, car ils ne feront qu'une bouchée, mon cher cardinal, des quelques dizaines de vos Templiers, qui leur malgré leur vaillance, leur bravoure, etc…

Le sire de Milly intervint fort en colère.

- Mélisende, tu oublies que nous avons nous aussi beaucoup de choses à venger après les derniers événements où ils ont cru l'emporter avec l'aide politique de la Sainte Inquisition. Combattre à un contre trois, telle est bien la devise des Templiers, mais on pourra voir les chiffres augmenter. Ils battront à un contre cinq s'il le faut, et ils gagneront.

- Vous passez sous silence, et Mélisende semblait parler dans le vide sans se préoccuper des deux hommes, les ultras de toutes les religions dont je vous ai parlé. Vous avez vu qui se passe en Espagne reconquise ? Les Rois dits Catholiques envoient froidement au bûcher les juifs, les musulmans… Eux aussi, ils veulent l'Arche d'Alliance. Ils viendront épauler les teutoniques et faire le sale travail derrière eux. Et puis tous ceux qui achèvent les blessés, dépouillent les morts, s'approprient en fin de compte la victoire. Ils espèrent bien mettre main sur l'Arche d'Alliance par la force.

- Et toutes les informations concordaient. Des masses nombreuses d'hommes en armes se rapprochaient de Marib. Effectivement, les Faraglioni avaient raison. Il y avait de tout. Des charognards, l'ordre des dominicains avec des mercenaires, des Espagnols servant en Terre Sainte, des Juifs, des arabes… bref, tous ceux qu'impressionnait l'Arche d'Alliance.

- Et pourtant, vous ne l'avez pas, hein ? questionna soupçonneux de Milly.

- Non, Messire, nous ne l'avons pas.

- Et les Tables de le Loi, tu les as, toi, Mélisende ? interrogeait d'Albano plus soupçonneux encore.

- Eh non, Éminence ! je ne les ai pas.

- Si tu le dis…

Mais à son air, on pouvait parfaitement comprendre qu'il n'en était pas convaincu.

Car Abou Zaya avait réussi ce singulier tour de force, aidé par Alix, maîtresse de l'illusion, à faire croire à l'Arabie du Sud, que les Faraglioni avaient retrouvé l'Arche d'Alliance. Même si elle n'existait pas. Les arabes sont ainsi faits qu'ils croient dur comme fer aux légendes. Les juifs et les chrétiens n'étaient pas en reste car le mythe de l'Arche d'Alliance, dont la Bible cesse brusquement de parler, était resté très vivace. Remettre la main dessus était une reconquête pleine de promesses.

Et Abou avait fait merveille. C'est tout juste s'il n'en rajoutait pas.

Pour vous donner un exemple très caractéristique du comportement d'Abou Zaya, je vais vous raconter un de ses exploits, fit Mélisende. Lors d'un retour sur Homs, dans le Nord syrien, notre caravane, à laquelle s'était joint Abou Zaya redescendant sur Hamas, fut surprise par une pluie diluvienne. Les pluies avaient soudainement fait déborder l'oued que nous devions traverser à gué et au sec, creusant sans que nous nous en soyons rendu compte un large fossé au beau milieu du gué.

Un homme fut brusquement happé par le tourbillon et allait se noyer avant que personne ne s'en soit véritablement aperçu, préoccupés seulement que nous étions tous de passer de l'autre côté.

Abou Zaya qui de l'autre rive observait la caravane en train de se débattre au milieu des flots tumultueux, proposa sérieusement au type de lui apprendre à nager !

- Mais tu es complètement fou, lui criai-je, va plutôt l'aider.

- Oui, mais si je lui apprends à nager, il m'en sera doublement reconnaissant.

Nous rattrapâmes, tant bien que mal, le pauvre type qui insulta pendant des heures Abou, qui, lui, joua les étonnés. Ceci pour vous éclairer sur l'incroyable mauvaise foi de ce conteur extraordinaire…

et par mauvaise foi, j'entends qu'il devait être sûr qu'apprendre à nager au type était une sacrée bonne idée. Donc, dans le cas présent, Abou accomplit effectivement des tours de force.

- Alors, vous nous laissez faire. Nous réglerons nos comptes à notre manière. Soldat contre soldat relève de notre stratégie.
- Dans quelle catégorie rangez-vous le Grand Inquisiteur ?
- Dans la même que celle du Grand Maître des teutonique Donc…
Et d'Albano n'était pas parvenu à faire changer Alix d'avis.

De Milly et d'Albano étaient fascinés et effrayés à la fois par le comportement véhément et hors du commun des filles. Le garçon était plus calme. Mais c'était probablement dû aux tortures que les teutoniques leur avaient infligées.

- Je leur réserve, et Mélisende avait pris le sire de Milly part, une déculottée dont ils n'ont pas idée. Il faudra me garder quelques survivants. On les fera ramener pour l'exemple par des nomades, le lendemain, à leur forteresse. Avec tous leurs atours : heaumes arrogants, espaliers éclatants au soleil, boucliers sertis de pierreries, harnachements spéciaux des chevaux et bien sûr les épées à double tranchant. Comme témoignage de leur désastre.
- Et vous me regrouperez tous les inquisiteurs ensemble pour que je vienne y mettre le feu.

Le sire de Milly secoua la tête, s'approcha de d'Albano.
- Je crains fort qu'elles ne soient devenues folles. Elle et Alix. Et le frère qui ne dit rien. Vous devriez, sans vous offenser, les emmener, les éloigner du champ de bataille, surtout Mélisende.
- Une fille pareille, capable de se sortir des cachots les plus sordides, et de survivre à des tortures inimaginables, ne peut pas être mise de côté, pas plus que les deux autres d'ailleurs. Et, c'est bien là le problème…
- Du coup, je ne peux pas m'y résoudre. Elle trouverait toujours n'importe quoi, s'échapper, revenir mais dans une telle rage insensée que ce qu'elle mijote pour les teutoniques actuellement nous paraîtra de la petite bière.
De Milly dut en convenir.

Cette fille était insensée. L'autre n'était pas mal non plus. Et le garçon qui les laissait faire.

Il comprenait l'attirance du cardinal pour Mélisende sans pouvoir se l'expliquer.

- Je veux les entendre gueuler et implorer la miséricorde de leur Dieu.

Mélisende venait de le prendre par le bras et l'amenait au travers des dunes

- Je vais vous expliquer ce que nous allons faire.

- Qui ça nous ?

- Abdul et moi !

- Car les tribus arabes se joignent à nous ? Je ne savais même pas de quel côté ils allaient se ranger.

- Une occasion inespérée de se payer les francs. À commencer par les teutoniques, ils pourront s'en vanter longtemps. Lui, Abdul, il va faire d'une pierre deux coups. Il rêve de bataille contre les francs. Là, il va être servi. Mais, il rêve encore plus de fédérer les tribus arabes sous sa coupe. Là, il va être mieux que servi. Et s'il remporte la victoire, car tel sera son bon plaisir et sa victoire, il nous sera tout acquis.

- Tu es une femme dangereuse Mélisende. Bien que veuf, je ne souhaite pas t'épouser pour tout l'or du monde.

- Il vous faudrait, beau Messire, demander bien poliment ma main à mon frère. C'est lui le chef de la famille, n'est-ce pas, puis ensuite l'autorisation d'Alix. Très importante l'autorisation d'Alix. En fait, on ne peut pas nous séparer. Si vous m'épousiez, vous deviez en même temps épouser Alix.

- Parle-moi plutôt de ton fameux plan…

- Le plan ! Il est très simple. Il faut les faire arriver ici, et Mélisende dessina sur le sable le semblant d'une carte : la palmeraie au Sud du Rub'al-Khâli à la limite des contreforts du djebel Arwa. C'est un lieu cerné de deux points d'eau. Une halte indispensable à laquelle ils ont dû penser, surtout après une pareille traversée du désert. Les colonnes teutoniques doivent y arriver séparément. Il faut attaquer juste avant.

- Juste avant ?

- La palmeraie constitue une oasis de verdure après des heures de chevauchée. Le souffle d'air, tant attendu, du soir qui monte. Il faut les empêcher d'y arriver, qu'ils la voient, mais de loin, cela augmentera leur souffrance car ils n'y arriveront jamais.

Les tribus arabes feront diversion, feront mine d'attaquer, se replieront, puis brusquement se dresseront en un alignement superbe, tellement superbe qu'il donnera nécessairement envie aux teutoniques de se les payer.

- Et les Templiers ?

- Les Templiers, vous les mettrez sur le flanc gauche, derrière cette dune, comme ça l'illusion sera parfaite.

- Et… ?

- Nous les anéantirons.

- Tu me fais froid dans le dos, même en plein désert. Comment veux-tu que nous leur résistions ? Nous n'avons pas soixante Templiers. Jamais le cardinal ne donnera son accord. Tu as vu tout à l'heure, il t'a nettement déclaré : « Par pitié Mélisende ne te mêle pas de stratégie militaire ».

- D'abord, il n'a pas dit « par pitié » et secundo, il ne s'agit de stratégie militaire, mais d'une ruse de femme.

- Mélisende, je n'ai guère envie de te faire confiance. Cela va finir en une épouvantable boucherie. Tes amis arabes seront balayés par un cyclone sans précédent et malheureusement nos Templiers seront inférieurs numériquement.

- Vous n'avez pas dit cela non plus, tout à l'heure !

- Mais leur vaillance n'est pas en cause ! Tu m'as parfaitement compris. Ton Abdul sait-il qu'il court au massacre.

- Il s'en doute.

- Tant mieux pour lui. Il aura du mal, s'il en réchappe, à tout expliquer à ses coreligionnaires.

Il la laissa pour aller donner des ordres et fut intercepté par Abdul au visage contrarié.

- Où est le garçon qui s'appelle Mélisende ?

- Là, et Origène de Milly le lui désigna.

Abdul s'approcha d'elle et lui posa cyniquement la question :

- Combien de morts ?

- Un certain nombre.

- Ça veut dire quoi ?

- Disons beaucoup. Mais tu remporteras une bataille inégalée dans ce genre de guerre. On chantera tes louanges, ta gloire sera impérissable…

- Mélisende, tu sais que je suis parfaitement capable de venir déterrer ton cadavre pour te décapiter car il n'y a pas de raison pour que tu n'y passes pas non plus.

- Charmant. Mais ce sera l'apocalypse en fin d'après-midi. Écoute-moi, voici ce qu'on va faire.

Et l'on vit le grand émir Abdul arpenter la palmeraie, accompagné d'un vénitien qui avait parfois un air légèrement agacé surtout lorsqu'il faisait la moue suivant son humeur. Elle mit du temps à le convaincre mais lorsqu'elle y parvint, une solide et sonore claque dans le dos administrée par Abdul, acheva de conclure leur accord. Il eut un grand éclat de rire. Mélisende eut un bref sourire très froid, et se contenta d'ajouter :

- Observe bien le degré d'avancement des différentes colonnes germaniques. Il faut que tu les arrêtes une bonne heure avant la palmeraie. Mais qu'ils l'aperçoivent, ça c'est très important.

Les teutoniques renseignés par leurs informateurs yéménites, grassement payés bien sûr par Abdul, considéraient tout cela comme un simple galop d'entraînement.

- Si jamais les arabes viennent nous attaquer frontalement, alors nous appliquerons la même stratégie que pour le corps à corps du Chastelet. Ils sont persuadés qu'ils peuvent gagner la bataille en nous affrontant, lancés à des vitesses incroyables et tourbillonnant autour de nous. Mais du moment qu'ils veulent une belle bataille frontale, d'après nos informateurs, ils l'auront.

Le Hochmeister Teutonique expliquait son plan à ses subordonnés.

- Vous rangerez vos cent vingts chevaliers en quatre frontées de trente. Devant, les plus lourds sur les plus lourds roncins, Des forteresses en marche. Je veux des chevaux carapaçonnés avec du cuir renforcé de limaille de fer car je veux les chevaux vivants et non pas atteints par les flèches. Cette première ligne est destinée à enfoncer leurs rangs au centre de leur dispositif même si ces rangs se referment sur elle. Ils combattront jusqu'à la mort.

À ce moment-là, seulement, vous ferez partir la deuxième ligne après lui avoir fait prendre du recul pour amorcer son galop. Elle devra percuter les rangs qui se seront refermés sur la première frontée. Eux aussi pourront y rester.

- Je veux qu'avec leurs yeux, les arabes nous voient encore impeccablement rangés sur deux autres frontées tout aussi impressionnantes et prêtes à achever blessés ou prisonniers. Ils devront avoir peur. Mais en fait, la troisième ligne s'occupera des Templiers qu'ils auront gardés en réserve et qu'ils feront vraisemblablement intervenir à ce moment. Ils ne sont pas nombreux, se battront jusqu'au dernier certainement. Vous ferez avancer la dernière frontée pour achever les survivants arabes ou Templiers.

- Et les mécréants ou charognards qui sont venus en groupe pour participer à la corvée ?

- Vous les pousserez devant vous, ce sont eux qui, les premiers, se feront descendre par les arabes.

- Nous rejoindrons cette palmeraie ensuite. Le tout doit être terminé pour le milieu de l'après-midi.

Les arabes, pourtant hommes fort courageux, n'aimaient guère la tournure prise par les événements. Passe encore de tourbillonner autour des teutoniques, de forcer quelques contingents, d'en descendre certains avec leurs arcs mais ils n'étaient pas du tout préparés à recevoir le choc de leurs énormes roncins de plus de neuf cents livres.

- Tu ne dis rien Abdul, avait répété Mélisende ! Tu entends, tu ne dis rien ! Sinon les teutoniques l'apprendront. Il y a sûrement des traîtres ou des informateurs dans tes rangs comme dans ceux des teutoniques.

- Mélisende, je ne sais pas pendant combien de temps je pourrai les retenir de s'enfuir après le premier choc, qui sera terrible.

Et les teutoniques attaquèrent suivant leur plan : leur première ligne enfonça complètement le front yéménite qui céda.

Il y eut un commencement de panique.

Abdul exhortait ses troupes à tenir bon. Déjà certains s'enfuyaient. Puis la deuxième frontée des teutoniques s'élança. La fuite était éperdue. Abdul était terrorisé, terrifié et il voyait le moment où tout allait s'achever en un épouvantable désastre. Les morts arabes se comptaient par dizaines.

Et soudain le désert, au milieu des teutoniques et des charognards, puis entre les deux lignes d'adversaires, fut la proie des flammes. En cette fin d'après-midi, des milliers de torches brûlaient, les maigres arbustes rabougris, les non moins maigres broussailles desséchées flambaient allégrement. Les teutoniques étaient au comble de l'hallucination. Les orgueilleux combattants aux cuirasses luisantes tentaient à présent de rompre le cercle des flammes qui se refermait sur eux.

Le désert enflammé s'acharnait sur eux.

Alors, des cavaliers arabes, lancés à une vertigineuse allure, sortirent de derrière les dunes, portant des torches résineuses. Ils les balançaient sous le ventre des chevaux qui, terrifiés, partaient soit à triple galop soit ne bougeaient pas, puis ils mirent le feu en passant aux vêtements des voleurs venus se payer sur la bête.

Certains chevaliers avaient tenté de se débarrasser de leur heaume prétentieux car ils avaient déjà les yeux injectés de sang. Une lente agonie s'était abattue sur l'armée germanique. Les rares survivants furent massacrés par les Templiers déchaînés.

Les chevaux couraient en tous sens tentant de s'enfuir. Les chevaliers ne pouvaient plus contrôler leur monture et ordres et contre-ordres se succédaient sans que personne ne les entende. Les charognards, eux, étaient devenus des torches vivantes.

Une chaleur dure et mordante. À l'intérieur de leurs cercueils de métal, chauffés à blanc, les superbes chevaliers étaient à présent minéralisés. L'odeur de chair brûlée de ceux qui avaient cru récupérer l'Arche d'Alliance, à moindres frais, était insoutenable.

Sans aucun souffle d'air, leur sueur s'évaporait quasi instantanément pour former comme une croûte sur des épidermes déjà craquelés.

Seule une imagination défigurée par les crises d'angoisse a pu concevoir un tel piège, pensait d'Albano, regardant l'armée des

Teutons se faire anéantir. Les rares ennemis qui s'étaient débarrassés de leur armure, brûlaient à leur tour comme des torches.

Les armures étincelantes en début d'après-midi, au zénith du soleil, de ce soleil d'une journée qui s'annonçait tranquille, lentement s'oxydaient, viraient au rouge, rouillaient, et lentement se consumaient.

Les arabes, rameutés par Abdul, s'en donnèrent à cœur joie malgré leurs pertes qui étaient considérables. Il n'y eut aucun survivant, à part ceux exigés par Mélisende et qu'il fallut presque arracher de force aux deux tribus.

Ivres de gloire le matin, les teutoniques s'en étaient allés chercher à une lieue de la palmeraie gorgée d'eau et de verdure, une mort totalement inattendue et particulièrement atroce à côté de laquelle les flammes si souvent décrites de l'enfer n'étaient qu'un conte pour jeunes enfants.

Mélisende fit ramasser les restes du Grand Maître, reconnaissable à son heaume et à son blason, ainsi que ceux du Grand Inquisiteur qui s'était réfugié derrière une tente avec ses moines encapuchonnés, implorant à genou une improbable miséricorde divine.

D'Albano restait silencieux. Demain, il lui faudrait expliquer au pape pourquoi et comment il avait laissé une gamine de dix-sept ans anéantir en un instant cent vingts teutoniques avec à leur tête leur Grand Maître et en prime le Grand Inquisiteur.

Son bras désignait le champ de bataille d'où montait une épouvantable puanteur à faire vomir les plus audacieux. Et tout ce qu'il fut capable de dire à Mélisende venue le rejoindre, fut :

- Comment vais-je expliquer tout cela...

- Les arabes, mon cher cardinal, ou plutôt le désert. Tiens, ça c'est une idée. C'est la faute au désert. Il a pris feu tout seul.

Mélisende n'ajouta pas qu'elle avait fait déposer au pied de chaque petite broussaille de ce naphte affleurant parfois dans le désert et qui s'enflamme très très rapidement.

- Il n'a pas pris tout seul ?

- Qui sait... Un mirage... Un simple mirage...

Il ne restait plus rien. Vraiment plus rien non plus des charognards, de tout poil, venus de tous les coins du monde gaillardement, l'épée entre les dents, croyant repartir au plus vite avec l'Arche d'Alliance qu'ils avaient laissé échapper dans des temps immémoriaux.

Les arabes avaient rempli leur part du combat, nettoyant tout après le carnage épouvantable et l'odeur insoutenable de chair humaine grillée. À ceux qui parmi eux étaient morts dans la bataille, l'imam et cet étrange vénitien n'avaient-ils pas promis, le matin même, le paradis d'Allah avec de jeunes et jolies houris, des mets succulents, du qât à volonté et une éternité paisible pour dormir.

CHAPITRE XLIII

LA PIERRE NOIRE

Restait un problème : faucher dans la cour de la grande mosquée de Jibla la fameuse pierre tombée du ciel. Enfantin. Tellement enfantin que nous en devenions insouciants. Fatigués sans doute plus que nous ne l'imaginions par cette atroce bataille qui avait vu périr nos pires ennemis.

Nos pires ennemis ? Hélas non, le pire n'est jamais très loin, savez-vous !

- Il nous a tirés de notre torpeur, de notre engourdissement, de notre lassitude, nous a forcés à nous lever et à partir avec lui. Je parle d'Abou.

Abou Zaya a pourtant réussi un fort joli coup. Du jamais vu à ma connaissance, il est parvenu à convaincre l'imam de la grande mosquée qu'il était à la tête d'une très importante cohorte de pèlerins qui, à défaut de se rendre à La Mecque -parce que tout le monde se battait au Nord du pays- avait choisi finalement Jibla. Comment il était arrivé à en convaincre au bas mot deux mille personnes relève du tour de force ? Même moi, Alix, qui suis maîtresse dans l'illusion, je reconnais là un maître. Bien sûr, il a dû les arroser largement de dirhams d'argent, mais c'est mentalement insuffisant pour les amener des quatre coins du pays ce fameux vendredi, jour de la grande prière. Il lui a fallu un très rare talent de persuasion. C'est sûr qu'il va me présenter une sacrée addition.

Moralité : Il y en a partout. De plus, il a installé un très sérieux service d'ordre avec comme objectif et avec la complicité de l'imam en question, de faire tourner perpétuellement en rond, dans la grande cour, ces deux mille pèlerins autour de la non moins fameuse roche où se trouve enchâssée la météorite qui nous intéresse. Plus on est de fous, plus on rit. Il est parti de l'idée que personne n'avait vraiment le temps ni l'occasion de regarder ce qui pourrait bien se passer autour ou devant la grosse pierre puisqu'ils n'arrêteraient pas de tourner.

C'était bien là son trait de génie. Des gens immobiles auraient eu inévitablement à un moment donné les yeux tournés vers la roche, mais en faisant bouger tout le monde en même temps, c'était tout bonnement impossible.

Je comprends mieux à présent les contes des mille et une nuits qu'il est allé raconter pendant au moins trois mois dans d'innombrables villages, parlant de la reine belle et noire, du temps où l'Arabie était heureuse, fertile, verdoyante et riche. Un rare conteur, bien sûr. Mais beaucoup plus que cela, quelqu'un personnellement convaincu du bien-fondé de sa mission et je suis bien placée pour savoir que si la bourse d'or remise à lui par Arwa y est pour quelque chose, il s'agit en fait d'un charisme exceptionnel.

C'est bien pourquoi Arwa a eu un nez terrible lorsqu'elle l'a engagé à partir de la fameuse tablette. Et lui, comme je le connais, il a dû se régaler : le rôle de sa vie. Oui, malgré ou à cause de son amitié pour nous. Un maître enchanteur, cet Abou !

Alors tout s'est passé admirablement bien. Un épais cordon d'hommes en armes déguisés en pèlerins entourait les trois personnes : Mélisende, Geoffroy et votre servante qui devions d'une part extraire la pierre noire striée de blanc et la remplacer exactement par une autre, fauchée par Abou dans la bibliothèque du palais. Finalement, dans cette histoire, tout le monde réussit plus ou moins à faucher quelque chose à quelqu'un. C'est marrant quand même.

Pourquoi ce cordon de pèlerins armés et pendant si longtemps ? Mais parce qu'il nous a fallu un temps fou pour desceller la pierre de la pierre, et la remplacer par l'autre. La veille, Geoffroy s'était rendu à la grande mosquée pour relever le plus exactement possible les cotes de la pierre afin d'en retrouver une parfaitement semblable au point de vue dimensions, et faire retailler soigneusement la seconde pierre pour qu'elle s'ajuste le plus fidèlement dans la cavité où se trouvait la première. C'est également Abou Zaya qui s'était chargé de trouver l'ouvrier capable d'exécuter la très délicate opération issue des calculs effectués. Je ne sais pas ce qu'il lui a expliqué vraiment, mais avec quelques pièces d'argent, on ne pose pas nécessairement des questions indiscrètes.

La phrase tient en quelques secondes mais nous avons mis exactement deux heures. Nous étions en nage lorsque nous nous sommes relevés, les reins cassés, les vertèbres disloquées, le cou tordu et les membres rompus. La grande prière du midi s'achevait. Il était temps.

- Si Abdul est au courant… ? Je me méfie de lui depuis son succès, l'autre semaine.

Alix, qui avait des intuitions fulgurantes, pouvait suivre, dans l'esprit du prochain souverain du Yémen, les courtes phrases du dialogue.

- Alors, qu'est-ce qu'ils font, doit-il demander à ses espions ?
- C'est bien difficile à dire, Seigneur, aujourd'hui ils étaient à la mosquée.
- Eux, mais ce sont des infidèles.
- Oui, assurément mais ils y étaient, déguisés en arabes.
- Et qu'est-ce qu'ils ont fait ?
- Rien… En fait nous n'en savons rien. Beaucoup trop de monde.
- Suivez-moi bien ce petit vénitien, dut-il ordonner. Le garçon sans oublier les filles. Il se corrigea : les filles surtout, la plus grande notamment. Faites bien attention à la plus grande. C'est la plus dangereuse.
- Ce n'est pas évident en revanche qu'il devine que nous avons retrouvé les Tables de la Loi et que nous les avons à nouveau fauchées comme son aïeule Balkis, avança Alix.
- S'il pense et dit cela, continuait-elle, c'est qu'à un moment donné sa mère, la reine Arwa a dû lui parler de son magnifique projet de lui faire épouser Mélisende !
- Je dis ça tout en l'air mais nous n'en menions pas large car si jamais on se faisait piquer. Bref on a réussi à disparaître sans trop se faire remarquer. En apparence…

D'Albano se dirigea vers la tente abritant les Faraglioni et ne les trouva point. Seuls Leila et Abou Zaya bavardaient tranquillement en buvant du thé. Abou était vêtu comme un prince du désert. Par-dessus des pantalons jaunes, chaussé de bottes de cuir rouge, une chemise jaune échancrée au col et par-dessus, une sorte de veste sans bouton mais à cordon de soie verte. Sur la tête un très beau turban vert également. Il paraissait fort content de lui.

- Du thé, proposa Leila ?

- Ce n'est pas de refus. Il fait très chaud et il posa la question qui lui brûlait les lèvres.

- Ils ne sont pas là ?

Leila et Abou commencèrent à se regarder comme s'ils se demandaient lequel des deux allait répondre. Abou Zaya leva les épaules en guise d'ignorance. Ce fut Leila qui se dévoua.

- Je crois bien qu'ils sont partis…

- Partis… Mais où.

- Nous ne savons pas… Leurs affaires sont encore là. Voyez par vous-même, et elle souleva l'auvent. Sous la grande tente, des babouches, un peu partout des coffres. Tout indiquait que les Faraglioni s'en étaient allés, mais sans emporter leurs affaires.

- Pour une promenade, avança-t-il sans trop y croire.

- Je ne pense pas qu'il s'agisse d'une promenade, prononça lentement Abou Zaya.

- Je n'ai aucune idée où ils se trouvent.

D'Albano s'assit pour réfléchir et prit le gobelet que lui tendait Leila et trempa ses lèvres. Il était visiblement désorienté et inquiet. Les deux autres ne disaient mot, ils attendaient.

- Le vieux Bartolomeo m'a fait prévenir qu'il allait arriver. S^t il ne les trouve pas…

Et il laissa la phrase inachevée…

- Qu'allez-vous faire à présent, fit-il en se tournant vers Abou ?

- Eh bien ! j'ai rempli ma part du contrat. Non seulement la vieille reine Arwa m'a grassement payé, et Allah l'accueillera en son saint paradis, mais Geoffroy, Alix et Mélisende m'ont comblé également de leurs bienfaits. Mais dans une semaine, pffuit, tout sera envolé… Et je redeviendrai un simple mendiant ou un saint homme. Vous n'avez pas besoin d'un saint homme dans votre ordre monastique, questionna-t-il ?

- Nous en avons plus qu'il nous en faut, ne put s'empêcher de répondre d'Albano.

Il avait repris son contrôle mais les Faraglioni avaient disparu une fois de plus. De par leur simple volonté, mais pas seulement. Il y avait autre chose. Mais quoi ?

- À propos, comment vont vos supérieurs, questionna innocemment Abou ?
- Mes supérieurs ? Oh, oui, je vois. Eh bien ! je pense, personne n'est encore mort, si c'est la réponse correcte à votre question.
- Donc pas d'élection en vue ? compléta Abou.
- Eh bien non... la dernière est assez récente d'ailleurs. À moins que dans l'intervalle...
- Nous sommes bien peu de choses... surenchérit Abou, dans la main d'Allah.

Et changeant complètement de sujet il enchaîna.
- Elle veut m'épouser, fit-il en désignant Leila qui de surprise recula, mais je gage qu'elle en veut uniquement à mon argent.
- Moi, t'épouser ? Oh non, d'abord, tu as des enfants, plein d'enfants un peu partout. Et la veuve aux grands yeux noirs charbonneux de la rue du port te comble de bienfaits. Tu devrais faire attention.

L'altercation changea les idées du cardinal. Il se leva.
- Vous avez été d'un secours inespéré pour nos amis, je partage leur reconnaissance et je vous en remercie.
- D'être remercié par vous me touche profondément, et Abou Zaya s'inclina. Portant la main sur son cœur, ses lèvres, son front pour la laisser voler au-dessus de sa tête enturbannée.

- Un oiseau est venu ce matin. Leila avait dit cela tout doucement. C'est peut-être la réponse réelle à votre question.
- Un oiseau... quel genre d'oiseau ?
- Il a parlé avec Alix, elle devait comprendre son langage.
- Tu l'as reconnu, questionna Abou ?
- Bien sûr, comment ne pas le reconnaître. C'était une huppe...
- La huppe, demanda d'Albano, n'est-ce pas l'oiseau qui avait été envoyé par Salomon pour épier les faits et gestes de la reine de Saba et lui rapporter ses propos, fit-il à l'attention d'Abou Zaya.

- Vous vous trompez, notre légende est autre. En vérité, c'est Balkis qui a envoyé la huppe à Salomon pour lui raconter ce qu'il avait envie d'entendre. Il a tout gobé, c'est le cas de le dire sans vous offenser. Et c'est depuis ce temps-là que la huppe a une petite couronne sur la tête.

D'Albano les quitta sur cette nouvelle et originale interprétation de la symbolique de la huppe.

CHAPITRE XLIV

ABDUL

Un sombre pressentiment agitait les Faraglioni revenus d'une promenade sur laquelle ils restèrent énigmatiques. Une seule phrase résumait assez bien leur comportement.

- On ne se méfie jamais assez d'une victoire trop facile, énonçait Geoffroy à mi-voix.
- C'est vrai. Tout s'est trop bien passé. Les teutoniques brûlés vifs dans leurs armures, les inquisiteurs levant leurs membres décharnés vers un ciel impuissant, poursuivait Alix…
- Et jusqu'à notre Abdul, triomphant et simple à la fois. Trop facile, oui. Donc…

De Milly en était arrivé pratiquement aux mêmes conclusions. Quelque chose allait se passer, mais quoi ? L'étrange intuition reposait sur un fondement solide. Comment Abdul allait-il à présent payer les tribus qu'il avait réussi à fédérer le temps d'une brève bataille, certes très sanglante, mais auréolée d'une gloire certaine ? Depuis cette mémorable journée, il s'était retiré dans la citadelle de Jibla, prétextant des directives à donner, puisqu'il était désormais le seul maître du Yémen.

- Tant que la situation n'est pas plus claire, mieux vaudrait, suggéra d'Albano, remonter sur Kerak, pour laisser au temps le temps de faire son œuvre.

Les Faraglioni étaient d'accord.
- Allez, on plie bagage et on remonte tout doucement sur Aqaba et Kerak. Abdul, s'il a besoin de nous, saura bien nous rejoindre.

Ils sellaient leurs montures lorsque d'Albano se présenta, cherchant immédiatement Mélisende qui, en le voyant si près d'elle, en lâcha d'émoi les rênes de sa jument.

- Alors c'est fini… plus ou moins… non ? Ton avis ?

Et moi, comme une imbécile, avec cette phrase d'un rare romantisme, j'en ai eu le souffle coupé, l'estomac retourné. Un creux ou une boule, au choix, se forma là, au centre de mon épigastre et pour couronner le tout, la sueur me dégoulina le long des reins. Et bien sûr, lorsque je suis amoureuse d'un homme, je ne suis pas capable d'articuler deux mots de suite, ou deux mots cohérents. Alors, faire une phrase relèverait d'un véritable exploit intellectuel.

- C'est que… en fait… nous avons…

Voilà tout ce que je suis arrivée à sortir. Et vous savez ce qu'il a répondu ?

- Je vois.

Et il s'est arrêté lui aussi.

- Je le sais, je l'ai déjà dit. Je me répète. C'est mon côté vieille fille qui a mal tourné, mais… si un soir nous dînions en tête-à-tête avec des bougies odoriférantes, des coupelles dans lesquelles brûleraient des petits cristaux d'encens et de myrrhe, buvant un rosé très frais des monts du Liban, et dégustant un agneau confit, nous serions capables de rester sans parler pendant des heures.

J'ai bien vu qu'Alix souriait en se détournant et en emmenant Geoffroy qui lui, aurait bien voulu rester pour connaître la suite de ce fascinant dialogue. J'ai bien vu aussi Leila qui me faisait de grands signes en articulant des mots incompréhensibles, comme pour dire « mais ce n'est pas possible, par Allah, d'être aussi gourde… ».

Je voudrais vous y voir à ma place. Il est possible que si j'étais par exemple une nonne, ce serait plus facile. Encore que... ou si j'avais quarante ans…

D'Albano regardait de ses yeux gris cette grande jeune femme aux yeux bleus étincelants de plaisir sans qu'elle s'en rende compte, et qui restait les bras ballants et le fixait comme pour voir dans son cœur.

Il arriva, Dieu sait comment, à sortir une phrase. Non, pas une phrase, un mot, un verbe.

- Viens…

Puis un complément de phrase.

- Tu vas me montrer où vous étiez cet après-midi.

Et Leila, paraissant applaudir des deux mains, émit ce you-you que les femmes yéménites font avec leur langue contre leur palais pour exprimer leur joie.

- Bonne idée… j'allai-vous le proposer.

Et nous voilà partis à cheval sur les hauteurs du djebel.

- Ne me raconte pas d'histoire, surtout, fit-il, parvenu, sur le plateau. Je veux la vérité.

- Vous allez voir, c'est drôlement intéressant.

Là, je redevenais Mélisende, une fille tout ce qu'il y a de plus normal, en train d'expliquer quelque chose à un homme qui avait -il faut le reconnaître- plus du double de mon âge.

- Là… regardez… à droite de la falaise.

J'avais à peine commencé mes explications que de Milly surgit, ayant forcé son cheval pour nous rejoindre.

- Redescends, me fit-il. Et vite. Abdul approche de votre campement. Et vous, Éminence, venez avec moi. Nous allons rejoindre les Templiers et nous interviendrons si le besoin s'en fait sentir. Mais entre nous, je n'aime pas ça.

- Abdul a été très perspicace. Il s'est soigneusement renseigné sur nous et le degré d'avancement de nos travaux. De surcroît il a fait alliance avec les teutoniques, ce qui est un comble après la défaite qu'il leur a infligée, et ils lui ont fourni des armes et de l'argent. Beaucoup d'argent avec lequel il a dû acheter la venue de plusieurs tribus du Sud Yémen, argent avec lequel il an de plus, soudoyé des serviteurs et payé des espions. Il a soigneusement suivi, parfois même précédé, nos démarches. Il lui a suffi d'attendre en jouant l'homme averti, le successeur désigné d'Arwa, l'homme qui rendrait à son tour l'Arabie heureuse. Sa propre mère, Arwa ne clamait-elle pas que les Faraglioni, en particulier la petite Mélisende, allaient justement trouver le secret du barrage. Alors, lui, il a vu plus loin, beau-coup plus loin.

- Donc, Abdul est arrivé ce bel après-midi, tout sourire aux lèvres avec seulement deux cavaliers, deux serviteurs avec tout un attirail pour le thé, plus des pâtisseries.

- Je veux fêter notre victoire, a-t-il dit, en descendant de cheval. Venez que je vous embrasse.

Et il nous a embrassés tous les trois…

- Félicitations, bravo, j'ai voulu être le premier… j'ai dû régler certains problèmes de succession. J'ai là un thé d'un parfum entêtant avec juste un peu d'épice pour le rendre agréable à la gorge et on va faire brûler un peu de myrrhe également pour élever nos âmes.

- Je vous suis infiniment reconnaissant, a-t-il poursuivi, de ce que vous avez fait pour mon pays.

Là, on aurait dû véritablement se méfier. Ce n'était pas lui qui nous avait envoyé une énigme à résoudre, mais sa mère. Mais, nous n'avons pas voulu, par courtoisie, relever l'étrangeté des propos.

- Mélisende, toi à présent, tu vas m'aider.

Nous dégustions le thé à petites gorgées sentant une inexplicable lassitude s'emparer de nous ou était-ce de l'auto-satisfaction.

- Pourquoi moi ?

- Car c'est toi qui a finalement mis la main sur le secret…

Je m'apprêtai à protester quand il m'a coupé...

Les autres aussi, bien sûr.

Les autres, Alix et Geoffroy le regardaient sans ciller et sans broncher. Moi, j'étais bien. Il pouvait continuer. Et puis d'Albano et ses Templiers n'étaient pas loin.

- Je vais t'aider à quoi ?

- Tu le demandes… et il s'esclaffa bruyamment avec une lueur de cruauté dans les yeux.

Nous trois, on a quand même sursauté à ce brusque changement d'attitude. Je l'ai regardé. Il n'avait plus rien de l'homme souriant, affable nous jurant une amitié éternelle.

- Je vais t'expliquer mon plan.

- Le barrage, bien sûr.

- Mais pas du tout.

- Je ne comprends pas. Tu ne veux plus du barrage.

- Mélisende, je n'en ai jamais voulu. Si je donne la prospérité et la richesse à mon peuple, il me renversera. Pour régner, il faut qu'il soit pauvre c'est-à-dire sans barrage, sans Arabie fertile, verdoyante. Ai-je assez entendu le refrain.

- Mais alors… Tu m'écoutes… et il désigna Alix et Geoffroy, déjà bercés par une douce somnolence, tu leur expliqueras plus tard.

Je veux, moi, une Arabie puissante avec un roi puissant, une armée puissante capable d'infliger défaite sur défaite à ses ennemis, qu'il s'agisse des autres royaumes arabes ou des francs d'Occident. Je vais fédérer toutes les tribus d'Arabie sous ma coupe.

- Mais viendront-ils… ?

- Ils viendront tous car je vais leur proposer de s'en prendre une bonne fois pour toutes aux francs, en particulier à leur armée de métier que constituent les Templiers… oui, tes grands amis… Tu me suis… ?

- Non.

- Mélisende, fais un effort, quelle est la plus redoutable et la plus impénétrable forteresse templière.

- Kerak.

J'ai répondu sans réfléchir.

- Voilà. Eh bien. Je vais prendre Kerak comme ça, et il claqua deux doigts l'un contre l'autre, avec toutes les tribus qui voudront bien venir, et surtout grâce à toi.

J'ai voulu me relever du tapis sur lequel j'étais assise. J'en fus incapable, clouée au sol plus sûrement que par des pieux solidement enfoncés dans mon corps.

- Grâce à moi ?

- Tu n'es pas obligée de répéter toutes mes paroles. Mais oui, grâce à toi, grâce au secret du barrage : le fameux rayon vert, les non moins fameuses Tables de la Loi, la pierre tombée du ciel ! Ton ami Abou, remarquable conteur, n'est pas avare de confidences. Tu vois, j'ai beaucoup appris à vos dépens. D'ailleurs, pour fédérer les arabes…

Et il m'infligea un cours de politique. J'avais du mal à garder moi aussi les yeux ouverts, mais tout simplement parce qu'il me parlait à moi seule.

- Il leur faut un ennemi commun que tout le monde a envie de vaincre.

- Et l'ennemi commun, c'est l'Ordre du Temple..., ai-je murmuré comme pour moi.

Bordel de merde... Jamais je n'y avais pensé. Ah le salaud, il nous a superbement manœuvrés. Décidément, nous ne valons plus rien, nous les Faraglioni, à commencer par la tueuse de la famille...

- Tes amis, oui Mélisende..., leurs ambitions territoriales, sous couvert d'un royaume spirituel, ne trompent plus personne. Et ton cardinal est prêt à tout pour réussir. J'ai su qu'il envisageait de commercer avec les Indes et la Chine par voie maritime en utilisant Al Hoceima, Al Mukallah, Aden, qui sont, je te le rappelle, trois ports yéménites qui m'appartiennent.

Et soudain Abdul lâcha :

- Dis-moi, pourquoi est-il venu te rejoindre ?

Je ne réponds pas car je suis en train, malgré l'ouate qui embrume mon cerveau, de me poser la même et sempiternelle question, pourquoi moi ?

- Oui. Je sais, il veut t'emmener à Rome s'il est un jour élu pape. Tu vois, je suis au courant. Cela ne fera qu'une hérésie de plus. La véritable raison, au risque de te décevoir, c'est qu'il a laissé à Akaba un fort contingent de Templiers et qu'il compte s'en prendre à moi bien que nous ayons été alliés, certes un court instant, lors de la flambée de Marib, superbement organisée par toi. Je veux le devancer, l'écraser et mettre le siège devant Kerak. Ça, il ne te l'a pas dit. Il se méfie un peu de toi depuis le feu dans le désert.

J'arrive enfin à sortir une phrase. Dans deux secondes, je m'endors.

- Tu ne prendras jamais Kerak, Abdul.

- Mais si Mélisende, et grâce à toi, grâce au rayon vert et à la fameuse pierre. Au fait, où est-elle à présent ? Ici évidemment. Bon donne-la moi ! Puis, tu vas m'expliquer comment je dois faire, au besoin, tu resteras auprès de moi et c'est toi-même qui va lancer le rayon vert sur cette citadelle dite imprenable.

Je m'effondrai mentalement et physiquement. C'était odieux, au-delà des limites de l'entendement.

J'arrivai fébrilement à prononcer encore trois ou quatre mots.

Jamais les tribus ne te suivront et jamais je ne te donnerai la pierre.

- Jamais, tu dis ? Mais tu rêves. Sais-tu ce que je leur ai vendu à ces tribus, jalouses de leurs prérogatives et de leurs territoires ? Eh bien, qu'Arwa voulait leur construire le barrage dont elle avait toujours rêvé. Mais elle n'avait pas d'argent. Bien sûr qu'un barrage peut rendre le Yémen prospère... Tu connais la chanson... Mais le pire, ai-je enfoncé... Le pire... Qui va payer... Vous ? Ils ont évidemment sursauté... Nous ? Comment nous ? Arwa est morte, elle n'avait pas un dirham en poche. Il n'y en a pas dans les caisses. Les Templiers vont se faire payer par les Faraglioni interposés en nature. En nature, ça signifie : liberté de passer à travers vos territoires sans payer aucun droit, liberté d'occuper les principales forteresses édifiées à l'Ouest du djebel pour prévenir toutes les attaques, plus l'occupation des trois ports dont je t'ai parlé. Bref, je leur ai vendu l'idée qu'ils allaient devenir moins que des esclaves tout juste bons à mâcher du qât, à longueur de journée, en rêvassant à leur splendeur passée.

- Bien trouvé, ai-je murmuré en bâillant.

- Ah tu vois... Venant de toi, c'est un compliment. Et vous viendrez, ai-je ajouté, mendier à la porte des citadelles templières, l'eau et le pain. Je les ai donc fédérés deux fois contre tes amis Templiers.

Il n'en est pas question, je ne t'aiderai pas à prendre...

- Vaines paroles, Mélisende, venant du cœur mais tu vas pourtant m'aider.

- Ça jamais !

- Comme elle a dit ça. Je t'ai réservé à toi et à tes doubles une torture pas banale. Pas compliqué pour deux fulûs et à laquelle personne n'a pensé. Pas même l'Inquisiteur à la solde des teutoniques qui te voulait tant de bien. Je t'expliquerai un peu plus tard. À présent vous allez bien sagement, tous les trois m'accompagner à mon campement. Mais d'abord donne-moi la pierre.

Et très bêtement et très sagement, je la lui ai remise. Pas plus difficile que ça. J'arrivai même à penser… Il suffit simplement de le demander avec politesse et…

Il s'arrangea pour nous faire quitter notre tente sans que personne n'y prenne garde. Abdul et ses bons amis les Faraglioni.
Du coup, personne n'alla prévenir d'Albano.

- J'ai commis une erreur qui risque de nous être mortelle. Mais pas moyen de faire autrement. J'ai, enfin… nous avons complètement sous-estimé Abdul, notre frère Abdul. À lui, la petite bataille entre teutoniques et Templiers appuyée par les tribus arabes lui convenait très bien, même s'il s'en est sorti avec des pertes très sévères. Il a réussi son coup grâce à la petite Mélisende. Pourquoi ? Parce que je lui ai enfin fourni le prétexte qu'il attendait : fédérer sous sa coupe ces tribus du Nord et du Sud pour faire face à un ennemi commun : les francs.
Il s'est donc débarrassé des teutoniques pour commencer. Puis pour finir, il a enfin la chance de sa vie. Sa mère est décapitée par sa petite-fille, et moi j'ai descendu d'un maître coup d'arbalète -aidée c'est vrai- la fameuse et voluptueuse Éboli qui voulait me mettre dans son lit. En fait, il est débarrassé de ses deux principales concurrentes. Il a rallié les yéménites à sa cause.

Le voir nous rejoindre en tant que frère, ami, et allié pour battre à plate couture les teutoniques et les Inquisiteurs, a détourné toute mon attention. Enfin notre attention, car Alix et Geoffroy se sentent responsables également.

Mais quand le lait de la chamelle est tiré… N'est-ce pas ?

CHAPITRE XLV

L'OUVERTURE DE LA CICATRICE

Les sbires d'Abdul aidèrent complaisamment les trois Faraglioni à se hisser sur leurs chevaux, puis ils les entourèrent comme pour mieux bavarder. Il était inutile pour le moment de ligoter le trio, bien incapable de la moindre réaction, paralysé par l'étrange soporifique mêlé à leur thé.

Mais cette façade souriante se transforma rapidement en cauchemar à peine mis pied à terre dans le campement d'Abdul. Ils furent proprement ligotés et jetés sans ménagement sous la tente de ce dernier.

- Inconfortable, fit-il… Ce n'est rien à côté de ce que je vous ai préparé. Je vous laisse récupérer pour que vous puissiez apprécier le sel de la situation.

Effectivement les derniers relents d'engourdissement s'estompaient et le trio reprenait malgré lui contact avec une réalité fort déplaisante. Ils s'étaient fait jouer et berner comme des débutants en se trompant sans arrêt d'ennemi.

- Vous reprenez vos esprits. À la bonne heure ? Nous allons passer un moment fort agréable. Du moins pour moi, et il sortit de sa ceinture une djambia, le redoutable poignard à lame recourbée des yéménites. Une lame très très effilée.

- Suivez bien mes mouvements, vous autres.

Il fit signe à un garde.
- Toi, approche. Tends ton bras bien droit, et relève ta manche.
L'homme s'exécuta.

Abdul lui saisit alors le poignet de sa main gauche et d'un léger coup ultrarapide il le frappa et lui sectionna carrément la main à la hauteur de l'articulation.

L'homme hurla de douleur et considéra d'un œil hébété sa main projetée sur le tapis. Un flot de sang s'écoulait de son moignon.

- Va te faire soigner à présent. Je prendrai soin de ta famille. Tu es un brave, Allah le sait.

Le tout s'était déroulé en une demi-seconde.

- Tu as vu ?

Et il s'adressait à nouveau à moi. Pour voir, j'avais vu. Un coup d'une remarquable efficacité. Comptait-il, pour son plaisir, nous décapiter de la même manière ? Ou nous infliger blessure sur blessure : les épaules, les bras, les oreilles... ?

À la question informulée mais terriblement présente dans nos corps paralysés, il s'empressa de répondre trop heureux de plastronner.

- Je me suis dit...

Il prenait tout son temps.

- Voyons, quel est le point faible, réellement faible, des Faraglioni. Mes conseillers, sans parler de vos amis les teutoniques, ont immédiatement répondu qu'il fallait vous séparer. Rien de tel qu'une séparation... ils ne pourront plus faire l'amour ensemble... Mais je me suis posé la question : « C'est vrai, mais alors comment font-ils lorsqu'ils sont aux quatre coins de l'Orient ? Ils continuent bien d'exister. Ils font leurs mauvais coups sans épargner personne. Bref, ils sont en pleine forme ». Vous me suivez toujours ?

Pour le suivre, on le suivait.

- La séparation était donc un argument insuffisant. Examinons ces chers petits. Qu'est-ce qui les rapproche finalement... Un de mes alliés a suggéré : Ils ont la même voix rauque... Et ça, ce fut le point de départ. De fil en aiguille, si je puis dire, je suis passé de la même voix, à la même allure, au même physique. Toi, surtout, et il me désigne du doigt, jamais habillée de la même façon. Et insensiblement, je me suis rapprochée de la vérité.

Et un beau matin, je me suis frappé le front.

Le salaud, il en rajoutait.

À voir les têtes d'Alix et de Geoffroy, ils s'attendaient au pire. Moi aussi, qu'allait-il nous sortir ?

- La cicatrice a-t-il aussitôt rétorqué. C'est bien une cicatrice ça... Et il toucha légèrement, de la pointe de la lame de sa djambia, nos trois cous. Un très léger coup, un peu trop appuyé à mon goût.
- Alors, savez-vous ce que je vais faire ? Non, ils ne le savent pas !

Nous pressentions le pire : une agonie sans nom. Si jamais on touchait à notre cicatrice...

- Enfin ils ont compris. Ce n'était pas bien difficile entre nous. Je vais tout simplement rouvrir vos cicatrices.

Nous étions tétanisés. Rouvrir nos cicatrices ? Dieu du ciel !!! Alors c'était la fin du monde, de notre monde. Cette cicatrice nous rendait consubstantiellement identiques. Elle était la marque de nos entités, le gage de notre infernal amour. Le témoin de nos expériences passées, de nos vies antérieures. Sans elle, c'est vrai, nous disparaîtrions.

- Cette cicatrice vous confère une étrange invincibilité. Je ne sais pas l'expliquer mais tous l'ont constaté. Je vais donc vous enlever cette invincibilité. Vous serez ensuite doux comme des agneaux tétant leur mère. Je vais commencer par la femme.
Et il désigna Alix.
- Relève le cou !
Alix, bien sûr, le baissa. Un garde lui tira brutalement les cheveux en arrière.
Abdul fit un pas en avant.
- Comment vais-je procéder à ton avis, questionna-t-il, Alix ?
Elle demeura silencieuse.

- Voilà, Je passe par derrière, je tâtonne légèrement sinon je te décolle le crâne. Je trouve la boursouflure et j'enfonce. Oh, très légèrement. Ou alors, je m'approche de toi, un tout petit peu sur la gauche. C'est pour le mouvement. Tu comprends son efficacité et je

JACQUES ROLLAND

passe d'un coup sec le poignard le long de la ligne superbement dessinée.

- Qu'en penses-tu ?

Alix n'en pensait rien. Elle le regardait simplement de ses immenses yeux bleus.

- Bon, je vois que tu es d'accord. Pour corser la difficulté, je me mets à côté de toi.

Et tout en parlant, il s'était avancé et crac…

En un quart de seconde, il avait soulevé son avant-bras et simplement effleuré la gorge d'Alix. Ce fut suffisant. Un flot de sang jaillit instantanément de la blessure ouverte, maculant même sa superbe djellaba blanche. Alix paraissait n'avoir rien senti.

Puis quand elle perçut dans son corps le coup de poignard, elle hurla des mots incompréhensibles et s'effondra d'un coup sur le sol, inanimée.

- Le garçon, à présent, le vrai. Oui, lui.

Et il passa derrière Geoffroy qui observait, terrifié et horrifié, sa sœur geignant à présent sur le tapis du sol.

- Cela risque d'être plus dur. Je vais seulement faire très attention. Ramenez-lui les deux bras devant.

Geoffroy, incapable de la moindre réaction, sentant sa fin prochaine, se laissa faire. On lui ligota les deux poignets.

- Tu comprends, fit-il à Mélisende, c'est pour mieux appuyer le coup.

Lorsque l'opération fut réalisée, il éloigna d'un geste les gardes et passa derrière Geoffroy. Il leva le bras droit et d'un simple mouvement de l'avant-bras, le ramena sur le cou du garçon en remontant la djambia. Ce fut si simple et si brutal que Geoffroy, lui non plus, ne sentit rien sur le moment avant de s'apercevoir que des flots de sang s'échappaient de son ancienne cicatrice. Il fut projeté en avant sur le sol.

- Retenez-le, je ne tiens pas à ce qu'il s'évanouisse comme une femelle. Une seule me suffit. Alors Geoffroy cria mais il y avait dans ses cris plus d'angoisse irrépressible que de véritables souffrances. Une lente expiation.

Mélisende, quant à elle, songeait que les teutoniques n'avaient nul besoin de venir ou de revenir, que son cauchemar de Saint Jean d'Âcre était devenu une brûlante réalité et qu'effectivement l'expiation de leurs crimes avait commencée.

- Alors à présent, je me méfie. Vous autres, surveillez-le avec soin. Il avait bien dit, surveillez-le en insistant sur le masculin, et pas seulement parce que j'étais toujours vêtue en homme.
- Mets-toi à genoux, ça t'étonne, je varie mes plaisirs, je le fais pour eux aussi, et il désigna les gardes. Ça peut toujours leur servir de leçon. Tu es d'accord ? À la bonne heure.

Je me mise de moi-même à genoux, vaincue d'avance. Alix y était passée. C'était mon tour à présent. Suite logique et terminale des choses. Mais il ne se pressait pas, comme s'il savourait le dernier moment. Je me demandais bien pourquoi. Nous étions à l'agonie. Il le savait. Alors pourquoi se presser mais d'un autre côté pourquoi ne pas en finir au plus vite.

- Ramenez-lui les bras dans le dos, je vais expérimenter quelque chose de nouveau. Amenez le tabouret !
- Un garde s'exécuta.
- Toi, pose le petit socle en bois à terre.

Le second garde déposa ce qui pouvait passer pour un morceau de tronc d'un très vieil olivier, ouvert en son milieu par une large fente où il vint placer à travers sa djambia, lame dirigée vers le haut.

- Tu te demandes bien ce qui va t'arriver. Hein ? Je t'ai gardé pour la fin, car je voulais que tu apprécies à ta façon le piment de la situation. Comme tu es, à ce qu'on m'a rapporté, le tueur de la famille, je suis bien persuadé que tu vas aimer ce genre d'expérience. À tes dépens, bien sûr, mais comme vous dites, vous les francs, on ne fait pas d'omelettes…

- Écoute bien, ouvre grand tes oreilles car je ne vais pas me répéter : tu es à genoux, bien installé. Il est bien installé ? C'est parfait. Alors tu te penches légèrement, tu effleures gentiment la lame et tu appuies ton cou tout seul. Tu entends, tu vas te rouvrir ta cicatrice, tout seul : c'est pas beau ça et original, je te le concède. Du jamais vu. Personne ne pourra prétendre, et mes gardes en sont les témoins, qu'Abdul, le vizir du Yémen, le fils de la grande reine

Arwa, a saigné à blanc, un être à moitié femme, à moitié homme suivant le moment. Il s'est tué, diront-ils, lui-même. Bien trouvé. Toi qui es amateur de coups tordus, tu te souviendras de celui-ci.

J'étais incapable de résister mais mon corps avait cessé de trembler. J'étais au-delà de tout, perdue à présent dans une irréalité inconnue, considérant la situation et ce démoniaque supplice comme loin de moi.

- C'est l'affaire d'une seconde, poursuivit-il, tu ne sentiras pratiquement rien. Vas-y à présent sinon j'appuie moi-même sur ta jolie tête et là, je te la détache aussi sec.

Sans même m'en rendre compte, je lui obéissais passivement comme pour hâter ma fin. Je m'exécutai. Je posai ma cicatrice exactement sur la lame et sans résister le moins du monde, je m'inclinai sans forcer. Ce fut suffisant. J'eus l'impression d'avoir la gorge tranchée. Je basculai sur le côté, les ténèbres m'engloutirent à leur tour.

Lorsque nous reprîmes connaissance, la nuit était tombée depuis longtemps.

Nous nous regardions comme trois étrangers, un épais bandage teinté de sang autour du cou.

Un apothicaire arabe -mais où l'avais-je déjà vu ?- nous tamponnait le visage avec une ouate de coton mouillé d'un baume inconnu.

La vie s'était retirée de nous. À jamais. Plus rien ne pouvait désormais nous réunir. Nous étions entre les mains du mal pour toujours.

- Amenez-moi Mélisende à présent, enfin, celle qui ressemble à s'y méprendre à un garçon.

On me remit debout, sans liens, j'étais libre de mes mouvements.

J'aurais pu m'échapper, je n'y pensais même pas.

- Tu vas venir avec moi. Sais-tu où nous sommes ?

Je secouai la tête.

- Tu peux parfaitement parler, seulement ta voix sera encore plus sourde qu'auparavant. Normal, non ? Nous sommes exactement en face de Kerak. Ah, tu reconnais, bien sûr. Nous attaquerons tout à l'heure. Voici la pierre, le mécanisme enfin, quel que soit le nom que tu lui donnes. Tu appuieras exactement où il faut pour le faire fonctionner.

- Oui, Seigneur.

- Afin de détruire complètement la forteresse.

- Oui, Seigneur.

- Parfait, c'est très bien ainsi.

- Surveillez-le quand même -les deux autres aussi-. On ne sait jamais-.

- Et sitôt la citadelle démantelée, faites reculer le plus vite possible la catapulte. Je ne veux pas que les autres émirs se posent trop de questions. Je leur ai vaguement parlé d'un engin, mis provisoirement à notre disposition par les teutoniques. Ils ne doivent pas en savoir davantage. Et lorsque la place sera emportée, j'aurai vraiment fédéré les tribus d'Arabie.

- Oui, Seigneur.

- Toi, on ne te demande rien. Suis-moi.

- Oui, Seigneur.

Et l'on emmena Mélisende sur la catapulte, où on l'obligea à grimper pour atteindre la plateforme où l'on avait monté la pierre noire, braquée sur les fortifications de Kerak.

- Je n'arrivais même plus à me souvenir de Kerak à présent : je ne prêtais même plus attention à la disparition momentanée d'Alix et Geoffroy.

Il avait déjà réussi son coup, et nous, nous avions disparu de Marib sans presque nous en rendre compte, sans plus laisser de trace, comme lorsque le vent de sable efface les dunes du paysage.

CHAPITRE XLVI

L'ASSAUT SUR KERAK

Abdul fit alors avancer sa dernière catapulte, celle qui soi-disant n'était pas encore montée, à proximité immédiate du pont surplombant le ravin où ses bataillons yéménites se défendaient pied à pied contre les Templiers déchaînés, surgis comme des démons de la citadelle assiégée.

Alors que des combats furieux faisaient rage, car on sentait que tout pouvait soudainement basculer, une vibration tenue, légère puis sourde, allant grandissant, déchira l'air et les tympans des guerriers des deux camps. Plus forte brusquement que les clameurs et le choc des épées contre les cimeterres. Une vibration d'une sonorité insoutenable, assourdissant les combattants, les faisant se courber vers le sol pour s'y affaisser, lâchant leurs armes devenues de simples objets, lances, boucliers, pour porter leurs mains gantelées à leurs oreilles.

Puis un vrombissement, semblable à ce que pourraient produire des centaines et des centaines de milliers d'abeilles soudainement jetées hors de leurs ruches, folles furieuses fonçant sur les inconscients venus les troubler. Brusquement, un éclair vert stria le ciel, le zébrant plutôt. Ce fut d'autant plus terrifiant qu'il se détachait, du moins pour ceux qui, encore debout, auraient levé les yeux sous le soleil éclatant de la mi-journée, comme un signe terrifiant d'une guerre implacable. Ils devinrent alors sourds et aveugles immédiatement.

Pétrifiés, ils entendirent soudain une gigantesque explosion suivie tout aussitôt d'une autre et d'une autre. Une suite ininterrompue d'explosions. Dans un fracas insoutenable, les remparts de la cité se fendaient, se disjointaient, s'écartaient littéralement les uns des autres. Les pierres de soutènement basculaient dans le vide, entraînant dans leur chute des pans entiers de muraille. Et les créneaux, dérisoire et vaine protection, s'envolaient à leur tour dans les airs, projetés à une hauteur incroyable par le souffle puissant de ce qui pouvait passer pour un bombardement venu du ciel.

Les remparts entraînaient à leur tour la foule venue applaudir quelques instants auparavant la sortie victorieuse de ses soldats. Et l'on crut voir un chapelet de marionnettes ou de poupées de son glisser silencieusement et planer au-dessus du vide, irrésistiblement attirées par lui, avant de s'écraser dans un hurlement de terreur jailli de leurs poitrines opprimées, quelques toises plus bas.

Alors au comble de la panique, en proie à la plus abjecte et folle soumission aux dieux méconnus et vengeurs, on vit une cohorte innombrable de femmes, d'enfants et de vieillards sauter d'eux-mêmes par-dessus les remparts, qui tenaient encore miraculeusement debout mais pour un court instant, comme si une gigantesque main était venue les cueillir.

L'armée franque a cessé d'exister. Les derniers combattants prévoyant l'issue fatale se plongèrent eux-mêmes leurs épées dans le corps. Abdul a fait distribuer fort intelligemment à ses troupes des morceaux de coton pour qu'elles les placent dans leurs oreilles afin d'atténuer l'horrible sifflement qui a préludé au massacre général. Tous ne l'ont pas mis, mais ceux qui l'ont fait ont obligatoirement tué les derniers Templiers. Abdul a également recommandé à ses fidèles de rabattre devant leur visage, sans leur expliquer pourquoi, le voile mailleté de leur casque à pointe, pour éviter précisément l'aveuglement.

Ses troupes sont pratiquement intactes. Elles n'ont pas subi de pertes importantes.

Le feu des remparts s'est propagé à une vitesse vertigineuse à l'intérieur de Kerak, porté en quelque sorte par les éclairs verts qui se sont succédé pratiquement sans interruption. Des flammes purificatrices dévorèrent tout sur leur passage semblable à un tentaculaire feu que rien ne pourra éteindre. Les toits de chaume, les poutres maîtresses des maisons s'écroulèrent en un tintamarre semblable à celui que feraient retentir dix mille tambours sonnant une funeste charge.

Et brutalement, des clameurs de joie d'une ivresse folle, car trop longtemps contenue, jaillirent des poitrines des dizaines de milliers de musulmans se ruant pour le dernier assaut, pour la victoire finale.

- Qu'ils fassent ce qu'ils veulent, a jeté Abdul.
Ils ne se le feront pas dire deux fois. Rien ne leur résista !

Abdul a fait reculer très vite sa bizarre catapulte géante. Il veut à tout prix la soustraire aux regards indiscrets, comme aux questions embarrassantes de ses alliés, même si des milliers d'yeux ont bien vu que tout était parti d'elle. Mais quoi justement ?

Abdul veut surtout au plus vite retirer du champ de la bataille sa prisonnière sans qui il n'aurait jamais pu détruire Kerak, l'invincible forteresse templière. Jamais l'Ordre des Templiers ne s'en remettra, surtout lorsqu'il lui fera savoir par teutoniques interposés que c'est à une alliée des Templiers que ceux-ci doivent ce terrible carnage et cette fabuleuse victoire.

Mélisende gît à présent dans un coin reculé de la tente de l'émir Abdul. Celui-ci lui jette pourtant un regard acéré et même inquiet. Il n'aime pas cette femme pouvant être un garçon selon les circonstances. Une tueuse, oui, certainement. Mais il est fasciné par elle.

CHAPITRE XLVII

LA VÉRITÉ

« Je porte machinalement la main gauche à mon foulard et je le remonte. Mais je ne le remonte pas, je le fais tourner autour de ma gorge, devant ma cicatrice ».

Elle n'est pas belle à voir à présent. Elle fait comme une boursouflure gorgée de sang. Avant, elle n'était qu'une ligne blanche sur la matité de mon cou. Et pour être visible, elle est terriblement visible, elle est même plus que ça…
- Qui t'a fait ça mon garçon ?
C'est ainsi que toutes les questions à mon égard débutaient. Mais je m'en donnais alors à cœur joie.

Sortant de ma tente dans la nuit, je me suis pris le pied dans la corde tenant l'auvent. J'ai trébuché, j'ai essayé de me rattraper, je me suis raccrochée à la longe tenant un chameau. Il s'est brusquement relevé, et mon cou a été cisaillé.

Ou, variante.
- Poursuivie par trois Mongols. Pourquoi trois ? Je ne sais pas. Je me suis défendue et l'un d'eux m'a retourné le poignet et ma dague est venue me scier très profondément le cou.

Ou, encore.
- Je courais dans les rues de Damas, poursuivie par trois assassins. Pourquoi trois ? Je ne sais pas. Ils m'ont attrapée et l'un d'eux me rasa le cou en y appuyant fortement son poignard d'un coup sec.

- Ça vous suffit !
- Pour le moment ça ira.

- Ah si ! J'oubliais. Dans le combat à cheval du Chastelet contre les turcs et les syriens. Un coup de cimeterre joliment appliqué. Je me suis reculée à temps et au lieu d'y laisser la tête ce qui eut suffi à me la faire couper, c'est mon cou que j'ai présenté au cimeterre. Je l'ai échappé belle…

Joliment trouvé !

- Elle te fait mal ?

Abdul vient de poser la question abruptement. Il n'a pas du tout l'air aussi assuré qu'auparavant.

- Parfois, beaucoup, comme aujourd'hui.

- Ce foulard… une protection ?

- Une protection… ? Non. Je ne crois pas. J'ai dit un jour sans trop réfléchir à d'Albano, celui que tu aimes particulièrement, qui me posait la même question, qu'il s'agissait d'un hymne à l'Univers.

Abdul éclata d'un rire forcé.

- Un hymne à l'Univers ? Pourquoi pas ! Mais des personnes bien intentionnées vous les ont certainement faites et parfaitement identiques, au même endroit, une légère ligne blanche…

- Tu as raison, nous avons strictement la même tous les trois. Et là, ce qui vient de nous arriver est le prélude de notre disparition. Car curieusement les fameuses cicatrices me paraissent avoir joué leur rôle ici. Soudain, la grande fille se relève, lui fait face. Imperceptiblement, Abdul a reculé d'un pas hésitant.

- Mais qu'est-ce que tu…

- Tu vas rire Abdul, laisse-moi à présent te dire la vérité.

- La vérité ? Quelle vérité ? Mais je la connais…, les francs sont fichus et les Templiers aussi.

- Oh, non… Je vais tout te raconter, tu entends, tout… tu verras, ça en vaut drôlement la peine.

- J'attends.

- Eh bien, voilà. Figure-toi que l'autre jour où tu es venu, dégoulinant de politesse et de pâtisseries, nous féliciter pour ce joli combat, nous on t'observait, tu en faisais trop…

- J'en faisais trop… ? Mais vous n'avez rien vu…

- Eh si ! Tu te souviens que nous avons chacun notre spécialité. Geoffroy, le vrai, le garçon, étudie l'astronomie et est imbattable sur les étoiles qui ne sont pas à leur place habituelle, et imagine des ballets de constellations dans le ciel nocturne. Moi, comme tu le sais, j'ai un cardinal dans ma manche, j'espionne à tour de bras, je suis une menteuse chevronnée et, à l'occasion, je ne tire pas mal avec mon arbalète. Mais Alix, là, a joué un rôle de première importance.

- Tu dis n'importe quoi pour endormir ma migraine.

- Endormir... comme le mot est bien trouvé. Car, comme tu le sais aussi, Alix n'a pas son pareil pour transformer un vulgaire morceau de bois en un serpent redoutable. Et l'inverse. Toujours le coup de Moïse. Ah ! tu ne connais pas ? Si j'avais le temps...

- À propos de temps, tu en mets beaucoup pour arriver à tes fins.

- Toujours est-il qu'Alix, qui ne passe pas pour rien des journées entières avec l'alchimiste Jabir, réussit, si, si, elle me l'a affirmé, à transformer de l'or en plomb. Il faut le faire ! Donc elle est drôlement futée pour faire prendre des vessies pour des lanternes, non !

- Et là...

- Eh bien là, mon cher Abdul, c'est ce qui t'es arrivé... Tu veux que je raconte les événements, les vrais événements ? Oui, tu veux bien...

- Laissons-le faire, ordonna Alix en le voyant arriver. Faisons comme si de rien n'était et buvons son thé même s'il contient comme je le suppose une poudre hypnotique lui permettant de nous contrôler.

- Comment le sais-tu, interrogea Saduk ?

- Je le sais intuitivement, d'ailleurs à sa place, c'est ce que je ferais.

Le répartiteur d'eau s'éloigna, il ne voulait pas être partie prenante au débat. Il souleva un tapis faisant office de tenture murale et se glissa dessous comme pour disparaître. Les trois Faraglioni se levèrent pour accueillir Abdul avec force embrassades et louanges à la gloire d'Allah.

- Aujourd'hui, fit Abdul, j'ai fait préparer un thé tout à fait spécial. L'eau va mettre quelques instants à bouillir sur ce brasero, je vais y jeter ces feuilles de menthe et quelques grains de poivre. Cela va le rendre légèrement épicé. Et puis pour toi Geoffroy, des pâtisseries dégoulinantes de miel comme tu les aimes.

Il en rajoute un peu, pensa Alix. Bah ! on verra bien. Elle jeta rapidement à ses doubles :

- Vous porterez votre gobelet à vos lèvres et ferez semblant de boire.

Le thé drogué nous aurait donc normalement endormis. Mais en parlant beaucoup nous lui avons donné l'impression qu'on le buvait et en le faisant nous regarder alternativement, nous eûmes le temps de le verser sur le sable de la tente entre les tapis recouvrant le sol. Puis, une douce somnolence parfaitement imitée. Comme tu t'y attendais. Que mijote-t-il vraiment à présent, notre Abdul ? Bon, dormons et donnons-lui en pour son argent.

- Elle a murmuré des mots incompréhensibles Seigneur, fit soudainement un des gardes.
- Laquelle, demanda Abdul qui nous observait avec attention.
- Mais la femme, il n'y en a qu'une, Seigneur.
- Ah c'était vrai, Geoffroy et Mélisende étaient habillés en garçon, seule Alix avait choisi une vêture de femme et laissé ses cheveux flotter et ondoyer sur ces épaules.
Abdul s'approcha d'Alix.
- Répète, ordonna-t-il, en arabe de préférence.
Docilement Alix s'exécuta.
- Nous reviendrons.
- Hum… qu'est-ce que tu racontes et devant l'air ébahi des gardes, il les éloigna puis les rappela.
- Attachez-leur les bras et les jambes surtout, mais sans trop serrer. Et allez attendre mes ordres dehors.
Abdul se pencha vers Alix.
- Pourquoi as-tu dit, nous reviendrons.
- Parce que c'est la vérité.
- Ne te fous pas de moi, vous n'allez pas revenir mais repartir aux pays de vos ancêtres, si vous en avez. Mais en attendant, je vous propose un petit intermède dont vous serez les exécutants.
- Pas question, fit la voix rauque d'Alix.
- Ah tiens, je voudrais bien voir ça…
- Regarde Abdul.
Et Abdul se redressa… tentant de voir ce qu'Alix lui indiquait du regard, mais sans rien apercevoir.
Il se reprit.

- Bien joué femme… Je connaissais tes dons d'illusionniste, malheureusement ça n'a plus cours ici.

- Ah si… ! Regarde donc.

Malgré lui, il tendit comiquement son cou, l'allongea.

- Tourne la tête à droite.

Il s'exécuta, obéissant à son tour docilement.

- Bien. Maintenant, regarde lentement devant toi puis tourne la tête à gauche.

Stupéfait, Geoffroy et Mélisende observaient l'étrange expérience à laquelle leur sœur se livrait.

- Non… Non…, hurla-t-il en reculant. La cicatrice… Je l'ai bien vue… C'est moi-même qui l'ai rouverte… Et là… Les deux autres aussi… C'est impossible. J'ai moi-même procédé à la torture.

- Là… Abdul, elles sont toujours à leur place, comme d'habitude, rien à voir avec une boursouflure enflammée, une simple ligne blanche témoignage d'un fort troublant passé.

- Mais la catapulte, le pont, la citadelle… Kerak, je les vois bien.

- Bien sûr, je projette seulement les images que tu t'étais toi-même imaginées. Alors Mélisende va faire fonctionner le mécanisme ou la pierre noire…

Alix lui parlait comme à un enfant à présent. Il tournoyait sur lui-même, ivre d'images, mélangeant celles qu'Alix lui enfonçait dans le cerveau et les fausses, celles qu'il s'était lui-même incrustées dans les yeux.

- Tout va sauter… Les remparts vont s'effondrer.

- Ils ne vont pas s'effondrer Abdul.

- Les pierres vont être projetées dans le ciel.

- Mais non Abdul. Elles ne vont pas être projetées dans le ciel.

- Les enfants, les femmes, les vieillards vont sauter dans le vide.

- Mais non Abdul. Ils ne vont pas sauter dans le vide.

À chaque invocation ou à chaque phrase qui pouvait certes passer pour une invocation, Abdul, le premier vizir du Yémen, le fils de la vieille reine Arwa, le maître du Yémen, tournait plusieurs fois sur lui-même pour revenir planter inexorablement ses yeux dans les yeux bleus d'Alix qui l'hypnotisaient à distance, lui imposant l'implacable ressort de sa volonté.

- Mais, enfin, arriva-t-il à bredouiller, je ne suis pas fou… Les blessures rouvertes. Mélisende qui appuie sur la pierre, le rayon vert, Kerak en ruines et en flammes.

- Les blessures ne sont pas rouvertes Abdul, et Mélisende n'a pas obéi à tes ordres. Tiens regarde Kerak à présent.

Elle fit apparaître dans la cervelle d'Abdul, les formidables fortifications de Kerak avec l'orgueilleuse bannière templière flottant sur la plus haute tour.

- J'ai fédéré toutes les tribus d'Arabie, ils rampent à mes pieds. Il bredouillait.

- Mais non, Abdul… Non seulement tu n'as rien fédéré du tout, mais ils reviennent tous, et ils sont tous là, et ce n'est pas pour te suivre mais pour te supprimer.

- Qui ? Moi, l'aigle du Yémen, le chef incontesté de…

- De rien du tout… C'est fini tout ça Abdul.

Abdul dort à présent quasiment debout, les yeux grands ouverts fixés désormais sur des plans irréalisables, sur des mirages fantomatiques de ses rêves les plus fous. Alix a bombardé sa pauvre tête avec une force imprévue. Elle lui a brûlé les méninges.

Il défaillit. Il vacilla. Il se pencha lentement en avant, oscilla, tourna encore sur lui-même, tel un chien à qui on a ordonné de se coucher. Il se coucha enfin sur le tapis de sol, recroquevillé comme un fœtus.

Les liens qui embarrassaient les pieds et les mains d'Alix tombèrent d'eux-mêmes. Puis ils se mirent à ramper sur le sol comme des serpents devenus.

- Alix ne fait pas ça.

- Oh pardon…

- Et détache-nous, lui lancèrent Mélisende et Geoffroy, médusés.

- Ah oui, j'oubliais.

Et elle coupa les cordes entravant les poignets et les chevilles de son frère et de sa jumelle.

- Bravo ma chérie, tu t'es surpassée.

- Je ne suis pas mécontente et, imitant Mélisende, Alix claqua sa langue dans sa bouche.

- Et lui, on le laisse, fit Geoffroy une fois debout quoiqu'encore ankylosé ?

- On le laisse.

- Il est mort, questionna Mélisende ?

- En quelque sorte, presque mort. Il ne vaut plus rien. Ibn Jadal, son rival venu du Sud de l'Hadramaout doit attendre un événement. Eh bien il va être servi !! S'il se débrouille bien, il pourra être le maître du Yémen, du moins pour un certain temps.

- Ouf, c'est quand même un bon signe.

- Ne nous y fions pas trop.

Saduk souleva l'auvent de la tente, l'air méditatif, en considérant Abdul à terre.

Il sauta immédiatement à la conclusion.

Si Abdul est mort, dans tous les sens du terme, et que son rival Ibn Jadal vient à régner… alors il n'y aura pas de barrage, soupira-t-il, résigné.

- Saduk, nous construirons ce barrage, il appartient à l'histoire de ton pays. Des milliers d'hommes comme toi ont combattu leur vie durant pour qu'il soit reconstruit. Ibn Jadal n'est pas aussi fou qu'Abdul, lui aussi croit aux anciens dieux de Saba, pas autant qu'Arwa bien sûr. Il apprécie le rôle des répartiteurs d'eau et il règne sur une contrée où l'eau est très rare et très chère. Alors ce sera à lui de jouer. Mais pour le construire nous le construirons.

- Les dieux de Saba peuvent-ils revenir, Alix ?

- Les dieux reviennent seulement lorsque le cœur des hommes leur est ouvert sinon ils quittent la terre. Tu te souviens c'est ce qui est arrivé en Égypte, les Dieux l'ont abandonnée. Mais le barrage sera comme une offrande. Ils l'apprécieront. L'eau n'est-elle pas l'essence même de la vie ?

Mais alors, et l'homme hésitait encore :

- Si les dieux reviennent grâce au barrage, nous n'aurons aucun Temple pour les vénérer.

- Comment aucun Temple ? intervint Geoffroy.

- Mais Geoffroy nous n'aurons pas le temps, ni l'argent, ni les matériaux pour construire un Temple.

- Saduk ! Vous n'avez qu'à utiliser les anciens Temples de Marib.

- Comment peux-tu te moquer de moi de la sorte ? Tu sais parfaitement qu'ils gisent sous des tonnes de sable plus proprement ensevelis que dans un tombeau de pierre. Le désert a tout recouvert depuis des millénaires.

- Il peut y avoir un second miracle en dehors du barrage.

- Mon garçon, ce n'est pas parce que je t'ai sauvé la vie que tu dois rire d'un vieil homme.

- Loin de moi une telle pensée, Saduk. Lorsque nous aurons construit presque à moitié le barrage, à la fin du troisième jour -c'est un bon signe, non-, sais-tu ce que nous pouvons faire ?

Ses sœurs l'écoutaient, visiblement intéressées à leur tour par le ton nouveau pris par la conversation.

- Pourquoi à la fin du troisième jour ?

- Car nous aurons déjà beaucoup d'eau à notre disposition.

- Sûrement.

- Et les digues seront construites définitivement avec des écluses.

- Sûrement !

- Les écluses servent en général à répartir progressivement l'eau du barrage dans les canaux parallèles qui à leur tour...

- Merci Geoffroy du cours mais je savais cela avant toi, bien sûr.

- Bon, suppose qu'on ouvre d'un coup les deux grandes écluses Nord et Sud que se passera-t-il alors à ton avis ?

- Eh bien, l'eau va s'engouffrer par la voie ainsi ouverte, se déverser sur la plaine comme un gigantesque torrent. Tout envahir, tout renverser...

- Oh oui, je vois. J'ai deviné.

- L'eau, Saduk, des milliers et des milliers de vagues, poussées irrésistiblement par la pression, vont littéralement jaillir des écluses comme un véritable mur d'eau, haut de dizaines de coudées et tout anéantir en un rien de temps.

- J'ai compris lorsque les eaux se seront évanouies, beaucoup plus loin dans le désert, elles auront aussi emporté le désert de sable qui recouvraient le Temple des dieux de Saba.

Et les Temples, soudainement rendus aux yeux des plus incrédules, verront affluer les fidèles venus adorer leurs anciens dieux revenus.

- Vous serez là, vous aussi ?
- Nous serons là Saduk.

ÉPILOGUE

O r donc, il se passa dans ce pays secret encore ignoré du reste du monde, protégé par des à-pics vertigineux, des forteresses comme des nids d'aigles, un phénomène hallucinant entre le 16 et le 22 Sha'ban de l'an 536, c'est-à-dire 1158 de l'ère chrétienne.

Les tribus nomades, les pasteurs des troupeaux toujours très sensibles à l'atmosphère qui les environne, en eurent les premiers la sensation. Les femmes autour des puits, les hommes à la chasse en ressentirent la curieuse répercussion. Tous les répartiteurs d'eau, tous les vendeurs d'eau, à certains moments de ces curieuses journées, levèrent instinctivement les yeux vers le ciel comme pour y apercevoir quelque chose de très inhabituel. Même les habitants des bourgades se hâtant lente-ment dans leurs préoccupations quotidiennes, même les hommes mâchonnant interminablement le qât tous les après-midi, enfouis dans une douce et illusoire euphorie, exprimèrent un certain étonnement, inhabituel dans leur regard.

L'épicentre du phénomène se condensa en un point bien précis au nord-est de Marib, entre deux impressionnantes falaises de granit noir. Les rares personnes pourtant véritablement concernées par le fantastique projet des Faraglioni, n'en eurent l'explication que plus tardivement.

Ces mêmes Faraglioni sentirent alors le monde se nouer, se mouvoir, s'organiser différemment des instants précédents au gré de l'intensité et de la subtile inflexion du pouvoir de la météorite noire guidée par le rayon vert capturé par leurs yeux un certain soir, au couchant du soleil sur la matière, guidée sur l'alignement parfait en ce moment très précis, sur Alpha du Dragon et la constellation des Pléiades.

Et la terre tourna sur son axe imperceptiblement tandis que dans les cieux se déchaînait une infinitésimale révolution osmique.

Autour d'Alix, Geoffroy, et Mélisende, et à cause d'eux, de leur jeunesse apparente, de leur pauvreté spirituelle, les rendant aptes à capter tout ce qui, dans les cieux, était finalement universel, se sensibilisait sur cette terre d'Arabie un événement comparable à un tremblement de terre.

Le sol gronda, les falaises se fracturèrent, des failles apparurent dans la vallée, et… des monolithes furent découpés dans la montagne et vinrent, après un déplacement lent, s'aligner impeccablement en travers de la vallée.

Leur nombre : 153.

Les ouvriers étaient peu nombreux. Les Faraglioni n'avaient voulu que Saduk et certains de ses compagnons. Il avait répondu « haya bina ». Nous y allons.

Leur nombre : 12.

L'édification du majestueux et inespéré barrage se déroula entre le 16 et le 22 de Sha'ban de l'an 536 de l'hégire.

Le nombre de jours : 7.

Et les pluies diluviennes de mousson s'abattirent immédiatement après sur le pays, formant un immense lac où certains rayons du soleil lui donnèrent une extraordinaire couleur verte. Parfois noire, le soir.

À d'Albano, qui lui demandait ce qui serait arrivé si les teutoniques s'étaient emparés de la météorite, Mélisende répondit :
- Rien… Éminence… absolument rien… et savez-vous pourquoi… ? Oh, oui, vous devez le savoir… un point de théologie… très personnel il est vrai… sur la liberté et le déterminisme dans l'Univers.

D'Albano la considéra comme s'il la voyait pour la première fois et posa la question qui lui brûlait les lèvres :

- Mais personne ne croira un mot de cette histoire, n'est-ce pas ?

- Non, effectivement personne, mais nous allons le faire croire. Abou Zaya s'en chargera. C'est un menteur de première force et un conteur hors pair. Et dans un siècle, peut-être moins d'ailleurs, dans quelques décennies, on racontera que la vieille reine Arwa en vingt années et un interminable labeur avec des dizaines et des dizaines de milliers d'ouvriers, de tailleurs de pierre, d'architectes renommés…

- Il ne faut donc rien leur dire.

- Non, bien sûr. Et s'ils l'apprenaient par mégarde, malheur, ou inadvertance, s'ils l'apprenaient mon cher cardinal, nous ferions en quelque sorte qu'ils oublient définitivement.

- Tu leur as vendu une magnifique illusion, un incroyable mirage… aimes-tu à ce point l'illusion Alix… ? fit-il en se tournant vers elle.

- Si j'aime l'illusion. Vous vous trompez, je ne l'aime pas, bien au contraire, je la hais.

- Ce n'est pas possible !

- Mais si, je m'en sers effectivement et précisément dans ce monde où nous avons été projetés… Ce monde de valeurs illusoires. Je transforme à nouveau ces valeurs en ce qu'elles n'ont jamais cessé d'être, c'est-à-dire la redécouverte de leur essence même. C'est pourquoi je donne cette impression de jouer à transformer une corde en un serpent ou l'inverse.

- Mais alors, où est la réalité ?

- Devinez !

- Ne m'interrogez plus, mon cher cardinal, reprit Mélisende en voyant d'Albano se tourner vers elle. Nous allons rendre à l'Univers ce qui n'appartient qu'à lui.

- Dis-moi Mélisende, auriez-vous simplement tiré les marrons du feu pour un plus grand Seigneur… Tu ne réponds pas ? C'est d'un désintéressement pur où je n'y connais rien. Et ce ne sont pas quelques caravanes de myrrhe et d'encens qui vous dédommageront.

- Ça c'est sûr !

- Alors, tu as l'air de prendre toute cette belle histoire et sa conclusion bien à la légère.

- Détrompez-vous, mon cher cardinal, vous savez fort bien que je ne m'intéresse ni aux bijoux, ni aux parures, ni à l'argent, ni à l'or.

- Oui, bon, je sais tout cela, mais quand même.

- Vous voyez cet étui de cuir pendu à ma ceinture et auquel je porte souvent la main comme pour m'assurer qu'il est toujours là.

- J'ai remarqué effectivement ; et l'étui et ton geste.

- C'est le prix.

- Le prix ?

- Le prix du barrage !

- Mais payer par qui ? Arwa n'en a pas eu le temps… Ni Éboli, ni Abdul, ni les Templiers d'ailleurs…

- Par qui, demandez-vous, mais par Balkis elle-même.

- Si c'est un étui plus ou moins rondoïde, il ne peut contenir qu'une pierre qui ne serait ni carrée ni rectangulaire mais…

- Qui serait simplement la parfaite illustration de la quadrature du cercle, compléta Geoffroy.

- Ne dites rien. Éminence, fit doucement Mélisende… Oui, c'est cela…

Abou Zaya s'approcha alors, la mine gourmande, les yeux noirs brillants.

- Alors, comment avez-vous fait ?

- Fait quoi Abou ?

- Petite ne te moque pas d'un vieillard… Pour résoudre le mystère de la construction du barrage.

- Je vais te dire Abou, en matière d'énigme, nous en connaissons un rayon…

- Et devant l'air pour une fois ébahi d'Abou, Alix ajouta :

- Le rayon… Voyons, fais un effort…

POSTACE

Lorsque Mélisende revint de Rome, deux événements s'étaient produits.

D'Albano, sûr de son coup, l'avait emmenée, mais il ne fut pas élu. Il lui manqua une voix, la sienne, prétendit-il plus tard. Il ne pouvait quand même pas voter pour lui.

L'Occident se couvrit d'étranges constructions où la pierre fut hissée à une hauteur si vertigineuse qu'elle en devint transparente.

On les appela plus tard... les cathédrales.

Mais, pour une raison inconnue ou peut-être connue seulement de très rares initiés, les tours de certaines cathédrales demeurèrent, à jamais, inachevées.

Remerciements

Ils s'adressent d'abord à Abdallah, guide précieux et riche du patrimoine yéménite, et aux personnes rencontrées à Jibla et autour de Marib qui ont permis l'éclosion du sujet de ce livre. Et enfin et surtout à Nathalie Eskenasy, qui non seulement sut déchiffrer mon écriture sudarabique, mais qui, montant sur son vélo, eut aussi l'idée qui amena le titre de cet ouvrage.

Déjà parus

www.omnia-veritas.com

www.ingramcontent.com/pod-product-compliance
Lightning Source LLC
Chambersburg PA
CBHW060937030726
47503CB00003B/629